古文名篇鉴赏

卷三

王爽 主编

吉林出版集团有限责任公司

目　录

祖君彦
　【为李密檄洛州文】……………(459)
魏　徵
　【十渐不克终疏】………………(465)
王　绩
　【醉乡记】………………………(469)
李　善
　【上《文选注》表】……………(470)
骆宾王
　【代李敬业传檄天下文】………(472)
王　勃
　【秋日登洪府滕王阁饯别序】…(475)
陈子昂
　【与东方左史虬《修竹篇》序】…(481)
张　说
　【贞节君碣】……………………(482)
任　华
　【送宗判官归滑台序】…………(484)
王　维
　【山中与裴秀才迪书】…………(485)
李　白
　【与韩荆州书】…………………(487)
　【春夜宴诸从弟桃李园序】……(489)
李　华
　【吊古战场文】…………………(491)
元　结
　【右溪记】………………………(493)
苏源明
　【秋夜小洞庭离宴序】…………(495)
殷　璠
　【《河岳英灵集》序】…………(496)

独孤及
　【仙掌铭并序】…………………(498)
李　翱
　【杨烈妇传】……………………(500)
　【祭吏部韩侍郎文】……………(502)
刘禹锡
　【陋室铭】………………………(503)
　【说　骥】………………………(504)
白居易
　【与元九书】……………………(506)
　【庐山草堂记】…………………(514)
　【三游洞序】……………………(517)
　【《荔枝图》序】………………(519)
吕　温
　【成皋铭】………………………(520)
陆　贽
　【奉天请罢琼林大盈二库状】…(521)
阎伯理
　【黄鹤楼记】……………………(524)
皇甫湜
　【《顾况诗集》序】……………(526)
舒元舆
　【长安雪下望月记】……………(527)
殷　侔
　【窦建德碑】……………………(529)
杜　牧
　【阿房宫赋】……………………(530)
　【杭州新造南亭子记】…………(533)
李商隐
　【李贺小传】……………………(536)
　【上河东公启】…………………(538)
　【祭小侄女寄寄文】……………(540)

孙　樵
　　【书褒城驿壁】……………（541）
　　【书何易于】………………（543）
罗　隐
　　【英雄之言】………………（545）
　　【天　机】…………………（547）
皮日休
　　【读《司马法》】……………（548）
陆龟蒙
　　【野庙碑并诗】……………（549）
　　【象耕鸟耘辨】……………（551）
程　晏
　　【设毛延寿自解语】………（552）
王禹偁
　　【唐河店妪传】……………（553）
　　【黄州新建小竹楼记】……（555）
穆　修
　　【《唐柳先生集》后序】……（557）
范仲淹
　　【岳阳楼记】………………（559）
　　【严先生祠堂记】…………（561）
宋　庠
　　【蚕　说】…………………（563）
苏舜钦
　　【沧浪亭记】………………（566）
周敦颐
　　【爱莲说】…………………（568）
钱公辅
　　【义田记】…………………（569）
李　觏
　　【袁州州学记】……………（571）
司马光
　　【谏院题名记】……………（573）
《资治通鉴》
　　【肥水之战】………………（574）
秦　观
　　【《精骑集》序】……………（582）
李格非
　　【书《洛阳名园记》后】……（583）

晁补之
　　【新城游北山记】…………（584）
孟元老
　　【《东京梦华录》序】………（586）
李清照
　　【《金石录》后序】…………（588）
胡　铨
　　【戊午上高宗封事】………（594）
岳　飞
　　【五岳祠盟记】……………（598）
陆　游
　　【烟艇记】…………………（599）
　　【跋李庄简公家书】………（601）
　　【跋傅给事帖】……………（602）
　　【姚平仲小传】……………（603）
　　【祭朱元晦侍讲文】………（605）
萧德藻
　　【吴五百】…………………（606）
范成大
　　【峨眉山行纪】……………（607）
洪　迈
　　【稼轩记】…………………（611）
王　质
　　【游东林山水记】…………（613）
朱　熹
　　【送郭拱辰序】……………（615）
　　【百丈山记】………………（616）
　　【记孙觌事】………………（618）
周去非
　　【斗　鸡】…………………（619）
陆九渊
　　【送宜黄何尉序】…………（621）
辛弃疾
　　【跋绍兴辛巳亲征诏草】…（623）
谢枋得
　　【却聘书】…………………（624）
周　密
　　【西湖游赏】………………（625）
　　【观　潮】…………………（627）

文天祥
　【《指南录》后序】……………(629)
邓 牧
　【吏 道】………………………(632)
谢 翱
　【登西台恸哭记】………………(634)
元好问
　【市隐斋记】……………………(636)
　【送秦中诸人引】………………(638)
王若虚
　【高思诚咏白堂记】……………(640)
　【门山县吏隐堂记】……………(642)
戴表元
　【送张叔夏西游序】……………(644)
刘 因
　【《辋川图》记】………………(645)
虞 集
　【尚志斋说】……………………(648)
李孝光
　【大龙湫记】……………………(649)
钟嗣成
　【《录鬼簿》序】………………(651)
宋 濂
　【桃花涧修禊诗序】……………(653)
　【送东阳马生序】………………(656)
　【送陈庭学序】…………………(658)
　【尊卢沙】………………………(660)
　【秦士录】………………………(662)
　【阅江楼记】……………………(665)
刘 基
　【司马季主论卜】………………(667)
　【卖柑者言】……………………(668)
　【楚人养狙】……………………(670)
　【工之侨为琴】…………………(671)
　【苦斋记】………………………(672)
　【松风阁记(一)】………………(674)
　【松风阁记(二)】………………(676)
高 启
　【墨翁传】………………………(677)
方孝孺
　【吴 士】………………………(679)
　【蚊 对】………………………(680)
　【指 喻】………………………(682)
杨士奇
　【游东山记】……………………(683)
薛 瑄
　【游龙门记】……………………(686)
程敏政
　【夜渡两关记】…………………(689)
王守仁
　【瘗旅文】………………………(691)

【为李密檄洛州文】

祖君彦

自元气肇辟，厥①初生人，树之②帝王，以为司牧。是以羲农轩顼之后③，尧舜禹汤之君，靡不祗畏上玄④，爱育黔首。乾乾⑤终日，翼翼小心。驭朽索而同危，履春冰而是惧。故一物失所，若纳隍⑥而愧之；一夫有罪，遂下车而泣之。谦德轸⑦于责躬，忧劳切于罪己。普天之下，率土之滨⑧，蟠木距于流沙，瀚海穷于丹穴，莫不鼓腹⑨击壤，凿井耕田，治致升平，驱之仁寿。是以爱之如父母，敬之若神明，用能享国⑩多年，祚延长世。未有暴虐临人，克终天位⑪者也。

隋氏往因周末，预奉缀衣。狐媚⑫而图圣宝，胠箧以取神器。及缵戎负扆⑬，狼虎其心，始瞳⑭明两之晖，终干少阳之位。先皇⑮大渐，侍疾禁中，遂为枭獍⑯，便行鸩毒。祸深于莒仆，衅⑰酷于商臣。天地难容，人神嗟愤。州吁安忍，阋伯日寻⑱。剑阁所以怀凶，晋阳所以兴乱。甸人为鳖，淫刑斯逞⑲。夫九族既睦，唐帝阐其钦明；百世本枝，文王表其光大。况乃骤坏盘石，剿绝维城⑳，唇亡齿寒，宁止虞虢？欲其长久，其可得乎？其罪一也。

禽兽之行，在于聚麀；人伦之体，别于内外。而兰陵公主，逼幸告终㉑。谁谓鹖首之贤，翻见齐襄之耻。逮于先皇嫔御，并进银环；诸王子女，咸贮金屋。牝鸡鸣于诘旦㉒，雄雉恣其群飞。袒衣戏陈侯之朝，穹庐同冒顿之寝。爵赏之出，女谒㉓遂成；公卿宣淫，无复纲纪。其罪二也。

平章百姓，一日万机。未晓求衣，昃晷㉔不食。大禹不贵于尺璧，光武不隔㉕于反支。以是忧勤，深虑幽枉。而荒湎于酒，俾昼作夜。式号且呼，甘嗜声伎。常居窟室㉖，每藉糟丘。朝谒罕见其身，群臣希睹其面。断决㉗自此不行，敷奏于是停拥。中山千日之饮，酪酊无名；襄阳三雅之杯，留连讵比㉘。又广召良家，充选宫掖㉙。潜为九市，亲驾四驴；自比商人，见要逆旅。殷辛之谴㉚为小，汉灵之罪更轻。内外惊心，遐迩失望。其罪三也。

上栋下宇，著在《易》爻；茅茨采椽，陈诸史籍㉛。圣人本意，唯避风雨。讵待朱玉之华，宁须缔锦之丽。故琼室崇构㉜，商辛以之灭亡；阿房崛起，二世是以倾覆。而不遵古典，不念前章，广立池台，多营宫观。金铺㉝玉户，青琐丹墀，蔽亏日月，隔阂寒暑。穷生人之筋力，罄天下之资财。使鬼尚难为之，劳人㉞固其不可。其罪四也。

公田所彻，不过十亩；人力所供㉟，才止三日。是以轻徭薄赋，不夺农时，宁积于人，无藏于府。而科税㊱繁猥，不知纪极；猛火屡烧，漏卮难满㊲。头会箕敛，逆折㊳十年之租；杼轴其空，日损千金之费。父母不保其赤子，夫妻相弃于匡床。万户则城郭空虚，千里则烟火断灭。西蜀王孙之室㊴，翻同原宪之贫；东海糜竺之家，俄成邓通之鬼㊵。其罪五也。

古先哲王㊶，卜征巡狩，唐虞五载，周则一纪。本欲亲问疾苦，观省风谣。乃复广积薪刍，多聚饔㊷饩，年年历览，处处登临。从臣疲弊，供顿㊸辛苦。飘风冻雨㊹，聊窃比于先驱；车辙马迹，遂周行于天下。秦皇之心未已，周穆之意难穷。宴西母而歌云，浮东海而观日。家苦纳秸之勤，人阻来苏㊺之望。且夫天下有道，守在海外。夷不乱华㊻，在德非险。长城之役，战国所为，乃是狙诈㊼之风，非关稽古之法。而追踪秦代，板筑更兴，袭其基墟㊽，延袤万里。尸骸蔽野，血流成河。积怨满于山川，号哭动于天地。其罪六也。

辽水之东，朝鲜之地。《禹贡》以为荒服，周王弃而不臣。示以羁縻㊾，达其声教。苟欲爱人，非求拓土。又强弩末矢，讵能穿于鲁缟；冲风馀力，理无动于鸿毛。石田得而无堪㊿，鸡肋啖而何用。而恃众怙(51)力，强兵黩武，惟在并吞，不思长策。夫兵犹火也，不戢将自焚。遂令亿兆夷人，只轮(52)莫返。夫差丧国，实为黄池之盟，苻坚灭身，良由(53)寿春之役。欲捕鸣蝉于前，不知挟弹在后。复矢相顾，垩吊成行。义夫切齿，壮士扼腕(54)。其罪七也。

直言启沃(55)，王臣匪躬。惟木从绳，若金须砺(56)。唐尧建鼓，思闻献替(57)之言；夏禹悬鞀，时听箴规之美。而愎谏(58)违卜，妒贤嫉能，直士正入，皆由屠害。左仆射齐国公高颎，上柱国宋国公贺若弼，或文昌上相，或细柳功臣，暂吐良药之言，翻加属镂之赐。龙逢无罪，便遭夏癸㊾之诛；王子何辜，滥被㊿商辛之戮。遂令君子结舌，贤人缄口。指白日而比盛，射苍天而敢欺。不悟国之将亡，不知死之将至。其罪八也。

设官分职，贵在铨衡㉛；察狱问刑，无闻贩鬻。而钱神起论，铜臭为公。梁冀受黄金之蛇，孟佗荐㉜葡萄之酒。遂使彝㉝伦攸斁，政以贿成，君子在野，小人在位。积薪居上，同汲黯之言；囊钱不如，伤赵壹之赋。其罪九也。

宣尼㉞有言：无信不立。用命赏祖，义岂食言。自昏主嗣位，每岁行幸，南北巡狩，东西征伐。至于浩亹陪跸，东都守固，阌乡野战，雁门解围，自外征夫，不可胜纪。既立功勋，须酬官爵。而志怀翻覆，言行浮诡㉟，危急则勋赏悬授㊱，克定则丝纶不行。异商鞅之颁金，同项王之刓印㊲。芳饵之下，必有愚鱼。惜其重赏，求人死力，走丸逆坡，匹此非难。凡百骁㊳雄，谁不仇怨。至于匹夫敢尔，宿诺不亏，既在乘舆㊴，二三其德。其罪十也。

有一于此，未或不亡。况四维不张，三灵总瘁。无小无大，愚夫愚妇，共识殷亡，咸知夏灭。罄㊵南山之竹，书罪无穷；决东海之波，流恶难尽。是以穷奇灾于上国，獟㺄暴于中原，三河纵封豕之贪，四海被长蛇之毒。百姓歼亡，殆无遗类，十分为计，才一而已。苍生憬憬㊶，咸忧杞国之崩；赤子嗷嗷，但愁历阳之陷。

且国祚将改，必有常期㊷，六百殷亡之年，三十姬终之世。故谶录㊸云："隋氏三十六年而灭。"此则厌德之象已彰，代终之兆㊹先见。皇天无亲，惟德是辅。况乃欃枪竟天㊺，申繻谓之除旧；岁星入井，甘公以为义兴。兼朱雀门烧，正阳日蚀，狐鸣鬼哭，川竭山崩，并是宗庙为墟之妖，荆棘旅庭之事。夏氏则灾孼非多，殷人则咎征㊻更少。牵牛入汉，方知大乱之期；王良策马，始验兵车之会。

今者顺人将革㊼，先天不违，大誓孟津，陈盟景亳。三千列国，八百诸侯，不谋而同辞，不召而自至。轰轰隐隐，如霆如雷，彪虎啸而谷风生，应龙骧㊽而景云起。我魏公聪明神武，齐圣广渊㊾，总七德而在躬，包九功而挺出。周太保魏国公之孙，上柱国蒲山公之子。家传盛德，武王承季历之基㊿；地启元勋，世祖嗣元皇之业。笃生白水，日角之相便彰；载诞丹陵，天宝之文斯著。加以姓符图纬，名协歌谣，六合所以归心，三灵所以改卜。文王厄于羑里，赤雀方来；高祖隐于砀山，彤云自起。兵诛不道，《赤伏》至自长安；锋锐难当，黄星出于梁宋。九五龙飞之始，大人豹变之初，历试诸难，大敌弥勇。上柱国、司徒、东郡公翟让，功宣缔构，翼亮经纶，伊尹之佐成汤，萧何之辅高帝。上柱国、总管、齐国公孟让，柱国、历城公孟畅，柱国、绛郡公裴行俨，大将军、左长史郉元真等，并运筹千里，勇冠三军，击剑则截蛟断鳌，弯弧则吟猿落雁。韩彭绛灌，成沛公之基；寇贾吴冯，奉萧王之业。复有蒙轮挟辀之士，拔距投石之夫，冀马追风[81]，吴戈照日[82]。

　　魏公属当期运[83]，伏兹亿兆。躬擐[84]甲胄，跋涉山川。栉风沐雨，岂辞劳倦。遂起西伯之师，将问南巢之罪。百万成旅，四七为名。呼吸则河渭[85]绝流，叱咤则嵩华自拔。以此攻城，何城不陷？以此击阵，何阵不摧？譬犹泻沧海而灌残荧[86]，举昆仑而压小卵。鼓行[87]而进，百道俱前，以今月二十一日届于东都。而昏朝文武，留守段达、韦津等，昆吾恶稔，飞廉[88]奸佞，久迷天数，敢拒义兵。驱率丑徒，众有十万，回洛仓北，遂来举斧。于是熊罴[89]角逐，貔虎争先，因其倒戈之心，乘我破竹[90]之势。曾未旋踵，瓦解[91]冰销。坑卒则长平未多，积甲则熊耳为小。达等助桀为虐，婴城自固[92]。梯冲乱舞，徒设九拒之谋；鼓角将鸣[93]，空凭百楼之险。燕巢卫幕，鱼游宋池，殄灭之期，匪朝伊暮。

　　然兴洛、虎牢，国家储积，我已先据，为日久矣。既得回洛，又取黎阳，天下之仓，尽非隋有。四方起义，万里如云，足食足兵，无前[94]无敌。裴光禄仁基，雄才上将，受脤专征，退迹[95]攸凭，安危是托[96]。乃识机知变，迁虞事夏蛾袁谦擒自蓝水，张须陁获在荥阳，窦庆战殁于淮南，郭询授首[97]于河北。隋之亡候，断可知也。

　　清河公房彦藻，近秉戎律，略地东南，师之所临，风行电击。安陆、汝南，随机荡定[98]；淮安、济阳，俄然送款[99]。徐圆朗已平鲁郡，孟海公又破济阴。于是海内英雄，咸来响应。封民瞻取平原之境，郝孝德据黎阳之仓，李士雄虎视于长平，王德仁鹰扬于上党，滑郡公李景、考功郎中房山基发自临榆，刘兴祖起于北朔⑩，崔白驹自颍川起，方献伯以谯郡来，各拥数万之兵，俱期牧野之会。沧溟⑩之右，函谷以东，牛酒献于军前，壶浆盈于道路。

诸君⑩等并衣冠世胄，杞梓⑩良材。神鼎灵绎之秋，裂地封侯之始，豹变鹊起，今也其时；鼍鸣鳖应，见机而作。宜各鸠率⑩子弟，共建功名。耿弇之赴光武，萧何之奉高帝，岂止金章⑩紫绶，华盖朱轮，富贵以重当年，忠贞以传奕叶，岂不盛哉！

若隋代官人，同吠尧之犬，尚荷王莽之恩，仍怀蒯聩之禄。审配⑩死于袁氏，不如张郃归曹；范增困于项王，未若陈平从汉。魏公推以赤心，当加好爵。择木⑩而处，令不自疑。脱⑩猛虎犹豫，舟中敌国，凤沙之人，共缚其主；彭宠之仆，自杀其君，高官上赏，即以相授。如暗于成事，守迷不反，昆山纵火，玉石俱焚，尔等噬脐，悔将何及！黄河带地，明余旦旦之言；皎日丽天，知我勤勤之志。布告海内，咸使闻知。

【注释】

①厥：其，这里只作发语词。②树之：为之树立。③羲农轩顼：都是太古时候传说中的君主。后：君主。④祇：恭敬。上玄：上天。⑤乾乾：自强不息的意思。⑥物：这里指人。隍：没有水的城壕。⑦轸：伤痛。⑧率土之滨：谓自所有领土至海滨。⑨鼓腹：就是果腹，肚子吃得饱饱的。⑩用：因此。享国：指帝王在位的时间。⑪克终天位：能够善始善终，保全皇位。⑫狐媚：指杨坚长女为周宣帝皇后。⑬扆：户牖间画斧的屏风。⑭曀：天阴沉沉的样子。⑮先皇：指隋文帝杨坚。⑯枭：食母之鸟。獍：食父之鸟。⑰衅：罪恶。⑱寻：用，从事。⑲逞：快意。⑳况乃隳坏盘石，剿绝维城：上句指杨广残害亲弟兄，下句指杨广残害同姓宗室。㉑兰陵公主，逼幸告终：兰陵公主是隋炀帝的妹妹，这里说被炀帝强奸致死。㉒诘旦：天明，早晨。㉓女谒：指通过皇帝宠幸的女人来干求请托。㉔昃晷：日影西落。㉕不隔：指不准阻隔奏折。㉖常居窟室：古代统治阶级往往把窟室作为享乐之所。㉗断决：指批阅、处理群臣奏折。㉘讵比：岂能相比。㉙掖：官人所居之处。㉚谴：罪责。㉛史籍：史书。㉜崇构：高大的房屋结构。㉝金铺：金做的铺。㉞劳人：役使人民。㉟供：指出公差，服劳役。㊱科税：赋税，这里指田租。㊲猛火屡烧，漏卮难满：指层出不穷的苛税，就像猛火烧了又烧。㊳逆折：提前征收。㊴室：家。㊵邓通之鬼：指饿鬼。这句是说在炀帝的苛税情况下，富豪也被搞的破产。㊶哲王：圣王。㊷饔：熟食。㊸供顿：指设备、供养等后勤工作。㊹冻雨：指暴雨。㊺苏：昏迷后醒过来。㊻夷不乱华：这两句的意思是只要中央政府修明德政，边地少数民族就不会来扰乱，不须凭借险阻。㊼狙诈：指窥探时机，进行敲诈。㊽基堞：指长城的旧址。㊾

羁縻：维系。 (50)无堪：犹言无用，指不能耕种。 (51)怙：仗势。 (52)只轮：一个车轮。 (53)良由：全为。 (54)扼腕：用左手捏着右腕，极度悲愤的样子，与切齿的意思相同。 (55)启沃：对皇帝进忠告。 (56)砺：磨刀石。 (57)替：即去。 (58)愎谏：一意孤行，不纳谏言。 (59)癸：夏桀名。 (60)滥被：横被。 (61)贵在铨衡：贵在公平无私，量才任用。 (62)荐：进。 (63)彝：常。 (64)宣尼：孔丘。 (65)浮诡：虚假，狡诈，指用谎言欺骗。 (66)悬授：预赏，指宣称要授予立功者的官爵。 (67)刓印：把印的棱角磨圆，夸张形容把官印捏在自己手里，舍不得给人。 (68)骁：勇健。 (69)乘舆：皇帝坐的车，指代皇帝。 (70)罄：尽。 (71)懔懔：忧惧貌。 (72)常期：定数。 (73)谶录：宣扬符命占验的迷信书。 (74)兆：苗头。 (75)竟天：极天，从天的这边直沿到那边。 (76)咎征：不好的兆头。 (77)顺人将革：顺人心，将革命。 (78)骧：头高举。 (79)广渊：度量宽宏，思虑深远。 (80)基：基业。 (81)追风：形容跑得快。 (82)照日：形容吴戈的锋利明亮。 (83)期运：指天命所归的时期。 (84)擐：贯，即顶盔贯甲。 (85)河渭：黄河，渭水。 (86)残荧：微弱的火光。 (87)鼓行：鸣鼓进军，表示力量有余，不用奇袭。 (88)飞廉：商纣的奸佞之臣。 (89)熊罴：皆喻猛士。 (90)破竹：比喻战争进行顺利。 (91)瓦解：指溃散。 (92)婴城自固：据城守御，自以为固。 (93)鼓角将鸣：即鼓角鸣于地中，指义军从地道进攻。 (94)无前：没有挡在义军前进道上而不被击败的。 (95)遐迩：远近。 (96)是托：托付于他，即依靠他的意思。 (97)授首：被斩首。 (98)随机荡定：及时平定。 (99)送款：投降。 (100)北朔：即朔北，泛指北方。 (101)沧溟：大海。右：西边。 (102)诸君：指洛州的隋方官将。 (103)杞梓：都是优良的木材，比喻人才。 (104)鸠率：聚集率领。 (105)金章：金印。 (106)审配：袁绍的谋臣。 (107)择木：鸟择木而栖，比喻人臣择主而事。 (108)脱：若果，或许。

【赏析】

檄文，是古代用于征召、晓谕、声讨等的文书，它一般用来陈述敌人的罪行，为己方进行伐敌准备好舆论基础，也有的用来对敌人进行劝降，劝告对方放下武器准备投降。本文是祖君彦为李密讨伐隋炀帝而写的檄文，气势澎湃，斗志昂扬，是千古流传的檄文名篇。

在隋代末年，隋炀帝荒淫无道，不但沉迷女色，还大修运河以供玩乐，他无限制地役使百姓，毫无恩德，百姓无法生存被迫揭竿而起。以李密为首的瓦岗军是当时众多起义队中重要的一支，公元617年瓦岗军进一步发展壮大，成为各路义军的领头兵。李密率领导各路军队所向披靡，取得很多次战争的胜利，最后逼近东都洛阳。为了迅速瓦解敌军，号召人们反抗暴君杨广，推翻隋的残暴统治，李密让祖君彦起草了这一篇十分具有鼓动力的檄文，将矛头直指最高统治者杨广。

在檄文中，作者列举血淋淋的事实，控诉了在杨广的统治下民生维艰的社会现实。杨广沉迷女色，不顾国家实际发动战争，好大喜功，为了自己的游乐而开凿大运河，导致民不聊生。这些事实都是人所共知，人所共见的，人民在他的统治下已经失去了生活的最低保障水平，他的昏暴荒淫已经丧失了人民对他的忠诚之心，他的罪过如同“罄南山之竹，书罪无穷；决东海之波，流恶难尽”，对他的讨伐是人心所向，是先进正义对邪恶荒淫的一次合理攻击。

文章写得十分具有斗志，犀利明快的语言陈述出了杨广罄竹难书的罪恶，也反映了当时民怨沸腾的社会面貌，使人们清楚地认识到杨广的罪大恶极，为李密的讨伐做了极好的舆论铺垫。

【十渐不克终疏】

魏 徵

臣观自古帝王受图①定鼎，皆欲传之万代，贻厥孙②谋。故其垂拱岩廊③，布政天下，其语道也，必先淳朴而抑浮华；其论人也，必贵忠良而鄙邪佞；言制度也，则绝奢靡而崇俭约；谈物产也，则重谷帛而贱珍奇。然受命之初，皆遵之以成治；稍安之后，多反之而败俗。其故何哉？岂不以居万乘④之尊，有四海之富，出言而莫己逆⑤，所为而人必从，公道溺于私情，礼节亏于嗜欲故也！语曰："非知之难，行之惟难；非行之难，终之斯难。"所言信⑥矣。

伏惟⑦陛下年甫弱冠，大拯横流⑧，削平区宇⑨，肇开帝业。贞观之初，时方克壮，抑损嗜欲，躬⑩行节俭，内外康宁，遂臻至治⑪。论功则汤、武不足方，语德则尧、舜未为远。臣自擢⑫居左右，十有馀年，每侍帷幄⑬，屡奉明旨。常许仁义之道守之而不失，俭约之志终始而不渝。一言兴邦，斯之谓也⑭。德音⑮在耳，敢忘之乎？而顷年已来，稍乖⑯曩志。敦朴之理，渐不克终。谨以所闻列之如左。

陛下贞观之初，无为无欲。清静之化，远被⑰遐荒。考之于今，其风渐坠。听言则远超于上圣，论事则未逾于中主⑱。何以言之？汉文、晋武俱非上哲。汉文辞千里之马，晋武焚雉头之裘。今则求骏马于万里，市珍奇于域外⑲，取怪于道路，见轻于戎狄⑳。此其渐不克终一也。

昔子贡问理人㉑于孔子，孔子曰："懔乎若朽索㉒之驭六马。"子贡曰："何其畏哉？"子曰："不以道导之，则吾仇也。若何其无畏？"故《书》曰："民惟邦本，本固邦宁。为人上者㉓，奈何不敬？"陛下贞观之始，视人如伤㉔。恤其勤劳，爱民犹子。每存简约，无所营为。顷年已来，意在奢纵，忽忘卑俭，轻用人力。乃云百姓无事则骄逸，劳役则易使。自古已来，未有百姓逸乐而致倾败者也。何有逆㉕畏其骄逸而故欲劳役者哉！恐非兴邦之至言，岂安人之长算㉖？此其渐不克终二也。

陛下贞观之初，损己以利物。至于今日，纵欲以劳人。卑俭之迹岁改㉗，骄侈之情日异。虽忧人之言不绝于口，而乐身之事实切于心。或时欲有所营，虑人致谏，乃云若不为此不便我身。人臣之情，何可复争？此直意在杜㉘谏者之口，岂曰择善而行者乎？此其渐不克终三也。

立身成败，在于所染㉙。兰芷鲍鱼，与之俱化。慎乎所习，不可不思。陛下贞观之初，砥砺㉚名节，不私于物，唯善是与。亲爱㉛君子，疏斥㉜小人。今则不然，轻亵㉝小人，礼重君子。重君子也，敬而远之；轻小人也，狎而近之。近之则不见其非，远之则莫知其是。莫知其是，则不间㉞而自疏；不见其非，则有时而自昵㉟。昵近小人，非致理之道；疏远君子，岂兴邦之义？此其渐不克终四也。

《书》曰："不作无益害有益，功乃成；不贵异物贱用物，人乃足。犬马非其土性不畜，珍禽奇兽弗育于国。"陛下贞观之初，动遵尧、舜，捐金抵璧㊱，反朴还淳㊲。顷年已来，好尚奇异。难得之货无远不臻，珍玩之作无时能止。上好奢靡而望下敦朴，未之有也。末作㊳滋兴而求丰实，其不可得亦已明矣。此其渐不克终五也。

贞观之初，求贤如渴。善人所举㊴，信而任之。取其所长，恒恐不及。近岁已来，由心好恶㊵。或众善举而用之，或一人毁而弃之；或积年任而用之，或一朝疑而远之。夫行有素履㊶，事有成迹。所毁之人，未必可信于所举，积年之行，不应顿失于一朝。君子之怀，蹈仁义而弘大德；小人之性，好谗佞以为身谋㊷。陛下不审察其根源，而轻为之臧否㊸，是使守道者㊹日疏，干求者㊺日进。所以人思苟免，莫能尽力。此其渐不克终六也。

陛下初登大位，高居深视。事惟清静，心无嗜欲。内除毕弋㊻之物，外绝畋猎之源。数载之后，不能固志㊼。虽无十旬之逸㊽，或过三驱之礼。遂使盘游之娱见讥于百姓，鹰犬之贡远及于四夷。或时教习之处㊾，道路遥远，侵晨㊿而出，入夜方还。以驰骋为欢，莫虑不虞㉛之变。事之不测，其可救乎？此其渐不克终七也。

孔子曰："君使臣以礼，臣事君以忠。"然则君之待臣，义不可薄。陛下初践大位，敬以接下。君恩下流㊷，臣情上达，咸思竭力，心无所隐。顷年已来，多所忽略。或外官充使，奏事入朝，思睹阙庭㊸，将陈所见。欲言则颜色不接，欲请又恩礼不加。间㊹因所短，诘㊺其细过，虽有聪辩之略，莫能申其忠款㊻。而望上下同心，君臣交泰㊼，不亦难乎？此其渐不克终八也。

傲不可长，欲不可纵，乐不可极，志不可满。四者前王所以致福，通贤㊽以为深诫。陛下贞观之初，孜孜不怠。屈己从人，恒若不足。顷年已来，微有矜放㊾。恃功业之大，意蔑前王；负圣智之明，心轻当代。此傲之长也。欲有所为，皆取遂意。纵或抑情从谏㊿，终是不能忘怀。此欲之纵也。志在嬉游，情无厌倦。虽未全妨政事，不复专心治道。此乐将极也。率土乂安㉛，四夷款服㉜，仍远劳士马，问罪遐裔㉝。此志将满也。亲狎者阿旨㉞而不肯言，疏远者畏威而莫敢谏，积而不已，将亏圣德。此其渐不克终九也。

昔陶唐、成汤之时，非无灾患，而称其圣德者，以其有始有终，无为无欲，遇灾则极其忧勤，时安则不骄不逸故也。贞观之初，频年霜旱，畿内㉟户口，并就关外，携负老幼，来往数年，曾无一户逃亡，一人怨苦。此诚由识陛下矜育㊱之怀，所以至死无携贰㊲。顷年已来，疲于徭役。关中之人，劳弊尤甚。杂匠之徒，下日悉留和雇㊳；正兵之辈，上番㊴多别驱使。和市㊵之物，不绝于乡间；递送之夫㊶，相继于道路。既有所弊，易为惊扰。脱㊷因水旱，谷麦不收，恐百姓之心，不能如前日之宁帖㊸。此其渐不克终十也。

臣闻祸福无门，唯人所召㊹。人无衅焉，妖不妄作。伏惟陛下统天御宇，十有三年。道洽寰中㊺，威加海外。年谷丰稔㊻，礼教聿㊼兴。比屋逾于可封，菽㊽粟同于水火。暨乎今岁，天灾流行。炎气致旱，乃远被于郡国㊾；凶丑作孽，忽近起于毂下。夫天何言哉？垂象示诫。斯诚陛下惊惧之辰，忧勤之日也。若见诫而惧，择善而从，同周文之小心㊿，追殷汤之罪己，前王所以致理者勤而行之，今时所以败德者思而改之，与物更新，易㉛人视听，则宝祚㉜无疆，普天幸甚。何祸败之有乎？然则社稷安危，国家理乱，在于一人而已。当今太平之基，既崇极天之峻；九仞之积，犹亏一篑之功㉝。千载休期㉞，时难再得。明主可为而不为，微臣㉟所以郁结而长叹者也。臣诚愚鄙，不达事机，略举所见十条，辄以上闻圣听。伏愿陛下采臣狂瞽㊱之言，参以刍荛㊲之议，冀千虑一得，兖职有补，则死日生年，甘从斧钺㊳。

【注释】

①受图：接受图书符命。 ②贻：遗留。厥孙：他们的子孙。 ③岩廊：高峻的走廊，喻朝廷。 ④万乘：万辆兵车。古代天子有兵车万辆，故以万乘喻天子。 ⑤莫己逆：没有人违背自己。 ⑥信：确实。 ⑦伏惟：臣下向君主发表意见时所用的敬词。 ⑧横流：比喻乱世。 ⑨区宇：天下。 ⑩躬：亲自。 ⑪至治：大治。 ⑫擢：提拔。 ⑬帷幄：本指军帐，这里指决策机构。 ⑭斯之谓也：说的就是这个。 ⑮德音：帝王的言论。 ⑯乖：违背。 ⑰被：覆盖。 ⑱中主：平庸的君主。 ⑲域外：国外。 ⑳戎狄：指异族。 ㉑理人：治民。 ㉒朽索：腐朽的绳索。 ㉓为人上者：指君主。 ㉔视人如伤：待人如对待伤口那样小心翼翼。 ㉕逆：事先。 ㉖长算：长远的打算。 ㉗岁改：一年比一年改变。 ㉘杜：堵塞。 ㉙染：影响。 ㉚砥砺：磨刀石，此作磨练讲。 ㉛亲爱：亲近爱戴。 ㉜疏斥：疏远排斥。 ㉝轻亵：亲近而不庄重。 ㉞间：挑拨。 ㉟昵：亲近。 ㊱捐金抵璧：抛弃金银珠宝。 ㊲淳：朴实。 ㊳末作：古以农业为本，故工商等都被视为末作。 ㊴善人所举：善待别人所推举的人。 ㊵由心好恶：喜欢和嫌恶全凭自己。 ㊶素履：喻平凡自安。 ㊷为身谋：为自己打算。 ㊸臧否：评论人的好坏。 ㊹守道者：此指君子。 ㊺干求者：有所希求的人，指小人。 ㊻毕弋：打猎用具。 ㊼固志：巩固志向。 ㊽十旬之逸：夏代太康曾在洛水附近打猎，十旬不返。 ㊾教习之处：教练场所。 ㊿侵晨：天蒙蒙亮。 51不虞：不及预料。 52下流：居下位的人。 53阙庭：官廷。 54间：有时。 55诘：责。 56忠款：忠诚。 57交泰：即指上下融合、和平。 58通贤：与贤士交往。 59矜放：骄傲放纵。 60抑情从谏：抑制情绪而听从劝告。 61乂安：平安无事。 62款服：心悦诚服。 63遐裔：远地。 64阿：曲意奉承。旨：旨意。 65畿内：京城所管辖的地区。 66矜育：怜悯抚育。 67携贰：怀着二心。 68和雇：官府出钱雇佣劳力。 69上番：轮流值勤。 70和市：官府向百姓议价购物。 71递送之夫：长途转运货物的壮丁。 72脱：或许。 73宁帖：安宁服贴。 74唯人所召：是人们自己招来的。 75寰中：大地。 76稔：谷物熟。 77聿：语气助词。 78菽：豆类的总称。 79郡国：指地方上。 80小心：谨慎。 81易：改变。 82宝祚：帝位。 83一篑之功：即功亏一篑。 84休期：美好时期。 85微臣：谦词，低贱之臣。 86狂瞽：比喻不见事实而胡言乱语。 87刍荛：砍柴者。 88斧钺：杀戮人的兵器，后泛指刑戮。

【赏析】

魏徵，字玄成，唐朝政治家，以直谏敢言著称，是中国史上最负盛名的谏臣。他性格刚直、才识超卓、敢于犯颜直谏。他曾恳切要求太宗使他充当对治理国家有用的"良臣"，而不要使他成为对皇帝一人尽职的"忠臣"。他每次对太宗进谏，即便激怒太宗，仍然神色自若，使太宗也为之折服。他一生曾先后陈谏200多次，劝戒唐太宗以历史教训为鉴，励精图治，任贤纳谏，本着"仁义"行事，无一不受到采纳。本文是他在贞观十三年（639）所上，在当时和后世都有重要影响，疏文批评唐太宗"骄奢自溢"，有十种表现，辞强理直，淋漓尽致。

  诏书首先谈到太宗执政之初的意气风发，壮志豪言，接着对比其今天的所作所为，魏徵说是"公道溺于私情，礼节亏于嗜欲故也"，用语十分犀利。接着魏徵详细列举了太宗有始无终，骄奢淫逸的十种表现，包括派使者到千里万里之外搜寻良马、珍宝，放纵奢侈；动用民力劳役百姓；把体恤百姓的话挂在嘴边，心里想的却是自身享乐；亲昵小人，疏远君子；沉迷于贵重物品的搜集、制造；对一人一事不从根本上研究，就加以肯定或否定，而致使佞人得志，逸言得逞；骑马打猎游乐，常常早出晚归；不听官员报告事情，偏视偏听；仗着功大业大，自负聪明，滋生骄傲自满的情绪，欲望放纵，无故兴兵，侵扰边远少数民族；不能怜悯抚恤百姓，渐失民心。在结尾部分魏徵以天灾流行来警戒太宗，希望他知错能改，最终有所作为。整篇文章有理有据，气势磅礴，不但给唐太宗敲响了警钟，也给后人留下享用不尽的治国之术。

【醉乡记】

王 绩

  醉之乡，去中国不知其几千里也。其土旷然无涯，无丘陵阪①险；其气和平一揆②，无晦明寒暑；其俗大同，无邑居聚落；其入甚精，无爱憎喜怒，吸风饮露，不食五谷；其寝于于，其行徐徐，与鸟兽鱼鳖杂处，不知有舟车器械之用。

  昔者黄帝氏尝获游其都，归而杳然丧其天下，以为结绳之政已薄矣。降及尧舜，作为千钟百壶之献，因姑射神人以假道，盖至其边鄙，终身太平。禹汤立法，礼繁乐杂，数十代与醉乡隔。其臣羲和③，弃甲子而逃，冀臻其乡，失路而道夭，故天下遂不宁。至乎末孙桀纣，怒而升糟丘，阶级千仞，南向而望，卒不见醉乡。武王得志于世，乃命公旦④立酒人氏⑤之职，典司⑥五齐⑦，拓土七千里，仅与醉乡达焉，故四十年刑措不用。下逮⑧幽厉，迄乎秦汉，中国丧乱，遂与醉乡绝。而臣下之爱道者，往往窃至焉。阮嗣宗、陶渊明等十数人并游于醉乡，没身不返，死葬其壤，中国以为酒仙云。

嗟乎，醉乡氏之俗，岂古华胥氏⑨之国乎？何其淳寂也如是！予得游焉，故为之记。

【注释】

①阪：山坡。　②揆：尺度，准则。　③羲和：传说中掌管天文历法的官员，夏朝仲康时代的羲和，沉湎于酒，昏迷天象，未能预。　④公旦：人名。　⑤酒人氏：官名。　⑥典司：主管。　⑦五齐：古代按酒的清浊，分为五等，叫'五齐'。　⑧逮：到。　⑨古华胥氏：传说中的国名。

【赏析】

王绩，字无功，唐代医生、著名诗人，出身官宦世家，是隋末大儒王通之弟。自幼好学，博闻强记，15岁时便游历京都长安（今西安），拜见权倾朝野的大臣杨素，被在座公卿称为"神童仙子"。他曾经任秘书正字，后借故辞归，专心以医药济人。王绩一生郁郁不得志，在隋唐之际，曾三仕三隐，一方面心念仕途，另一方面又自知难以显达，故归隐山林田园，以琴酒诗歌自娱。初唐时，以原官待召门下省，后弃官隐居于故乡东皋村。

王绩性情旷达，嗜酒如命。唐武德八年（625），朝廷征召前朝官员，王绩以原官待诏门下省。按照门下省例，日给良酒三升。其弟王静问："待诏快乐否？"回答说："待诏俸禄低，又寂寞，只有良酒。"他生平所作《醉乡记》、《五斗先生传》、《酒赋》、《独酌》、《醉后》等诗文，均被太史令李淳风誉为"酒家之南董"。王绩在《醉乡记》中用夸张的手法渲染了醉乡的美妙，他虚构了黄帝曾经到醉乡一行，回来就放弃了自己的权利地位，由此可见醉乡的魅力之大。接着他又说尧舜都是借助进入醉乡，才实现天下太平，而像夏桀、商纣之流虽然也爱喝酒，但是根本就没有进入醉乡的境界，因此才会天下大乱。接下来作者又举历史人物的例子来证明进入醉乡之难得，他认为，古往今来，进入醉乡的人寥寥无几，也就陶渊明、阮籍几人等，只有他们真正懂得饮酒之道，懂得独善其身。如今，作者也要追随他们而去，羽化登仙，在走之前留下这篇文字以明志。

文章看似荒诞不经，事实上传达出的愤慨与理想却不言而喻。作者在仕途上怀才不遇，社会动乱不堪，作者希望靠饮酒找到精神的依靠，虽然这只是他的一厢情愿，却折射出古代知识分子"达则兼济天下，穷则独善其身"的伟岸情操。

【上《文选注》表】

李 善

臣善言①：窃以道光九野，缛景纬以照临；德载八埏，丽山川以错峙②。垂象之文斯著，含章之义聿宣③。协人灵④以取则，基化成而自远。

故羲绳⑤之前，飞葛天之浩唱；娲簧之后，掞丛⑥云之奥词。步骤分途，星躔殊⑦建；球钟愈畅⑧，舞咏方滋。楚国词人，御兰芬于绝代⑨；汉朝才子，综⑩鎣悦于遥年。虚玄流⑪正始之音，气质驰建安之体。长离⑫北度，腾⑬雅咏于圭阴⑭。化龙东骛⑮，煽风流⑯于江左。

爰逮有梁⑰，宏材弥劭⑱。昭明太子，业膺守器⑲，誉贞⑳问寝。居肃成而讲艺，开博望以招贤。寀中叶之词林㉑，酌前修㉒之笔海。周巡绵峤㉓，品盈尺之珍；楚望长澜㉔，搜径寸之宝。故撰斯一集，名曰《文选》。后进英髦，咸资准的㉕。

伏惟㉖陛下，经帏㉗成德，文思垂风㉘。则大㉙居尊，耀三辰之珠璧㉚；希声㉛应物，宣六代之云英㉜。孰可撮㉝壤崇山，导涓㉞宗海？

臣蓬衡蕞品㉟，樗散㊱陋姿。汾河委策㊲，凤非成诵；嵩山坠简㊳，未议澄心㊴。握玩㊵斯文，载移凉燠㊶。有欣永日，实昧通津㊷。故勉十舍之劳，寄三馀之暇。弋钓㊸书部，愿㊹言注缉，合成六十卷。杀青㊺甫就，轻用上闻。享帚自珍，缄石知谬㊻。敢有尘于广内㊼，庶无遗于小说。谨诣㊽阙奉进，伏愿㊾鸿慈，曲垂㊿照览。谨言。显庆三年九月日上表。

【注释】

①臣善言：这是向皇帝上书的一种格式。意思是（您的）臣下李善（向您报告）说。 ②"窃以道光九野"四句：我认为天道使九天光明，悬挂着日月繁星以照临下界；地德载满八方，使山川分布其上而交错峙立。 ③"垂象之文斯著"二句：天的文彩是非常显著的，地的文彩也是非常明显的。文：文彩，此指日月星的光辉。含章：含于内部的美质。 ④协：协同一致。人灵：即人。这里借指人文。 ⑤羲：传说中的古代帝王伏羲氏。绳：指以结绳而治为代表的伏羲时代的文化。 ⑥掞：同炎，这里引申为盛大的意思。丛：集聚貌。 ⑦殊：不同。 ⑧畅：畅达。 ⑨御：用。绝代：荒原的古代。 ⑩综：综合。 ⑪虚玄：虚无幽玄，指玄学的深奥哲理。流：流行。 ⑫长离：指陆机。 ⑬腾：腾跃，奔腾，此喻大力从事创作。 ⑭圭阴：指洛阳。 ⑮东骛：东奔，东迁。 ⑯风流：此指东晋时的玄言风气。 ⑰爰、有：均为语词，无义。逮：及，到。 ⑱劭：自勉，努力。 ⑲膺：承受，承当。守器：主守宗庙祭器，即继承帝位的意思。 ⑳贞：精诚，始终不二。 ㉑词林、笔海：均喻诗文著作。 ㉒前修：前贤。 ㉓峤：高山，指昆仑山。 ㉔长澜：指汉水和长江。汉水入长江，故多合称江汉。 ㉕资：取，此作"用"解。准的：标准，准则。 ㉖伏惟：下对上的敬辞，犹言"我想"。 ㉗经帏：治理。 ㉘垂风：作风向下影响至百姓。 ㉙则大：效法上天。 ㉚珠璧：谓日月星。 ㉛希声：指大音。 ㉜宣：发扬。六代之云英：周代以前的音乐。 ㉝撮：用手捧物。 ㉞

涓：细小的流水。 ㉟蓬衡：茅舍。蕞品：小（人）物，下品。 ㊱樗散：因不成材而无用。 ㊲委策：丢失的书。 ㊳坠简：丢失的书简。 ㊴澄心：清心，专心致志。 ㊵握玩：拿着玩赏，此引申为学习、研究。 ㊶凉燠：冷热，此指时令季节，犹言冬夏。 ㊷通津：通达彼岸的渡口。 ㊸弋钓：获取。 ㊹愿：思，考虑。 ㊺杀青：定稿。 ㊻缄石知谬：知道珍藏一块不值钱的石头是荒谬的。 ㊼广内：藏书之处。 ㊽诣：到。 ㊾伏愿：俯伏愿望。自谦表敬之词。 ㊿曲：通屈，降低身份，请求对方时的敬辞。垂：垂恩的意思，由上施于下曰垂。

【赏析】

　　李善是唐代的文学家，扬州江都人，曾经任崇贤馆直学士，秘书郎等职，后来因事流配姚州，遇赦放还，寓居汴、郑之间，以讲《文选》为业。学生从四面八方而来，李善不吝赐教，传其业，被称为"文选学"。他对《文选》深有研究，是第一个为《文选》作注的人，其注征引繁复，注释详尽，是后人研究《文选》最重要的参考资料之一。本文是作者在完成注释后给唐高宗的一篇上书。在文中，作者对《文选》做了很高的评价，认为它是对前代优秀作品的一个选辑，选择质量很高，标准也很严，昭明太子"周巡绵峤，品盈尺之珍；楚望长澜，搜径寸之宝"，也就是说他搜集作品就像周穆王遍游昆仑品玩珍宝、隋侯凝望江汉波澜寻求明珠一样用心，作品质量上乘，足以成为后世人学习的教材。李善对《文选》做出的这一评价，大体上是公允的，可见李善眼光之独到和精准。文章按照时间顺序，简单叙述了文学的发展过程，清晰明了，极具概括性，最后作者提出自己注释文选的意义和必要性，说服力很强。

　　本上书层次分明，语言简洁，意境开阔，气氛凝重。作者对高宗充满敬慕之情，字里行间显示出一个臣子对帝王的无尽赞美，他用词华丽，但点到为止，读来不觉阿谀奉承之意，只见臣子之谦卑与帝王之尊严。他对自己用语谦逊，但是却毫不自卑，他对自己的注释信心十足，不掩饰自己在注释过程中的勤俭功夫，坦坦荡荡，毫无惧意。高步瀛评价此文"宏阔瑰丽，较之四杰，崔、李诸家，殊无愧色。知《新唐书》谓奄贯古今，而不能属辞者，乃忌者诋毁之词，不足信也。"

【代李敬业传檄天下文】

骆宾王

　　伪临朝武氏者，人非温顺，地①实寒微。昔充太宗下陈②，尝以更衣③入侍。洎乎晚节④，秽乱春宫⑤。密隐先帝之私⑥，阴图后庭之嬖⑦。入门见嫉，蛾眉⑧不肯让人；掩袖工谗⑨，狐媚⑩偏能惑主。践元后于翚翟⑪，陷吾君于聚麀⑫。加以虺蜴为心，豺狼成性，近狎邪僻⑬，残害忠良⑭，杀姊屠兄⑮，弑君鸩母⑯。神人之所共疾，天地之所不容。犹复包藏祸心，窥窃神器⑰。君之爱子，幽之于别宫⑱；贼之宗盟，委之以重任。呜呼！霍子孟之不作⑲，朱虚侯之已亡⑳。燕啄皇孙，知汉祚之将尽㉑；龙漦帝后，识夏庭之遽衰㉒。

敬业皇唐旧臣，公侯冢子㉓。奉先君之成业，荷本朝之厚恩。宋微子之兴悲㉔，良有以㉕也；桓君山㉖之流涕，岂徒然哉！是用气愤风云，志安社稷㉗。因天下之失望，顺宇内之推心㉘，爰㉙举义旗，誓清妖孽。南连百越㉚，北尽三河㉛，铁骑成群，玉轴㉜相接。海陵红粟㉝，仓储之积靡穷；江浦黄旗㉞，匡复之功何远。班声㉟动而北风起，剑气冲而南斗平。喑呜则山岳崩颓，叱咤则风云变色㊱。以此制敌，何敌不摧；以此攻城，何城不克！

公等㊲或家传汉爵，或地协周亲㊳，或膺重寄于爪牙㊴，或受顾命于宣室㊵。言犹在耳，忠岂忘心？一抔之土未干，六尺之孤㊶安在！倘㊷能转祸为福，送往事居㊸，共立勤王之勋，无废旧君㊹之命，凡诸爵赏，同指山河㊺。若其眷恋穷城㊻，徘徊歧路，坐昧先几㊼之兆，必贻后至之诛㊽。请看今日之域中，竟是谁家之天下！移檄州郡，咸使知闻。

【注释】

①伪：指非法的，表示不为正统所承认的意思。临朝：莅临朝廷掌握政权。地：指家庭、家族的社会地位。　②下陈：古人宾主相馈赠礼物、陈列在堂下，称为"下陈"。因而，古代统治者充实于府库、内官的财物、妾婢，亦称"下陈"。这里指武则天曾充当过唐太宗的才人。　③更衣：换衣。古人在宴会中常以此作为离席休息或入厕的托言。《汉书》记载：歌女卫子夫乘汉武帝更衣时入侍而得宠幸。这里借以说明武则天以不光彩的手段得到唐太宗的宠幸。　④洎（jì）：及，到。晚节：后来。　⑤春宫：亦称东宫，是太子居住的地方，后人常借指太子。　⑥私：宠幸。　⑦嬖（pì）：宠爱。　⑧蛾眉：原以蚕蛾的触须比喻女子修长而美丽的眉毛，这里借指美女。　⑨掩袖工谗：说武则天善于进谗害人。《战国策》记载：楚王夫人郑袖对楚王所爱美女说："楚王喜欢你的美貌，但讨厌你的鼻子，以后见到楚王，要掩住你的鼻子。"美女照办，楚王因而发怒，割去美女的鼻子。这里借此暗指武则天曾偷偷窒息亲生女儿，而嫁祸于王皇后，使皇后失宠的事（见《新唐书·后妃传》）。　⑩狐媚：唐代迷信狐仙，认为狐狸能迷惑害人，所以称用手段迷人为狐媚。　⑪元后：正宫皇后。翚翟（huìdí）：用美丽鸟羽织成的衣服，指皇后的礼服。翚，五彩雉鸡。翟，长尾山鸡。　⑫聚麀（yōu）：多匹牡鹿共有一匹牝鹿。麀，母鹿。语出《礼记·曲礼上》："夫惟禽兽无礼，故父子聚麀。"这句意谓武则天原是唐太宗的姬妾，现在当上高宗的皇后，使高宗乱伦。　⑬狎：亲近。邪僻：指不正派的人。　⑭

忠良：指因反对武后而先后被杀的长孙无忌、上官仪、褚遂良等大臣。 ⑮杀姊屠兄：据《旧唐书·外戚传》记载：武则天被册立为皇后之后，陆续杀死侄儿武惟良、武怀远和姊女贺兰氏。兄武元庆、武元爽也被贬谪而死。 ⑯弑君鸩（zhèn）母：谋杀君王、毒死母亲。其实史书中并无武后谋杀唐高宗和毒死母亲的记载。弑，臣下杀死君王。鸩，传说中的一种鸟，用其羽毛浸酒能毒死人。 ⑰窥窃神器：阴谋取得帝位。神器，指皇位。 ⑱君之爱子，幽之于别宫：指唐高宗死后，中宗李显继位，旋被武后废为庐陵王，改立睿宗李旦为帝，但实际上是被幽禁起来（事见《新唐书·后妃传》）。二句为下文"六尺之孤何在"张本。宗盟：家属和党羽。 ⑲霍子孟：名霍光，西汉大臣，受汉武帝遗诏，辅助幼主汉昭帝；昭帝死后，昌邑王刘贺继位，荒嬉无道，霍光又废刘贺，更立宣帝，是安定西汉王朝的重臣（事见《汉书·霍光传》）。作：兴起。 ⑳朱虚侯：汉高祖子齐惠王肥的次子，名刘章，封朱虚侯。高祖死后，吕后专政，重用吕氏，危及刘氏天下，刘章与丞相陈平、太尉周勃等合谋，诛灭吕氏，拥立文帝，稳定了西汉王朝（事见《汉书·高五王传》）。 ㉑"燕啄皇孙"二句：《汉书·五行志》记载：汉成帝时有童谣说"燕飞来，啄皇孙"。后赵飞燕入官为皇后，因无子而妒杀了许多皇子，汉成帝因此无后嗣。不久，王莽篡政，西汉灭亡。这里借汉朝故事，指斥武则天先后废杀太子李忠、李弘、李贤，致使唐室倾危。祚，指皇位、国统。 ㉒"龙漦（lí）帝后"二句：据《史记·周本纪》记载：当夏王朝衰落时，有两条神龙降临宫庭中，夏帝把龙的唾涎用木盒藏起来，到周厉王时，木盒开启，龙漦溢出，化为玄鼋流入后宫，一官女感而有孕，生褒姒。后幽王为其所惑，废太子，西周终于灭亡。漦，涎沫。 ㉓冢子：嫡长子。 ㉔宋微子：微子名启，是殷纣王的庶兄，被封于宋，所以称"宋微子"。殷亡后，微子去朝见周王，路过荒废了的殷旧都，作《麦秀歌》来寄托自己亡国的悲哀（见《尚书大传》）。这里是李敬业的自喻。 ㉕良：确实、真的。以：缘因。 ㉖桓君山：东汉人，名谭，光武帝时为给事中，因反对当时盛行的谶纬神学，而被贬为六安县丞，忧郁而死（事见《后汉书·桓谭传》）。 ㉗社稷：原为帝王所祭祀的土神和谷神，后借指国家。 ㉘宇内：天下。推心：指人心所推重。 ㉙爰：于是。 ㉚百越：通"百粤"。古代越族有百种，故称"百越"。这里指越人所居的偏远的东南沿海。 ㉛三河：洛阳附近河东、河内、河南三郡，是当时政治中心所在的中原之地。 ㉜玉轴：战车的美称。 ㉝海陵：古县名，治所在今江苏省泰州市，地在扬州附近，汉代曾在此置粮仓。红粟：米因久藏而发酵变成红色。靡：无，不。 ㉞江浦：长江沿岸。浦，水边的平地。黄旗：指王者之旗。 ㉟班声：马嘶鸣声。 ㊱喑（yīn）呜、叱咤（zhà）：发怒时的喝叫声。 ㊲公等：诸位。家传汉爵：拥有世代传袭的爵位。汉初曾大封功臣以爵位，可世代传下去，所以称"汉爵"。 ㊳地协周亲：指身份地位都是皇家的宗室或姻亲。协，相配，相合。周亲，至亲。 ㊴膺（yīng）：承受。爪牙：喻武将。 ㊵顾命：君王临死时的遗命。宣室：汉官中有宣室殿，是皇帝斋戒的地方，汉文帝曾在此召见并咨问贾谊，后借指皇帝郑重召问大臣之处。 ㊶一抔（póu）之土：语出《史记·张释之传》："假令愚民取长陵（汉高祖陵）一抔土，陛下将何法以加之乎？"这里借指皇帝的陵墓。六尺之孤：指继承皇位的新君。 ㊷傥：通"倘"，倘若，或者。 ㊸送往事居：送走死去的，侍奉在生的。往，死者，指高宗。居，在生者，指中宗。勤王：指臣下起兵救援王室。 ㊹旧君：指已死的皇帝，一作"大君"，义近。 ㊺"同指山河"二句：语出《史记》，汉初大封功臣，誓词云："使河如带,泰山若厉。国以永宁,爰及苗裔。"这里意为有功者授予爵位,子孙永享,可以指山河为誓。 ㊻穷城:指孤立无援的城邑。 ㊼昧:不分明。几(jī):迹象。 ㊽贻(yí):遗下,留下。后至之诛:意思说迟疑不响应,一定要加以惩治。语见《周礼·大司马》,原句为"比军众,诛后至者。"

【赏析】

骆宾王(约640-?),婺州义乌(今浙江省义乌市)人,七岁能赋诗,有"神童"之誉。早年随父游学于齐鲁一带,有志节,以诗文著称,与当时著名文士王勃、杨炯、卢照邻齐名,被称为"初唐四杰"。光宅元年(684)武则天称制,李敬业在扬州(今江苏省扬州市)起兵反对武氏。骆宾王投在李敬业幕下,专撰军中书檄,本文即作于此时。讨武失败后,下落不明,有说投水而死,有说在灵隐寺出家为僧。

这篇檄文雄辩有力,气势旺盛,首先把武则天置于被告席上,通过列数其罪,使其位居劣势,借此为自己一方的起兵赢得先声夺人之势。开篇第一句"伪临朝武氏者",就先从身份上给武则天定下了忤逆伪诈的基调。接着,作者开始揭露武则天的本性、出身、经历,她对皇后、臣工、亲人的迫害,说明她伤天害理、人伦败坏至极。作者把她比作历史上的褒姒、赵飞燕,说明了武则天是"神人之所共疾,天地之所不容",接着作者开始写李敬业起兵之正义和军威之盛,把李敬业比作宋微子、汉桓谭,说明他的起兵是顺乎天理、吊民伐罪。他还极力渲染了李敬业雄师的强盛浩大:"班声动而北风起,剑气冲而南斗平","以此制敌,何敌不摧;以此攻城,何城不克"。真可谓气势浩荡,令人折服。在文章的最后,作者对武氏朝中诸人示以利害,希望他们从君臣大义出发,拥护正义,速做选择。

据《新唐书》所载,武则天初观此文时,还嬉笑自若,当读到"一抔之土未干,六尺之孤安在"句时,惊问是谁写的,叹道:"有如此才,而使之沦落不偶,宰相之过也!"可见这篇檄文力量之大。虽然讨武之战最后失败,但骆宾王的这篇檄文却永远留在了文坛之上,至今读来,仍然精神为之一振。

【秋日登洪府滕王阁饯别序】

王 勃

豫章故郡①,洪都②新府。星分翼轸③,地接衡④庐⑤。襟⑥三江⑦而带⑧五湖⑨,控蛮荆⑩而引⑪瓯越⑫。物华天宝⑬,龙光射牛、斗之墟⑭;人杰地灵,徐孺下陈蕃之榻⑮。雄州雾列⑯,俊采⑰星驰。台隍枕⑱夷夏之交,宾主尽东南之美⑲。都督⑳阎公㉑之雅望,棨戟㉒遥临;宇文新州㉓之懿范㉔,襜帷㉕暂驻。十旬休假㉖,胜友如云;千里逢迎,高朋满座。腾蛟起凤㉗,孟学士㉒之词宗㉙；紫电青霜㉚，王将军㉛之武库㉜。家君作宰㉝，路出名区㉞；童子何知，躬逢胜饯㉟。

时维㊱九月，序属三秋㊲；潦水尽而寒潭清，烟光凝而暮山紫㊳。俨㊴骖䭀㊵于上路㊶，访风景于崇阿㊷。临帝子之长洲㊸，得天人之旧馆。层台耸翠，上出重霄；飞阁翔丹㊹，下临㊺无地。鹤汀凫渚㊻，穷岛屿之萦回㊼；桂殿兰宫，即冈峦之体势㊽。披绣闼㊾，俯雕甍㊿；山原旷其盈视，川泽纡其骇瞩。闾阎㉛扑地，钟鸣鼎食之家㉜；舸㉝舰迷㉞津，青雀黄龙㉟之轴㊱。云销㊲雨霁，彩㊳彻㊴区㊵明。落霞与孤鹜齐飞，秋水共长天一色㊶。渔舟唱晚，响穷㊷彭蠡㊸之滨；雁阵惊寒，声断衡阳㊹之浦㊺。

遥襟甫畅㊻，逸兴遄飞㊼。爽籁㊽发而清风生，纤歌凝而白云遏㊾。睢园绿竹⑦⑩，气凌彭泽之樽⑦①；邺水朱华⑦②，光照临川之笔⑦③。四美⑦④具，二难⑦⑤并。穷睇眄于中天⑦⑥，极娱游于暇日。天高地迥⑦⑦，觉宇宙⑦⑧之无穷；兴尽悲来，识盈虚之有数。望长安于日下⑦⑨，目吴会⑧⑩于云间⑧①。地势极而南溟深⑧②，天柱⑧③高而北辰⑧④远。关山⑧⑤难越，谁悲⑧⑥失路⑧⑦之人；萍水相逢⑧⑧，尽是他乡之客。怀帝阍⑧⑨而不见，奉宣室⑨⑩以何年？嗟乎！时运不齐，命途多舛；冯唐易老⑨①，李广难封⑨②。屈贾谊于长沙⑨③，非无圣主⑨④；窜梁鸿⑨⑤于海曲，岂乏明时⑨⑥？所赖君子见机⑨⑦，达人知命⑨⑧。老当益壮⑨⑨，宁移白首之心；穷且益坚，不坠⑩⑩青云之志。酌贪泉而觉爽⑩①，处涸辙⑩②以犹欢。北海虽赊，扶摇可接，东隅已逝，桑榆非晚⑩③。孟尝⑩④高洁，空余报国之情；阮籍⑩⑤猖狂，岂效穷途之哭？

勃，三尺⑩⑥微命⑩⑦，一介书生。无路请缨，等终军之弱冠⑩⑧；有怀投笔⑩⑨，慕宗悫⑩⑩之长风。舍簪笏⑩①于百龄，奉晨昏⑩②于万里。非谢家之宝树⑩③，接孟氏之芳邻⑩④。他日趋庭，叨陪鲤对⑩⑤；今晨捧袂，喜托龙门。杨意不逢，抚凌云而自惜⑩⑥；钟期相遇，奏流水以何惭⑩⑦？呜呼！胜地不常，盛筵难再；兰亭⑩⑧已矣，梓泽⑩⑨丘墟。临别赠言⑩②⑩，幸承恩于伟饯；登高作赋，是所望于群公。敢竭鄙诚，恭疏短引⑩②①；一言均赋，四韵俱成。请洒潘江，各倾陆海云尔⑩②②。

【注释】

①豫章：滕王阁在今江西省南昌市。南昌，为汉豫章郡治。唐代宗当政之后，为了避

讳唐代宗的名（李豫），"豫章故郡"被篡改为"南昌故郡"。所以现在滕王阁内的石碑以及苏轼的手书都作"南昌故郡"。　②洪都：汉豫章郡，唐改为洪州，设都督府。　③星分翼轸：古人习惯以天上星宿与地上区域对应，称为"某地在某星之分野"。据《晋书·天文志》，豫章属吴地，吴越扬州当牛斗二星的分野，与翼轸二星相邻。翼、轸，星宿名，属二十八宿。　④衡：衡山，此代指衡州（治所在今湖南省衡阳市）。　⑤庐：庐山，此代指江州（治所在今江西省九江市）。　⑥襟：以……为襟。因豫章在三江上游，如衣之襟，故称。　⑦三江：太湖的支流松江、娄江、东江，泛指长江中下游的江河。　⑧带：以……为带。五湖在豫章周围，如衣束身，故称。　⑨五湖：一说指太湖、鄱阳湖、青草湖、丹阳湖、洞庭湖，又一说指菱湖、游湖、莫湖、贡湖、胥湖，皆在鄱阳湖周围，与鄱阳湖相连。以此借为南方大湖的总称。　⑩蛮荆：古楚地，今湖北、湖南一带。　⑪引：连接。　⑫瓯越：古越地，即今浙江地区。古东越王建都于东瓯（今浙江省永嘉县），境内有瓯江。　⑬物华天宝：地上的宝物焕发为天上的宝气。（新课改课下注释为："物的精华就是天的珍宝"）　⑭龙光射牛、斗之墟：龙光，之宝剑的光辉。牛、斗，星宿名。墟，域，所在之处。据《晋书·张华传》，晋初，牛、斗二星之间常有紫气照射。张华请教精通天象的雷焕，雷焕称这是是宝剑之精，上彻于天。张华命雷焕为丰城令寻剑，果然在丰城（今江西省丰城县，古属豫章郡）牢狱的地下，掘地四丈，得一石匣，内有龙泉、太阿二剑。后这对宝剑入水化为双龙。　⑮徐孺：徐孺子的省称。徐孺子名稚，东汉豫章南昌人，当时隐士。据《后汉书·徐稚传》，东汉名士陈蕃为豫章太守，不接宾客，惟徐稚来访时，才设一睡榻，徐稚去后又悬置起来。　⑯雾列：雾，喻浓密、繁盛；雾列形容繁华。　⑰采："采"同"寀"，官员，这里指人才。　⑱枕：占据，地处。　⑲东南之美：泛指各地的英雄才俊。《诗经·尔雅·释地》："东南之美，有会稽之竹箭；西南之美，有华山之金石。"后用"东箭南金"泛指各地的英雄才俊。　⑳都督：掌管督察诸州军事的官员，唐代分上、中、下三等。　㉑阎公：名未详，时任洪州都督。　㉒棨戟：外有赤黑色缯作套的木戟，古代大官出行时用。这里代指仪仗。　㉓宇文新州：复姓宇文的新州（在今广东境内）刺史，名未详。　㉔懿范：好榜样。　㉕襜帷：车上的帷幕，这里代指车马。　㉖十旬休假：唐制，十日为一旬，遇旬日则官员休沐，称为"旬休"。　㉗腾蛟起凤：宛如蛟龙腾跃、凤凰起舞，形容人很有文采。《西京杂记》："董仲舒梦蛟龙入怀，乃作《春秋繁露》。"又："扬雄著《太玄经》，梦吐凤凰集《玄》之上，顷而灭。"　㉘孟学士：名未详。学士是朝廷掌管文学撰著的官员。　㉙词宗：文坛宗主。也可能是指南朝文学家、史学家沈约。　㉚紫电青霜：《古今注》："吴大皇帝（孙权）有宝剑六，二曰紫电。"《西京杂记》："高祖（刘邦）斩白蛇剑，刃上常带霜雪。"《春秋繁露》亦记其事。　㉛王将军：王姓的将军，名未详。　㉜武库：武器库。也可能是指西晋军事家杜预，即杜武库。　㉝家君作宰：王勃之父担任交趾县的县令。　㉞路出名区：（自己因探望父亲）路过这个有名的地方（指洪州）。　㉟童子何知，躬逢胜饯：年幼无知，（却有幸）参加这场盛大的宴会。　㊱维：在。又有一说此字为语气词，不译。　㊲三秋：古人称七、八、九月为孟秋、仲秋、季秋，三秋即季秋，九月。　㊳潦水尽而寒潭清，烟光凝而暮山紫：此句被前人誉为"写尽九月之景"。　㊴俨："俨"通"严"，整齐的样子。　㊵骖騑：驾车的马匹。　㊶上路：高高的道路。　㊷崇阿：高达的山陵。　㊸长洲：滕王阁前赣江中的沙洲。　㊹飞阁翔丹：飞檐涂饰红漆。　㊺临：向下看。　㊻鹤汀凫渚：鹤所栖息的水边平地，野鸭聚处的小洲。㊼萦回：曲折。㊽即冈峦之体势：依着山岗的形式（而高低起伏）。㊾绣闼：绘饰华美的门。㊿雕甍：雕饰华美的屋脊。(51)闾阎：里门，这里代指房屋。(52)钟鸣鼎食：古代贵族鸣钟列鼎而食，所以用钟鸣鼎食指代名门望族。(53)舸：《方言》："南楚江、湘，凡船大者谓之舸。"(54)迷：通"弥"，满。(55)青雀黄龙：船的装饰形状。(56)轴：通"舳"，船尾把舵处，这里代指船只。(57)销："销"通"消"，消散。(58)彩：日光。(59)彻：通贯。(60)区：天空。(61)落霞与孤鹜齐飞，秋水共长天一色：化用庾信《马射赋》："落花与芝盖同飞，杨柳共春旗一色。"(62)穷：穷尽，引申为"直到"。(63)彭蠡：古代大泽，即今鄱阳湖。(64)衡阳：今属湖南省，境内有回雁峰，相传秋雁到此就不再南飞，待春而返。(65)浦：水边、岸边。(66)遥襟甫畅：登高望远，胸怀顿时舒畅。(67)逸兴遄飞：超逸的兴致迅速升起。(68)爽籁：清脆的排箫音乐。籁，管子参差不齐的排箫。(69)白云遏：形容音响优美，能驻行云。《列子·汤问》："薛谭学讴于秦青，未穷青之技，自谓尽之，遂辞归。秦青弗止，饯于郊衢。抚节悲歌，声振林木，响遏行云。"(70)睢园绿竹：睢园，即汉梁孝王菟园，梁孝王曾在园中聚集文人饮酒赋诗。《水经注》："睢水又东南流，历于竹圃……世人言梁王竹园也。"(71)凌：超过。彭泽：县名，在今江西湖口县东，此代指陶潜。陶潜，即陶渊明，曾官彭泽县令，世称陶彭泽。樽：酒器。陶渊明《归去来兮辞》有"有酒盈樽"之句。(72)邺水：在邺下（今河北省临漳县）。邺下是曹魏兴起的地方，三曹常在此雅集作诗。曹植在此作《公宴诗》。朱华：荷花。曹植《公宴诗》："秋兰被长坂，朱华冒绿池。"(73)光照临川之笔：临川，郡名，治所在今江西省抚州市，代指即谢灵运。谢灵运曾任临川内史，《宋书》本传称他"文章之美，江左莫逮"。(74)四美：指良辰、美景、赏心、乐事。另一说，四美：音乐、饮食、文章、言语之美。刘琨《答卢谌诗》："音以赏奏，味以殊珍，文以明言，言以畅神。之子之往，四美不臻。"(75)二难：指贤主、嘉宾难得。谢灵运《拟魏太子邺中集诗序》："天下良辰、美景、赏心、乐事，四者难并。"王勃说"二难并"活用谢文，良辰、美景为时地方面的条件，归为一类；赏心、悦目为人事方面的条件，归为一类。(76)睇眄：看。中天：长天。(77)迥：大。(78)宇宙：喻指天地。《淮南子·原道训》高诱注："四方上下曰'宇'，古往来今曰'宙'。"(79)日下：京城。古代以太阳比喻帝王，帝王所在处称为"日下"。《世说新语·夙惠》："晋明帝数岁，坐元帝膝上。有人从长安来，元帝因问明帝：'汝意谓长安何如日远?'答曰：'日远，不闻人从日边来，居然可知。'元帝异之。明日集群臣宴会，告以此意，更重问之，乃答曰：'日近。'元帝失色曰：'尔何故异昨日之言邪?'答曰：'举目见日，不见长安。'"(80)吴会（kuài）：秦汉会稽郡治所在吴县，郡县连称为吴会。吴郡，治所在今江苏省苏州市。(81)云间：江苏松江县（古华亭）的古称。《世说新语·排调》："陆云（字士龙）华亭人，未识荀隐，张华使其相互介绍而不作常语，云因抗手曰：'云间陆士龙。'"(82)南溟：南方的大海。事见《庄子·逍遥游》。(83)天柱：传说中昆仑山高耸入天的铜柱。《神异经》："昆仑之山，有铜柱焉。其高入天，所谓天柱也。"(84)北辰：北极星，比喻国君。《论语·为政》："为政以德，譬如北辰，居其所而众星共（拱）之。"(85)关山：险关和高山。(86)悲：同情。(87)失路：仕途不遇。(88)沟水相逢：浮萍随水漂泊，聚散不定。比喻向来不认识的人偶然相遇。(89)帝阍：天帝的守门人。屈原《离骚》："吾令帝阍开关兮，倚阊阖而望予。"此处借指皇帝的宫门。(90)奉宣室：代指入朝做官。贾谊迁谪长沙四年后，汉文帝复召他回长安，于宣室中问鬼神之事。宣室，汉未央宫正殿，为皇帝召见大臣议事之处。　㉑冯唐易老：冯唐在汉文帝、汉景帝时不被重用，汉武帝时被举荐，已是九十多岁。《史记·冯唐列传》："（冯）唐以孝著，为中郎署长，事文帝。……拜唐为车骑都尉，主中尉及郡国车士。七年，景帝立，以唐为楚相，免。武帝立，求贤良，举冯唐。唐时年九十余，不能复为官。"　㉒李广难封：李广，汉武帝时名将，多次与匈奴作战，军功卓著，却始终未获封爵。　㉓屈贾谊于长沙：贾谊在汉文帝时被贬为长沙王太傅。　㉔圣主：指汉文帝，泛指圣明的君主。　㉕梁鸿：东汉人，作《五噫歌》讽刺朝廷，因此得罪汉章帝，避居齐鲁、吴中。　㉖明时：指汉章帝时代，泛指圣明的时代。　㉗机："机"通"几"，预兆，细微的征兆。《易·系辞下》："君子见几（机）而作。"　㉘达人知命：通达事理的人。《易·系辞上》："乐天知命故不忧。"　㉙老当益壮：纪虽老而志气更旺盛，干劲更足。《后汉书·马援传》："丈夫为志，穷当益坚，老当益壮。"　㉚坠：坠落，引申为"放弃"。青云之志：《续逸民传》："嵇康早有青云之志。"　㉛酌贪泉而觉爽：贪泉，在广州附近的石门，传说饮此水会贪得无厌，吴隐之喝下此水操守反而更加坚定。据《晋书·吴隐之传》，廉官吴隐之赴广州刺史任，饮贪泉之水，并作诗说："古人云此水，一歃怀千金。试使（伯）夷（叔）齐饮，终当不易心。"　㉜处涸辙：干涸的车辙，比喻困厄的处境。《庄子·外物》有鲋鱼处涸辙的故事。　㉝东隅已逝，桑榆非晚：东隅，日出处，表示早晨，引申为"早年"。桑榆，日落处，表示傍晚，引申为"晚年"。早年的时光消逝，如果珍惜时光，发愤图强，晚年并不晚。《后汉书·冯异传》："失之东隅，收之桑榆。"　㉞孟尝：据《后汉书·孟尝传》，孟尝字伯周，东汉会稽上虞人。曾任合浦太守，以廉洁奉公著称，后因病隐居。桓帝时，虽有人屡次荐举，终不见用。　㉟阮籍：字嗣宗，晋代名士，不满世事，佯装狂放，常驾车出游，路不通时就痛哭而返。《晋书·阮籍传》：籍"时率意独驾，不由径路。车迹所穷，辄恸哭而反。"　㊱三尺：衣带下垂的长度，指幼小。古时服饰制度规定束在腰间的绅的长度，因地位不同而有所区别，士规定为三尺。古人称成人为"七尺之躯"，称不大懂事的小孩儿为"三尺童儿"。　㊲微命：即"一命"，周朝官阶制度是从一命到九命，一命是最低级的官职。　㊳等：相同，用作动词。终军：据《汉书·终军传》，终军字子云，汉代济南人。武帝时出使南越，自请"愿受长缨，必羁南越王而致之阙下"，时仅二十余岁。弱冠，古人二十岁行冠礼，表示成年，称"弱冠"。　㊴投笔：事见《后汉书·班超传》，用汉班超投笔从戎的故事。　㊵宗悫：据《宋书·宗悫传》，宗悫字元干，南朝宋南阳人，年少时向叔父自述志向，云"愿乘长风破万里浪"。后因战功受封。　㊶簪笏：冠簪、手版。官吏用物，这里代指官职地位。百龄：百年，犹"一生"。　㊷奉晨昏：侍奉父母。《礼记·曲礼上》："凡为人子之礼……昏定而晨省。"　㊸非谢家之宝树：指谢玄，比喻好子弟。《世说新语·言语》："谢太傅（安）问诸子侄'子弟亦何预人事，而正欲使其佳？'诸人莫有言者。车骑（谢玄）答曰：'譬如芝兰玉树，欲使其生于庭阶耳。'"　㊹接孟氏之芳邻："接"通"结"，结交。见刘向《列女传·母仪篇》。据说孟轲的母亲为教育儿子而三迁择邻，最后定居于学官附近。　㊺他日趋庭，叨陪鲤对：鲤，孔鲤，孔子之子。趋庭，受父亲教诲。《论语·季氏》："（孔子）尝独立，（孔）鲤趋而过庭。（子）曰：'学诗乎？'对曰：'未也。''不学诗，无以言。'鲤退而学诗。他日，又独立，鲤趋而过庭。（子）曰：'学礼乎？'对曰：'未也。''不学礼，无以立。'鲤退而学礼。

闻斯二者"捧袂：举起双袖，表示恭敬的姿势。喜托龙门：《后汉书·李膺传》："膺以声名自高，士有被其容接者，名为登龙门。" ⑯杨意不逢，抚凌云而自惜：杨意，杨得意的省称。凌云，指司马相如作《大人赋》。据《史记·司马相如列传》，司马相如经蜀人杨得意引荐，方能入朝见汉武帝。又云："相如既奏《大人》之颂，天子大悦，飘飘有凌云之气。" ⑰钟期既遇，奏流水以何惭：钟期，钟子期的省称。《列子·汤问》："伯牙善鼓琴，钟子期善听。伯牙鼓琴……志在流水，钟子期曰：'善哉！洋洋兮若江河。'" ⑱兰亭：在今浙江省绍兴市附近。晋穆帝永和九年（353）三月三日上巳节，王羲之与群贤宴集于此，行修禊礼，祓除不祥。 ⑲梓泽：即晋石崇的金谷园，故址在今河南省洛阳市西北。 ⑳临别赠言：临别时赠送正言以互相勉励，在此指本文。 ㉑恭疏短引：恭敬地写下一篇小序，在此指本文。一言均赋：每人都写一首诗。四韵俱成：（我的）四韵一起写好了。四韵，八句四韵诗，指王勃此时写下的《滕王阁诗》："滕王高阁临江渚，佩玉鸣鸾罢歌舞。画栋朝飞南浦云，珠帘暮卷西山雨。闲云潭影日悠悠，物换星移几度秋。阁中帝子今何在？槛外长江空自流。" ㉒请洒潘江，各倾陆海云尔：钟嵘《诗品》："陆（机）才如海，潘（岳）才如江。"这里形容各宾客的文采。

【赏析】

　　王勃，字子安，唐代诗人，与杨炯、卢照邻、骆宾王齐称"初唐四杰"，并被视为"四杰"之冠。他少有才名，14岁就应举及第。乾封初（666）沛王李贤征为王府侍读，两年后因戏为《檄英王鸡》文，被高宗怒逐出府。随即出游巴蜀。咸亨三年（672）补虢州参军，因擅杀官奴当诛，遇赦除名。其父亦受累贬为交趾令。上元二年（675）或三年（676），王勃南下探亲，渡海溺水，惊悸而死。本文就是他在探亲途中做客滕王李元婴滕王阁时所作，对仗工整，言语华丽，是古今最富盛名的骈文之一。

　　全文可分四部分，在第一部分作者叙述了洪都雄伟的地势、游玩的时间、珍异的物产、杰出的人才以及尊贵的宾客；第二部分展示了一幅流光溢彩的滕王阁秋景图，浓墨重彩地描绘出滕王阁壮美而又秀丽的景色，第三部分由写宴会转而引出人生的感慨，最后一部分则自叙遭际，表示当此临别之际，既遇知音，自当赋诗作文，以此留念。

　　文章文采斐然，字字珠玑，留下了众多被人称颂的名言佳句，比如作者描写秋景："落霞与孤鹜齐飞，秋水共长天一色"，堪称古今写景的绝唱，彩霞孤鹜相映生辉，青天碧水上下相连，一幅色彩明丽而又浑然天成的绝妙好图跃然纸上。再比如作者自励之言："老当益壮，宁移白首之心？穷且益坚，不坠青云之志。"这是全文最富思想意义的警语，也是本文的文眼。王勃当时怀才不遇，壮志难酬，却能有这般的胸怀，着实令人敬佩。再比如"潦水尽而寒潭清，烟光凝而暮山紫"，"冯唐易老，李广难封"，"北海虽赊，扶摇可接，东隅已逝，桑榆非晚"……这些名句至今仍被人们传唱。总之，这篇文章作为古代骈文的集大成者，不但把骈文的艺术形式之美发挥到极致，而且言之有物，在内容上同样令人动容，是不可多得的好文。

与东方左史虬《修竹篇》序

陈子昂

东方公①足下：文章道弊五百年②矣。汉魏风骨③，晋宋莫传④。然而文献有可征⑤者。仆尝暇时观齐梁间诗，彩丽竞繁⑥，而兴寄⑦都绝，每以永叹⑧。思古人常恐逶迤颓靡⑨，风雅不作⑩，以耿耿⑪也。一昨于解三⑫处见明公⑬《咏孤桐篇》⑭，骨气端翔⑮，音情顿挫⑯，光英朗练⑰，有金石声⑱。遂用⑲洗心饰视⑳，发挥幽郁㉑。不图正始之音㉒，复睹于兹㉓；可使建安作者，相视而笑。解君云："张茂先㉔、何敬祖㉕，东方生与其比肩㉖。"仆亦以为知言㉗也。故感叹雅制㉘，作《修竹诗》一篇，当有知音以传示之。

【注释】

①东方公：对东方虬的敬称。东方虬，陈子昂之友，武则天时曾为左史，生平履历不详。 ②文章道弊五百年：意谓文学创作衰弊很久了。 ③汉魏风骨：意指汉末建安、曹魏正始年间的文学创作具有鲜明爽朗的思想感情和精要劲健、慷慨苍凉的艺术风骨，与所谓"建安风骨"意思相同。 ④晋宋莫传：意谓晋宋间的诗文缺少建安风骨。 ⑤可征：征同证。 ⑥彩丽竞繁：意谓文学作品都过分地讲究美丽的文彩。 ⑦兴寄：指诗文中的比兴寄托。 ⑧每以永叹：常常感叹、叹息。 ⑨逶迤颓靡：意谓沿袭颓废靡丽的文风。 ⑩风雅不作：意谓《诗经》"风"、"雅"那样的诗歌作品不再出现，"风"、"雅"的优良传统不能继承。 ⑪耿耿：心中不安的样子。 ⑫解三：人名，当是陈子昂和东方虬的朋友。 ⑬明公：对对方（东方虬）的敬称。 ⑭《咏孤桐篇》：东方虬所作诗的篇名，原诗已佚。 ⑮骨气端翔：意谓具有风骨美。端翔，端直飞动，意谓风格刚健，具有感染力。 ⑯音情顿挫：意谓语言起伏和谐，感情沉郁顿错。 ⑰光英朗练：意指语言光彩鲜明爽朗。 ⑱有金石声：指作品的音韵铿锵如敲奏金石乐器发出的声音那样悦耳动听。 ⑲遂用：于是因此。 ⑳洗心饰视：意谓东方虬的《咏孤桐篇》诗人心胸如洗，耳目一新。 ㉑发挥幽郁：意谓东方虬的《咏孤桐篇》能抒发读者的感情，涤荡读者的幽郁沉闷的心情。 ㉒正始之音：指曹魏正始年间（240－248）阮籍、嵇康等人的诗文创作，"正始之音"被文学史家认为是继承了"建安风骨"的。 ㉓复睹于兹：又在这儿看到。 ㉔张茂先：张华（232－300），西晋大臣，文学家。字茂先，范阳方城（今河北固安南）人。西晋初，任中书令，加散骑常侍。惠帝时官至侍中、中书监、司空。有政绩。后为赵王司马伦和孙秀所杀。 ㉕何敬祖：何劭（236－302），西晋诗人。字敬祖。陈国阳

夏（今河南太康）人。魏晋之际权臣何曾子。与晋武帝总角交好。魏末，为相国掾。入晋，曾任中书令、太子太师、尚书左仆射、司徒等官。能诗，《诗品》列入中品。　㉖与其比肩：意谓东方虬的《咏孤桐篇》可与张华、何劭的作品比美。　㉗知言：知音，真知灼见之言。　㉘感叹雅制：意谓叹服东方虬的《咏孤桐篇》。雅制，是对东方虬《咏孤桐篇》的推崇之语。

【赏析】

陈子昂（659-700年），字伯玉，初唐诗文革新人物之一。因曾任右拾遗，后世称为陈拾遗。青少年时慷慨任侠，成年后始发愤攻读，关心国事。24岁举进士，直言敢谏，一度因"逆党"反对武则天的株连而下狱。两次从军，对边塞形势和当地人民生活有较深的认识。后因父老解官回乡，父死居丧期间，权臣武三思指使射洪县令段简罗织罪名，加以迫害。冤死狱中。其诗风骨峥嵘，寓意深远，苍劲有力。有《陈伯玉集》传世。

这篇短文是陈子昂对东方虬《咏孤桐篇》的评论，在序文之下还有和诗《修竹篇》一首。陈子昂的创作理念是注重诗文的"风骨"和"兴寄"，他认为晋宋以来文风浮靡，"风骨"、"兴寄"的文学传统逐渐走向失落。如今，见到东方虬《咏孤桐篇》，竟然尽存魏晋诗歌风貌，风骨、兴寄俱全，他难以抑制心中的激动，盛赞这篇作品"骨气端翔，音情顿挫，光英朗练，有金石声"，这四句话既是对《咏孤桐篇》的赞美，也是陈子昂自己的诗歌理想。他对"风骨"、"兴寄"的追求影响了唐诗后来刚健爽朗的风貌，意义重大。风骨即"建安风骨"，指旺盛的气势与端直的文词结合在一起所构成的那种昂扬奋发、刚健有力的美学风格，而兴寄则沿袭了《诗经》比兴的传统，注重诗歌言之有物，有所寄托。陈子昂自己作诗非常注重这两方面的锤炼，比如他的代表作《登幽州台歌》，就把悲壮苍凉的气势和丰富深厚的意蕴结合的十分完美，历来被人称道。东方虬的《咏孤桐篇》今已失传，但从陈子昂的赞美和和诗来看，应该是"风骨"与"兴寄"兼备的上乘之作。

【贞节君碣】

张　说

神功元年十月乙丑，阳鸿卒于雩都县。友人沛国朱敬则、清河孟乾祚、范阳卢禹等哀鸿抱德没地，继体未识，考行定谥，葬于旧域①。

鸿字季翔，平恩人也。其先著族右北平郡。大父真阳宰，适兹乐土，爱定我居，维桑与梓②，既重世矣。

鸿倜傥奇杰，瑰玮博达。贯涉六籍百家之言，其要在霸王大略，奇正③大旨，君亲大义，忠孝大节而已。章句之徒，不之视也。尝陋汉史地理志、《周礼》职方志，时异虚记，心不厌焉。乃攀恒、岱，浮洞庭，窥河源，践岷、衡，稽四海之风俗，筭九州之险易，与赵国、贯高图献其议，遇火焚荡，天下壮其志而痛其事。

养徒闾里，不应宾辟④。仪凤中，河北大使薛公举鸿行励贪鄙。天子喜之，用置于吏，乃尉汲、曲阿，主簿龙门、雩都。夫其屏居十年，一方化德；历佐四邑，诸侯观政。惜乎有大才无贵仕，命也。

初鸿游太学，有书生山东李思言物故南馆⑤，鸿伤其终远家属，有丧无主，乃躬驾柩车送归东土。及在曲阿，敬业作难润州⑥，藉鸿得人，历旬坚守，城既陷而犹斗，力虽屈而蹈节，寇义而脱之，因伪加朝散大夫，即署曲阿令。鸿贞而不谅⑦，诡应求伸，既入邑，则焚服阖门而设拒矣！故得殿邦⑧奋旅，一境赖存。淮海底绩，答勋效功。卒不言赏，赏亦不及。

君子以为急友成哀，高义也；临危抗节，秉礼也；矫寇违祸，明智也；保邑匡勋，近仁也。义以利物，智以周身，礼以和众，仁以安人。道有五常⑨，鸿擅其四；武有七德，鸿秉其二。大虑克就之谓贞，好廉自克之谓节，粤若夫子，可谥为贞节也已！于是纪名垂迹，表墓勒石，其词曰："倬⑩良士，纵自天⑪。辨方物，覈山川。厥志大哉！峻刚节，殷义声。返旅榇，宴⑫穷城。厥德迈哉！哀斯人，命莫赎。德不朽，温如玉。轨⑬来世哉！"

【注释】

①域：葬地。 ②桑梓：乡里。 ③奇正：古代兵法术语，指战略战术中特殊和正规的各种变化，被认为是用兵的关键。 ④不应宾辟：不应诏入幕。 ⑤南馆：指太学。 ⑥敬业作难润州：指徐敬业在润州起事讨武后事。 ⑦贞而不谅：指坚持正道而不存小信。 ⑧殿邦：镇守邦国。 ⑨五常：谓仁义礼智信。 ⑩倬：高大。 ⑪纵自天：谓天使其多才。 ⑫宴：安。穷城：指荒原的边城。 ⑬轨：树立法度、规矩。

【赏析】

张说（667-730），字道济，一字说之，唐代文学家，诗人，政治家，一生前后三次为相，"掌文学之任凡三十年"，为开元前期一代宗，皇甫《谕业》论唐文首列二家，谓"燕公（张说曾被封燕国公）之文，如口木口枝，缔构大厦，上栋下宇，孕育气象，可以变阴阳，阅寒暑，坐天子而朝群后。"可见其文学成就之大。

《旧唐书·张说传》记载："（说）为文俊丽，用思精密，朝廷大手笔，皆特承中旨撰述，天下词人，咸讽诵之。尤长于碑文墓志，当代无能及者。"本文即他碑志文的代表作之一。文章以赞颂县令阳鸿的"贞节"为中心，以散体形式记叙了阳鸿的卒葬过程、著籍由来、学识和著作情况、历仕经过等，并着重描述他为友人治丧和在战乱中守城两件事，有繁有简，生动细致地再现了阳鸿的贞节品格。他说阳鸿"急友成哀，高义也；临危抗节，秉礼也；娇寇违祸，明智也；保邑匿勋，近仁也"，意思是他为朋友的苦难而哀伤，是道德高尚的人；临危不惧、保全名节，是严守礼节人；假托降敌、全身避祸，是通达变全的人；保国安民，不求功勋，是接近儒家仁德标准的人。寥寥数语，却把一个侠义仁德、勇敢无惧的英雄形象描绘的栩栩如生。作者在文章最后抓住"大才无贵仕"一点抒发感慨，对阳鸿再次进行了高度的赞扬。

整篇文章主题突出，人物形象鲜明，条理清晰，结构完整，打破了六朝以来骈文一统天下的局面，在题材、文体和表现技巧上都有所突破，是一篇散体碑志佳作。张说的文章为韩愈的古文运动埋下伏笔，在他们的努力下，有唐一代的文章终将改变六朝芜糜的风貌，变得刚健爽朗，具有风骨和实用性，中国古文将走上一条新的道路。

【送宗判官归滑台序】

任　华

　　大丈夫其谁不有四方志？则仆①与宗衮，二年之间，会而离，离而会，经途所亘②，凡三万里。何以言之？去年春，会于京师③，是时仆如桂林，衮如滑台。今年秋，乃不期而会于桂林；居无何④，又归滑台，王事⑤故也。舟车往返，岂止三万里乎？人生几何，而倏聚忽散⑥，辽敻⑦若此，抑⑧知己难遇，亦复何辞⑨！

　　岁十有一月，二三子出饯于野。霜天如扫，低向朱崖⑩。加以尖山万重，平地卓立，黑是铁色⑪，锐如笔锋。复有阳江、桂江⑫，略军城⑬而南走，喷入沧海，横浸三山⑭。则中朝群公⑮，岂知遐荒⑯之外，有如是山水？山水既尔⑰，人亦其然⑱。衮乎对此，与我分手。忘我尚可，岂得忘此山水哉！

【注释】

①仆：自身的谦称。　②亘：在空间或时间上延续不断，这里指走过。　③京师：唐朝都城长安。　④居无何：停了不久。　⑤王事：国事。　⑥倏聚忽散：刚聚到一起很快就离开。倏、忽，都指时间短暂。　⑦辽敻（xiòng）：辽阔遥远。敻，远。　⑧抑：何况。　⑨亦复何辞：还有什么好说的！　⑩朱崖：红色的山崖。　⑪黑是铁色："黑如铁

色"之意。　⑫阳江、桂江：都是桂林附近的河流。桂江即漓江。　⑬略军城：从军城旁流过。略，过。军城，可能是桂林附近的一个屯兵处。　⑭三山：传说中的海外三山，即蓬莱、方丈、瀛洲。　⑮中朝群公：指在朝廷里当官的人。　⑯遐荒：遥远的边地。遐，远。　⑰尔：这样。　⑱人亦其然：人也是这样，意为人和山水同样有情趣。

【赏析】

任华，生卒年不详，中唐人，在唐睿宗朝任秘书省校书郎、监察御史等职，还曾任桂州刺史参佐。他性格耿直，一生狂放不羁，仕途却郁郁不得志，因此曾自称"野人""逸人"。宗判官，即宗衮，当是作者的好友。判官是一种官职，主要帮助朝廷特派大臣佐理政务。

本文是作者和友人离别时赠与友人的的赠言，在这里，序是一种文体，即一种专门为送别而写的文章。这篇文章气势宏大，格调高昂，虽有作者郁郁不得志之言，但总体上还是给人昂扬蓬勃之印象，与一般的离别之文大不相同。文章开头说"大丈夫其谁不有四方志"，一句话就拂去了离别的伤感，使人顿生精神。然后作者简单记叙"二年之间"的离离合合，文笔洗练，要言不烦。在对时间之短、行程之长的对比中，作者抒发了对人世的感慨。但作者虽感慨却不失斗志，用"王事故也"四字，掩盖了生活的辛酸、个人的哀乐，有一种看破世事的洒脱之感，表现出令人敬佩的"大丈夫"之气。想到"人生几何""知己难遇"，无人不忧伤难过，但作者狂放潇洒的情怀很快就把这种淡淡的忧愁抹去，他慨叹既然如此，"亦复何辞"！他勇敢地接受生活的悲欢离合，这才是真正的男儿本色。在文章的最后部分，作者通过对大自然的描绘，抒发了自己的愉悦欣喜之情。他本人洒脱不羁，选景也自有特点，霜天、清流、朱崖、尖山，毫无懦弱之气，让人看后精神为之一振。作者化远守边地的苦闷于山水之乐中，他不自怨自艾，反而可怜在朝的同僚困坐京城，享受不到这山野情趣。"忘我尚可，岂得忘此山水哉"，这妙诀千古的豪言壮语，今天读来仍令人感慨万千。

【山中与裴秀才迪书】

王维

近腊月①下，景气②和畅，故山殊可过③。足下方温经④，猥不敢相烦⑤。辄便往山中，憩感配寺⑥，与山僧饭讫⑦而去。

北涉玄灞⑧，清月映郭。夜登华子冈⑨，辋水⑩沦涟，与月上下。寒山远火，明灭林外。深巷寒犬，吠声如豹。村墟⑪夜舂⑫，复与疏钟相间。此时独坐，僮仆静默⑬，多思曩昔携手赋诗，步仄径⑭，临清流也。

当待⑮春中，草木蔓发⑯，春山可望，轻鲦⑰出水，白鸥矫翼⑱，露湿青皋⑲，麦陇⑳朝雊㉑。斯之不远㉒，傥能从我游乎㉓？非子天机清妙㉔者，岂能以此不急之务㉕相邀？然是中㉖有深趣矣。无忽㉗。因驮黄檗人往㉘，不一㉙。山中人㉚王维白。

【注释】

①腊月：农历十二月。古代在农历十二月举行"腊祭"，所以称十二月为腊月。 ②景气：气候。 ③故山殊可过：旧居蓝田山很可以一游。故山，旧居的山，指王维的"辋川别业"所在地的蓝田山。殊，很。过，过访、游览。 ④方温经：正在温习经书。方，正。 ⑤烦：打扰。 ⑥憩感配寺：在感配寺休息。感配寺，王维集中有游感化寺的诗，《旧唐书·神秀传》中说，蓝田有化感寺。感配寺可能是化感寺之误。 ⑦饭讫（qì）：吃完饭。讫，完。 ⑧北涉玄灞：往北走渡过灞水。涉，渡。玄，黑色，指水深绿发黑。 ⑨华子冈：王维辋川别业中的一处胜景。 ⑩辋水：车轮状的湖水。 ⑪村墟：村庄。 ⑫夜舂：晚上用杵臼捣谷（的声音）。 ⑬静默：指已入睡。 ⑭仄径：狭窄的小路。 ⑮当待：等到。 ⑯蔓发：蔓延生长。 ⑰轻鲦（tiáo）：即白，鱼名。身体狭长，游动轻捷。 ⑱矫翼：张开翅膀。矫，举。 ⑲青皋：青草地。皋，水边高地。 ⑳麦陇：麦田里。 ㉑朝雊（gòu）：早晨野鸡鸣叫。雊，野鸡叫的声音。 ㉒斯之不远：这不太远了。斯，指春天的景色。 ㉓傥能从我游乎：（您）能和我一起游玩吗？傥，倘或，表示商量语气。 ㉔天机清妙：性情高远。天机，天性。清妙，指超尘拔俗，与众不同。 ㉕不急之务：闲事，这里指游山玩水。 ㉖是中：这里。 ㉗无忽：不要忽略，不要轻视。 ㉘因驮黄檗（bò）人往：借驮黄檗的人前往之便（带这封信）。因，凭借。黄檗，一种落叶乔木，果实和茎内皮可入药。茎内皮为黄色，也可做染料。 ㉙不一：古人书信结尾常用的套语，不一一详述之意。 ㉚山中人：王维晚年信佛，过着半隐的生活，故自称。

【赏析】

王维（701-761），字摩诘，唐代诗人，官终尚书右丞，世称"王右丞"。精通佛教，诗文受禅宗影响很大，后人称其为"诗佛"。王维精通音乐、书法、绘画，其诗歌艺术往往能融入其他艺术的特点，写的逸趣横生，清新自然，说他"诗中有画，画中有诗"，的确是十分恰当的。

王维散文清幽隽永，极富诗情画意，本文就是他的代表作之一。王维早年曾在终南山隐居，那时就和裴迪建立了很深的友谊，开元二十年前后王维在辋川隐居，《唐诗记事》记载，"王维得宋之问蓝田别墅，在辋川谷口。有竹洲花坞。日与裴秀才迪，浮舟赋诗。斋中唯茶铛酒臼、经案绳床而已"，二人饮酒赋诗，谈经论道，著名的《辋川集》就是他二人这时期的唱和诗集。写这封信时，裴迪回家温习经书准备应试，王维深感寂寞，只得独自去游山赏景，而后写出了这封著名的书信，表达了对友人的思念。

王维在信中向裴迪描绘了岁末寒冬的山间景致，"景气和畅，故山殊可过"，毫无冬日的阴森昏暗之象。然后作者详细记述了山中的晚景，写的详细生动："北涉玄灞，清月映郭。夜登华子冈，辋水沦涟，与月上下。寒山远火，明灭林外。深巷寒犬，吠声如豹。村墟夜舂，复与疏钟相间"。作者访山归来，回到家中不禁想到往日与裴迪一起寻幽访胜的场景，希望友人能尽快赶来重游故山。在文章最后一段，王维用想象为我们展现了一幅曼妙的春景图，优美动人，风光旖旎，仿佛春色就在眼前。对美好风景的期待既反映了作者对自然的喜爱，更表达了他对与友人同游春山的殷切盼望。

【与韩荆州书】

李　白

　　白闻天下谈士①相聚而言曰："生不用封万户侯②，但愿一识韩荆州。"何令人之景慕③，一至于此耶！岂不以有周公④之风，躬吐握之事，使海内豪俊，奔走而归之，一登龙门⑤，则声誉十倍。所以龙盘凤逸⑥之士，皆欲收名定价于君侯。君侯不以富贵而骄之，寒贱而忽之，则三千宾中有毛遂⑦，使自得颖脱而出，即其人焉。

　　白陇西⑧布衣，流落楚汉。十五好剑术，遍干诸侯；三十成文章，历抵卿相⑨。虽长不满七尺，而心雄万夫。王公大人，许与气义。此畴曩⑩心迹，安敢不尽于君侯哉！

　　君侯制作侔⑪神明，德行动天地，笔参造化，学究天人⑫。幸愿开张心颜，不以长揖⑬见拒。必若接之以高宴，纵之以清谈⑭，请日试万言，倚马可待⑮。今天下以君侯为文章之司命，人物之权衡⑯，一经品题，便作佳士；而君侯何惜阶前盈尺之地⑰，不使白扬眉吐气，激昂青云耶！

　　昔王子师⑱为豫州，未下车即辟荀慈明，既下车又辟孔文举。山涛⑲作冀州，甄拔三十馀人，或为侍中、尚书，先代所美。而君侯亦一荐严协律⑳，入为秘书郎；中间崔宗之、房习祖、黎昕、许莹之徒，或以才名见知，或以清白见赏。白每观其衔恩抚躬㉑，忠义奋发，以此感激，知君侯推赤心于诸贤腹中㉒，所以不归他人，而愿委身国士㉓。倘急难有用，敢效微躯。

　　且㉔人非尧舜，谁能尽善？白谟猷㉕筹画，安能自矜。至于制作，积成卷轴㉖，则欲尘秽视听㉗，恐雕虫小技㉘，不合大人。若赐观刍荛㉙，请给纸墨，兼之书人。然后退扫闲轩㉚，缮写呈上。庶青萍、结绿，长价于薛、卞㉛之门。幸推下流㉜，大开奖饰㉝，惟君侯图之！

【注释】

①谈士：言谈之士。孔融《与曹操论盛孝章书》："天下谈士，依以扬声。" ②万户侯：食邑万户的封侯。唐朝封爵已无万户侯之称，此处借指显贵。 ③景慕：敬仰爱慕。 ④周公：即姬旦，周文王子，周武王弟。因采邑在周（今陕西岐山县北），故称周公。吐握：吐哺（口中所含食物）握发（头发）。周公自称"我一沐（洗头）三握发，一饭三吐哺，起以待士，犹恐失天下之贤人"（见《史记·鲁世家》），后世因以"吐握"形容礼贤下士。 ⑤龙门：在今山西河津西北黄河两岸，峭壁对峙，形如阙门。传说江海大鱼能上此门者即化为龙。东汉李膺有高名，当时士人有受其接待者，名为登龙门。 ⑥龙盘凤逸：喻贤人在野或屈居下位。收名定价：获取美名，奠定声望。君侯：对尊贵者的敬称。 ⑦毛遂：战国时赵国平原君食客。秦围邯郸，赵王使平原君求救于楚，毛遂请求随同前往，自荐说："臣乃今日请处囊中耳。使遂早得处囊中，乃颖脱而出，非特其末见而已。"随从至楚，果然说服了楚王，使其同意发兵。平原君于是奉他为上客（见《史记·平原君虞卿列传》）。颖（yǐng）：指锥芒。颖脱而出，喻才士若获得机会，必能充分显示其才能。 ⑧陇西：古郡名，始置于秦，治所在狄道（今甘肃临洮）。李白自称十六国时凉武昭王李暠之后，李暠为陇西人。布衣：平民。楚汉：当时李白安家于安陆（今属湖北），往来于襄阳、江夏等地。 ⑨干：干谒，对人有所求而进见。诸侯：此指地方长官。历：普遍。抵：拜谒，进见。卿相：指中央朝廷高级官员。 ⑩畴囊（chóu nǎng）：往日。 ⑪制作：指文章著述。侔（móu）：相等，齐同。东汉崔瑗《张平子碑》："数术穷天地，制作侔造化。" ⑫参：参与。造化：自然的创造化育。天人：天道和人道。南朝梁钟嵘《诗品序》："文丽日月，学究天人。" ⑬开张：开扩，舒展。长揖：相见时拱手高举自上而下以为礼。 ⑭清谈：汉末魏晋以来，士人喜高谈阔论，或评议人物，或探究玄理，称为清谈。 ⑮倚马可待：喻文思敏捷。东晋时袁宏随同桓温北征，受命作露布文（檄文、捷书之类），他倚马前而作，手不辍笔，顷刻便成，而文极佳妙。 ⑯司命：原为神名，掌管人之寿命。此指判定文章优劣的权威。权：秤锤；衡：秤杆。此指品评人物的权威。 ⑰惜阶前盈尺之地：意即不在堂前接见我。 ⑱王子师：东汉王允字子师，灵帝时为豫州刺史（治所在沛国谯县，即今安徽亳县），征召荀爽（字慈明，汉末硕儒）、孔融（字文举，孔子之后，汉末名士）等为从事。全句原出西晋东海王司马越《与江统书》。 ⑲山涛：字巨源，西晋名士，竹林七贤之一。为冀州（今河北高邑西南）刺史时，搜访贤才，甄拔隐屈。侍中、尚书：中央政府官名。 ⑳严协律：名不详。协律，协律郎，属太常寺，掌校正律吕。秘书郎：属秘书省，掌管中央政府藏书。崔宗之：李白好友，开元中入仕，曾为起居郎、尚书礼部员外郎、礼部郎中、右司郎中等职，与孟浩然、杜甫亦曾有交往。房习祖：不详。黎昕：曾为拾遗官，与王维有交往。许莹：不详。 ㉑抚躬：犹言抚膺、抚髀，表示慨叹。抚，拍。 ㉒推赤心于诸贤腹中：《后汉书·光武本纪》："萧王（刘秀）推赤心置人腹中。" ㉓国士：国中杰出的人。 ㉔且：提起连词。 ㉕谟猷（yóu）：谋画，谋略。 ㉖卷轴：古代帛书或纸书以轴卷束。 ㉗尘秽视听：请对方观看自己作品的谦语。 ㉘雕虫小技：西汉扬雄称作赋为"童子雕虫篆刻"，"壮

夫不为"(见《法言·吾子》)。虫书、刻符为当时学童所习书体,纤巧难工。此处是作者自谦之词。 ㉙刍荛(chú ráo):割草为刍,打柴为荛,刍荛指草野之人。也是作者用以谦称自己的作品。 ㉚闲轩:静室。 ㉛青萍:宝剑名。结绿:美玉名。薛:薛烛,古代善相剑者,见《越绝书外传·记宝剑》。卞:卞和,古代善识玉者,见《韩非子·和氏》。 ㉜下流:指地位低的人。 ㉝奖饰:奖励称誉。

【赏析】

李白(701—762),字太白,号青莲居士,唐代伟大诗人。青少年时期在蜀中度过,约二十五六岁时,出蜀漫游各地。唐玄宗天宝年间(742—756)初至长安,待诏翰林院。不久便遭谗言离京,南北漫游。安史之乱中,因参永王李璘幕府,被流放夜郎,途中遇赦。晚年飘泊江南,病逝于当涂(今属安徽)。本文写于李白入长安之前,他一向轻视靠进士、明经等常规考试进入仕途,而企图一朝蒙受帝王赏识,获得重用,因此在入仕前,他广事干谒,投赠诗文,以表现才能,培养声名。本文即是他献给韩荆州即韩朝宗的干谒之作,当时韩任荆州大都督府长史,兼判襄州刺史、山南东道采访处置使,名气很大,李白希望借助他使自己登上仕途。

文章开头用语不凡,"生不用封万户侯,但愿一识韩荆州",开门见山地表达了对韩的敬慕之情。作者既是希望得到韩荆州的提携,则重点赞美了韩荆州礼贤下士的优秀品质,甚至说他有周公之风,可谓恭维之至,但这也从侧面反映了年轻的李白希望踏入仕途的愿望之迫切;接下来作者毛遂自荐,介绍了自己的经历、才能和气节,有简有繁,文辞华丽,显示了他深厚的文学功底。"白陇西布衣,流落楚汉。十五好剑术,遍干诸侯;三十成文章,历抵卿相。"寥寥几句,却把自己的生平讲述的清晰明了,同时文字神采风扬,充满潇洒风度;之后作者表达了自己的豪情壮志,他说自己"虽长不满七尺,而心雄万夫","日试万言,倚马可待",字里行间洋溢着对自己才能的肯定和建功立业的雄心,气势雄壮,情感炽烈,令人敬服。

【春夜宴诸从弟桃李园序】

李 白

夫天地者,万物之逆旅①;光阴者,百代之过客。而浮生若梦②,为欢几何?古人秉烛夜游③,良有以也。况阳春召我以烟景,大块假我以文章④。会桃李之芳园,序天伦⑤之乐事。群季俊秀,皆为惠连⑥;吾人咏歌,独惭康乐⑦。幽赏未已,高谈转清。开琼筵以坐花,飞羽觞⑧而醉月。不有佳作,何伸雅怀?如诗不成,罚依金谷酒数⑨。

【注释】

①逆旅：旅舍。逆：迎。古人以生为寄，以死为归，如《尸子》："老莱子曰：'人生于天地之间，寄也；寄者固归也。'"又如《古诗十九首》："人生天地间，忽如远行客。"此用其意。　②浮生若梦：《庄子·刻意》："其生若浮，其死若休。"又《庄子·齐物论》称庄周梦为蝴蝶："不知周之梦为蝴蝶与，蝴蝶之梦为周与？"意思是死生之辨，也如同梦觉之分，纷纭变化，不可究诘。此用其意。　③秉：持，拿着。二句原出曹丕《与吴质书》："年一过往，何可攀援？古人思秉烛夜游，良有以也。"　④大块：指大自然。假：借。文章：原指错杂的色彩、花纹。此指大自然中各种美好的形象、色彩、声音等。刘勰《文心雕龙·原道》指出，天上日月，地上山川，以及动物、植物等，均有文采，"形立则章成矣，声发则文生矣"。　⑤序：同叙。天伦：天然的伦次，此指兄弟。　⑥季：少子为季，此指弟弟。惠连：谢惠连，南朝宋文学家。幼而聪慧，十岁便能作文。深为族兄谢灵运所赏爱，常一同写作游玩。　⑦康乐：谢灵运，南朝宋诗人，名将谢玄之孙，袭封康乐公。以写作山水诗著名。　⑧琼筵：美好的筵席。琼，美玉。羽觞：酒器，形如雀鸟。　⑨金谷酒数：晋代石崇有金谷园，曾与友人宴饮其中，作《金谷诗序》说："遂各赋诗，以叙中怀。或不能者，罚酒三斗。"

【赏析】

　　李白的这篇《春夜宴诸从弟桃李园序》，篇幅短小，却别具韵味，是文学史上的名篇，其高超的写作手法、优美的语言以及作者在字里行间透露出的洒脱情怀，都是使这篇短文在文坛留下重重一笔的原因。

　　文章在标题中把宴游的时间（春夜）、地点（桃李园）、人物（作者与诸从弟）、事件（宴饮）等都一一交待清楚，为正文留下写作的空间。在正文中，作者交代了夜宴的原因：他自觉时光如梭，年华以易逝，因此应该好好珍惜眼前时光，恣意欢乐；美景在前，更不容辜负，"阳春召我以烟景，大块假我以文章"，在这美丽的景色中和兄弟们尽天伦之乐，实为人生一大幸事。作者感于景，发乎情，写成此篇小赋，记录下当时宴饮快乐的时光。

　　文章用词华丽，他描述夜宴的情景："开琼筵以坐花，飞羽觞以醉月"，意境可谓美到了极致，洒脱、狂放气概溢于言表。"阳春召我以烟景，大块假我以文章"两句更是千古传诵的名句，阳春三月，春光烂漫，"烟"字更让人感到朦胧迷离，如梦似幻，在这样迷人的风光之中，作者诗意大发，"大块假我以文章"，形象地展示了作者在美景中文思泉涌的状态，显示了作者才高八斗的天赋英才。尽管在序中也出现了"浮生如梦，为欢几何"的字句，但全文并无消极悲观之感，"欢乐"才是文章所要表达的主要情感。如诗如画的春景，众人宴饮的痛快，作诗罚酒的雅兴，无不显示出欢乐的景象，以及"人生得意须尽欢"的洒脱。因此，总的说来，这篇小序，是作者热爱人生、珍惜亲情、陶醉美景的集中体现，表达了李白意气风发的精神面貌。

【吊古战场文】

李 华

  浩浩乎平沙无垠①，夐②不见人。河水萦带，群山纠纷③。黯④兮惨悴，风悲日曛⑤。蓬⑥断草枯，凛若霜晨；鸟飞不下，兽铤⑦亡群。亭长⑧告余曰："此古战场也，常覆三军⑨，往往鬼哭，天阴则闻。"

  伤心哉，秦欤汉欤，将近代欤？吾闻夫齐魏徭戍，荆韩召募。万里奔走，连年暴露。沙草晨牧，河冰夜渡。地阔天长，不知归路。寄身锋刃，腷臆⑩谁诉？秦汉而还，多事四夷⑪。中州耗敦⑫，无世无之。古称戎夏⑬，不抗王师⑭。文教⑮失宣，武臣用奇⑯。奇兵⑰有异于仁义，王道迂阔⑱而莫为。

  呜呼噫嘻！吾想夫北风振漠，胡兵伺便。主将骄敌，期门⑲受战。野竖旄旗⑳，川回组练㉑。法重心骇，威尊命贱。利镞穿骨，惊沙入面；主客相搏，山川震眩；声析㉒江河，势崩雷电。至若穷阴㉓凝闭，凛冽海隅㉔；积雪没胫，坚冰在须；鸷鸟休巢，征马踟蹰；缯纩㉕无温，堕指裂肤。当此苦寒，天假强胡，凭陵㉖杀气，以相剪屠。径截辎重㉗，横攻士卒；都尉㉘新降，将军覆没；尸填巨港之岸，血满长城之窟。无贵无贱，同为枯骨，可胜㉙言哉！

  鼓衰兮力尽，矢竭兮弦绝，白刃交兮宝刀折，两军蹙㉚兮生死决。降矣哉，终身夷狄；战矣哉，骨暴沙砾！鸟无声兮山寂寂，夜正长兮风淅淅；魂魄结兮天沉沉，鬼神聚兮云幂幂㉛；日光寒兮草短，月色苦兮霜白。伤心惨目，有如是耶！

  吾闻之，牧㉜用赵卒，大破林胡；开地千里，遁逃匈奴。汉倾天下，财殚力痡㉝，任人而已，其在多乎？周逐猃狁㉞，北至太原，既城朔方㉟，全师而还。饮至策勋㊱，和乐且闲，穆穆棣棣㊲，君臣之间。秦起长城，竟海为关；荼毒㊳生灵，万里朱殷㊴。汉击匈奴，虽得阴山㊵；枕骸遍野，功不补患。

  苍苍蒸民㊶，谁无父母？提携捧负，畏其不寿。谁无兄弟？

如足如手。谁无夫妇?如宾如友。生也何恩,杀之何咎?其存其没,家莫闻知;人或有言,将信将疑;悁悁⑫心目,寝寐⑬见之。布奠倾觞⑭,哭望天涯。天地为愁,草木凄悲。吊祭不至,精魂⑮何依?必有凶年⑯,人其流离。呜呼噫嘻!时耶命耶?从古如斯!为之奈何?守在四夷⑰。

【注释】

①浩浩:辽阔的样子。垠(yín):边际。 ②敻(xiòng):远。 ③纠纷:重叠交错的样子。 ④黯:昏黑。 ⑤曛:赤黄色,形容日色昏暗。 ⑥蓬:草名,即蓬蒿。秋枯根拔,随风飘转。 ⑦铤:疾走的样子。 ⑧亭长:秦汉时每十里为一亭,设亭长一人,掌管治安、诉讼等事。唐代在尚书省各部衙门设置亭长,负责省门开关和通报传达事务,是流外(不入九品职级)吏职。此借指地方小吏。 ⑨三军:周制:天子置六军,诸侯大国可置三军,每军一万二千五百人。此处泛指军队。齐魏、荆韩:战国七雄中的四个国家。荆,即楚国。这里泛指战国时代。召募:以钱物招募兵员。徭役和召募,是封建时代的义务兵和雇佣兵。 ⑩膇(bì)臆:心情苦闷。憩,即"诉"。 ⑪四夷:四方边境的少数民族。夷,古时对异族的贬称。 ⑫耗斁(dù):损耗败坏。 ⑬戎:西方少数民族。此泛指少数民族。夏:华夏,汉族。 ⑭王师:帝王的军队。古称帝王之师是应天顺人、吊民伐罪的仁义之师。 ⑮文教:指礼乐法度,文章教化。 ⑯用奇:使用阴谋诡计。 ⑰奇兵:乘敌不备进行突然袭击的部队。 ⑱王道:指礼乐仁义等治理天下的准则。迂阔:迂腐空疏。 ⑲期门:军营的大门。 ⑳旌旗:旗帜的统称。旌,用旄牛尾和彩色鸟羽作竿饰的旗。 ㉑组练:即"组甲被练",战士的衣甲服装。此代指战士。 ㉒析:分离,劈开。原作"折",据《唐文粹》及《文集》改。 ㉓穷阴:犹穷冬,极寒之时。 ㉔海隅:西北极远之地。海,瀚海,在蒙古高原东北;一说指今内蒙古自治区之呼伦贝尔湖。 ㉕缯纩(zēngkuàng):缯,丝织品的总称。纩,丝绵。古代尚无棉花,絮衣都用丝棉。 ㉖凭陵:凭借,倚仗。 ㉗辎(zī)重:军用物资的总称。 ㉘都尉:官名,此指职位低于将军的武官。 ㉙胜(shēng):尽。 ㉚蹙(cù):迫近,接近。 ㉛幂(mì)幂:深浓阴暗。 ㉜牧:李牧,战国末赵国良将,守雁门(今山西北部),大破匈奴入侵,击败东胡,降服林胡(均为匈奴所属的部族)。其后十余年,匈奴不敢靠近赵国边境。见《史记·廉颇蔺相如列传》。 ㉝殚(dān):尽。痡(pū):劳倦,病苦。汉武帝时,多次大举征伐匈奴及大宛、西羌、南越,以至"赋税既竭,犹不足以奉战士"、"天下虚耗",甚至"人复相食"。见《史记·平准书》、《汉书·食货志》。 ㉞猃(xiǎnyǔn):也作"猃狁"、"荤粥"、"獯鬻"、"薰育"、"荤允"等,古代北方的少数民族,即匈奴的前身。周宣王时,严狁南侵,宣王命尹吉甫统军抗击,逐至太原(今宁夏固原县北),不再穷追。二句出自《诗经·小雅·六月》:"薄伐严狁,至于太原"。 ㉟城:筑城。朔方:北方。一说即今宁夏灵武县一带。句出《诗经·小雅·出车》:"天子命我,城彼朔方。" ㊱饮至:古代盟会、征伐归来后,告祭于宗庙,举行宴饮,称为"饮至"。策勋,把功勋记载在简策上。句出《左传》桓公二年:"凡公行,告于宗庙;反行,饮至,舍爵策勋焉,礼也。" ㊲穆穆:端庄盛美,恭敬谨肃的样子,多用以形容天子的仪

表，如《礼记·曲礼下》："天子穆穆"。棣（dì）棣，文雅安和的样子。㊳荼（tú）毒：残害。㊴殷（yān）：赤黑色。《左传》成公二年杜注："血色久则殷。"㊵阴山：在今内蒙古中部，西起河套，东接内兴安岭，原为匈奴南部屏障，匈奴常由此以侵汉。汉武帝时，为卫青、霍去病统军夺取，汉军损失亦惨重。㊶苍苍：指天。蒸，通"烝"，众，多。㊷悁（yuān）悁：忧愁郁闷的样子。㊸瘑寐：梦寐。㊹布奠倾觞：把酒倒在地上以祭奠死者。布，陈列。奠，设酒食以祭祀。㊺不至：不能达于死者。精魂：精气灵魂。古时认为人死后，其精气灵魂能够离开身体而存在。㊻凶年：荒年。语出《老子道德经》第三十章："大军之后，必有凶年"。大举兴兵造成大量农业劳动力的征调伤亡，再加上双方军队的蹂躏掠夺以及军费的负担，必然影响农业生产的种植和收成。故此处不仅指自然灾荒。㊼守在四夷：语出《左传》昭公二十三年："古者天子，守在四夷。"

【赏析】

李华（715－766），字遐叔，唐玄宗开元二十三年（735）进士，又曾中博学宏辞科。安史乱起，陷入叛军之手，署为凤阁舍人。乱平后，被贬为杭州司户参军，从此因自惭而淡于宦进。后隐居于山阳（今江苏淮安县），率领子弟务农为生。晚年崇信佛法，不甚著述。

本文是李华"极思研推"的力作，名为"吊古"，实是讽今。唐玄宗开元后期，骄侈昏庸，好战喜功，边将为投其所好，经常使用阴谋挑起对边境少数民族的战争以邀功求赏，因而造成"夷夏"之间矛盾加深，战祸不断，士兵伤亡惨重。文章以"古战场"为抒情的基点，主张以仁德礼义悦服远人，达到天下一统。文章细致渲染了古战场阴森悲凉的气象："浩浩乎平沙无垠，复不见人。河水萦带，群山纠纷。黯兮惨悴，风悲日曛。蓬断草枯，凛若霜晨；鸟飞不下，兽铤亡群"，接着文锋一转，借亭长之口点题，叙说古战场"常覆三军"的历史和天阴鬼哭的惨状，增强了文章的可信性与感染力。文章的主体部分是描摹两军厮杀的激烈、悲惨的情状，在"穷阴凝闭，凛冽海隅"的季节，胡兵凭借"径截辎重，横攻士卒"，中原将士被杀得"尸填巨港之岸，血满长城之窟。无贵无贱，同为枯骨"，惨不可言。"一将功成万骨枯"，将领为了得到封赏不惜牺牲千万士兵的性命，这是何等的残酷与不合理。基于此，作者提出了他的战争观，他主张兴仁义之师，有征无战，反对侵略战争，反对盲目发动大规模征战，要善用武将，以驱逐外族，全师而还。只有这样才能对内安抚民心，对外和平共处，使海内外都受益，发扬大唐王朝的无尽雄风。

【右溪记①】

元 结

道州城西百馀步，有小溪。南流数十步，合营溪②。水抵③

两岸,悉皆④怪石,欹嵌盘屈⑤,不可名状⑥。清流触石,洄悬激注⑦。佳木异竹,垂阴相荫⑧。此溪若在山野,则宜逸民退士⑨之所游处;在人间⑩,可为都邑之胜境⑪,静者⑫之林亭。而置州已来⑬,无人赏爱,徘徊溪上,为之怅然⑭。乃疏凿芜秽⑮,俾为亭宇⑯;植松与桂,兼之⑰香草,以裨形胜⑱。为⑲溪在州右,遂命⑳之曰右溪。刻铭㉑石上,彰示来者㉒。

【注释】

①右溪:唐道州城西的一条小溪。道州治所在今湖南道县。"右",古以东为左,西为右,此溪在城西,所以作者取名"右溪"。 ②营溪:谓营水,源出湖南宁远,西北流经道县,北至零陵入湘水,湘江上游的较大支流 ③抵:击拍,形容溪流满涌,作者《游右溪劝学者》:"尤宜春水满,水石更殊怪。" ④悉皆:谓两岸都是。 ⑤欹嵌(qīqiàn):石块错斜嵌插溪岸的样子;"欹",通"攲"倾斜。盘屈:怪石随着溪岸弯曲屈折的样子。 ⑥名状:说出它们的状态。名,说出,名作状。 ⑦洄(huí):漩涡。悬:形容触石溅起的浪花。激:形容被石遏制而造成的急流。注:形容水急如灌注一般。 ⑧垂阴:投下阴影。相荫:彼此遮蔽荫护。 ⑨逸民退士:指不仕的隐者和归隐的官宦。 ⑩人间:谓世俗社会,主要相对隐逸而言,指仕宦于朝;嵇康《答山巨源绝交书》:"又每非汤、武而薄周、孔,在人间不止,此事会显,世教所不容。"其义同此。 ⑪都邑:都会城镇。邑:县城。胜境:风景优美的环境。 ⑫静者:谓仁人;《论语·雍也》载孔子曰:"知者乐水,仁者乐山。知者动,仁者静。" ⑬置州:谓唐朝设置道州。唐高祖武德四年(621)设置南营州,太宗贞观八年(634)改为道州,玄宗天宝元年(742)改设江华郡,肃宗乾元元年(758)复称道州。已来:同"以来"。 ⑭之:指"无人赏爱"。怅然:惆怅抱憾的样子。 ⑮疏凿芜秽:谓疏通水道,开挖乱石,去除荒草杂树。 ⑯俾(bǐ):以便,准备。为:修筑。亭宇:亭子房屋。 ⑰兼之:并且在这里种植。 ⑱裨(bì):补益,增添好处。形胜:优美的风景。 ⑲为:因为。 ⑳命:命名。 ㉑铭:铭文,指作者为右溪所作的铭文。据作者《阳华志铭》、《五如石铭》、《浯溪铭》等其它同类作品,大多以铭文为主,前有小序。则本篇当同其例,应有铭文,此记属序。但铭文已佚,后人为拟题作"记"。 ㉒彰示:宣扬,告示。来者:后来的游者。

【赏析】

元结(719-772),字次山,唐代文学家,古文运动的先驱者之一。公元753年(天宝十二年)举进士。他同情人民疾苦,在道州任职期间,曾两度上书,请求蠲免百姓租税,深受道州人民的爱戴。其诗文大部分都能反映政治现实和社会矛盾,文风质朴,清淡简洁,纯真自然。

本文是作者因景生情的佳作,他借助右溪无人赏爱,抒发了自己怀才不遇的感慨。右溪是道州城西的一条小溪,这里石奇泉清,草木葱郁,环境优美,但长期不为人所知,以致默默无闻。元结任道州刺史时对它进行了一番修葺,并刻石铭文,取名右溪。本文在前部分对右溪的美景进行了描绘，自然清新，逸趣横生。作者用语不多，但却有繁有简。他大笔勾勒出右溪的怪石嶙峋，泉佳林幽，接着细致地描摹溪之小，水之清等，既有正面描写，又有侧面烘托，表达方式多样，景色令人回味无穷。在文章后部分，作者由右溪引发感慨，他说"置州已来，无人赏爱，徘徊溪上，为之怅然"，他不仅是在怅然右溪的无人赏识，同样是在叹息自己的怀才不遇。接着作者记叙了自己疏通右溪，建造亭宇，种上象征高洁的松桂和香草，这也正是他淡泊名利、爱好天然的反映。既然无法建功立业，那就像这松桂和香草一样保持自己的天性，纵情山水之间，潇洒出尘吧。

文章属于山水游记类，却因景生情，寓情于景，恰如柳宗元在《永州八记》中写钴姆小丘、小石城山，由景引发自我的哀叹。高步瀛《唐宋文举要》甲编卷一引清吴先生的话说："次山放恣山水，实开子厚先声，文字幽眇芳洁，亦能自成境趣。"可谓是一语中的。

【秋夜小洞庭离宴序】

苏源明

源明从东平太守征国子司业，须昌外尉①袁广载酒于回源亭，明日遂行，及夜留宴。会②庄子若讷过归莒，相里子同祎过如③魏，阳谷管城、青阳权衡二主簿在座，皆故人④也。

彻馔新樽⑤，移方舟中。有宿鼓⑥，有汶簧，济上嫣然⑦能歌者五六人共载。止回源东柳门，入小洞庭，迟夷彷徨，眇缅旷漾⑧；流商杂徵，与长言者啾焉合引⑨；潜鱼⑩惊或跃，宿鸟⑪飞复下，真嬉游之择耳⑫。源明歌曰："浮涨湖兮葬条遥，川后礼兮虎予桡。横增沃兮蓬迁延⑭，川后⑬福兮易予舷。月澄凝兮明空波⑮，星磊落兮耿⑯秋河。夜既良兮酒且多，乐方作兮奈别何！"曲阕⑰，袁子曰："君公行当⑱挥翰右垣，岂止典胄米廪⑲邪！广不敢受赐，独不念四三贤！"源明醉曰："所⑳不与吾子及四三贤同恐惧安乐，有如秋水！"

晨前㉑而归。及醒，或说向之陈事㉒。源明局局然㉓笑曰："狂夫之言，不足罪㉔也。"

乃态为序。

【注释】

①外尉：县尉之一，为县长（令）的辅佐官。　②会：正遇着，恰好。　③如：往，

到……去。　④故人：老朋友，旧相识。　⑤新樽：犹洗杯。　⑥宿鼓：宿地产的鼓叫做宿鼓。　⑦嫣然：美好的样子。　⑧旷漾：宽大，广阔。　⑨合引：和曲调相合。　⑩潜鱼：藏在水底的鱼。　⑪宿鸟：夜里正睡之鸟。　⑫真嬉游之择耳：真是一种好的游戏啊。择：善。　⑬川后：河神。　⑭蓬迁延：蓬草在风中旋舞不进。喻船在水中徘徊游荡。　⑮空波：空明的水波。　⑯耿：明貌，作动词用。　⑰阕：终。乐终曰阕。　⑱行当：将要。　⑲典胄：主管贵族子弟（的教育）。米廪：指国家教育王公贵族子弟的学校。　⑳所：假如，如果。　㉑晨前：天亮以前。　㉒向之陈事：昨夜所说的事。　㉓局局然：大笑貌，一说俯身而笑。　㉔罪：动词，怪罪，加罪。

【赏析】

苏源明，字弱夫，初名预，京兆武功（今陕西武功县）人。生卒年均不详，约唐玄宗天宝九年前后在世。少孤，寓居徐、兖。《新唐书·文艺传》记载他"工文辞，有名天宝间"，安禄山陷京师，源明称病不受伪署。肃宗时，擢知制诰，数陈时政得失。官终秘书少监。韩愈对他的作品极为称赞，可见他应该是唐代古文运动的先驱者。

本文记叙了作者与友人秋夜游小洞庭湖的经过，表现出作者对友人坦白真挚的情感。作者用记叙的笔法交代了游玩的人员，接着就开始描绘游玩时在舟中举行宴会的情景。小洞庭景色优美，好友相聚，乘兴夜宴，当时船上有鼓有簧，还有能歌者五六人，真是天时地利人和聚齐。滔滔流水载着他们不知不觉飘过小洞庭，水面飘渺，乐声不绝于耳，偶尔惊起一只夜宿河边的鸟儿，夜空被鸟鸣划破，更显得世界之清静。作者开口歌唱，唱词赞美这美好的景色，但却同时流露出惜别之情。好友打趣作者将要高升，作者立刻反驳"所不与吾子及三四贤同游恐惧安乐，有如秋水！"，也就是指秋水为誓，势必将来与友人同甘共苦，同患难，同富贵。酒后吐真言，作者的坦率与真诚足见其对友谊之重视。

文章以宴游为主，文字虽然简短，却运用了多种表达方式，包括叙述、歌唱、对话等等，把宴游的过程描述的绘声绘色，令人读后难以忘怀。文章风格自由活泼，语言流畅自然，意境清新古朴，似乎浑然天成，而且作者在文中不用典故，毫无华丽辞藻的堆砌，给人耳目一新之感，难怪韩愈对他极力赞扬，的确是开后来古文运动一代先河。

【《河岳英灵集》序】

殷 璠

梁昭明太子撰《文选》，后相效著述者十有馀家，咸自称尽善。高听之士，或未全许。且大同至于天宝，把笔者近千人，除势要及贿赂，中间灼然可尚者，五分无二，岂得逢诗辄纂，往往盈帙？盖身后立节，当无诡随，其应诠简不精，玉石相混，致令众口谤铄，为知音所痛。

夫文有神来、气来、情来，有雅体、野体、鄙体、俗体①。编纪者能审鉴诸体，委详所来，方可定其优劣，论其取舍。至如曹、刘②，诗多直语，少切对③，或五字并侧④，或十字俱平⑤，而逸驾终存。然挈瓶肤受之流，责古人不辨宫商徵羽，词句质素，耻相师范。于是攻异端，妄穿凿，理则不足，言常有馀⑥，都无比兴，但贵轻艳。虽满箧笥⑦，将何用之？

自萧氏⑧以还，尤增矫饰⑨。武德⑩初，微波尚在。贞观末，标格渐高。景云⑪中，颇通远调。开元十五年后，声律风骨始备矣。实由主上恶华好朴，去伪从真，使海内词场，翕然尊古，南风周雅，称阐今日。

璠不揆，窃尝好事，愿删略群才，赞圣朝之美。爰因退迹，得遂宿心。粤若王维、昌龄、储光羲等二十四人，皆河岳英灵也。此集便以"河岳英灵"为号。诗二百三十四首，分为上下卷。起甲寅，终癸巳。论次于叙，品藻各冠篇额⑫。如名不副实，才不合道，纵权压梁、窦，终无取焉。

【注释】

①雅体、野体、鄙体、俗体：后三体差异甚微，皆与雅体相对。 ②曹、刘：谓建安诗人曹植、刘桢。 ③切对：谓平仄协和之对句。 ④五字并侧：如曹植《野田黄雀行》"利剑不在掌"一类。 ⑤十字俱平：如曹植《美女篇》之"罗衣何飘飘，轻裾随风还"。 ⑥言常有馀：辞浮于意。 ⑦箧笥：指书箱。 ⑧萧氏：南朝萧梁。 ⑨矫饰：谓过分看重辞藻音律。 ⑩武德：唐高宗年号。 ⑪景云：唐睿宗年号。 ⑫品藻各冠篇额：《河岳英灵集》于每一人选作家及作品前皆有品题，故云。

【赏析】

《河岳英灵集》是一部诗歌总集，由唐代殷璠选编。殷璠生卒年、字号均不详，仅在书首可见其自题"丹阳进士"。此书分上、中、下三卷，在序言中作者称"起甲寅（开元二年，714），终癸巳（天宝十二载，753）"，选录了这个时期自常建至阎防24家诗234首。由于选者较高的理论水平和艺术鉴赏能力，选录标准又非常严格，因而这本书也是历来最受重视的唐诗选本之一，对后世影响深远。

本篇是殷璠为《河岳英灵集》所作的《序》，在文中作者回顾了自梁至唐的诗歌发展道路，他认为从南朝萧梁至唐初武德年间，文学都是仅重视词采的华丽，偏重艺术形式的锤炼而忽略文章的风骨和寄托，一直到贞观末年，文坛风气才开始发生转变。开元、天宝之际，是唐诗繁荣兴盛的时期，也是中国古典诗歌的音律和体裁发展到成熟的阶段。殷璠真正要编选并使之流传后代的正是开元十五年以后的诗歌。他在序中说："开元十五年以后，声律风骨始备矣。实由主上恶华好朴，去伪从真，使海内词人，翕然尊古，有周风雅，再阐今日。""风骨"是殷璠对盛唐诗歌基本特征的总结，也是他选择诗歌最重要的参考标准，他说"璠今所集，颇异诸家：既闲新声，复晓古体，文质半取，风骚两挟，言气骨则建安为传，论宫商则太康不逮，将来秀士，无致深惑。"殷璠把盛唐诗歌繁荣的原因归为玄宗的爱好与影响，这样说虽然有失片面，却也有一定的道理。君王的艺术倾向对艺术所产生的作用往往是不可低估的，尤其是当时的科考制度并不完善，上好诗文歌赋，因此对下来说通过诗歌文章登上仕途就成了功成名就的捷径，这同样影响了盛唐诗歌的兴盛。

【仙掌铭并序】

独孤及

阴阳开阖，元气变化，泄为百川，凝为崇山，山川之作，与天地并，疑有真宰而未知尸①其功者。有若巨灵赑屃②，攘臂其间，左排首阳，右拓太华，绝地轴使中裂，坼山脊为两道，然后导河而东，俾无有害，留此巨迹于峰之巅。后代揭厉③于玄踪者，聆其风而骇之，或谓诙诡不经，存而不议。

及以为学者拘其一域，则惑于馀方。曾不知创宇宙，作万象，月而日之，星而辰之，使轮转环绕④，箭驰风疾，可骇于俗有甚于此者。徒观其阴骘无朕⑤，未尝骇焉。而巨灵特以有迹骇世，世果惑矣。天地有官，阴阳有藏，锻炼六气⑥，作为万形。形有不遂其性，气有不达于物，则造物者取元精之和，合而散之，财而成之，如埏埴⑦炉锤之为瓶为缶，为钩⑧为棘，规者矩者，大者细者，然则黄河、华岳之在六合，犹陶冶之有瓶缶钩棘也。巨灵之作于自然，盖万化之一工也。天机冥动而圣功启，元精密感而外物应。故有无迹之迹，介于石焉。可以见神行无方，妙用不测。彼管窥者乃循迹而求之，揣其所至于巨细之境，则道斯远矣。

夫以手执大象⑨，力持化权，指挥太极，蹴蹋颢气，立乎无间，行乎无穷，则捵长河如措杯，擘太华若破块⑩，不足骇也。世人方以禹凿龙门以导西河为神奇，可不为大哀乎？峨峨灵掌，仙指如画，隐辚⑪磅礴，上挥太清。远而视之，如欲扪青天以搦皓露，攀扶桑而捧白日，不去不来，若飞若动，非至神曷以至此？

唐兴百三十有八载，余尉于华阴，华人以为纪嵚崯，勒之罘，颂峄山，铭燕然[12]，旧典也。玄圣巨迹，岂帝者巡省伐国之不若欤？其古之阙文以俟知言欤？仰之叹之，斐然琢石为志。其词曰：

天作高山，设险西方。至精未分，川壅而伤。帝命巨灵，经启地脉。乃眷斯顾，高掌远跖。耆如剖竹，骙若裂帛。川开山破，天动地坼。黄河太华，自此而辟。神返虚极，迹挂石壁。迹岂我名？神非我灵。变化翕忽，希夷杳冥。道本不生，化亦无形。天何言哉！山川以宁。断鳌补天，世未睹焉。夸父愚公，莫知其踪。屹彼灵掌，悬诸茏苁。介二大都，亭亭高耸。霞艳烟喷，云抱花捧。百神依凭，万峰朝拱。长于上古，以阅群动。下视众山，蜉蝣蠛蠓。彼邦人士，永揖遗烈。瞻之在前，如揭日月。三川[13]有竭，此掌不灭。

【注释】

①尸：居其位而不干其事。 ②赑屃：猛壮有力貌。 ③揭厉：涉水，比喻探求古迹。 ④轮转：古代浑天说认为天如车轮而转，日月白天从天上过，夜间从下过。环绕：指众星环绕北极。 ⑤阴骘无朕：暗中作用而无征兆。 ⑥六气：指阴阳风雨晦明。 ⑦埏埴：将陶土放入陶器模型中制成陶器。 ⑧钩：似剑而曲的兵器。 ⑨大象：指无形无象的道。 ⑩破块：破开土块。 ⑪隐辚：堆垒不平貌。 ⑫铭燕然：东汉窦宪击匈奴，登燕然山刻石勒功。 ⑬三川：指泾、渭、洛水。

【赏析】

独孤及（725－777），字至之，唐代散文家，擅长古文，与李华、萧颖士齐名，在唐代有"词宗"、"文伯"、"作为文章，律度当世"之美誉。推崇两汉文章，认为"荀、孟朴而少文，屈、宋华而无根，有以取正，其贾生、史迁、班孟坚云尔"（梁肃《昆陵集后序》），其文宽畅博厚，长于议论。

这篇铭文并序是独孤及的代表作之一，作于天宝十四载（755），当时作者正任华阴尉，仙掌，指西岳华山顶的东峰。文章主要围绕巨灵擘山的传说是否可信这一点来做文章，境界壮阔、气度恢宏。在首段作者从阴阳开合、元气变化而形成高山百川，说到"真宰"（即造物者）的存在及作用；紧接着发挥想象力虚构了开山时的壮阔情景，为下文的议论奠定基础。作者想像"真宰""取元精之和，合而散之，财（裁）而成之"，作成万象的情景，说明巨灵之作于自然，不过是"万化之一工"。作者想像巨灵神"手执大象，力持化权，指挥太极，蹴颢气，立乎无间，行乎无穷"、"搛长河"、"擘太华"，措辞诡异，令人读后无足惊骇。在虚构了浩浩荡荡的开山画面之后，作者由虚转实，描绘了"非至神曷以至此"的魅力风景。在文章的最后,作者落到作铭上来,将铭仙掌与"纪崦嵫"等四事并提,正见"玄圣巨迹"之神异。

皇甫湜在《谕业》一文中对独孤及的文章评价为:"独孤尚书之文,如危峰绝壁,穿倚霄汉,长松怪石,倾倒溪壑,然而略无和畅,雅德者避之。"崔祐甫在《独孤公神道碑》中说:"著《古函谷关》、《仙掌》二铭,格高理精,当代词人,无不畏服。王士禛《香祖笔记》认为"(独孤及)其序记尚沿唐习碑版,叙事稍见情实,《仙掌》、《函谷》二铭,是其杰作。"可见该文影响之大。

【杨烈妇传】

李　翱

建中四年,李希烈陷汴州;既又将盗①陈州,分其兵数千人,抵②项城县。盖将掠其玉帛③,俘累④其男女,以会于陈州。

县令李侃,不知所为。其妻杨氏曰:"君,县令也。寇至当守;力不足,死焉⑤,职⑥也。君如逃,则谁守?"侃曰:"兵与财皆无,将若何?"杨氏曰:"如不守,县为贼所得矣,仓廪⑦皆其积也,府库⑧皆其财也,百姓皆其战士也,国家何有?夺贼之财而食其食,重赏以令死士⑨,其必济⑩!"

于是,召胥吏、百姓于庭,杨氏言曰:"县令,诚主也;虽然,岁满⑪则罢去。非若吏人、百姓然。吏人,邑⑫人也,坟墓存焉?宜相与致死⑬以守其邑,忍失其身而为贼之人耶?"众皆泣,许之。乃徇⑭曰:"以瓦石中贼者,与之千钱;以刀矢兵刃之物中贼者,与之万钱。"得数百人,侃率之以乘城⑮。

杨氏亲为之爨以食之⑯:无长少,必周而均。使侃与贼言曰:"项城父老,义不为贼⑰矣,皆悉力⑱守死。得吾城不足以威⑲,不如亟去,徒失利无益也。"贼皆笑。有蜚箭集⑳于侃之手,侃伤而归。杨氏责之曰:"君不在,则人谁肯固矣!与其死于城上,不犹愈于家㉑乎?"侃遂忍之,复登陴㉒。

项城,小邑也,无长戟、劲弩、高城、深沟之固,贼气吞焉㉓,率其徒将超城㉔而下。有以弱弓射贼者,中其帅,坠马死。其帅,希烈之婿也。贼失势,遂相与散走,项城之人无伤㉕焉。刺史上侃之功,诏迁绛州太平县令。杨氏至兹犹存。

妇人女子之德，奉父母舅姑㉖尽恭顺，和于娣姒㉗，于卑幼㉘有慈爱，而能不失其贞者，则贤矣。辨行列，明攻守勇烈之道㉙，此公卿大臣之所难。厥自兵兴，朝廷注意宠旌㉚守御之臣。凭坚城深池之险，储蓄山积，货财自若㉛，冠胄服甲负弓矢而驰者，不知几人！其勇不能战，其智不能守，其忠不能死，弃其城而走㉜者，有矣！彼何人哉㉝！若杨氏者，妇人也。孔子曰："仁者必有勇。"杨氏当之矣。

赞㉞曰：凡人之情，皆谓后来者不及于古之人。贤者古亦稀，独后代耶！及其有之，与古人不殊也。若高愍女、杨烈妇者，虽古烈女，其何加焉！予惧其行事㉟湮灭而不传㊱，故皆叙㊲之，将告于史官。

【注释】

①既：不久，接着。盗：侵袭。 ②抵：到达。 ③玉帛：财物。 ④累：大绳子，这里指用绳子捆绑被俘的男女。 ⑤死焉：死于守城，意即殉难。 ⑥职：分内应做之事，本分。 ⑦仓廪：这里指国家粮仓，县令本无权动用。 ⑧府库：这里指国家储存财物的仓库，县令亦无权动用。 ⑨死士：敢于死战的勇士。 ⑩济：成功。 ⑪岁满：任职的年限满了。 ⑫邑：本乡、本地。 ⑬宜：应当。相与：共同、一起。致死：尽死力。 ⑭徇：向大家宣布。 ⑮乘城：登上城墙。 ⑯亲为之爨：亲自为他们做饭。食之：供给他们饭食。 ⑰义不为贼：坚守大义而不从贼。 ⑱悉力：尽力。 ⑲威：威力、威风，这里指显示威风、威力。 ⑳集：这里指射中。 ㉑愈于家：比死在家里好。 ㉒陴：城上的小墙，这里代指城墙。 ㉓贼气吞焉：叛军气焰嚣张到了好像是一口要把项城吞掉似的。 ㉔超城：跨过城墙，形容贼军轻敌，不把城守放在眼里。 ㉕无伤：没有受到损失。 ㉖舅姑：公婆。 ㉗姒：本指嫂嫂，这里泛指姐娌。 ㉘卑幼：晚辈。 ㉙勇烈之道：军事方面的规律、学问。 ㉚宠旌：爱重表彰。 ㉛自若：即自如，本指活动不受限制，这里指（钱财）宽绰有余。 ㉜走：逃跑。 ㉝彼何人哉：那是什么样的人啊！表示愤慨斥责之意。 ㉞赞：又称"论赞"，史传文之后，作者主要用来进行议论评价的文字。 ㉟行事：事迹。 ㊱不传：不能流传。 ㊲叙：有条理的记录。

【赏析】

本文记述的是唐德宗建中四年（公元798年），地方军阀（藩镇）李希烈作乱，"陷汴州"、"盗陈州"、"抵项城县"、"掠其玉帛，俘累其男女"，无恶不作，项城县危在旦夕，其时县令李侃无能，"不知所为"。其妻杨氏力主抵抗，死守县城。她亲自动员胥吏百姓，"以瓦石中贼者，与之千钱；以刀矢兵刃中贼者，与之万钱"。得数百人登城防守，杨氏亲自为之烧饭，"无长少皆均匀"。项城系小县，"无长戟劲弓、高城深沟之固"，作乱之人根本不把它放在眼里。"贼气吞焉，率其徒将超城而下。"然而守城者众志成城，决死守之。也许是贼人命中注定有此一败，守城者"有以弱弓射贼者，中其帅，坠马死。

贼失势，相与散走。项城之人无伤焉。"项城县得以保存。事后，刺史上侃（李侃，项城县令，杨氏之夫）之功，得"诏迁"（得到皇上提升）。杨氏"至兹犹存。"

本文作者李翱（772－841），字习之，从韩愈学古文，是古文运动的参与者。在本文中作者选取了人物的典型言行来塑造人物性格。杨氏与夫君杨侃的对话，显示其"忠"；对智吏百姓的激厉，显出其"智"；对李侃轻伤下城的责备，显出其"义"。作者最后将杨氏的勇忠智义同文臣武将"弃城而走"的行为对照起来阐发主旨，不仅使杨氏形象更为突出，对现实的批判也更为深刻。本文对后代影响很大，《新唐书·烈女传》所载杨烈妇之事与本文大抵相同，当以此文为据。

【祭吏部韩侍郎① 文】

李 翱

呜呼！孔氏去远，杨朱②恣行。孟轲拒之，乃坏于成。戎风混华，异学魁横③。兄尝辨之，孔道益明。建武④以还，文卑质丧。气菱体败，剽剥⑤不让。俪花斗叶，颠倒相上。及兄之为，思动鬼神。拔去其华，得其本根。开合怪骇，驱涛涌云。包刘越嬴，并武同殷。六经之风，绝而复新。学者有归，大变于文。兄在仕官，罔辞于艰。疏奏辄斥，去而复还。升黜不改，正言亟闻。

贞元十二，兄在汴州。我游自徐，始得兄交。视我无能，待予以友。讲文析道，为益之厚。二十九年，不知其久。兄以疾休，我病卧室。三来视我，笑言穷日。何荒不耕，会之以一。人心乐生，皆恶言凶。兄之在病，则齐其终。顺化以尽，靡憾于中。别我千万，意如不穷。

临丧大号，决裂肝胸。老聃⑥言寿，死而不亡。兄名之垂，星斗之光。我撰兄行，下于太常，声殚天地，谁云不长。丧车来东，我刺庐江。君命有严，不见君丧。遣使奠斝⑦，百酸搅肠。音容若在，曷日而忘。呜呼哀哉，尚飨！

【注释】

①吏部韩侍郎：即韩愈，曾官至吏部侍郎，故亦称韩吏部。 ②杨朱：人名。战国时魏人，又称杨子、阳子或阳生。其学说重在爱己，不以物累，不拔一毛以利天下，被当时儒家斥为异端。 ③魁横：魁：盘结貌；横：不由正道或不循正理。 ④建武：汉光武帝

刘秀年号。　⑤剽剥：犹言攻击。　⑥老聃：即老子，春秋战国时楚国人。　⑦奠斝：泛指用于祭祀的礼器。

【赏析】

本文是李翱祭奠韩愈的一篇祭文。李翱是韩愈的高足弟子，两人志同道合，有很深厚的师生友谊。韩愈曾在《与李翱》书中表达了对李翱的器重之情，而李翱也多次在文章中流露出对老师的崇拜。两人情深意重，视对方为知己之人。但如今韩愈却撒手人寰，李翱悲从中来，痛苦万分，这篇祭文可谓是李翱用血泪凝写而成，明代吴呐赞叹道"真情实意，溢出言辞之表"，实非夸张。

文章首先赞扬了韩愈生前的丰功伟绩，李翱称颂韩愈在思想文化领域弘扬儒家学说，兴复古道，极力打击在当时盛行的杨朱、佛老之道，为儒学的发扬光大作出很大贡献，致使"孔道益明"。在文学创作上，韩愈大力提倡古文，发动了有名的"古文运动"，他反对魏晋以来片面追求声韵、对偶，华丽辞藻的骈俪文体，主张"拔去其华，得其根本"，倡导内容和形式的统一，对净化文坛、促进文风转变起到了关键作用。接下来李翱开始追叙二人的交往，他们一见如故，很快便成为了道德文章之友，他们诗歌兴会，书信往来，在文字中切磋思想、艺术。而韩愈更不吝赐教，把李翱当做自己的知己，教会他很多重要的知识和学问。作者以朴实的话语回忆着和韩愈交往的点点滴滴，展示了二人深厚的友谊。文章的最后部分主要是抒情。作者先以"决裂肝胸"来形容自己听到噩耗后的深痛巨哀；接着引用老子的语言，称颂韩愈"死而不朽"，英名可与日月争辉，最后的四句"遣使奠斝，百酸搅肠。音容若在，曷日而忘"则将哀悼的心情推向了高潮，深深地表达了作者的悲哀心情。

【陋室铭】

刘禹锡

　　山不在①高，有仙则名②；水不在深，有龙则灵③。斯是陋室④，惟吾德馨⑤。苔痕上阶绿⑥，草色入帘青。谈笑有鸿儒⑦，往来无白丁⑧。可以调素琴⑨，阅金经⑩。无丝竹⑪之⑫乱耳⑬，无案牍⑭之劳形⑮。南阳⑯诸葛庐，西蜀子云亭。孔子云："何陋之有⑰？"

【注释】

①在：在于，动词。　②名：名词作动词，出名。　③灵：形容词作动词，灵异，神奇，也有灵气的意思。　④斯：指示代词，这。是：判断动词。陋室：简陋的屋子。　⑤惟吾德馨：只是我（住在屋中的人）的品德高尚（就不感到简陋了）。德馨：品德高尚。

馨，香气，古代常用来形容人的品德高尚。吾，我，这里指作者，陋室的主人。 ⑥苔痕上阶绿，草色入帘青：苔痕碧绿，长到阶上；草色青葱，映入眼帘。说明来拜访刘禹锡的人少。草色入帘青，庭草不除，反映了室主人淡泊名利的心态，渲染了恬静的气氛。 ⑦鸿儒：即大儒，此指博学而又品德高尚的人。鸿：大。儒：旧指读书人。 ⑧白丁：平民。这里指没什么学问的人。 ⑨调（tiáo）素琴：调，调弄，这里指弹琴；素琴，不加装饰的琴。 ⑩金经：古代用泥金书写而成的佛经，泛指佛经。 ⑪丝竹：琴、瑟、箫、笛等乐器的总称，"丝"指弦乐器，"竹"指管乐器。这里指奏乐的声音。 ⑫之：助词，插在主谓间，取消句子的独立性，不译。 ⑬乱耳：使耳朵扰乱（使动用法） ⑭案牍（dú）：官府的公文。 ⑮劳形：使身体劳累（使动用法）。形，形体、身体。译为：使身体劳累。 ⑯南阳：地名，今河南省南阳市西。诸葛亮在出山之前，曾在南阳卧龙岗中隐居躬耕。 ⑰何陋之有：有什么简陋呢？之，助词，无实意，是宾语前置的标志。

【赏析】

刘禹锡（772－842），字梦得，河南洛阳人，晚年自称"庐山人"，是"古文运动"的积极参与者，唐代文学家、哲学家、政治家，世称"刘宾客"、诗豪。《陋室铭》是刘禹锡的代表作之一，"铭"本是古代刻于金属器具和碑文上用以叙述生平事迹的一些赞颂或警戒性的文字，多用于歌功颂德与昭申鉴戒。后来逐渐发展演变为一种独立的文体，这种文体一般都是用韵的。由于这种文体独特的历史渊源，使这种文体具有篇制短小、文字简约、寓意深刻等特点，本文即是借陋室之名行歌颂道德品质之实。

全文仅81字，虽然字字写陋，却又字字透着不陋。开篇的四句话"山不在高，有仙则名。水不在深，有龙则灵"，为全文写不陋奠定了基调。"山""水"暗示着居住的环境，"仙"与"龙"暗喻着陋室之主。只要陋室之主自身精神充实，那么他就将像龙和仙一样使简陋的环境熠熠生辉。接着作者写到陋室主人精神思想是多么的富有充实："鸿儒"、"金经"、"素琴"，从交往、学习、愉悦几方面描写出陋室之主追求之不陋，正如他自己所言"斯是陋室，惟吾德馨"，芬芳四溢的香气恰形容其高尚的思想品德，他追求的不是荣华富贵（无丝竹之乱耳），也不是功名利禄（无案牍之劳形），而是心之洁，趣之雅，德之馨。作者将其陋室比作"诸葛庐"、"子云亭"，树立榜样，意在自勉，更表现出了作者安贫乐道之心，所以说"何陋之有"。

文章在艺术上运用借物抒情、托物言志的表现方法，通过对陋室的描写，表达了作者甘居陋室、安贫乐道的思想感情，表现了作者不慕富贵，不与世俗同流合污的高尚节操。

【说　骥】

刘禹锡

伯氏佐戎①于朔陲，获良马以遗予。予不知其良也，秣之梯秕②，饮之污池。厩枥③也，上痹而下蒸；羁络也，缀索而续韦④。其易之如此。予方病且窭⑤，求沽于肆。市之驵⑥亦不知其良也，评其价六十缗⑦。将剂⑧矣，有裴氏子赢其二以求之，谓善价也，卒与裴氏。裴氏所善李生，雅挟相术，于马也尤工。睹之周体，眙⑨然视，听然⑩笑，既而抃⑪随。且曰："久矣吾之不觏于是也。是何柔心劲骨，奇精妍态，宛如锵如，眸如翔如之备邪！今夫马之德也全然矣，顾其维驹藏锐于内，且秣之乖方，是用不说⑫于常目。须其齿备而气振，则众美灼见，上可以献帝闲，次可以鬻⑬千金。"裴也闻言竦焉。遂微其仆，蠲⑭其皁，筐其恶，蜃其溲⑮，稚以美荐，秣以苓⑯粒，起之居之，澡之挋⑰之，无分阴之怠。斯以马养，养马之至分也。居无何，果以骥德闻。

客有喑予以丧其宝，且讥其所贸也微。予洒然曰："始予有是马也，予常马畜之。今予易是马也，彼宝马畜之。宝与常在所遇耳。且夫昔之翘陆⑱也，谓将蹄将啮⑲，抵以树⑳策，不知其䎫云耳。昔之嘘吸也，谓为疵为疠，投以药石，不知其喷玉耳。夫如是，则虽旷日历月，将至顿踣㉑，曾何宝之有焉？由是而言，方之于士，则八十其缗也，不犹逾于五羖㉒皮乎？"客谡㉓而竦。予遂言曰：马之德也，存乎形者也，可以目取，然犹为之若此。矧㉔德蕴于心者乎？斯从古之叹，予不敢叹。

【注释】

①戎：古代兵器总称，这里指军队。佐戎：辅佐将领，即将领的幕僚之类，相当于现在的参谋。 ②稊：读音tí，形如稗的草。秕：读音bǐ，中空或不饱满的谷粒。 ③枥：马槽。 ④韦：熟牛皮。 ⑤窭：读音jù，贫寒。 ⑥驵：壮马，骏马。 ⑦缗：穿铜钱的绳子，也指成串的钱，一千文为一缗。 ⑧剂：古代买卖时用契券，即成交的意思。 ⑨眙：瞪着眼睛看。 ⑩听然：笑的样子。 ⑪抃：鼓掌。 ⑫说：通'悦'。 ⑬鬻：卖。 ⑭蠲：免除。 ⑮蜃：绘有蜃[蛤蜊]图案的尊。器皿。溲：大小便。 ⑯苓：一种香草。 ⑰挋：拭干。 ⑱翘陆：跳跃。 ⑲啮：咬。 ⑳树：击、打。 ㉑踣：仆倒。 ㉒羖：黑色的公羊。 ㉓谡：起立，严肃的样子。 ㉔矧：何况。

【赏析】

文章以"马"为写作的中心，叙述了得马、售马、相马、善养马和果得良马的始末，写作艺术上，铺陈排比，颇有赋体文风。

文章前半部分写了"我"得马卖马的故事。"我"得到一匹马，然"不知其良"，以常马待之，饮食粗淡，笼头破旧，后来将它前到集市上卖给了裴生，得钱八十缗，自以为是好价钱。但裴生懂得相马的朋友却看出这是一匹良马,随即精心喂养它,果然不久后该马耳目一新,变成一匹良骥。文章后部分是议论,围绕"宝与常在所遇耳"这一中心论点,作者认为无论是马还是人一是要遇识一是要善待,只有这两个条件实现了,才能发挥最大价值。这和韩愈在《杂说四》中的观点是一致的:"世有伯乐然后有千里马,千里马常有,而伯乐不常有"。文章在结尾处画龙点睛地说道:"马之德也,存乎形者也,可以目取,然犹为之若此。矧德蕴于心者乎?"良与不良可以从外貌上极易分辨出来的马尚且可能不能赏识,更何况是美德与才智蕴藏于心的人呢?

  文章在艺术手法上,善于使用对比方法。比如作者将对待良马以常马待之的情景与以良马待之的情景相对比,突出表现了马之待遇不同,其最终显现出来的状态也不同的事实。作者还将善于识马的伯乐与不识马的常人做了对比,在常人眼中,好马并无优点,并不能引起太多好感,而在伯乐眼中,这匹马则变成了"柔心劲骨,奇精妍态"的宝马。通过一抑一扬的对比,深化了"宝与常在所遇耳"的主题。另外文章语言简洁凝练,句句传神,对马的生动情态和风神韵致都给予了很好的描摹,是以少胜多的传神之作。

【与元九书】

白居易

  月日,居易白①,微之②足下:
  自足下谪江陵③至于今,凡枉赠答诗仅百篇④。每诗来,或辱⑤序,或辱书,冠⑥于卷首,皆所以陈⑦古今歌诗之义,且自序为文因缘⑧,与年月之远近也。仆既受⑨足下诗,又谕⑩足下此意,常欲承答来旨⑪,粗论歌诗大端⑫,并自述为文之意,总为一书,致足下前。累岁⑬已来,牵故少暇⑭,间有容隙⑮,或欲为之,又自思所陈,亦无出足下之见,临纸复罢者数四⑯,卒不能成就其志⑰,以至于今。今俟罪浔阳⑱,除盥栉⑲食寝外无馀事,因览足下去通州日所留新旧文二十六轴⑳,开卷得意,忽如会面㉑。心所畜者,便欲快言,往往自疑,不知相去万里也㉒。既而愤悱㉓之气思有所泄,遂追就前志,勉为此书。足下幸试为仆留意一省。
  夫文尚矣㉔,三才各有文㉕:天之文,三光㉖首之;地之文,五材㉗首之;人之文,六经㉘首之。就六经言,《诗》又首之㉙。何者㉚?圣人感人心而天下和平。感人心者,莫先乎情,莫始乎言,莫切乎声,莫深乎义㉛。诗者,根情,苗言,华声,实义㉜。上自贤圣,下至愚呆㉝,微及豚㉞鱼,幽㉟及鬼神,群分而气同,形异而情一㊱,未有声入而不应,情交而不感者㊲。圣人知其然㊳,因其言,经之以六义㊴;缘其声,纬之以五音㊵。音有韵,义㊶有类。韵协则言顺㊷,言顺则声易入㊸;类举则情见㊹,情见则感易交㊺。于是乎孕㊻大含深,贯微洞㊼密。上下通而一气㊽泰,忧乐合而百志熙㊾。五帝三皇㊿所以直道而行,垂拱而理[51]者,揭此以为大柄[52],决[53]此以为大宝也。故闻"元首明,股肱良"之歌[54],则知虞[55]道昌矣;闻五子洛汭之歌[56],则知夏政荒矣。言者无罪,闻者足戒,言者闻者,莫不两尽其心焉[57]。

洎[58]周衰秦兴,采诗[59]官废,上不以诗补察时政,下不以歌泄导人情[60],乃至于谄成之风[61]动,救失之道[62]缺。于时"六义"始刓[63]矣。

《国风》变为骚辞[64]。五言始于苏、李。苏、李、骚人[65],皆不遇者,各系其志,发而为文。故"河梁"之句[66],止于伤别;泽畔之吟[67],归于怨思:彷徨抑郁,不暇及他耳。然去《诗》未远,梗概尚存。故兴离别,则引双凫一雁[68]为喻,讽君子小人,则引香草恶鸟[69]为比,虽义类不具,犹得风人之什二三焉。于时"六义"始缺矣。

晋、宋已还,得者盖寡。以康乐之奥博,多溺于山水;以渊明之高古[70],偏放于田园。江、鲍之流[71],又狭于此。如梁鸿《五噫》之例者,百无一二焉。于时"六义"浸微[72]矣,陵夷[73]矣!

至于梁、陈间,率不过嘲风雪、弄花草而已。噫!风雪花草之物,《三百篇》中,岂舍之乎?顾所用何如耳。设如"北风其凉[74]",假风以刺威虐也;"雨雪霏霏[75]",因雪以愍征役也。"棠棣之华[76]",感华以讽兄弟也。"采采芣苢[77]",美草以乐有子也;皆兴发于此,而义归于彼。反是者,可乎哉!然则"馀霞散成绮,澄江净如练","离花先委露,别叶乍辞风"之什,丽则丽矣,吾不知其所讽焉。故仆所谓嘲风雪、弄花草而已。于时"六义"尽去矣。

唐兴二百年,其间诗人不可胜数。所可举者,陈子昂有《感遇》诗二十首,鲍防有《感兴》诗十五首。又诗之豪者,世称李、杜。李之作,才矣奇矣,人不逮矣。索其风、雅、比、兴，十无一焉。杜诗最多，可传者千馀首。至于贯穿今古，觑缕格律[78]，尽工尽善，又过于李。然撮其《新安吏》、《石壕吏》、《潼关吏》、《塞芦子》、《留花门》之章，"朱门酒肉臭，路有冻死骨"之句[79]，亦不过三四十首。杜尚如此，况不逮杜者乎？

仆常痛诗道崩坏，忽忽[80]愤发，或食辍哺，夜辍寝，不量才力，欲扶起之。嗟乎！事有大谬者，又不可一二而言，然亦不能不粗陈于左右。

仆始生六七月时，乳母抱弄于书屏下，有指"无"字"之"字示仆者，仆虽口未能言，心已默识；后有问此二字者，虽百十其试，而指之不差。则仆宿昔之缘，已在文字中矣。及五六岁便学为诗，九岁谙识声韵。十五六始知有进士，苦节读书。二十已来，昼课赋，夜课书，间、又课诗，不遑寝息矣。以至于口舌成疮，手肘成胝，既壮而肤革不丰盈，未老而齿发早衰白，瞀瞀[81]然如飞蝇垂珠在眸子中也，动以万数。盖以苦学力文所致，又自悲矣。

家贫多故，二十七方从乡赋[82]。既第之后，虽专于科试，亦不废诗。及授校书郎[83]时，已盈三四百首。或出示交友如足下辈，见皆谓之工，其实未窥作者之域[84]耳。自登朝来[85]，年齿渐长，阅事渐多，每与人言，多询时务；每读书史，多求理道[86]。始知文章合为时而著，歌诗合为事而作[87]。是时皇帝初即位，宰府有正人，屡降玺书，访人急病[88]。仆当此日，擢[89]在翰林，身是谏官[90]，月请[91]谏纸，启奏之外，有可以救济人病，裨补时阙，而难于指言者，辄咏歌之，欲稍稍递进闻于上。上以广宸聪，副忧勤[92]；次以酬恩奖，塞言责；下以复吾平生之志。岂图志未就而悔已生，言未闻而谤已成矣。

又请为左右终言之。凡闻仆《贺雨》诗，而众口籍籍，已谓非宜矣。闻仆《哭孔戡》诗，众面脉脉，尽不悦矣。闻《秦中吟》，则权豪贵近者相目而变色矣。闻乐游园寄足下诗，则执政柄者扼腕矣。闻《宿紫阁村》诗，则握军要者切齿矣。大率如此，不可遍举。不相与者，号为沽名，号为诋讦，号为讪谤。苟相与者，则如牛僧孺之戒焉。乃至骨肉妻孥，皆以我为非也。其不我非者，举不过三两人。有邓鲂[93]者，见仆诗而喜，无何而鲂死。有唐衢[94]者，见仆诗而泣，未几而衢死。其馀则足下,足下又十年来困踬若此。呜呼!岂"六义"、"四始"之风,天将破坏,不可支持耶?抑又不知天之意,不欲使下人之病苦闻于上耶?不然,何有志于诗者不利若此之甚也。

然仆又自思,关东一男子耳⑮,除读书属文外,其他懵然无知;乃至书画棋博,可以接群居之欢者,一无通晓,即其愚拙可知矣。初应进士时,中朝无缌麻之亲⑯,达官无半面之旧,策蹇步⑰于利足之途,张空拳⑱于战文之场。十年之间,三登科第,名入众耳,迹升清贯⑲,出交贤俊,入侍冕旒⑩。始得名于文章,终得罪于文章,亦其宜也。

日者,又闻亲友间说,礼、吏部举选人,多以仆私试赋、判传为准的。其馀诗句,亦往往在人口中。仆恧然自愧,不之信也。及再来长安,又闻有军使⑩高霞寓者,欲聘倡妓,妓大夸曰:"我诵得白学士《长恨歌》,岂同他妓哉?"由是增价。又足下书云:到通州日,见江馆柱间有题仆诗者,复何人哉?又昨过汉南日,适遇主人集众乐娱他宾,诸妓见仆来,指而相顾曰:"此是《秦中吟》、《长恨歌》主耳!"自长安抵江西⑩,三四千里,凡乡校、佛寺、逆旅、行舟之中,往往有题仆诗者;士庶、僧徒、孀妇、处女之口,每每有咏仆诗者。此诚雕虫之戏⑩,不足为多,然今时俗所重,正在此耳。虽前贤如渊、云⑩者,前辈如李、杜者,亦未能忘情于其间哉!

古人云:"名者,公器,不可以多取。"仆是何者?窃时之名已多。既窃时名,又欲窃时之富贵,使已为造物者,肯兼与之乎?今之迍穷,理固然也。况诗人多蹇。如陈子昂、杜甫,各授一拾遗,而迍剥至死。李白、孟浩然辈,不及一命,穷悴终身。近日孟郊⑩六十,终试协律;张籍五十,未离一太祝⑩。彼何人哉!彼何人哉!况仆之才又不逮彼。今虽谪佐⑩远郡,而官品至第五,月俸四五万,寒有衣,饥有食,给身之外,施及家人,亦可谓不负白氏之子矣。微之,微之,勿念我哉!

仆数月来,检讨囊帙中,得新旧诗,各以类分,分为卷目。自拾遗来,凡所遇所感,关于美、刺、兴、比者,又自武德迄元和⑩,因事立题,题为《新乐府》者,共一百五十首,谓之"讽谕诗"。又或退公独处,或移病闲居,知足保和,吟玩情性者一百首,谓之"闲适诗"。又有事物牵于外,情理动于内,随感遇而形于叹咏者一百首,谓之"感伤诗"。又有五言、七言，长句、绝句，自一百韵至两韵者四百馀首，谓之"杂律诗"。凡为十五卷，约八百首。异时相见，当尽致于执事。

微之！古人云："穷则独善其身，达则兼济天下[109]。"仆虽不肖，常师此语。大丈夫所守者道，所待者时。时之来也，为云龙，为风鹏，勃然突然，陈力以出；时之不来也，为雾豹，为冥鸿，寂兮寥兮，奉身而退。进退出处，何往而不自得哉？故仆志在兼济，行在独善，奉而始终之则为道，言而发明之则为诗。谓之讽谕诗，兼济之志也；谓之闲适诗，独善之义也。故览仆诗，知仆之道焉。其馀杂律诗，或诱于一时一物，发于一笑一吟，率然成章，非平生所尚者，但以亲朋合散之际，取其释恨佐欢。今铨次之间，未能删去。他时有为我编集斯文者，略之可也。

微之！夫贵耳贱目，荣古陋今，人之大情也。仆不能远征古旧，如近岁韦苏州[110]歌行，才丽之外，颇近兴讽。其五言诗又高雅闲淡，自成一家之体。今之秉笔者谁能及之？然当苏州在时，人亦未甚爱重，必待身后，然后人贵之。今仆之诗，人所爱者，悉不过杂律诗与《长恨歌》以下耳。时之所重，仆之所轻。至于讽谕者，意激而言质；闲适者，思淡而词迂，以质合迂，宜人之不爱也。

今所爱者，并世而生，独足下耳。然千百年后，安知复无足下者出而知爱我诗哉？故自八九年来，与足下小通则以诗相戒，小穷则以诗相勉，索居则以诗相慰，同处则以诗相娱。知吾罪吾，率以诗也。如今年春游城南时，与足下马上相戏，因各诵新艳小律，不杂他篇，自皇子陂[111]归昭国里，迭吟递唱，不绝声者二十里馀。樊、李[112]在旁，无所措口。知我者以为诗仙，不知我者以为诗魔。何则？劳心灵，役声气，连朝接夕，不自知其苦，非魔而何？偶同人，当美景，或花时宴罢，或月夜酒酣，一咏一吟，不知老之将至。虽骖鸾鹤[113]游蓬瀛者之适，无以加于此焉，又非仙而何！微之，微之！此吾所以与足下外形骸[114]，脱踪迹[115]，傲轩[116]鼎，轻人寰[117]者，又以此也。

当此之时，足下兴有馀力，且欲与仆悉索还往[118]中诗，取其尤长者，如张十八[119]古乐府，李二十[120]新歌行，卢、杨[121]二秘书律诗，窦七、元八[122]绝句，博搜精掇，编而次之，号《元白往还诗集》。众君子得拟议于此者，莫不踊跃欣喜，以为盛事。

嗟乎！言未终而足下左转⑬，不数月而仆又继行，心期索然，何日成就，又可为之叹息矣。

又仆尝语足下：凡人为文，私于自是，不忍于割截，或失于繁多。其间妍媸，益又自惑，必待交友有公鉴无姑息者，讨论而削夺之，然后繁简当否得其中矣。况仆与足下，为文尤患其多。已尚病之，况他人乎？今且各纂诗笔，粗为卷第，待与足下相见日，各出所有，终前志焉。又不知相遇是何年，相见在何地，溘然而至，则如之何！微之，微之！知我心哉！

浔阳腊月，江风苦寒，岁暮鲜欢，夜长无睡。引笔铺纸，悄然灯前，有念则书，言无次第，勿以繁杂为倦，且以代一夕之话也。微之，微之！知我心哉！乐天再拜。

【注释】

①白：有话奉告。 ②微之：元稹的字。 ③谪：降职到远的地方去。江陵——现在湖北省江陵县。元稹因为得罪了当时的宦官和权贵，公元810年从监察御史降职为江陵士曹参军。 ④枉：屈就。仅百篇：有百篇之多。古时候"仅"字的用法有时恰与现在相反，是多的意思而不是少的意思。 ⑤辱：屈辱自己。也是一种谦虚的语气。 ⑥冠：加在前面。 ⑦陈：陈述，讨论。 ⑧因缘：原因和关系。 ⑨仆：对朋友自称的谦词。受：收到。 ⑩谕：了解。 ⑪承答来旨：酬答来信中的意思。 ⑫粗：约略。大端：大概。 ⑬累岁：多年。 ⑭牵故少暇：被事情牵连着很少空闲。 ⑮间有容隙：偶然有一点空闲的时候。 ⑯罢：停止。数四：好几次。 ⑰卒：到底。成就其志：完成自己的心愿。 ⑱俟罪：带罪在这里候着。浔阳：现在江西省九江市。 ⑲盥：洗脸。栉：梳头。 ⑳通州：现在四川省达县。元稹于公元815年调任通州司马（官名）。轴：卷。唐朝以前的书都是手抄本，用轴卷起来的。一轴就是一卷。 ㉑开卷得意，忽如会面：打开你的作品，就领会你的意思，如象和你面谈一样。 ㉒心所畜者四句：心里有话，就想痛快倾吐出来，简直忘记了彼此之间隔着遥远的路程。 ㉓愤悱：郁冈。 ㉔尚矣：很远了。 ㉕三才：天、地、人。各有文：各有各的文章。 ㉖三光：日、月、星。 ㉗五材：金、木、水、火、土。 ㉘六经：《诗》、《书》、《礼》、《乐》、《易》、《春秋》。"六经"都是孔子所删定的，其中《乐经》在汉朝以前就亡失了，现在流传下来的只有"五经"。 ㉙《诗》又首之："六经"的名称最早见于《礼记·经解篇》和《庄子·天运篇》，都是按照以上的次序排列的，所以《诗经》列在第一。 ㉚何者：为什么？ ㉛感人心者五句：感动人心的东西没有比情感更重要的，没有比语言更原始的，没有比声音更亲切的，没有比思想更深刻的。 ㉜诗者，根情，苗言，华声，实义：诗这个东西，感情是它的根本，语言是它的苗叶，声音是它的花朵，思想是它的果实。也就是说：诗必须要以情为根，以言为花，以声为华，以义为实。 ㉝愚呆：愚笨的人。 ㉞微：渺小。豚：小猪。 ㉟幽：神秘。 ㊱群分而气同，形异而情一：种类不同而精神相似，形状有异而情感相通。 ㊲未有声入而不应、情交而不感者：没有听到声音而不起反应，接触情感而不受感动

的。 ㊳知其然：懂得这个道理。 ㊴经：贯串。六义：《诗经》的风、雅、颂、赋、比、兴。风、雅、颂是《诗经》在音乐上的分类，赋、比、兴是诗的不同表现手法。 ㊵纬：组织。五音：或称五声。在音乐上是：宫、商、角、徵、羽。在音韵上是：唇、齿、喉、舌、牙。 ㊶义：指“六义”，即不同的类别和表现手法。 ㊷韵协则言顺：韵律协调了，语言就通顺。 ㊸言顺则声易入：语言通顺了，诗歌就容易被人接受。 ㊹类举则情见：义类分明，感情就容易突出。 ㊺情见则感易交：感情突出，就容易使人感动。 ㊻孕：包含。 ㊼洞：透彻。 ㊽一气：天地之气。《旧唐书》、《唐文粹》都作“二气”。 ㊾熙：和悦。这句的意思说：诗歌可以包含广阔深远的内容，表达精微曲折的思想，使上下通气，感情交融。 ㊿五帝：黄帝、颛顼、帝喾、唐尧、虞舜。三皇：燧人、伏羲、神农。 (51)垂拱而理：不费气力而能治理天下。垂拱，垂下衣裳，拱着两手，不作事情。理，治。 (52)揭：高举。柄：武器。 (53)决：抓住。 (54)“元首明，股肱良”之歌：相传虞舜在位的时候，天下大治。他和他的臣子皋陶（yáo）一唱一和作歌，其中有三句是“元首明哉！股肱良哉！庶事康哉！”见《尚书·益稷篇》。元首指君主，股肱指臣子。 (55)虞：朝代名。 (56)“五子洛汭之歌”：《尚书》中说：夏朝的统治者太康荒淫无道，失去了权位，他的兄弟五人在洛水旁边等候他不来，作了五首歌词，表示心中的怨恨。 (57)言者无罪四句：说话的人不算犯错误，听到的人应该吸取教训，这样双方都尽到了责任。“言者无罪，闻者足戒”出自《毛诗·大序》：“言之者无罪，闻之者足以戒。” (58)洎：到了。 (59)采诗：传说古时有采诗之官，《诗经》中的《国风》就是向各处采访来的。 (60)上不以诗补察时政，下不以歌泄导人情：在上面的人不用诗歌来考察政治的得失，在下面的人也不用诗歌来表达人民的愿望。 (61)谄成之风：恭维成绩的风气。 (62)救失之道：纠正错误的方法。 (63)刓：磨削平。这句说：这时候“六义”被削弱了。 (64)《骚辞》：屈原作《离骚》，因此《楚辞》又称《骚辞》。 (65)骚人：泛指诗人。 (66)河梁之句：指苏李赠答之诗，李陵《与苏武》诗第三首：“携手上河梁，游子暮何之？徘徊蹊路侧，悢悢不得辞。” (67)泽畔之吟：指屈原的作品。 (68)双凫一雁：苏武归国时写诗与李陵留别：“双凫俱北飞，一雁独南翔。” (69)香草恶鸟：香草常比喻君子，恶鸟比喻小人。 (70)以渊明之高古：东晋时大诗人陶潜，字渊明，所作诗歌多写田园生活，超逸典雅。 (71)江、鲍之流：指六朝著名诗人江淹、鲍照。 (72)浸微：渐渐衰微。 (73)陵夷：二字均为渐平之意，引申为衰退。 (74)北风其凉：《诗经·邶风·北风》首句。 (75)雨雪霏霏：《诗经·小雅·采薇》最后一章中的一句。 (76)棠棣之华：《诗经·小雅·棠棣》中句子。棠棣，果实像李子的植物。 (77)芣苢：车前子。 (78)格律：体例音律。 (79)朱门酒肉臭二句：杜甫《自京赴奉先县咏怀五百字》诗中的名句。 (80)忽忽：草率不经意。 (81)瞀瞀：形容眼睛昏花。 (82)乡赋：即乡试，地方举行的乡贡考试。 (83)校书郎：官名，属秘书省，掌管校理内府藏书。 (84)域：门径。 (85)自登朝来：指白居易自从元和三年为左拾遗、翰林学术以来。 (86)理道：指治理天下的道理。 (87)文章合为时而著二句：文章应该为反映时代而写，诗歌应该为反映现实而作。这是白居易现实主义诗文创作主张得主要观点。 (88)访人急病：人，即民。急病：疾苦。 (89)擢：提拔。 (90)谏官：向皇帝进行规谏的官。 (91)请：领取。 (92)副忧勤：帮助皇帝忧民勤政。 (93)邓鲂：白居易同时的诗人，怀才不遇，贫困而死。 (94)唐衢：白居易同时的诗人，曾应进士第，未被录取，看到贞元、元和时期国事日非，常痛哭流涕，后穷途而死。 (95)关东一男子：函谷关以东均称关东,白居易是太原人,所以自称关东一男子。 ⑨缌麻之亲:缌麻,细麻布,用作古代"五服"中最疏亲属的丧服。这是说在朝廷中连最疏远的亲族都没有。 ⑨策蹇步:全句意为骑着跛脚的马在利于驰骋的大路上竞跑。 ⑨弮:弩弓。 ⑨清贯:皇帝的侍从官员。 ⑩冕旒:皇冠叫冕,皇冠上的垂珠叫旒,代之皇帝。 ⑩军使:节度使的异称。 ⑩江西:唐朝江南西道的简称。 ⑩雕虫之戏:犹雕虫之挤,意为微不足道的技能。 ⑩渊、云:指汉代文学家王褒和杨雄。 ⑩孟郊:和白居易同时的诗人。 ⑩太祝:替皇帝掌管祭祀的小官。 ⑩佐:即佐贰,是知府、知州、知县的辅助官。 ⑩武德:唐高祖年号(618-626)。元和:唐宪宗年号(806-820)。 ⑩穷则独善其身二句:语出《孟子·尽心上》,意指仕途不顺利的时候,要保持个人的品格;有了地位后,应该把天下治理好。 ⑩韦苏州:指韦应物。 ⑪皇子陂:长安城南的一个名胜地。 ⑫樊、李:樊宗师和李绅,都是白居易的好友。 ⑬骖鸾鹤:以鸾鹤为坐骑,神话中登仙的意思。 ⑭外形骸:把形体看做外物。 ⑮脱踪迹:摆脱世俗礼法的拘束。 ⑯轩:古时大夫所乘的高车。 ⑰人寰:人世。这里实指官场生活。 ⑱还往:指交往的朋友。 ⑲张十八:张籍。 ⑳李二十:李绅。 ㉑卢杨:卢拱、杨巨源。 ㉒窦七、元八:窦巩,元宗简。 ㉓左转:降职。

【赏析】

本信写于元和十年(815),这时的白居易正被贬在江州司马任上,心中充满悲哀和不平,因为他从二十九岁进士及第后,经历了数十年的宦海沉浮,结果却被贬江州,这种沉重的打击使得白居易思想上受到巨大冲击,于是他给好友元稹写出了这封感情真挚的长信。

本文和白居易的诗歌风格一样,有感而发,语言通俗浅白,感情真诚直率,具有独特的艺术魅力。文章的内容涉及到文学理论方法,是白居易在吸取前代和同代作家提出的诗歌创作理念的基础上加以发展而形成的自己的诗歌理论纲领,也是中国文学批判史上重要的批判文章。

文章在开头简要地叙述了他写这封信的目的,然后以大量的篇幅,列举了大量作家作品,叙述了历代诗歌发展变化情况。作者十分推崇《诗经》,他从"六义"着手,强调"风雅颂赋比兴"是"六义"的精髓,并从"六义"的兴盛、衰弱为线路,评述了不同时期的诗歌特点。他还强调十分的内容和形式的关系,他认为内容是诗歌体现的感情和意义,正像植物的根和河果实一样重要,而诗歌的形式即语言和声韵则像植物的苗和花,只有根深才能叶茂,开出鲜艳的花朵,结出丰硕的果实。这个比喻其实告诉我们的就是内容是诗歌的根本,而形式为内容所决定,为内容服务,把它们很好的统一起来,才能发挥它的社会功能。根据这一判断标准,白居易十分推崇杜甫的作品,认为他的《新安吏》、《石壕吏》等名篇对六朝以来出现的脱离实际,绮靡颓废的文风是一种矫正。白居易在本文中提出的文学理论方法,至今尚有指导意义。

【庐山草堂记】

白居易

匡庐①奇秀，甲天下山。山北峰曰香炉峰②，北寺曰遗爱寺。介③峰寺间，其境胜绝，又甲庐山。元和十一年秋，太原人④白乐天见而爱之，若远行客过故乡，恋恋不能去。因面峰腋寺⑤，作为草堂。

明年春，草堂成。三间两柱，二室四牖⑥，广袤丰杀，一称心力。洞北户，来阴风，防徂暑也；敞南甍，纳阳日⑦，虞祁寒也⑧。木斫而已，不加丹⑨；墙圬⑩而已，不加白。磩阶用石，幂窗用纸，竹帘纻⑪帏，率称是焉。堂中设木榻四，素屏⑫二，漆琴一张，儒、道、佛书各三两卷。

乐天既来为主，仰观山，俯听泉，旁睨竹树云石，自辰及酉，应接不暇⑬。俄而物诱气随，外适内⑭和。一宿体宁，再宿心恬，三宿后颓然嗒然⑮，不知其然而然。

自问其故，答曰：是居也，前有平地，轮广⑯十丈；中有平台，半平地；台南有方池，倍平台。环池多山竹野卉⑰，池中生白莲、白鱼。又南抵石涧，夹涧有古松、老杉，大仅十人围⑱，高不知几百尺。修柯戛云，低枝拂潭，如幢竖，如盖张，如龙蛇走⑲。松下多灌丛，萝茑叶蔓，骈织承翳，日月光不到地，盛夏风气⑳如八、九月时。下铺白石，为出入道。堂北五步，据层崖积石，嵌空垤埼㉑，杂木异草，盖覆其上。绿阴蒙蒙，朱实离离，不识其名，四时一色。又有飞泉植茗㉒，就以烹燀，好事者见，可以永日。堂东有瀑布，水悬三尺，泻阶隅，落石渠，昏晓如练色，夜中如环珮琴筑声㉓。堂西倚北崖右趾，以剖竹架空，引崖上泉，脉分线悬，自檐注砌，累累如贯珠，霏微㉔如雨露，滴沥㉕飘洒，随风远去。其四旁耳目、杖屦可及者，春有锦绣谷花，夏有石门涧云，秋有虎溪㉖月，冬有炉峰雪。阴晴显晦，昏旦含吐，千变万状，不可殚纪，觕缕㉗而言，故云甲庐山者。噫！凡人丰一屋，华一篑，而起居其间，尚不免有骄稳㉘之态今我为是物主,物至致知㉙,各以类至,又安得不外适内和,体宁心恬哉!昔永、远、宗、雷㉚辈十八人同入此山,老死不返,去我千载,我知其心以是哉!

矧予自思:从幼迨老,若白屋,若朱门,凡所止,虽一日二日,辄覆篑土为台,聚拳石为山,环斗水为池,其喜山水病癖㉛如此。一旦蹇剥,来佐江郡㉜。郡守以优容而抚我,庐山以灵胜㉝待我,是天与我时,地与我所,卒获所好,又何以求焉!尚以冗员所羁,馀累未尽,或往或来,未遑㉞宁处。待予异时,弟妹婚嫁毕,司马岁秩满,出处行止,得以自遂㉟,则必左手引妻子,右手抱琴书,终老于斯,以成就我平生之志。清泉白石,实闻此言㊱!

时三月二十七日,始居新堂。四月九日,与河南元集虚、范阳张允中、南阳张深之、东西二林长老凑、朗、满、晦、坚等凡二十有二人,具斋施茶果以落之㊲。因为㊳《草堂记》。

【注释】

①匡庐:即江西庐山。释慧远的《庐山记略》说:"山在寻阳南……有匡俗先生者,出殷、周之际,隐遁潜居其下,受道于仙人而共岭,时谓所止为仙人之庐而命焉。"匡庐由此而得名,又称匡山。 ②香炉峰:庐山高峰,名胜之一。《太平寰宇记》说:"香炉峰在庐山西北,其峰尖圆,烟云聚散,如博山香炉之状。"遗爱寺:即东林寺,东晋时僧慧远所建。 ③介:际,处于二者之间。 ④太原人:白居易祖籍太原,故自称太原人。 ⑤腋寺:指在遗爱寺的肘腋之下,即紧靠遗爱寺的下面。 ⑥牖(yǒu):窗。 ⑦洞:开。户:单扇门。一扇叫户,两扇叫门。阴风:北风。徂暑:见《诗经·小雅·四月》:"六月徂暑。"郑笺说:"徂,犹始也。六月乃始盛暑。"甍(méng):屋脊,此处指屋的楔盖。阳日:从南面射进来的日光。 ⑧虞:防备。祁:盛、大。祁寒:大冷。 ⑨丹:红色,此指红漆。 ⑩圬(wū):用泥涂抹。 ⑪墍(qì):同"砌"。幂(mì):覆盖。纻(zhù):麻布。 ⑫木榻:木制坐床。素屏:没有雕绘的屏风。 ⑬睨(nì):斜视。自辰及酉:从早晨到黄昏。辰时是上午七至九时。酉时是下午五至七时。应接不暇:此处指美景繁多,看不胜看。 ⑭俄而:一会儿。气:指心气,内心感受。外:指身体。内:指内心。 ⑮心恬:心神安静。颓然:松驰不受约束的样子。嗒(tà)然:物我两忘的样子。子。然,这样,如此。 ⑯轮广:犹言"方圆"。南北叫"轮";东西叫"广"。 ⑰卉:草的总称。此泛指花草。 ⑱夹涧:涧的两岸。仅:将近。围:指人两手合围。 ⑲戛(jiā):击、碰着。幢(chuáng):古代旗幡之类的东西。走:跑。 ⑳萝、茑:均蔓生植物。骈:并列。翳:遮蔽。风气:气候。 ㉑据:依靠。嵌空:玲珑剔透的样子。垤块:土丘。 ㉒朱实:红色的果实。离离:繁茂的样子。植茗:茶树。 ㉓阶隅:台阶的角落。练:洁白的熟绢。环珮:古人衣裳上佩戴的玉制饰物,行走时常相碰发出悦耳之声。

琴、筑：均为乐器。 ㉔右趾：指右边山脚。剖竹：剖成两半之竹。脉分：象血脉分布。线悬：象线条悬挂空中。霏微：水雾迷蒙的样子。 ㉕滴沥：点点滴滴。 ㉖杖屦：指拄杖步行。锦绣谷：庐山锦绣峰下山谷名。石门涧：庐山马耳峰下有巨石，高数丈，中空，俗称"石门"。其前有涧，叫"石门涧"。虎溪：溪水名，在庐山东林寺下。《莲社高贤传》："慧远法师居东林，其处流泉匝寺，下入于溪，每送客至此，辄有虎鸣，因名虎溪。" ㉗含吐：指吞吐烟云。殚（dān）：尽。渳缕（luólǚ）：语言详尽而有次序。 ㉘丰：此处意为宽敞。箦（zé）：竹席。骄稳：骄傲，安稳。 ㉙物至：指各种景物来到面前。致知：开发智慧。 ㉚永、远、宗、雷：指东晋著名高僧慧永、慧远和著名隐士宗炳、雷次宗。慧永住持庐山西林寺；慧远住持东林寺。宗，雷都曾隐居庐山。他们曾结成奉佛的白莲社，其中以他们为首的十八人最著名，世称"莲社十八贤"。 ㉛矧（shěn）：况且。迨（dài）：及，到。白屋：没有雕饰的房子，指贫贱人家。朱门：红漆大门，指富贵人家。篑（kuì）：盛土的竹筐。拳石：拳头般大的石头。斗：酒器。斗水，喻水很少。病癖：嗜好成病。 ㉜蹇（jiǎn）剥：是《易经》中两卦的名称，表示时运不利。江郡：江州。 ㉝郡守：指江州刺史。优容：优厚宽容。抚：安慰。《旧唐书·白居易传》说白居易出游庐山，"或经时不归，或逾月而返。郡守以朝贵遇之，不之责。"灵胜：神妙的山水胜景。 ㉞冗（róng）员：闲散多余的官员，这里指江州司马的职务。司马之职，权轻事少，故称冗员。羁（jī）：束缚。遑（huáng）：闲暇。 ㉟岁秩满：指做司马的年限满了。唐朝地方官一般是三年一任，任满就要迁官。秩满，任满。自遂：顺从自己心意。 ㊱实闻此言：是发誓的话，意思是请与之作证。 ㊲元集虚：河南（今河南洛阳）人，曾任协律郎，后隐于庐山五老峰下，不复出仕。张允中：范阳（今北京市）人，生平不详。张深之：南阳（今河南南阳）人，生平不详。以上三人均为有学问而没作官之人。东西二林：指东林寺、西林寺。长老：对年高望重的僧人的尊称。斋：斋饭，僧人吃的素食。落之：庆贺草堂之落成。 ㊳因为：因此而写作。

【赏析】

本文写于唐宪宗元和十二年（817），此时白居易仍被贬江州，在前一年秋天，白居易游庐山，独爱香炉峰下的一处胜景，在那里修筑了草堂，次年草堂落成，他便写了这篇《庐山草堂记》。

文章在开始，首先交代了草堂的由来及位置，作者以"匡庐奇秀，甲天下山"开端，以宏大的手笔赞美了庐山的风景。草堂建于香炉峰和遗爱寺之间，作者誉之"甲庐山"，突出了草堂周围风景的秀美。接着作者说了修建草堂的原因，是"见而爱之，若远行客过故乡，恋恋不能去。因面峰腋寺，作为草堂"，可见对庐山美景的深深痴迷。接下来作者简单介绍了草堂的设置，一间堂屋，两间侧室，两间耳房，前后各开其窗，屋内陈设简朴古雅，显示了主人的闲情雅趣。接下来作者写了住进草堂后的生活，在这里他仰观诸峰的险峻，俯听泉水的叮咚，令人欣赏不尽的美景使他进入物我两忘的境界。为了突出主人之乐，作者又通过自问自答的形式对草堂周围的景色予以细致的描绘，在这里，茂密的山竹野草长满庭前屋后，满池的白莲花映开在不远的池塘，北面山石层叠，飞溅的泉水和天然的茶树，为主人品茗增加了更多便利。写完周围的景色后，作者在文章的最后部分正面抒发了对草堂的喜爱和愿意终老此地的心愿，他为自己的未来勾勒出了一幅非常美妙的图画,"出处行止,得以自遂"正表现了作者对自由的深切追求。

文章写景生动,叙事简洁,为我们展现了庐山的美丽景色,也让我们看到了一个穷且益坚、徜徉于自然之中的白乐天形象。文章意蕴深远,是唐文中别具特色的一篇文章,富有永恒的魅力。

【三游洞①序】

白居易

平淮西②之明年冬,予自江州司马授忠州刺史③,微之自通州司马授虢州长史④。又明年春⑤,各祗命之⑥郡,与知退⑦偕行。三月十日,参会于夷陵⑧。翌日⑨,微之反棹送予,至下牢戍⑩。

又翌日,将别未忍,引舟上下⑪者久之。酒酣,闻石间泉声,因舍棹进,策步入缺岸⑫。初见石⑬,如叠,如削;其怪者,如引臂⑭,如垂幢⑮。次见泉⑯,如泻,如洒;其奇者,如悬练⑰,如不绝线⑱。遂相与维舟岩下⑲,率仆夫芟芜刈翳⑳,梯危缒滑㉑,休而复上㉒者凡四五焉。仰睇俯察㉓,绝无人迹,但水石相薄㉔,磷磷凿凿㉕,跳珠溅玉㉖,惊动耳目。自未讫戍㉗,爱不能去㉘。俄而㉙峡山昏黑,云破月出,光气含吐㉚,互相明灭㉛,晶荧玲珑㉜,象生其中㉝,虽有敏口㉞,不能名状㉟。

既而,通夕不寐,迨旦将去㊱,怜奇惜别,且叹且言。知退曰:"斯境胜绝,天地间其有几乎㊲?如之何俯通津,绵岁代,寂寥委置㊳,罕有到者?"予曰:"借此喻彼,可为长太息㊴,岂独是哉?岂独是哉?"微之曰:"诚哉是言。翎㊵吾人难相逢,斯境不易得;今两偶于是㊶,得无述乎㊷?请各赋古调诗二十韵㊸,书于石壁。"仍命予序㊹而纪之。又以吾三人始游,故目㊺为"三游洞"。洞在峡州上二十里北峰下两崖相廞间㊻。欲将来好事者知,故备书㊼其事。

【注释】

①三游洞:在今湖北宜昌西北,西陵峡口,长江北岸。 ②平淮西:唐宪宗元和九年

(814)，淮西节度使吴元济叛乱，宪宗派兵加以平定，元和十二年（817）攻入蔡州（今河南汝南），活捉吴元济。平淮西之明年：即元和十三年（818）。③"予自"句：白居易在元和九年（815），任太子左赞善大夫，因上疏请求捕杀刺死宰相武元衡的刺客，得罪权贵，被贬为江州（今江西九江）司马四年后，即元和十三年（818），从江州司马任上改授忠州（四川忠县）刺史。"刺史"是唐代州的行政长官，"司马"则是州刺史的属吏。④微之：元稹，字微之，是白居易的诗交好友，时称元白。元和八年（814），元稹出任通州（今四川达县）司马，也在元和十三年（818）改授虢（guó）州长史，虢州即今河南灵宝。"长史"是州刺史属下官吏之长。⑤又明年春：即元和十四年（819）春天。⑥祇（zhī）命：遵命。之：往。⑦知退：白居易的弟弟白行简的字。⑧三月十日：据上文可知，当为元和十四年（819）。参：通"三"。参会：指作者、元稹、白行简三人相会。夷陵：今湖北宜昌。⑨翌（yì）日：明天，第二天。⑩反棹（zhào）：掉转船头。下牢戍：即下牢关，在宜昌西边。其时元稹出川，已过下牢关；白居易入川，还未过下牢关；因此元稹陪同白居易重返下牢关。⑪引舟上下：是说彼此牵引着船在下牢关一段江中来回航行。⑫"因舍"二句：是说下船上岸，步行走入崖岸缺口，去寻找石间泉声。⑬初见石：开始见到的是石头。⑭引臂：张开的臂膀。⑮垂幢：下垂的旗帜。⑯次见泉：接着看到了泉水。⑰悬练：悬挂的白绢。⑱不绝线：绵延不断的线。⑲相与：互相赞成。维舟岩下：把船拴在岩石下面。⑳芟（shān）芜：割倒杂草。刈（yì）翳：清除障碍。㉑梯危缒（zhuì）滑：危险的地方架梯子爬，滑溜的地方拴绳子拉。缒：用绳子拴住人、物传送。㉒休而复上：休息一会儿再向上攀登。㉓仰睇（dì）俯察：上下察看。㉔薄：碰击。㉕磷磷：通"潾潾"，水清澈的样子。凿凿：石鲜明的样子。㉖跳珠溅玉：形容泉水溅石，像珍珠洒在玉石上那样跳跃四溅。㉗未：未时，当今午后一点到三点。戌：戌时，当今晚上七点到九点。讫：至。㉘去：离开。㉙俄而：一会儿。㉚光气含吐：月光忽而被掩盖，忽而露出。㉛互相明灭：明暗交替。㉜晶荧：透明闪光。玲珑：精巧细致。㉝象生其中：是说在云气月光中出现种种美妙形象。㉞敏口：巧嘴，指口才敏捷。㉟名状：用语言形容出来。㊱"通夕"二句：是说一夜没有睡觉，等到天明即将离开。迨（dài）：等到。㊲"斯境"二句：是说这样的境界美妙极了，世界上还能有几个呢。㊳"如之何"三句：意谓为什么此洞下面就和渡口相通，却多年来寂寞无闻，被人抛弃，极少有人到这里来呢？"津"，渡口。"繇"，通"由"。津繇，水航经由的渡口。"岁代"，年复一年，谓长久以来。"寂寥（liáo）"：寂寞、冷落。"委置"：抛在一边。㊴"借此喻彼"三句：借这件事可以说明另外的事，可以为之叹息的，难道只有这件事情嘛。"太息"，同"叹息"。㊵矧（shěn）：况且。㊶两偶于是：两件事（指上文所说"吾人难相逢，斯境不易得"）都在这里实现了。偶：相遇。于是：在这里。㊷得无述乎：是说怎么能没有文章加以记述呢？㊸古调诗：即古体诗。二十韵：一韵两句，共四十句。㊹仍：同"乃"，于是。序：同"叙"，记叙。㊺目：题目。㊻峡州：治所在今湖北宜昌西北。㒄：通"嵌"。两崖相㒄间：指两个山崖相衔接的地方。㊼备书：详细地记载。

【赏析】

　　这是一篇诗序，也是一篇游记。它记述了白居易兄弟和元稹三人在宦途相会离别之际发现、游览了这个"三游洞"。层次清楚，语言简洁，描写生动。文章主旨虽在记事抒慨，但侧重于叙游。因此，作者不是静止地描写景物，而是结合他们发现三游洞的经过，记叙他们一边循声探索，一边观察欣赏，叙事有次序，写景很活泼，读来情趣盎然，感觉具体，如临其境。

　　由于白、元三人的游览，由于这篇序和他们的诗，使得西陵峡口、长江北岸的这个崖间山洞成了名胜古迹，诗题"三游洞"，也成了这个洞的名称。在北宋，还因为欧阳修、苏轼、苏辙三人也来一游，并各有《三游洞诗》，所以当地又将白、元三人称为"前三游"，欧阳三人称为"后三游"。此后游人络绎，诗文颇传。陆游《入蜀记》说，"洞大如三间屋，右一穴通人过，然阴黑险峻尤可畏"。似乎略有扫兴。但直到明、清，仍不乏专程旅游客，袁中道、刘大櫆都有《游三游洞记》，也屡受称道。而溯源求本，则数此序。

　　刘大櫆《游三游洞记》有具体描述，今录其前段于下："出彝陵州治西北，陆行二十里，濒大江之左，所谓下牢之关也。路狭不可行，舍舆登舟。舟行里许，闻水声汤汤，出于两崖之间。复舍舟登陆，循仄径曲折以上，穷山之巅，则又自上缒危滑以下。其下地渐平，有大石覆压当道，乃伛俯径石腹以出。出则豁然平旷。而石洞穹起，高六十余尺，广可十二丈，二石柱屹立其口，分为三门，如三楹之室焉。中室如堂，右室如厨，左室如别馆。其中一石，乳而下垂，扣之其声如钟；而左室外小石突立正方，扣之如磬。其他石杂以土，撞之则逢逢然鼓音。背有石如床，可坐。予与二三子浩歌其间，其声轰然，如钟磬助之声者。下视深溪，水声泠然出地底。溪之外，翠壁千寻，其下有径，薪采者负薪行歌，缕缕不绝焉。"

【《荔枝图》序】

白居易

　　荔枝生巴峡①间，树形团团如帷盖②。叶如桂，冬青③。华④如橘，春荣。实如丹，夏熟。朵如蒲萄，核如枇杷，壳如红缯⑤，膜如紫绡⑥，瓤肉莹白如冰雪，浆液甘酸如醴酪。大略如彼，其实过之。若离本枝，一日而色变，二日而香变，三日而味变，四五日外，色香味尽去矣。元和十五年夏，南宾守乐天命工吏图而书之，盖为不识者与识而不及一二三日者云。

【注释】

①巴峡：指的是现在重庆朝天门以东长江上的石洞峡，铜锣峡，明月峡。　②帷盖：

车的帷幔和篷,围在四周的部分叫"帷",盖在上面的部分叫"盖"。 ③冬青:冬天还是绿的。 ④华:同"花"。 ⑤缯:丝织品的总称。 ⑥绡:生丝的织物。

【赏析】

荔枝产于南方,在交通不便的古代,荔枝对于北方人来说是一种珍品,白居易于元和十四年(819)任忠州刺史,第二年命画工绘荔枝图,并亲自为图写序,为"不识者与识而不及一二三日者"介绍荔枝的特性。

作者在文章的开头就从大处落笔,"荔枝生巴峡间",点名了荔枝独特的生长环境,接着便从细微处对荔枝的各个部位及特征给予详细介绍。作者对荔枝的介绍惟妙惟肖,完全没有说明文的枯燥乏味,比如"树形团团如帷盖。叶如桂,冬青。华如橘,春荣。实如丹,夏熟。朵如蒲萄,核如枇杷,壳如红缯,膜如紫绡,瓤肉莹白如冰雪,浆液甘酸如醴酪",用生活中经常见到的物品来比拟荔枝的各个部位,使未见过荔枝者立刻能对荔枝产生直观印象,每一个比喻都贴切形象,比如他说荔枝的树形就像车上的帷帐,这就使人联想到其树冠必是茂密呈圆形;果实,用朱砂作比,使人想到其果实颜色的红艳诱人,而果实的颗粒,作者用葡萄作比,非常容易使人对其大小有个直观的掌握。接下来作者又介绍了荔枝的特点,十分简洁明了:"一日而色变,二日而香变,三日而味变,四五日外,色香味尽去矣"。在文章的最后作者记叙了作画的时间、作画者、主持人以及作序的目的,仍然是简略交代就立刻收笔。

本文层次鲜明、详略得当,对荔枝的形态予以生动的介绍。难怪清人王符读后感叹道"特为荔枝立传,想见太守风流,昔东坡有空寓岭表之叹(苏轼《食荔枝二首》有"罗浮山下四时春,卢橘杨梅次第新,日啖荔枝三百颗,不辞长作岭南人"语),对此,真令人恨不生巴峡也。"

【成皋铭】

吕 温

茫茫大野,万邦错峙①。惟②王守国,设险于此。呀谷③成堑,崇巅若垒。势轶④赤霄,气吞千里。洪河⑤在下,太室旁倚。岗盘⑥岭蹙,虎伏龙起。锁天中区,控地四鄙。出必由户,入则同轨⑦。拒昏纳明,闭乱开理。

昔在秦亡,雷雨晦冥⑧。刘、项分险,扼喉而争。汉飞镐京,羽斩东城。德⑨有厚薄,此山无情⑩。

维⑪唐初兴,时未大同⑫。王于东征,烈火顺风。乘高建瓴⑬,擒建系充。奄⑭有天下,斯焉定功。

二百年间，大朴⑮既还。周道如砥⑯，成皋不关⑰。顺至则平，逆者惟艰。敢⑱迹成败，勒铭嵲颜⑲。

【注释】

①错崿：交错并立。 ②惟：句首语气词。 ③岈谷：深广的山谷。 ④轶：超出。 ⑤洪河：大河，黄河。 ⑥盘：曲折蜿蜒貌。 ⑦同轨：本义指车两轮间的宽度（辙迹）相同，引申为国家统一。 ⑧晦冥：昏暗。 ⑨德：这里着重指统治者对人民的态度，好即德厚，坏即德薄。 ⑩无情：犹言无私。 ⑪维：句首语气词。 ⑫大同：本为儒家的理想世界，这里指天下统一。 ⑬瓴：盛水之器。 ⑭奄：囊括，全部占有。 ⑮大朴：民俗敦厚朴质，无有奸巧欺诈等表现。 ⑯周道如砥：这里借指唐朝赋税均平，政治清明。 ⑰不关：畅通无阻。 ⑱敢：自谦之辞，犹言冒昧地。 ⑲嵲颜：山高的样子。

【赏析】

成皋在今天河南省荥阳县，从古以来就是兵家的必争之地。这篇文章主要介绍了成皋险要的自然形势和十分重要的战略地位，并通过成皋所经历的历史事件，总结出天下兴亡成败的教训。

文章主要是围绕着成皋天险这一中心阐发出来的。开头一段主要描写成皋的险要形势，从它十分重要的战略地位来阐述成皋对天下兴亡有着很重要的作用。第二段承接上文，以历史上发生在此地的楚汉战争为例来说明成皋是兵家必争之地，并从战争结果总结出地理形势固然重要，但是"德厚"更是不能忽视，充分强调"德"对治理天下的重要作用。第三段以唐代在此平定天下的历史事实进一步说明成皋天险对国家统一的重要性，并对中唐社会提供了十分有效的历史经验。最后一段对唐代"二百年间""成皋不关"的历史进行赞美，同时也十分含蓄的表达了对现实隐忧，也对拥兵自重的叛乱者给予警告。最后点明写作此文的目的是在于让后人明鉴历史教训。

身为中唐人的吕温，经历了安史之乱带来的动乱，唐王朝也从盛世趋于末落，往萌的繁华都已不在，种种社会矛盾也日益尖锐。其中对唐朝的统一有着严重影响的是藩镇割剧势力的扩大和统治阶级力量的衰微。在此种情况下，作为永贞改革运动成员之一的吕温，在本文中提出的"拒昏纳明，闭乱开理"的思想和反对分裂分裂、坚持统一的主张，是合乎历史漫游的，具有十分重要的进步意义。

【奉天请罢琼林大盈二库状】

陆贽

右①：臣闻作法于凉，其弊犹贪；作法于贪，弊将安救？示人以义，其患犹私；示人以私，患必难弭。故圣人之立教也，贱货而尊让，远利而尚廉。天子不问有无，诸侯不言多少②。百乘之室，不畜聚敛之臣。夫岂皆能忘其欲贿③之心哉？诚惧贿之生人心而开祸端，伤风教而乱邦家耳。是以务鸠敛而厚其帑椟之积者，匹夫之富也；务散发而收其兆庶④之心者，天子之富也。天子所作，与天同方⑤。生之长之，而不恃⑥其为；成之收之，而不私其有。付物以道⑦，混然忘情。取之不为贪，散之不为费。以言乎体则博大，以言乎术则精微。亦何必挠废公方，崇聚私货，降至尊而代有司之守，辱万乘⑧以效匹夫之藏，亏法失人⑨，诱奸聚怨？以斯制事，岂不过哉？

今之琼林、大盈，自古悉无其制。传诸耆旧⑩之说，皆云创自开元。贵臣贪权，饰巧求媚，乃言郡邑贡赋所用，盍各区分⑪；税赋当委之有司，以给经用；贡献宜归乎天子，以奉私求。玄宗悦之，新是二库。荡心侈欲，萌柢于兹⑫。迨乎失邦，终以饵寇。《记》曰："货悖而入，必悖而出。"岂非其明效欤？

陛下嗣位之初，务遵理道⑬。敦行约俭，斥远贪饕。虽内库旧藏，未归太府；而诸方曲献，不入禁闱。清风肃然，海内丕变。议者咸谓汉文却马、晋武焚裘之事，复见于当今矣。近以寇逆乱常，銮舆⑭外幸，既属忧危之运，宜增儆⑮励之诚。臣昨奉使军营，出由行殿，忽睹右廊之下，榜列二库之名。慢然若惊，不识所以⑯。何则？天衢尚梗⑰，师旅方殷。疮痛呻吟之声，噢咻未息；忠勤战守之效，赏赉⑱未行。而诸道⑲贡珍，遽私别库。万目所视，孰能忍怀？窃揣军情，或生觖望⑳。试询候馆之吏，兼采道路之言㉑，果如所虞㉒，积憾已甚。或忿形谤讟㉓，或丑肆讴谣，颇含思乱之情，亦有悔忠㉔之意。是知时俗昏鄙，识昧高卑，不可以尊极临，而可以诚义感㉕。顷者，

六师初降，百物无储，外扞凶徒，内防危堞㉖，昼夜不息，迨将五旬；冻馁交侵，死伤相枕，毕命同力，竟夷大艰㉗。良以陛下不厚其身，不私其欲，绝甘㉘以同卒伍，辍食㉙以啗功劳。无猛制而人不携㉚，怀所感也；无厚赏而人不怨，悉所无也。今者，攻围已解，衣食已丰，而谣讟方兴，军情稍阻。岂不以勇夫恒性，嗜货矜功，其患难既与之同忧，而好乐㉛不与之同利，苟异恬默，能无怨咨？此理之常，固不足怪。《记》曰："财散则人聚，财聚则人散。"岂非其殷鉴欤？众怒难任，蓄怨终泄㉜。其患岂徒人散而已，亦将虑有构奸鼓乱㉝，干纪而

强取者焉。

　　夫国家作事，以公共为心者，人必乐而从之；以私奉为心者，人必咈㉞而叛之。故燕昭筑金台，天下称其贤；殷纣作玉杯，百代传其恶。盖为人与为己殊也。周文之囿百里，时患其尚小；齐宣之囿四十里，时病其太大。盖同利与专利异也。为人上者，当辨察兹理，洒濯其心㉟，奉三无私，以壹有众㊱；人或不率㊲，于是用刑。然则宣其利而禁其私，天子所恃以理天下之具也。舍此不务，而壅利行私，欲人无贪，不可得已。今兹二库，珍币所归，不领度支㊳，是行私也；不给经费，非宣利也。物情离怨，不亦宜乎？

　　智者因危而建安，明者矫失而成德。以陛下天姿英圣，倘加之见善必迁，是将化蓄怨为衔恩，反过差为至当。捐殄遗孽㊴，永垂鸿名，易如转规，指顾可致。然事有未可知者，但在陛下行与否耳。能则安，否则危；能则成德，否则失道：此乃必定之理也。愿陛下慎之惜之。陛下诚能近想重围之殷忧㊵，追戒平居之专欲，器用取给，不在过丰；衣食所安，必以分下。凡在二库货贿，尽令出赐有功。坦然布怀，与众同欲。是后纳贡，必归有司㊶；每获珍华，先给军赏，瑰异纤丽，一无上供。推赤心于其腹中㊷，降殊恩于其望外。将卒慕陛下必信之赏，人思建功；兆庶悦陛下改过之诚，孰不归德？如此，则乱必靖，贼必平。徐驾六龙，旋复都邑。兴行坠典㊸，整缉棼纲。乘舆有旧仪㊹，郡国有恒赋，天子之贵，岂当忧贫？是乃散其小储，而成其大储也；损其小宝，而固其大宝㊺也。举一事而众美具，行之又何疑焉？吝少失多，廉贾不处；溺近迷远，中人所非。况乎大圣应机，固当不俟终日。不胜管窥愿效之至，谨陈冒以闻。谨奏。

【注释】

①右：这是唐代公文的程式。　②天子不问有无，诸侯不言多少：作为天下或一国的统治者，不应斤斤计较私人财富。　③贿：财物。　④兆庶：普通的平民。百万为兆。　⑤方：道。　⑥不恃：不以此居功。　⑦付物以道：意思是让万物任其自然。　⑧万乘：本义是指天下的兵赋，这里用作天子的代称。　⑨失人：失去民心。　⑩耆旧：老一辈的人。　⑪盖各区分：分门别类。　⑫荡心侈欲，萌柢于兹：有了库存的财货，皇帝就可以任意挥霍，成为荡心侈欲的客观条件。　⑬理道：即治道。　⑭銮舆：皇帝所乘的车。　⑮儆：警戒。　⑯不识所以：不知其所以，意思是想不出为什么要设这两个库的道理。

⑰天衢尚梗：指都城还被叛军占领。 ⑱赏赉：赏赐。 ⑲诸道：犹言各地。 ⑳觖望：不满。 ㉑试询候馆之吏，兼采道路之言：是说自己在奉使途中，一路打听。 ㉒果如所虞：果然像自己所忧虑的那样。 ㉓谤讟：怨恨的言辞。 ㉔悔忠：对自己衷心保卫朝廷感到后悔。 ㉕是知田亡俗昏鄙，识昧高卑，不可以尊极临，而可以诚义感：人们的认识是糊涂的，不知道什么高低上下，只能用诚义去感动，而不能用地位和权力去压制他们。 ㉖危堞：危城。 ㉗竟夷大艰：终于打退了叛军。夷：平。 ㉘绝甘：弃绝美味的食物。 ㉙辍食：停食，意指省下不吃。 ㉚携：离散。不携：亲附团结的意思。 ㉛好乐：安乐。 ㉜泄：爆发。 ㉝鼓乱：鼓动叛乱。 ㉞咈：违反。 ㉟洒濯其心：指去掉贪欲的私心。 ㊱奉三无私，以壹有众：本着天地大公无私的心来治理人民。 ㊲率：遵从。 ㊳度支：管理财政收支的官。 ㊴促殄遗孽：很快地消灭掉残余敌寇。 ㊵殷忧：深重的忧思。 ㊶有司：这里指管理财政的官。 ㊷推赤心于其腹中：指用诚恳坦率的心来待人。 ㊸兴行坠典：指在政治上重新做一番整顿。坠典：散失的典章。 ㊹乘舆有旧仪：指在国家财政中，供奉皇帝，自然有一定的标准。 ㊺固其大宝：指巩固了君权。

【赏析】

　　本篇状写于唐德宗建中五年（784），状是奏疏的一种，陈列事状，分析利弊，供皇帝采择。琼林、大盈本是国库之处，后来成为皇帝任意挥霍、赏赐亲近的私藏，其来源皆为佞臣于国家正税之外搜刮百姓所贡。当时国家发生政变，唐德宗逃往奉天，府藏被迫委弃，后来战事稍松，德宗喘息初定，存亡未卜之际，首先想到的竟是恢复二库，陆贽认为，战守之功，奖赏未行，如果皇帝再私藏别库，则士卒怨望，无复斗志，因而他上了这篇书奏来规劝皇帝。文章从重建二库而论及封建王朝兴衰存亡的基本道理，议论精辟，受到历代文人学士的赏识，被评为"聚古今之精英，实治乱之龟鉴"。

　　作者十分注重写作艺术，他的本意是请罢二库，但他没有像李斯《谏逐客书》那样直接说明自己的观点，而是由远及近、由虚入实申明自己的主张，避免了臣下对君臣过于突兀的顶撞。文章反复阐述天子治国宜"务散发而收其兆庶之心"的基本道理，同时为德宗的所作所为保持远距离的针对性。他自始至终都仿佛是站在德宗的角度议论古今，指陈是非，处处为对方脱离困境、长治久安着想，设身处地地为之谋虑，这样就更加容易使对方接受自己的意见。作者还善于从历史、现实、理论三个角度巧妙地批判私留二库的危害，进而提出"散其小储，而成其大储"的功效，以高屋建瓴般的指正德宗规避错误，并且以充分的理由断绝了德宗的退路，使之无以推诿而拒谏。并且心悦诚服地愿意施行他的方法。曾国藩曾评价此文议论达到了"义理之精"的地步，的确不是夸张。

【黄鹤楼记】

阎伯理

　　州城西南隅①，有黄鹤楼者②，《图经》云③："费祎登④仙，尝⑤驾黄鹤返⑥憩⑦于⑧此⑨，遂⑩以名⑪楼。"事列《神仙》之⑫传，迹⑬存⑭《述异》之志。观其⑮耸构⑯巍峨，高标巃嵸，上⑰倚⑱河汉，下临⑲江流；重⑳檐翼馆，四闼㉑霞敞㉒；坐窥㉓井邑㉔，俯㉕拍云烟；亦㉖荆吴形胜之最也㉗。何必濑乡九柱、东阳八咏，乃可赏观时物、会集灵仙者哉。

刺史兼侍御史、淮西租庸使、荆岳沔等州都团练使，河南穆公名宁，下车而乱绳皆理，发号而庶政其凝。或逶迤退公，或登车送远，游必于是，宴必于是。极长川之浩浩，见众山之累累。王室载怀，思仲宣㉘之能赋；仙踪可揖，嘉叔伟㉙之芳尘。乃喟然曰："黄鹤来时，歌城郭之并是；浮云一去，惜人世之俱非㉚。"有命抽毫，纪兹贞石。时皇唐永泰元年，岁次大荒落，月孟夏，日庚寅也。

【注释】

①隅：角落。 ②者：语气词，多用于判断句。 ③云：说。 ④登：成为。 ⑤尝：曾经。 ⑥返：返回。 ⑦憩：休息。 ⑧于：到。 ⑨此：代指黄鹤楼。 ⑩遂：所以。 ⑪名：命名。 ⑫之：音节助词，方便阅读。 ⑬迹：事迹。 ⑭存：保存。 ⑮其：这。 ⑯耸构：矗立着的楼宇，代指黄鹤楼。 ⑰上：顶端。 ⑱倚：靠着。 ⑲临：临近。 ⑳重：两层。 ㉑闼：门。 ㉒霞敞：高大宽敞。 ㉓窥：看。 ㉔井邑：乡村。 ㉕俯：低头。 ㉖亦：也。 ㉗形：山川。胜：胜迹。之：结构助词的。最：最美好的事物地方。也：语气词多用于判断句。 ㉘仲宣：汉文学家王粲，善诗赋，所做《登楼赋》颇有盛名。 ㉙叔伟：苟叔伟，曾于黄鹤楼上见到仙人驾鹤而至。 ㉚乃喟然曰五句：传说汉辽东人丁令威学道成仙，化鹤归来，落城门华表柱上。有少年欲射之，鹤乃作人言："有鸟有鸟丁令威，去家千年今始归，城郭如故人民非，何不学仙冢累累。"

【赏析】

黄鹤楼是蜚声中外的历史名胜，它雄踞长江之滨，蛇山之首，背倚万户林立的武昌城，面临汹涌浩荡的扬子江，相对古雅清俊晴川阁，刚好位于长江和京广线的交叉处，即东西水路与南北陆路的交汇点上。由于这独特的地理位置，以及前人流传至今的诗词、文赋、楹联、匾额、摩岩石刻和民间故事，使黄鹤楼成为山川与人文景观相互倚重的文化名楼，素来享有"天下绝景"和"天下江山第一楼"的美誉。

本文介绍了黄鹤楼雄伟高大的外观和建筑结构的特点，描述了登临黄鹤楼的所见所感，突现了黄鹤楼这座名楼的地位和价值，表现了作者热爱山川胜迹和仰慕仙人的思想感情。文章开头首先交代黄鹤楼的地理位置。"州城西南隅，有黄鹤楼者"，文字简洁，清楚明了地点出黄鹤楼所在的地方，使人一开始对黄鹤楼就有了明确的方位印象。接着作者交代黄鹤楼命名的由来：它始建于三国吴黄武二年（223），本是一座军事哨所，却因名称典雅，被当地子民冠以很多传说，本文作者基于此，转引《图经》云："费讳登仙，尝驾黄鹤返憩于此，遂以名楼。”交代了黄鹤楼取名的由来，接着作者又旁征博引，提出晋代葛洪的《神仙传》和梁任昉的《述异记》都记载了关于黄鹤的故事，证明事实不虚，以增强黄鹤楼命名由来的说服力。接着作者写黄鹤楼的巍峨高大和登楼所见所感，“耸构巍峨，高标巃嵸，上倚河汉，下临江流；重檐翼馆，四闼霞敞，坐窥井邑，俯拍云烟，亦荆吴形胜之最也”，写景有上有下，有远有近，有内有外，也有实有虚，行文变化多端，情趣盎然。

【《顾况诗集》序】

皇甫湜

吴中山泉气状，英淑怪①丽，太湖异石，洞庭朱实②，华亭清唳③，与虎丘、天竺诸佛寺，钩绵秀绝④。君出其中间，翕清轻以为性，结泠汰以为质⑤，喣⑥鲜荣以为词。偏于逸歌长句⑦，骏发踔厉⑧，往往若穿天心、出月胁⑨，意外惊人语，非寻常所能及，最为快也。李白、杜甫已死，非君将谁与⑩哉？

君字逋翁，讳况，以文入仕，其为人类其词章。尝从韩晋公于江南，为判官，骤成其磊落大绩⑪。入佐著作，不能慕顺，为众所排，为江南郡丞。累岁脱縻⑫，无复北意，起屋于茅山，意飘然⑬，若将续古三仙，以寿卒。

湜以童子，见君扬州孝感寺。君披黄衫，白绢鞳头，眸子⑭瞭然，炯炯⑮清立，望之，真白圭振鹭也。既接欢然⑯，以我为扬雄、孟轲，顾恨不及见⑰。三十年于兹矣，知音之厚，曷⑱尝忘诸！

去年，从丞相凉公襄阳，有白⑲顾非熊生者在门，讯之，即君之子也。出君之诗集二十卷，泣示余发之。凉公适移莅宣武军，余装⑳归洛阳，诺而未副㉑，今又稔㉒矣，生来速㉓文，乃题其集之首为序。

【注释】

①英：杰出。淑：清湛。怪：奇。②朱实：指橘。③清唳：清越的鹤鸣声。④秀绝：秀丽无比。⑤质：体。⑥喣：吹。⑦逸歌：豪放超逸不拘格律的诗歌，指歌行体。长句：唐人以七言歌行为长句。⑧骏发踔厉：迅疾犀利的样子。⑨往往若穿天心、出月胁：形容他的诗歌的新奇高妙，想象奇特。⑩与：亲近，跟从。⑪大绩：大

功。　⑫脱縻：谓解职弃官。　⑬飘然：飘逸，超尘脱俗的样子。　⑭眸子：眼中瞳人。　⑮炯炯：光明，明亮。　⑯欢然：喜悦的样子。　⑰恨不及见：以不能见到（我成名）为恨。　⑱曷：何。　⑲白：告语。　⑳装：装束，谓整顿行装。　㉑诺。应允。未副：没有实践诺言。　㉒稔：庄稼成熟。庄稼一年一熟，引申为年。　㉓速：催促。

【赏析】

　　顾况是唐代大历年间的著名诗人，为人狂放不羁，不拘礼法，好嘲侮权贵，因而一生仕途失意。他的诗歌作品和他的为人一样不囿于成法，富于想象，独成一体。皇甫湜是顾况的晚辈，又是知音，加之受顾况之子的委托，因而把这篇序言写的淋漓尽致、别出心裁。

　　作者从三个方面来介绍顾况，角度十分独特。首先作者叙述顾况家乡以显示其诗风。顾况生活于吴中地区，这里"山泉气状，英淑怪丽，太湖异石，洞庭朱实，华亭清唳，与虎丘、天竺诸佛寺，钩绵秀绝"，是天下绝秀之景，生活于其间的顾客因而也有了石的坚贞，橘的文采，鹤唳（暗射陆机）的才气，景正衬托了人的品质。顾况外有傲岸之态，内有脱俗之性，加之锦心绣口，他的诗作自然非同一般。其次作者通过写顾况的仕途来写他的人品。顾况"以文入仕"，得到朝中多人赏识，不断升迁，但因为"其为人类其词章"，他的词章"骏发踔厉"，超乎寻常，自然个性也不能顺从一般朝野中人，被视为异端。顾况受到打击后参透了人生之理，摆脱了功名枷锁，转而归隐，自号"华阳山人"。再次作者回忆和顾况的交往来说顾况对自己的知遇之恩。三十年前二人相遇，作者还是"童子"，而顾况早是享誉文坛的诗人，在作者眼中，当时的顾况丰采清逸，宛若仙人，品德如无瑕之玉，令作者感叹不已。虽然作者当时尚且年幼，但顾况却当其为忘年之交，这一段知遇之恩使作者今日回想起来仍然潸然泪下。在文章的最后，作者交代了写这篇序言的缘由，表达了对顾况的深厚友谊。

【长安雪下望月记】

舒元舆

　　今年子月月望，长安重雪①终日，玉花搅空，舞下散地，予与友生喜之。因自所居南行百许步，登崇冈，上青龙寺门。门高出绝寰埃②，宜写目③放抱。今之日尽得雪境，惟长安多高，我不与并④。日既夕，为寺僧道深所留，遂引入堂中。

　　初夜有皓影入室，室中人咸谓雪光射来，复开门偶立⑤，见洰云⑥驳尽，太虚真气如帐⑦碧玉。有月一轮，其大如盘，色如银，凝照东方，辗碧玉上征，不见辙迹。至乙夜⑧，帖悬天心。予喜方雪而望舒⑨复至，乃与友生出大门恣视。直前终南，开千叠屏风，张其一方。东原接去，与蓝岩⑩骈峦，群琼含光。北朝天宫，宫中有崇阙⑪洪观，如鳌珪叠璐，出空横虚。

此时定身周目⑫，谓六合八极⑬，作我虚室⑭。峨峨帝城，白玉之京，觉我五藏出濯清光⑮中，俗埃落地。涂然寒胶，莹然鲜著⑯，彻入骨肉。众骸跃举，若生羽翎，与神仙人游云天汗漫⑰之上，冲然⑱而不知其足犹蹋寺地，身犹求世名⑲。二三子相视，亦不知向之从何而来，今之从何而遁。不讳言，不谐声，复根还始，认得真性。非天借静象⑳，安能辅吾浩然之气若是邪！且冬之时凝沍㉑有之矣，若求其上月下雪，中零清霜，如今夕或寡。某以其寡不易会，而三者俱白，故序㉒之耳。

【注释】

①重雪：大雪。②绝：隔绝。寰埃：大地。③写目：纵目，放眼。④今之日尽得雪境三句：今日登上高冈，览尽雪境，长安高耸的地方很多，我没有与之并立。⑤偶立：并立。⑥沍云：寒云。⑦帐：用作动词，如帐子一样地笼罩。⑧乙夜：二更时分，夜间十时左右。⑨望舒：神话中为月驾车的神，后为月亮的代称。⑩蓝岩：指蓝天山，在蓝田县东。⑪崇阙：高大的宫殿建筑。⑫定：站定。周目：用眼四周环视。⑬六合：天地四方，泛指宇宙。八极：八方极远的地方。⑭虚室：空屋，此指以天地为室。⑮清光：指月光、雪光、霜光融成之光。⑯鲜著：谓清新之色著于身体。⑰汗漫：漫无边际。⑱冲然：空虚貌，飘然。⑲世名：指人世间的功名官位等。⑳静象：指雪月中的静寂的境界。㉑凝沍：犹封冻，冰雪覆盖大地。㉒序：通叙，记叙，记述。

【赏析】

舒元舆：（？-835），婺州东阳（今浙江金华市）人。元和八年（813）进士，初任鄂县县尉，行御史中丞。文宗时官宰相。因与李训、郑注谋诛专权的宦官，事机不密，结果同在"甘露事变"中遇难。

本文是舒元舆的代表作之一，在文中作者不仅写了月下雪景的美观奇象，同时借纯洁、虚静的自然境界来传达自己对追求功名利禄尔虞我诈的现实的不满，希望能够恢复人的天然本性，使精神得到净化的愿望。

在文中作者首先写了观看雪景的时间、地点和天气，此时正是十一月十五号，时届冬令，又当月满之时，故而才会出现"长安重雪终日"，"玉花搅空，舞下散地"的美景。作者在这样一个难得的天气里，和几位好友登高尽情览景。接下来作者就细致描摹了他所看到的月下雪景，主要从月色、雪景两方面入手进行描绘：寒云四散，空气中夜色弥漫，仿佛笼着碧玉一般，"有月一轮，其大如盘，色如银，凝照东方，辗碧玉上征，不见辙迹"，这样一个如水般的月色笼罩着的是一个寂然无哗的天地：终南山仿佛张着千叠屏风，蓝天山、骊山如琼玉泛光，所有的景物都如沐如浴，光洁无尘，沉浸在这样的景中，作者觉得自己也变得清澈干净，因而接下来作者自然地由写景转向写自己的感受：看到这一幅冰雕玉浊的世界，他觉得天地清空，可以视同自己的内心。站在此地之中，心中的一切欲望烦恼都被荡涤，回归到了自然的本性，达到了无邪无欲的境界。文末作者交代了写本文的原因所在"上月下雪，中零清霜"，"三者俱白"的境界实在不易得，且从中获得很大启发，故而写作这篇记。

【窦建德碑】

殷侔

云雷方屯，龙战伊始，有天命①焉，有豪杰②焉。不得受命，而命归圣人③。于是元黄之祸成，霸图之业废④矣。

隋大业末，主昏⑤时乱，四海之内，兵革⑥咸起。夏王建德，以耕氓崛兴⑦，河北、山东，皆所奋有⑧。筑宫金城，立国布号，岳峙虎踞，赫赫乎当时之雄也！是时李密在黎阳，世充据东都，萧铣王楚⑨，薛举擅秦。然视其翦割之迹，观其模略之大，皆未有及建德者也！唯夏氏为国，知义而尚仁，贵忠而爱贤，无暴虐及民，无淫凶于己。故兵所加而胜，令所到而服，与夫世充、铣、密等甚不同矣。行军有律，而身兼勇武；听谏有道，而人无拒拂⑩。斯盖豪杰所以勃兴而定霸一朝，拓疆⑪千里者哉！或以建德方⑫项羽之在前世，窃⑬谓不然。羽暴而嗜杀，建德宽容御众，得其归附，语不可同日⑭。迹⑮其英分雄分，指盼备显，庶几孙长沙流亚⑯乎？唯天有所勿属，唯命有所独归。故使失计于救邻，致败于临敌。云散雨覆，亡也忽然⑰。嗟夫，此亦莫之为而为者欤⑱！向令运未有统，时仍割分⑲，则太宗龙行乎中原，建德虎视于河北，相持相支，胜负岂须臾辨⑳哉！自建德亡，距今已久远。山东、河北之人，或尚谈其事，且为之祀，知其名不可灭，而及人者存也。

圣唐太和三年，魏州书佐殷侔过其庙下，见父老群祭，骏奔㉑有仪，夏王之称，犹绍㉒于昔。感豪杰之兴奋，吊经营㉓之勿终。始知天命之莫干，惜霸略之旋陨，激于其文，遂碑㉔。

【注释】

①天命：受天命的帝王。　②豪杰：一时的英雄人物。　③圣人：唐朝人称皇帝为圣人。　④废：坠，失败。　⑤主昏：皇帝昏乱。指穷奢极欲、黩武残民的暴君隋炀帝杨广。　⑥兵革：指各处起义军和背叛隋朝的势力。　⑦耕氓：农民。崛兴：突然兴起。　⑧奄有：占有。　⑨楚：指今湖南湖北一带。　⑩拒：拒绝。拂：违背。　⑪拓疆：开拓疆土。　⑫方：比拟。　⑬窃：自称的谦辞。　⑭语不可同日：不可同日而语。　⑮迹：这里作动词，考察。　⑯庶几：将近，差不多。流亚：同等、相近似的人物。　⑰忽然：骤然，迅速的样子。　⑱此亦莫之为而为者欤：这也是不知其所以然而然的事吧，意思是天所安排的。　⑲向令运未有统，时仍割分：意思是说假如天运尚无归属，仍然是割据分裂的时代。　⑳辨：分。　㉑骏奔：疾走。　㉒绍：继承，继续。　㉓经营：指苦心谋划国事。　㉔碑：立碑。

【赏析】

唐文宗太和三年（829），时任魏州主办文书的佐吏殷侔鲁国夏王庙，目睹了当地百姓举行的盛大祭祀仪式，联系到晚唐政局的黑暗腐败，愤而写成此文，歌颂农民起义英雄窦建德的功绩。

文章阐述"天命归于圣人"的观点，开头"云雷方屯，龙战伊始"，八个字却渲染出震撼战争即将爆发的宏大背景。然而天命没有归属窦建德，他最终遭到了国灭身亡的厄运，"元黄之祸成，霸图之业废矣"显示了作者深深的惋惜之情。文章的主体部分是中间的碑文，它首先简述了窦建德起义成功时的场面："夏王建德，以耕氓崛兴，河北、山东，皆所奄有。筑宫金城，立国布号，岳峙虎踞，赫赫乎当时之雄也！"作者用充满赞扬的语气还原了窦建德成功时的壮丽画面。接着作者记叙了窦建德的人品：他"知义而尚仁，贵忠而爱贤，无暴虐及民，无淫凶于己"，据史料记载，窦建德功成以后，依然艰苦朴素，和士卒过着一样的生活，他还知人善用，礼贤下士，有着极好的口碑。而他在攻城略地、行军作战方面也有着极高的天分，的确是一位有勇有谋的将领。作者讴歌了窦建德的人品，也从多个侧面对他进行了评述，表达了对这位起义首领的深深敬慕之情。

【阿房宫赋】

杜 牧

六王毕①，四海一②。蜀山兀，阿房出③。覆压三百馀里④，隔离天日⑤。骊山北构而西折，直走咸阳⑥。二川溶溶⑦，流入宫墙。五步一楼，十步一阁；廊腰缦回⑧，檐牙高啄⑨；各抱地势⑩，钩心斗角⑪。盘盘焉，囷囷焉，蜂房水涡⑫，矗不知其几千万落⑬。长桥卧波，未云何龙⑭？复道⑮行空，不霁何虹？高低冥迷⑯，不知西东。歌台暖响，春光融融⑰；舞殿冷袖，风雨凄凄⑱。一日之内，一宫之间，而气候不齐。

　　妃嫔媵嫱⑲，王子皇孙，辞楼下殿，辇来于秦⑳。朝歌夜弦，为秦宫人。明星荧荧，开妆镜也㉑；绿云扰扰，梳晓鬟也；渭流涨腻㉒，弃脂水也；烟斜雾横，焚椒兰㉓也；雷霆乍惊，宫车过也；辘辘远听㉔，杳㉕不知其所之也。一肌一容，尽态极妍㉖，缦立㉗远视，而望幸㉘焉。有不得见者三十六年㉙。燕赵之收藏㉚，韩魏之经营，齐楚之精英，几世几年，剽掠其人㉛，倚叠㉜如山；一旦不能有，输来其间，鼎铛玉石，金块珠砾㉝，弃掷逦迤㉞，秦人视之，亦不甚惜。

　　嗟乎！一人之心，千万人之心也。秦爱纷奢，人亦念其家。奈何取之尽锱铢㉟，用之如泥沙！使负栋之柱㊱，多于南亩之农夫；架梁之椽，多于机上之工女；钉头磷磷㊲，多于在庾㊳之粟粒；瓦缝参差，多于周身之帛缕；直栏横槛，多于九土㊴之城郭；管弦呕哑，多于市人之言语。使天下之人，不敢言而敢怒。独夫㊵之心，日益骄固㊶。戍卒叫㊷，函谷举㊸；楚人一炬㊹，可怜焦土！

　　呜呼！灭六国者六国也，非秦也。族秦者秦也，非天下也。嗟夫！使六国各爱其人，则足以拒秦；使㊺秦复爱六国之人，则递三世可至万世而为君，谁得而族灭㊻也？秦人不暇㊼自哀，而后人哀之；后人哀之而不鉴之，亦使后人而复哀后人也。

【注释】

①六王毕：六国灭亡了。六王，韩、赵、魏、楚、燕、齐六国的国王，即指六国。毕：完结，指为秦国所灭。　②一：统一。　③蜀山兀，阿房出：四川的山光秃了，阿房宫出现了。兀：山高而上平。这里形容山上树木已被砍伐净尽。出：出现，意思是建成。蜀，四川　④覆压三百余里：（从渭南到咸阳）覆盖了三百多里地。这是形容宫殿楼阁接连不断，占地极广。覆压：覆盖。　⑤隔离天日：遮蔽了天日。这是形容宫殿楼阁的高大。　⑥骊山北构而西折，直走咸阳：（阿房宫）从骊山北边建起，折而向西，一直通到咸阳（古咸阳在骊山西北）。走：趋向。　⑦二川溶溶：二川，指渭水和樊川。溶溶：河水缓流的样子。　⑧廊腰缦回：走廊宽而曲折。廊腰：连接高大建筑物的走廊，好像人的腰部，所以这样说。缦：萦绕。回：曲折。　⑨檐牙高啄：（突起的）屋檐（像鸟嘴）向上噘起。檐牙：屋檐突起，犹如牙齿。　⑩各抱地势：各随地形。这是写楼阁各随地势的高下向背而建筑的状态。　⑪钩心斗角：指宫室结构的参差错落，精巧工致。钩心：指各

种建筑物都向中心区攒聚。斗角：指屋角互相对峙。现在指各自用尽心机互相排挤。 ⑫盘盘焉，囷囷（qūn qūn）焉，蜂房水涡：盘旋，屈曲，像蜂房，像水涡。焉：相当于"凛然""欣然"的"然"。楼阁依山而筑，所以说像蜂房，像水涡。盘盘：盘旋的样子。囷囷：屈曲的样子，曲折回旋的样子。 ⑬矗不知其几千万落：矗立着不知它们有几千万座。矗：形容建筑物高高耸立的样子。下文"杳不知其所之也"的"杳"，用法与此相同。落：相当于"座"或者"所"。 ⑭长桥卧波，未云何龙：长桥卧在水上，没有云怎么（出现了）龙？《易经》有"云从龙"的话，所以人们认为有龙就应该有云。这是用故作疑问的话，形容长桥似龙。 ⑮复道：在楼阁之间架木筑成的通道。因上下都有通道，叫做复道。 ⑯冥迷：分辨不清。 ⑰歌台暖响，春光融融：意思是说，人们在台上唱歌，歌乐声响起来，好像充满着暖意。如同春光那样融和。融融：和乐。 ⑱舞殿冷袖，风雨凄凄：意思是说，人们在殿中舞蹈，舞袖飘拂，好像带来寒气，如同风雨交加那样凄冷。 ⑲妃嫔（pín）媵（yìng）嫱（qiáng）：统指六国王侯的宫妃。她们各有等级（妃的等级比嫔、嫱高）。媵是陪嫁的侍女，也可成为嫔、嫱。下文的"王子皇孙"指六国王侯的女儿，孙女。 ⑳辞楼下殿，辇（niǎn）来于秦：辞别（六国的）楼阁宫殿，乘辇车来到秦国。 ㉑明星荧荧，开妆镜也：（光如）明星闪亮，是（宫人）打开梳妆的镜子。荧荧：明亮的样子。下文紧连的四句，句式相同。 ㉒涨腻：涨起了（一层）脂膏（含有胭脂、香粉的洗脸的"脂水"）。 ㉓椒兰：两种香料植物，焚烧以熏衣物。 ㉔辘辘远听：车声越听越远。辘辘：车行的声音。 ㉕杳：无影无声，形容声音的遥远。 ㉖一肌一容，尽态极妍：任何一部分肌肤，任何一种姿态，都娇媚极了。态：指姿态的美好。妍：美丽。 ㉗缦立：久立。缦：通"慢" ㉘幸：封建时代皇帝到某处，叫"幸"。妃、嫔受皇帝宠爱，叫"得幸"。 ㉙三十六年：秦始皇在位共三十六年。按秦始皇二十六年（前221）统一中国，到三十七年（前209）死，做了十二年皇帝，这里说三十六年，是举其在位年数，形容时间长。 ㉚收藏：指收藏的金玉珍宝等物。下文的"经营""精英"也指金玉珠宝等物。 ㉛剽（piāo）掠其人：从人民那里抢来。剽：抢劫，掠夺。人：民。唐避唐太宗李世民讳，改民为人。下文"人亦念其家""六国各爱其人""秦复爱六国之人"的"人"，与此相同。 ㉜倚叠：积累。 ㉝鼎铛（chēng）玉石，金块珠砾：把宝鼎看作铁锅，把美玉看作石头，把黄金看作土块，把珍珠看作石子。铛，平底的浅锅。 ㉞逦迤（lǐ yǐ）：连续不断。这里有"连接着"、"到处都是"的意思。 ㉟锱（zī）铢（zhū）：古代重量名，一锱等于六铢，一铢约等于后来的一两的二十四分之一。锱、铢连用，极言其细微。 ㊱负栋之柱：承担栋梁的柱子。 ㊲磷磷：水中石头突立的样子。这里形容突出的钉头。 ㊳庾（yǔ）：露天的谷仓。 ㊴九土：九州。 ㊵独夫：失去人心而极端孤立的统治者。这里指秦始皇。 ㊶固：顽固。 ㊷戍卒叫：指陈胜、吴广起义。 ㊸函谷举：刘邦于公元前206年率军先入咸阳，推翻秦朝统治，并派兵守函谷关。举：拔、攻占。 ㊹楚人一炬：指项羽（楚将项燕的后代）也于公元前206年入咸阳，并焚烧秦的宫殿，大火三月不灭。 ㊺使：假使 ㊻族灭：被灭族。 ㊼不暇：来不及。

【赏析】

阿房宫是秦始皇在渭南营造的宫殿，始建于秦始皇三十五年（前212），据说动工不到两年，秦始皇死，秦二世胡亥继续修建，还未完成，即于公元前206年被项羽烧毁（实为咸阳宫而非阿房宫，作者以此以示诫人。）从此，阿房宫的兴灭就同秦王朝的兴亡联系在一起，成为人们议论的话题。唐代著名诗人杜牧于唐敬宗宝历元年（825）创作《阿房宫赋》，遣词用字无比华美，思想深刻见骨，是脍炙人口的经典古文之一。

  本文是一篇借古讽今的赋体散文。作者通过描写阿房宫的兴建及其毁灭，生动形象地总结了秦朝统治者骄奢亡国的历史经验，向唐朝统治者发出了警告，表现出一个封建时代正直的文人忧国忧民、匡世济俗的情怀。文章结构严谨，层次分明。前半部分用铺陈夸张的手法，描写秦始皇的荒淫奢侈：第一段写阿房宫工程浩大，宏伟壮丽；第二段写宫廷生活的奢靡、腐朽。这两段又是由外到内，由楼阁建筑到人物活动，写得条理井然。后半部分，由描写转为带有抒情色彩的议论；第三段写秦的横征暴敛导致了农民起义，推翻其统治；第四段意在总结秦亡的历史教训，指出"后人"（指当时统治者）如不知借鉴，必将重蹈历史的覆辙。这两段议论由古及今，层次很清楚。

  本文完全遵从赋这种形式的要求，字句整齐、声调和谐，描写事物极尽铺陈夸张之能事，于结尾部分又发出自己的议论，以寄托讽喻之意。文章无论是描写还是议论，都充满了激情，语言精美，富于文采；有时骈散兼行，于整齐中有变化；有时比喻贴切，生动形象；有时运用排比句式，使文章气势充畅。

【杭州新造南亭子记】

杜 牧

  佛著经曰：生人既死，阴府收其精神①，校平生行事罪福之②。坐罪③者，刑狱皆怪险，非人世所为，凡人平生一失举止④，皆落其间。其尤怪者，狱广大千百万亿里，积火烧之，一日凡千万生死，穷亿万世，无有间断，名为"无间"；夹殿宏⑤廊，悉图其状，人未熟见者⑥，莫不毛立神骇⑦。佛经曰：我国⑧有阿阇世王，杀父王篡其位，法当入所谓狱无间⑨者，昔能求事佛，后生为天人⑩；况其他罪，事佛固无恙⑪。

  梁武帝明智勇武，创为梁国者，舍身为僧奴，至国灭饿死不闻悟。况下辈⑫，固惑之。为工商者，杂良以苦⑬，伪内而华外⑭，纳⑮以大秤斛，以小出⑯之，欺夺村闾戆民⑰，铢积粒聚⑱，以至于富。刑法钱谷小胥，出入人性命，颠倒⑲埋没，使簿书条令不可究知，得财买大第⑳豪奴，如公侯家。大吏有权力，能开库㉑取公钱，缘意㉒恣为，人不敢言。是此数者，心自知其罪，皆捐己奉佛㉓以求救，日月积久，曰："我罪如是，富贵如所求，是佛能灭吾罪，复能以福与吾也。"有罪罪灭，无福福至；生人唯罪福耳，虽田妇稚子，知所趋避㉔。今权归于佛，买福卖罪，如持左契，交手相付。至有穷民，啼一稚子，无以与哺；得百钱，必召一僧饭之㉕，冀佛之助，一日获福㉖。若如此，虽举寰海㉗内尽为寺与僧，不足怪也。屋壁绣㉘纹可矣，为金枝㉙扶疏，擎㉚千万佛；僧为具味饭之可矣，饭讫㉛持钱与之。不大、不壮、不高、不多、不珍、不奇瑰怪为忧㉜，无有人力可及而不为者。晋，霸主也，一铜鞮宫之衰弱，诸侯不肯来盟。今天下能如几晋，凡几千铜鞮，人得不困哉？

　　文宗皇帝尝语宰相曰："古者三人共食一农人㉝，今加兵、佛，一农人乃为五人所共食，其间吾民尤困于佛。"帝念其本牢根大，不能果去之㉞。武宗皇帝始即位，独奋怒曰："穷吾天下，佛也。"始去其山台野邑四万所，冠其徒㉟几至十万人。后至会昌五年，始命西京留佛寺四，僧唯十人；东京二寺。天下所谓节度、观察、同、华、汝三十四治所，得留一寺，僧准西京数，其他刺史州不得有寺。出四御史缕行㊱天下以督之。御史乘驿㊲未出关，天下寺至于屋基，耕而刓㊳之。凡除寺四千六百，僧尼笲㊴冠二十六万五百。其奴婢十五万，良人枝附为使令者㊵，倍笲冠之数，良田数千万顷，奴婢口㊶率与百亩，编入农籍。其馀贱取民直㊷，归于有司㊸，寺材州县得以恣新㊹其公署、传舍。今天子即位，诏曰："佛尚不杀而仁，且来中国久，亦可助以为治。天下州率与二寺，用齿衰男女为其徒，各止三十人，两京数倍其四、五焉。"著为定令，以徇㊺其习，且使后世不得复加也。

　　赵郡李子烈播，立朝㊻名人也，自尚书比部郎中出为钱塘。钱塘于江南，繁大㊼雅亚吴郡。子烈少游其地，委曲㊽知其俗蠹人者，别削根节㊾，断其脉络，不数月人随化㊿之。三笺干丞相云："涛坏人居[51]，不一锊锢，败侵[52]不休。"诏与[53]钱二千万，筑长堤，以为数十年计，人益安喜。子烈曰："吴、越古今多文士，来吾郡[54]游，登楼倚轩，莫不飘然[55]而增思。吾郡之江山甲于天下，信然[56]也。佛炽[57]害中国六百岁，生见圣人，一挥而几夷[58]之，今不取其寺材立亭胜地[59]，以彰圣人之功，使文士歌诗之[60]，后必有指吾而骂者。"乃作[61]南亭，在城东南隅，宏大焕显[62]，工施手目，发匀肉均，牙滑而无遗巧[63]矣。江平入天，越峰如髻,越树如发,孤帆白鸟,点尽上凝。在半夜酒馀⑥⁴,倚老松,坐怪石,殷殷⑥⁵潮声,起于月外。

东闽、两越,宦游⑥⁶善地也,天下名士多往之。予知百数十年后,登南亭者,念仁圣天子之神功,美子烈之旨迹⑥⁷。睹南亭千万状,吟不辞已;四时千万状,吟不能去。作为歌诗,次之于后,不知几千百人矣。

【注释】

①精神:指灵魂。 ②校:考核、考察。行事:所作所为,行为。罪福之:加罪或降福于他。罪、福都用为动词。 ③坐罪:犯罪,被定为有罪。 ④一失举止:行为一有失误、不当之处。 ⑤夹:在左右曰夹。宏:深。 ⑥未熟见:不常见,初见。 ⑦毛立神骇:毛发耸立、心惊胆战。 ⑧我国:指古天竺国。 ⑨狱无间:无间地狱。 ⑩天人:指所谓升入西天净土极乐世界的得道之人。 ⑪无恙:无灾害,无祸害。 ⑫下辈:地位卑下的人们。 ⑬良:精的,好的。苦:粗的,坏的。 ⑭伪内:里面是假货。华外:使外表华美,把包装弄得很好看。 ⑮纳:收入、买进。 ⑯出:指卖出。 ⑰憨民:憨厚的百姓。 ⑱铢积粒聚:这句是说由少到多地积累起来。 ⑲颠倒:重收、冒收、已缴又收为颠倒。 ⑳大第:大宅院。 ㉑库:指官方的府库。 ㉒缘意:任意。 ㉓捐己奉佛:捐出己身或己财以事奉佛。 ㉔趋避:追求福与回避罪。 ㉕饭之:施饭给和尚吃。迷信以为供养僧人是"功德"。 ㉖一日获福:有朝一日能得福。 ㉗举寰海:整个天下,全国。 ㉘绣:用五彩绘画。 ㉙金枝:涂金的宝树图案。 ㉚擎:拖着。 ㉛讫:止,罢。 ㉜不大、不壮、不高句:(人们修建寺院)以规模不大、气势不壮、屋宇不高、建筑不多、绣饰不珍贵奇特为忧虑。 ㉝古者三人共食一农人:古代民分四类:士农工商。农耕作,而士工商三者都需农供应粮食。 ㉞果去之:坚决地去掉它。 ㉟冠其徒:使僧尼还俗为民。冠:这里是使动用法,使……戴上帽子。古时男子二十岁起皆结发加冠。加冠的意思是使其蓄发还俗。 ㊱缕行:细致详尽地巡视。 ㊲乘驿:所乘的驿马。 ㊳刓:挖。 ㊴笄:古代妇女束发用的簪子。这里用为使动词,使尼姑留起头发插上簪子,意为还俗。 ㊵枝附:依附。为使令者:为之操役听使唤的人,即被奴役的百姓。 ㊶口:每个人,一人称一口。 ㊷贱取:低价勒索。民直:百姓的财物。 ㊸有司:官府。 ㊹新:翻新。 ㊺徇:顺从。 ㊻立朝:指在中央政府任职。 ㊼繁大:人口众多、城市很大。 ㊽委曲:事情的本末始终,有"底细","详尽"之意。 ㊾根、节:比喻佛教的寺庙,寺庙乃僧尼盘根错节之聚集地。 ㊿化:接受教化,改变风俗。 ㉛涛:波涛。人居:百姓的房屋。 ㉜败侵:毁坏侵犯。 ㉝诏与:皇帝下令拨给。 ㉞吾郡:指杭州。 ㉟飘然:形容心旷神怡。增思:增添情思。 ㊱信然:确实如此。 ㊲炽:盛,大。 ㊳夷:消灭掉。 ㊴立亭胜地:即立亭于圣地,在这一名声之地建立(纪念的)亭子。 ㊵歌诗之:作歌赋诗以赞颂他。 ㊶作:修建。 ㊷焕显:光彩鲜艳。 ㊸无遗巧:无余巧,没有比它再工巧细致。 ㊹酒馀:酒后。 ㊺殷殷:原形容雷声,这里状海潮之音。 ㊻宦游:因求官而外游,这里指做官与游玩。 ㊼旨:美好。迹:功业。

【赏析】

本文写于唐宣宗大中时期，围绕南亭子修建的原委始终，揭露了佛教的危害之大，赞扬了唐武宗灭佛之功，表现了作者反对封建迷信的战斗精神。

文章一共五段，首段叙写了佛教骗人的基本内容。佛教认为灵魂不灭，因果报应，最终解救，而杜牧对其进行了详细的陈述，进而使读者了解到佛教的骗人本质，从而为下文逐层深入揭露其危害拓开道路。接下来作者具体揭露了佛教卖罪买福的的欺骗性，认为它祸国殃民，给社会和人民带来严重的祸患。作者着重举出三则事例来证明自己的观点。一是萧衍死而不语，二是商吏骄横欺诈，三是穷民深受毒害。这些现实都有力地证明了佛教的欺诈性和危害性。在下面一段作者极力赞扬了唐武宗反对佛教的有力措施和巨大成果。在写之前，作者先记述了唐代几个皇帝对佛教的不同态度，然后把写作的重心放在唐武宗上，细致地刻画出唐武宗敢于向崇佛世风挑战的大无畏精神。"穷吾天下，佛也"，一针见血地指出问题的实质：佛教的长期盛行已经酿成了滔天巨祸。唐武宗果断地清除佛教恣肆的山台野邑，下令让僧人蓄发还俗，释放奴婢归田还农……这些都显示出唐武宗的远见和魄力。在接下来的两段中，作者真实记述了李子烈在钱塘除弊兴利的功绩和南亭子的现状，再次肯定唐武宗反对佛教，李子烈修建南亭的功绩，加深了印象，深化了主题。

文章在艺术上也很有特点，作者言此意彼，以更好地击中要害，其主旨是抨击佛教的危害，但开头却集中些佛教的基本内容，接下来逐层揭露抨击，十分具有批判的力量。

【李贺小传】

李商隐

京兆杜牧为《李长吉集序》，状①长吉之奇甚尽，世传之②。长吉姊嫁王氏者，语长吉之事尤备③。

长吉细瘦，通眉④，长指爪。能苦吟⑤疾书，最先为昌黎韩愈所知⑥。所与游者，王参元、杨敬之、权璩、崔植为密。每旦日⑦出与诸公游，未尝得题然后为诗，如他人思量牵合以及程限⑧为意。恒从小奚奴⑨，骑距驴⑩，背一古破锦囊，遇有所得⑪，即书投⑫囊中。及⑬暮归，太夫人使婢受囊，出之⑭，见所书多，辄曰："是⑮儿要当呕出心始已耳！"上灯与食，长吉从婢取书，研墨叠纸足成之⑯，投他囊中。非大醉及吊丧日，率⑰如此，过亦不复省⑱。王、杨辈⑲时复来探取写去。长吉往往独骑往还京洛⑳，所至或时有著，随弃之，故沈子明㉑家所馀四卷而已。

长吉将死时，忽昼见㉒一绯衣人，驾赤虬㉓，持一版㉔，书若太古篆或霹雳石文㉕者，云当召长吉。长吉了不能读㉖，欻下榻叩头言："阿㉗𡢃老且病，贺不愿去㉘。"绯衣人笑曰："帝成白玉楼，立召君为记㉙。天上差乐㉚不苦也。"长吉独㉛泣，边人尽见之。少之㉜，长吉气绝。常所居窗中，欻欻有烟气，闻行车嚄管㉝之声。太夫人急止人哭，待之如炊五斗黍许时㉞，长吉竟㉟死。王氏姊非能造作㊱谓长吉者，实㊲所见如此。

呜呼！天苍苍而高也，上果㊳有帝耶？帝果有苑囿宫室观阁之玩㊴耶？苟信然㊵，则天之高邈㊶，帝之尊严，亦宜有人物文彩愈㊷此世者，何独眷眷㊸于长吉，而使其不寿耶？噫！又岂世所谓才而奇者，不独地上少，即天上亦不多耶？长吉生二十七年，位不过奉礼太常，时人亦多排摈毁斥㊹之，又岂才而奇者，帝独重之，而人反不重耶？又岂人见㊺会胜帝耶？

【注释】

①状：描绘，叙述。 ②世传之。传：传扬。 ③尤：尤其，特别。备：齐备，这里是完整的意思。 ④通眉：两眉几乎相连。 ⑤苦吟：苦心吟读。 ⑥为：被。知：了解。 ⑦旦日：白天。 ⑧程限：让人遵循的标准、规范。 ⑨从：跟从，这里是使动用法。奚奴：奴仆。 ⑩距驴：一种像驴子一样的动物，此处指驴。 ⑪所得：心得，感悟。 ⑫投：丢、扔。 ⑬及：等到。 ⑭出之：倒出里面的书稿。 ⑮是：这。 ⑯足成之：将诗稿修改补成完整的。 ⑰率：全，都。 ⑱过亦不复省：过后也不再去看（那些作品）。 ⑲王、杨辈：指上述王参元等人。写去：抄写带走。 ⑳京、洛：指京城长安和洛阳。 ㉑沈子明：即沈亚之，官至集贤殿学士。杜牧《李长吉歌诗序》称李贺在临死时，曾将所作的诗歌交给沈子明。 ㉒昼见：大白天里看见。 ㉓赤虬：红色的有角的龙。 ㉔版，通"板"。 ㉕太古篆：远古的篆体字。霹雳石文：石鼓文。 ㉖了不能读：全都不认识。了：全部。 ㉗阿：母亲。 ㉘去：离开。 ㉙立：马上，立即。为记：为楼写记。 ㉚差乐：还算快乐。差：比较、略微。 ㉛独：独自。 ㉜少之：一会儿。 ㉝嚄管：声音轻微的管乐器。 ㉞待之如炊五斗黍许时：等了如同煮熟五斗小米这么长时间。 ㉟竟：最终。 ㊱造作：编造，虚构。 ㊲实：确实。 ㊳果：确实。 ㊴玩：玩赏，观赏。 ㊵苟信然：如果确实如此。 ㊶邈：远。 ㊷愈：超过。 ㊸眷眷：顾恋的样子。独：只是。 ㊹排摈毁斥：排挤诽谤。 ㊺人见：人的见识。

【赏析】

李贺（790-816），字长吉，河南福昌（今河南宜阳）人。唐代诗人。郡望陇西，家居福昌之昌谷，后人因称"李昌谷"。元和年间往来于长安、洛阳之间，曾以诗歌作品拜谒韩愈，韩愈劝他考进士，但与李贺争名额者认为，李贺之父名"晋肃"，晋与进同音，因此李贺考进士便是犯了父名之讳。为此，韩愈曾作《讳辩》，但李贺终于未能被录取。

在长安时曾担任过奉礼郎,二十七岁即因病去世。李贺诗风追求怪奇,主观想象极为丰富,后人因而称为"长吉师心,故尔作怪"。

本文是李商隐为李贺所作传记,他因感叹人才而所作,同情李贺,其中讽刺社会让无能的人作官,却让人才在民间。文章并没有全面勾勒诗人李贺的一生,对他的生平经历也记叙不多,而是选取了他生活中的若干小片段进行插叙,以小片段撑起传记的主干,比如写李贺外在风貌:"长吉细瘦,通眉,长指爪,能苦吟疾书",作者抓住李贺外貌中最典型的几点特征,只用了区区十余字,李贺的清奇之气就跃然纸上了。此外,在篇幅上,全文寥寥数百字,语言极为精练,却又在极小极短的篇幅中承载了很大的容量,集叙事、议论和曲折的抒情于一体。文章在构思布局上也是较为特别的,全篇以一"奇"字贯之:首段以杜牧为李贺作序之事提挈全篇,言杜牧之序"状长吉之奇甚尽",以杜牧言李贺"奇"引起下文自己所言李贺之"奇"。随后又提到李贺姊"语长吉之事尤备",以杜牧序和李贺姊之言点出文中李贺事的由来。总之,本文不是一篇平铺直叙地记叙文,而是李商隐呕心沥血所作的一篇性情之文,在文中作者融入了大量自己的情感与观念,使得整篇文章意蕴深远,至今读来仍令人潸然泪下。

【上河东公启】

李商隐

　　商隐启①:两日前于张评事②处伏睹手笔,兼评事传指意,于乐籍③中赐一人,以备纫补④。某悼伤⑤已来,光阴未几。梧桐半死,才有述哀;灵光独存,且兼多病。眷言息胤⑥,不暇提携⑦,或小于叔夜⑧之男,或幼于伯喈⑨之女。检庾信荀娘之启,常有酸辛;咏陶潜通子之诗,每嗟漂泊。所赖因依⑩德宇,驰骤府庭⑪,方思效命⑫旌旄,不敢载怀乡土。锦茵象榻,石馆金台⑭,入⑮则陪奉光尘,出⑯则揣摩铅钝。兼之早岁,志在玄门⑰,及到此都,更敦夙契⑱,自安衰薄,微得端倪。至于南国妖姬,丛台妙妓,虽有涉于篇什,实不接于风流。况张懿仙本自无双,曾来独立,既从上将,又托英僚⑲。汲县勒铭,方依崔瑗;汉庭曳履,犹忆郑崇。宁复河里飞星,云间堕月,窥西家之宋玉,恨东舍之王昌⑳?诚出恩私,非所宜称㉑。伏惟克从至愿,赐寝㉒前言,使国人尽保展禽㉓,酒肆不疑阮籍,则恩优之理,何以加焉。干冒尊严,伏用惶灼㉔。谨启。

【注释】

①启：陈述。某某启，是书信的套用语。　②评事：官名。　③乐籍：官妓。　④纫补：缝补。　⑤悼伤：丧妻曰悼伤或悼亡。　⑥息胤：子嗣。　⑦不暇提携：无暇照料。　⑧叔夜：指嵇康，字叔夜。　⑨伯喈：指蔡邕，字伯喈。　⑩因依：依傍。　⑪府庭：指东川节度使署。　⑫效命：致命，拼着命去从事。　⑬锦茵：用锦制成的褥子。　⑭金台：黄金台。　⑮入：指在节度使署内。　⑯出：指回到自己所居。　⑰玄门：指佛门。　⑱夙契：早年的意志相合。　⑲英僚：英俊的幕僚。　⑳宁复河里飞星四句：张氏意别有属，不会像织女渡河，也不会像明月堕云那样丢弃属意者而俯就我的。　㉑称：相当，适宜。　㉒寝：息，停止进行。　㉓展禽：指柳下惠，他姓展名禽，以居柳下，谥惠，故又称柳下惠。　㉔惶灼：惶恐而焦急。

【赏析】

河东公，指的是柳仲郢，河东是柳氏郡王。本文写于唐宣宗大中五年（851），当时李商隐的妻子王氏刚刚病故，同年十月，他前往梓州任柳仲郢判官。远幕，丧妻，别子，多病，再加上长期的抑郁不得志，使得李商隐心情落入低谷。柳仲郢十分同情他，打算给他选一位色艺双全的官妓为侍妾。李商隐得知后，即写了这封情词恳切的书信表达拒绝之意。

在信的开头，李商隐用散句委婉说明自己已经知道柳仲郢的好意，在亲密的口气中显出恭敬之意。接下来，作者用充满感伤的笔调叙写了自己丧妻以来的处境，他用文学中典故来说明自己的妻子新丧，与其哀婉含蓄。而后进一步说道自己所眷恋的儿女年纪尚幼，无暇照顾，每当读到前人所作爱儿女的诗文，不免伤心落泪。从这些充满感伤的叙说和对亡妻的一片深情中，已经不难想象他对于赠妓一事的态度。接着作者由转入写对柳仲郢的知遇之恩，用"锦茵象榻，石馆金台"典故渲染出对他礼遇的隆重，并且含蓄地表示自己知道柳赠妓实属好意，是为了消解自己异乡孤独之感。但作者至此又笔锋一转，开始叙说自己在此地的生活：他自己早年有志于学道，历经坎坷之后，更是安于禄命衰薄的事实，对于男女情爱一事，早无兴致。文笔到此，已经将自己对于纳妾一事的态度讲的很是明白。在接下来的文字中，李商隐对柳仲郢所赠的官妓的经历、身份说起，认为自己不能也不该对此女子产生非分之想，最后作者揭出辞赠之意，一方面感激柳的"恩私"，同时又委婉表明"非所宜称"，希望对方顺应自己的愿望，收回成命。

这封书信，充分显示了李商隐的文学功底，不但语言优美妥帖，而且骈偶对仗，善用典故，的确是做到了华不伤真。

【祭小侄女寄寄文】

李商隐

  正月二十五日，伯伯以果子、弄物①招送寄寄体魄归大茔②之旁。哀哉！尔生四年，方复本族③；既复数月，奄然归无④。于鞠育而未申，结悲伤而何极！来也何故？去也何缘？念当稚戏⑤之辰，孰测死生之位⑥？时吾赴调京下⑦，移家关中，事故纷纶，光阴迁贸⑧，寄瘗⑨尔骨，五年于兹。白草枯荄⑩，荒途古陌⑪，朝饥谁抱？夜渴谁怜？尔之栖栖⑫，吾有罪矣。今吾仲姊，反葬有期，遂迁尔灵，来复先域⑬。平原卜穴，刊石书铭⑭。明知过礼之文，何忍深情所属！

  自尔殁后，侄辈数人，竹马玉环，绣襜文褓，堂前阶下，日里风中，弄药争花，纷吾左右，独尔精诚，不知所之。况吾别娶⑮已来，胤绪未立，犹子之义，倍切他人。念往⑯抚存，五情空热⑰！

  呜呼！荥水之上，坛山之侧，汝乃曾乃祖，松槚⑱森行，伯姑仲姑，冢坟相接。汝来往于此，勿怖⑲勿惊。华彩衣裳，甘香饮食，汝来受此，无少无多⑳。汝伯祭汝，汝父哭汝，哀哀㉑寄寄，汝知之邪？

【注释】

①弄物：玩具。 ②体魄：遗体与魂魄。大茔：祖墓。 ③方复：才回到。本族：父族。 ④归无：归于无有，指死。 ⑤稚戏：幼小嬉戏。 ⑥位：处所，指时限。 ⑦京下：指京都长安。 ⑧事故纷纶两句：因为事情纷乱，而迁延了许多时间。迁贸：移动改变。 ⑨寄瘗：寄葬，临时埋葬。 ⑩枯荄：枯萎的草根。 ⑪陌：田间小路。 ⑫栖栖：心不安定的样子。 ⑬域：茔域，坟地。 ⑭书铭：写墓志铭。 ⑮别娶：续娶。 ⑯念往：指寄寄。 ⑰空热：都激动得热血沸腾。 ⑱松、槚：松树和槚树，都是坟上常种的树。 ⑲怖：恐怖。 ⑳无少无多：不论多少。 ㉑哀哀：伤心啊。

【赏析】

  李商隐作为晚唐的文学大家，诗文俱佳，《祭小侄女寄寄文》是他散文的代表作之一，充分体现了李商隐文章哀婉感伤的特点，验证了刘熙载在《艺概》中所说的"李樊南深情绵邈"的评论。

寄寄是李商隐弟弟的女儿，由于社会动荡，家庭变故，寄寄很小就被寄养在别人家。几年后，社会和家庭安定下来，才把他接回李家来。此时，李商隐初婚妻子已亡故多年（还没有续娶王氏），膝下又无子嗣留下来，因此，李商隐对寄寄这个活泼可爱的小侄女视为己出。自寄寄被接回来后，每日，李商隐与他的这几个侄辈生活在一起，看他们玩耍，心里就充满了无比的温暖感和幸福感。不料，仅过了几个月，寄寄竟夭折了。这无疑对李商隐是巨大的精神打击。寄寄死的时候，李商隐正奉命调到首都长安等待任命新的职务，其家也正举家迁移到关中，而寄寄的尸骨只好就留在了原地。五年之后，李商隐才将寄寄的骨骸迁到祖坟来。这篇《祭小侄女寄寄文》就是迁葬时写的，而不是寄寄刚去世时写的。"寄瘗尔骨，五年于兹。白草枯荄，荒途古陌，朝饥谁饱？夜渴谁怜？尔之栖栖，我有罪矣！"李商隐觉得作为伯伯，自己对寄寄照顾的太不够了，对寄寄充满了深深的歉意和负罪感。李商隐突破了长幼、尊卑的传统伦理观念，"今吾仲姊，反葬有期。遂迁尔灵，来复先域。平原卜穴，刊石书铭。明知过礼之文，何忍深情所属！"他将寄寄看成了自己的骨肉，自己的至爱朋友，为她的死亡深深悲哀。

文章用词朴实，在看似平常的叙述中融入了作者深沉哀苦的情感，也体现了他对亲情的珍重，对生命的惋惜，这些都丰富了我们对李商隐的理解。

【书褒城驿壁】

孙樵

褒城驿号天下第一。及得寓目①，视其沼，则浅混而茅；视其舟，则离败而胶②；庭除③甚芜，堂庑④甚残，乌睹其所谓宏丽者！

讯于驿吏，则曰："忠穆公尝牧梁州，以褒城控二节度治所。龙节虎旗，驰驿奔诏，以去以来，毂交蹄劘⑤，由是崇侈其驿⑥，以示雄大。盖当时视他驿为壮，且一岁宾至者，不下数百辈，苟夕得其庇⑦，饥得其饱，皆暮至朝去，宁有顾惜⑧心耶！至如棹舟，则必折篙破舷碎鹢⑨而后止；渔钓，则必枯泉汩泥⑩尽鱼而后止；至有饲马于轩，宿隼于堂⑪；凡所以污败室庐，靡毁器用。官小者，其下⑫虽气猛可制；官大者，其下益暴横难禁。由是日益破碎，不与曩类⑬。某曹八九辈，虽以供馈之隙，一二力治之，其能补数十百人残暴乎！"

语未既⑭，有老甿笑于旁，且曰："举今州县皆驿也⑮。吾闻开元中，天下富蕃⑯，号为理平，踵⑰千里者不裹粮，长子孙者⑱不知兵。今者天下无金革之声，而户口日益破；疆场无侵削之虞，而垦田日益寡⑲，生民日益困，财力日益竭，其故何哉？凡与天子共治天下者，刺史、县令而已。以其耳目接于民，而政令速于行⑳也。今朝廷命官，既已轻任刺史、县令㉑，而又促数于更易；且刺史、县令，远者三岁一更，近者一二岁再更。故州县之政，苟有不利于民，可以出意革去其甚者，在刺史，曰：'我明日即去，何用如此？'在县令，亦曰：'明日我即去，何用如此？'当愁醉酽，当饥饱鲜，囊帛椟金，笑与秩终㉒。"

呜呼！州县者，真驿耶㉓！刬更代之隙，黠吏因缘㉔恣为奸欺，以刬卖㉕州县者乎！如此而欲望生民不困，财力不竭，户口不破，垦田不寡，难哉！予既挥退老盱，条其言㉖，书于褒城驿屋壁。

【注释】

①寓目：亲眼看到。 ②离败：破碎。胶：着，扶不起。 ③庭除：庭院和台阶。 ④堂庑：中堂和堂下四周的房屋。 ⑤毂交蹄劘：指往来车马之多。 ⑥崇侈其驿：把驿馆的建制加以扩大。 ⑦夕得其庇：夜间得到住宿的地方。 ⑧顾惜：爱惜。 ⑨舷：船边。鹢：水鸟，古代以水鸟画饰船头，所以这里代之船头。 ⑩汩泥：把水底的泥土翻腾搅乱。 ⑪宿隼于堂：指把驿馆的中堂当做猎鹰栖息之所。 ⑫下：指随从人员。 ⑬不与曩类：不像过去的样子。曩：从前。类：相似。 ⑭既：完毕。 ⑮举今州县皆驿也：现在所有的州县都像驿站一样。 ⑯富蕃：财物丰富。 ⑰踵：脚后跟，这里做动词，行的意思。 ⑱长子孙者：指老年人。 ⑲疆场无侵削之虞，而垦田日益寡：意指边疆并无战争，而开垦出的荒田却很少。 ⑳耳目接于民，而政令速于行：州刺史和县令是接近人民的官职，故曰"耳目接于民"。州县是直接贯彻政令的基层单位，故曰"政令速于行"。 ㉑既已轻任刺史、县令二句：既已看轻刺史、县令的职位，所用非人，再加上任期很短，时常更换。 ㉒当愁醉酽四句：意思是说，只知饮食醉饱，贪污财货，无忧无虑地把一任官做满。 ㉓州县者，真驿耶：州县难道真的是驿站吗？意思是说，刺史县令却把它作为驿馆来看待。 ㉔因缘：利用机会。 ㉕卖：蒙蔽、欺骗。 ㉖条其言：把他的话加以整理。

【赏析】

孙樵，字可之，又字隐之，关东（函谷关以东）人。具体郡县已不可知，生卒年亦不详。公元855年（唐宣宗大中九年）进士，授中书舍人。黄巢起义军入长安，随僖宗奔岐、陇，迁职方郎中。孙樵是唐代后期著名的散文家，"幼而工文"。他对古代典籍"常自探讨"（《孙可之集·自序》），并自称"尝得为文真诀于来无择，来无择得之于皇甫持正，皇甫持正得之于韩吏部退之"（《与王霖秀才书》）。其文语多讽刺，以奇崛见称。有《孙可之集》。

本文是一篇讽刺性杂文。褒城，唐代属兴元府，即今陕西勉县。驿，古代递送公文或来往官员投宿、换马的处所。作者借褒城驿的由雄大宏丽而变为荒芜残破的现实，抒发了对当时吏治败坏的感慨，揭露了地方官吏怠惰贪婪，不理政务，视州县为驿站，因而造成百姓困顿，这在晚唐有一定现实意义。作者认为产生这一社会弊病的缘由，在于朝廷任用非人和官制不善，这亦可谓有识之见。在艺术特色上，借题发挥，能够以小见大，借助褒城驿荒凉残破的事实，揭露朝廷对州县官吏不仅所用非人，而且更换频繁的弊端，具有很强的现实意义。文章善于运用对比手法揭露、讽刺鞭辟入里，如开头"号天下第一"与"及的寓目"的实况，是传闻和眼见的对比；驿吏介绍昔日的雄大奢华和今日的破碎衰败的对比；官小的下属与官大的下属横暴程度的对比……这些都使讽刺更加深刻有力、鞭辟入里，更好地表达了作者寄予其中的褒贬态度，使文章主题更加耐人寻味。另外本文文章首尾两段叙事，行文简洁。中间两段记言，其意重在说明州县同于驿站。议论中肯，语言辛辣，寓意深刻，这也是该文的主要特色。

【书何易于】

孙樵

何易于尝为益昌令，县距刺史治所①四十里，城嘉陵江南。刺史崔朴尝乘春②自上游多从宾客歌酒，泛舟东下，直出③益昌旁。至则索民④挽舟，易于即腰笏⑤，引舟上下；刺史惊问状，易于曰："方春，百姓不耕即蚕⑥，隙⑦不可夺。易于为属令，当其无事，可以充役⑧。"刺史与宾客跳出舟，偕⑨骑还去。

益昌民多⑩即山树茶，利私自入⑪。会盐铁官奏重⑫榷筦，诏下所在不得为百姓匿。易于视诏曰："益昌不征茶⑬，百姓尚不可活，刓⑭厚其赋以毒民乎！"命吏划去⑮。吏争曰："天子诏所在不得为百姓匿，今划去，罪愈重。吏止死，明府公免窜⑯海裔耶？"易于曰："吾宁爱一身以毒一邑民乎？亦不使罪蔓⑰尔曹。"即自纵火焚之。观察使闻其状，以易于挺身为民，卒⑱不加劾。

邑民死丧，子弱业破不能具葬⑲者，易于辄出俸钱，使吏为办。百姓入常赋，有垂白偻杖⑳者，易于必召坐与食，问政得失。庭有竞民㉑，易于皆亲自与语，为指白枉直㉒。罪小者劝，大者杖㉓，悉㉔立遣之，不以付吏。治益昌三年，狱无系民㉕，民不知役。改㉖绵州罗江令，其治㉗视益昌。是时故相国裴公出镇绵州，独能嘉㉘易于治。尝从观其政㉙，道从㉚不过三人，其察易于廉约如是。

会昌五年，樵道出㉛益昌，民有能言何易于治状者，且曰："天子设上下考㉜以勉吏，而易于考止中上㉝，何哉？"樵曰："易于督赋㉞如何？"曰："止请贷㉟期，不欲紧绳㊱百姓，使贱出㊲粟帛。""督役㊳如何？"曰："度支费㊴不足，遂出俸钱，冀优贫民。""馈给㊵往来权势如何？"曰："传符㊶外一无所与。""擒盗如何？"曰："无盗。"樵曰："予居长安，岁闻㊷给事中校考，则曰：'某人为㊸某县，得上下考，由考得某官。'问其政，则曰：'某人能督赋，先期㊹而毕；某人能督役，省度支费；某人当道㊺，能得往来达官为好言；某人能擒若干盗。'县令得上下考者如此。"邑民不对，笑去。

樵以为当世在上位者，皆知求才为切。至如缓急㊻补吏，则曰："吾患无以共治"；膺命㊼举贤，则曰："吾患无以塞诏㊽。"及其有之，知者㊾何人哉？继而言之，使何易于不有得于生，必有得于死者，有史官在。

【注释】

①治所：地方长官的驻地。 ②乘春：乘春天的时光。 ③直出：直接经过，径直来到。 ④索民：索取民失。 ⑤腰笏：把笏版插在腰带里。 ⑥蚕：用为动词，指采桑养蚕。 ⑦隙：本指农忙之间隙。 ⑧充役：充任劳役。 ⑨偕：一起，一同。 ⑩多：大都。 ⑪利私自入：利益归各家私有。 ⑫重：加强。 ⑬征茶：征收茶树、茶园。 ⑭矧：何况。 ⑮划去：铲掉茶树。 ⑯窜：流放，放逐。 ⑰蔓：牵连。 ⑱辛：终于。 ⑲具葬：备办丧事。 ⑳杖：用作动词，拄着拐杖。 ㉑竞民：双方争讼的百姓。 ㉒枉直：曲直，有理为直，无理为曲，意即谁是谁非。 ㉓杖：用为动词，用杖责打。 ㉔悉：全部。 ㉕系民：被拘囚监禁的百姓。 ㉖改：改任，调任。 ㉗治：政绩。 ㉘嘉：赞许。 ㉙从观其政：前去考察他的政治措施。 ㉚道从：前导与随从的人员。 ㉛道出：路过。 ㉜上下考：上等的第三级。 ㉝中上：中等中的上级。 ㉞督赋：催纳赋税。 ㉟请贷：放宽时限。 ㊱紧绳：过紧地勒逼。 ㊲贱出：按低价出售或缴出。 ㊳督役：催服劳役。 ㊴度支费：财政经费。 ㊵馈给：馈赠供给。 ㊶传符：凭券、证件。 ㊷岁闻：每年都听说。 ㊸为：治。 ㊹先期：在期限以前。 ㊺当道：（做官之地）正当交通要道。 ㊻至如：至于像。缓急：偏义复词，急需。 ㊼膺命：承受皇帝的命令。 ㊽塞诏：应付皇帝（关于举贤）的诏命。 ㊾知者：能识别人才的人。

【赏析】

本文是孙樵为何易于所作的传记，文章在简单地交代了何易于的身份后，就讲了一件奇事：有一次，刺史崔朴乘着春光明媚，带了许多宾客，坐着大船，唱歌喝酒，从上游放舟东下，船一直到益昌县附近。船到，就下令要民夫拉纤。何易于就把朝版插在腰带里，拉着纤，与几个民夫一起拉着船，跑上跑下奔忙。刺史发现县令在拉纤，很吃惊，问他为什么。何易于说："现在正是春天，百姓不是忙于春耕，就在侍弄春蚕，一点点时间都不能损失。易于是您主管下的县令，现在没啥事干，可以来承当这个差使。"刺史听了，和几个宾客跳出船舱，上岸骑马一起回去了。这件事情充分表现了何易于的人品、智慧、胆量和勇气。接着作者又写了一件奇事：昌县的百姓多数在附近山上种茶树，收了茶叶赚得的钱完全归自己。正遇到盐铁官具奏朝廷要严格执行专卖制度，皇帝下诏书说，凡专卖物品生产地的官员，不准为百姓隐瞒。诏书贴到县里，何易于看了诏书说："益昌不征茶税，百姓都还没法活命，何况要增加税赋去害百姓呢！"于是下令要差役把诏书铲掉。差役争辩说："皇上的诏书说，'官员不准为百姓隐瞒'，现在铲去诏书，比隐瞒的罪名更重。我不过丢一条命，大人您难道不会因此而流放到海角天涯？"何易于说："难道我为了保自己的命而使一县的百姓都受苦难？我也不让你们承担罪名。"他就自己放火，把诏书的木牌烧掉了。这两件典型事例为我们再现了一个清正廉洁有勇有谋的官员形象。接着作者又简单地交代了他的其他事迹，从不同的角度对他的性格予以补充，在平实的叙述中再现了一个奇人形象。

【英雄之言】

罗 隐

物之所以有韬晦①者，防乎盗也。故人亦然。

夫盗亦人也，冠履焉②，衣服焉；其所以异者，退逊之心③、正廉之节④，不常其性耳⑤。视玉帛⑥而取之者，则曰牵于⑦寒饿；视家国而取之者，则曰救彼涂炭⑧。牵我寒饿者，无得而言矣；救彼涂炭者，则宜以百姓心为心。而西刘⑨则曰："居宜如是！"楚籍⑩则曰："可取而代！"意彼未必无退逊之心、正廉之节，盖以视其靡曼、骄崇⑪，然后生其谋耳。

为英雄者犹若是，况常人乎？是以峻宇、逸游⑫，不为人所窥者⑬，鲜矣。

【注释】

①物：物品，指贵重的物品。韬晦：隐藏不露。韬：藏匿。晦，晦迹，躲藏起来。②冠履（jù）：戴帽穿鞋。履：鞋子、靴子，一作屦。冠履原是名词，这里作动词用。下文的"衣服焉"，也是同样的用法。　③退逊之心：谦退忍让的心，指安分守己，不作非

分之想。 ④正廉之节：正直不贪的品格。指做人的高尚人品。 ⑤不常其性：这种美好的本性不能永久保持。这是文言文常有的倒装句法，原意应是"其性不常"。不常：不能长久不变的意思。"常"是形容词作动词用。 ⑥玉：宝玉。帛：绸制品。玉帛在春秋时代作为诸侯会盟时的礼物，后代作为财宝的总称。 ⑦牵于：出于、受制于。这句可译作"受……所牵引"。晚唐作家写文章爱用生硬语或生僻语，这是一例。 ⑧涂炭：困苦。涂：泥土。炭：火烧成的黑炭。生灵涂炭就是人民的困苦像陷泥坠火一样。 ⑨西刘：指汉高祖刘邦，他建都长安，称为西汉。居宜如是：据《史记》和《汉书》所载，刘邦做泗水亭长的时候，去京城咸阳出差，见到秦始皇出游，叹息道："大丈夫当如此也！"后来起兵，率先攻进咸阳，"欲止宫休舍"，打算住进秦皇宫殿，被樊哙、张良谏止。罗隐这里说刘邦讲过"居宜如是"的话，大概就是指的后一件事。 ⑩楚籍：西楚霸王项羽。项羽名籍，羽是他的字。"可取而代"：项羽年轻时，随叔父在吴中（今苏州），一同观看秦始皇的出游，说道："彼可取而代也！"见《史记·项羽本纪》。 ⑪盖：可能是、大概是。在文言文中，"盖"字一般用来承接上文，提起下文。靡曼骄崇：奢华尊贵。靡曼原意是奢侈华丽，骄崇有姿意尊贵享受的意思。 ⑫峻宇逸游：高大的宫室与放纵的游乐。指帝王的居住与游乐。 ⑬窥：窥视。这里指羡慕、觊觎。

【赏析】

本文选自罗隐的《谗书》，本书是罗隐抒写杂感的小品文集，编成于唐懿宗咸通八年（867）正月，鲁迅评价此书"几乎全部是抗争和愤激之言"。

这篇《英雄之言》推衍《庄子·胠箧》"窃钩者诛，窃国者侯"的论点，进一步指出以救民为号召的英雄们，其真正目的不过是为了满足个人的私欲而已。作者处在唐末政局动荡、民不聊生的混乱局面中，这话时针对现实而发，寓有很深刻的感慨。作者认为是时的英雄们不过是窃取高位，夺得重权者，他们口中所说的都是救民于水火之中的高调宏论，其实都是欺世的谎言，他们真正追求的恰是荣华富贵的生活和至高无上的地位。作者写英雄的言心不一，先从物的"韬晦"写起，动物韬光养晦这是它们的本能，是为了防范外敌，保存自身，而人的韬晦，也是"防乎盗"，但"盗亦人"，人们若是不能保持谦退、正直、廉洁的本性，那就成了"盗"。但人成为盗，却常常有很好的借口：盗玉帛的，说是被饥寒驱迫，盗国家的，说是救人民于水火。由此我们可知那些以救世主的英雄内心是怎样想的：当年的刘邦，到咸阳看见秦皇帝奢华的生活和高峻的宫殿，不胜羡慕地说"嗟乎，大丈夫当如此也！"项羽和他的叔父项梁在会稽见到秦始皇时，看到富丽堂皇的车马，也情不自禁地说"彼可取而代之"，他们都是因为见到了帝王奢靡、骄宠的生活，丧失了"以百姓心为心"的良知。在文章的结尾部分，作者由英雄论及常人，点明常人也是多向往"峻宇"、"逸游"，只是英雄们经常以"英雄之言"掩盖其不雅、不洁、不仁的内心罢了。

【天　机】

罗　隐

善而福，不善而灾，天之道也。用则行，不用则否，人之道也。天道之反，有水旱残贼之事；人道之反，有诡谲权诈之事。是八者谓之机也。机者，盖天道人道一变耳，非所以悠久也。

苟天无机也，则当善而福，不善而灾，又安得饥夷齐而饱盗跖①。苟人无机也，则当用则行，不用则否，又何必拜阳货而劫卫使②。是圣人之变合于其天者，不得已而有也，故曰"机"。

【注释】

①饥夷齐而饱盗跖：夷齐，即伯夷和叔齐。他兄弟二人都是商末孤竹君之子。初孤竹君以次子叔齐为继承人，孤竹君死后，叔齐让位，伯夷不受，后二人都投奔到周。到周后，反对周武王进军讨伐商王朝。武王灭商后，他们又逃到首阳山，不食周粟而死。盗跖：旧时对跖的蔑称，他原是春秋战国时期的人民起义领袖。　②拜阳货句：《论语·阳货》记载着孔子见阳货的故事。阳货：季世家臣，名虎。尝囚季桓子儿专政，孔子不得已而拜阳货。

【赏析】

所谓天机，也就是天道的机密。关于天道，最初包含有日月星辰等天体运行过程和用来推测吉凶祸福两个方面，其中有很多封建迷信的因素。这种观念到了春秋时期已经动摇，此时人们开始怀疑天道主宰人事的真实性，而产生了朴素的唯物主义思想。本文《天机》就反映了罗隐进步的天道观。

罗隐首先将"天道"与"人道"并列提出，认为天道使"善而福，不善而灾"，人道是"用则行，不用则否"。"善"是从道德角度来说，用从行为表现上来说。这样的分别产说，就否定了"天道"决定"人道"说。接着作者说天道反了，就有"水旱残贼"，人道反了，则有"诡谲权诈"。违背了自然和社会的规律，那就自然会出现灾祸。世上没有固定不变的"道"，祸福吉凶也不会是守常不变的。

天道和人道都有反常之处，罗隐举了大量的例子来说明这一观点。伯夷、叔齐饿死首阳山，柳下跖虽"盗"而温饱的事实，说明恰恰有善而灾，不善而福。同样，按"人之道"，用当行，不用当否，那么孔子就不用拜阳货，在阳货关于"仁""知"的说教下，答应"吾将仕矣。"因此圣人之变也有不得已而合于天的情况,这就叫做"机"。

罗隐反复证明天机就是有不合"天之道""人之道"的情况,也就是说客观现实并不一定会合于理念上的法则,这实际上是提出一种万事万物都是在变化着的观念,至今也还有很强的现实意义。

【读《司马法》】

皮日休

古之取天下也以民心,今之取天下也以民命。

唐、虞尚仁,天下之民,从而帝之①。不曰取天下以民心者乎?汉、魏尚权②,驱赤子③于利刃之下,争寸土于百战之内。由士为诸侯,由诸侯为天子,非兵不能威,非战不能服。不曰取天下以民命者乎?

由是编之为术④。术愈精而杀人愈多,法益切而害物益甚。呜呼,其亦不仁矣!

蚩蚩之类,不敢惜死者,上惧乎刑,次贪乎赏⑤。民之于君,由子也。何异乎父欲杀其子,先给以威,后啗以利哉?

孟子曰:"我善为阵,我善为战,大罪也⑥!"使后之士于民有是者⑦,虽不得土,吾以为犹土焉⑧。

【注释】

①帝之:奉之为帝。 ②权:权力。 ③赤子:婴儿,比喻人民。 ④由是编之为术:谓用兵和作战有了经验,就把它编成兵法。 ⑤蚩蚩之类四句:谓士兵们之所以拼命作战,首先是畏刑,其次是贪赏。蚩蚩:忠实貌。 ⑥我善为阵三句:见《孟子·尽心下》。 ⑦士:指任官吏。有是者:有这样的用心,指上面孟子所说的话。 ⑧虽不得土二句:即使他没有获得土地,我认为和获得土地一样。

【赏析】

《司马法》是我国古代的一部讲战略战术的兵书,作者司马穰苴是春秋时齐国大夫,姓田,名穰苴,官为司马。他精通兵法,善于用兵打仗。皮日休读过《司马法》后,写了本篇读后感,在文中,他并没有从军事的角度来研讨这部书的具体得失,而是从更高层次上谈民心河帝治的问题。《司马法》成为引起本文的动机,而不是作者论述的对象。

作者从儒家的民本思想出发立论,主张君主尚仁,以得民心,他反对为了争取权力而牺牲人民性命发动不义战争。作者为了说明自己的观点,采用对比论证的方法,比如文章开头揭示中心论点:"古之取天下也以民心,今之取天下也以民命"前句与后句句式相同,仅两字相异,在古与今的对比中显示了心与命的判然之别。再比如"驱赤子③于利刃之下,争寸土于百战之内"、"非兵不能威,非战不能服"、"术愈精而杀人愈多,法益切而害物益甚"、"上惧乎刑,次贪乎赏"等句文字整饬,含义丰富,显示了作者充沛的情感和强大的气场。

文章揭露了汉魏以来的封建统治者不惜以人民生命来夺取个人权位,这是和当时的时代背景相关的。晚唐时期藩镇割据、战争频繁,人民生活在水深火热之中,作者看到了当时的悲惨现实,具有明显的进步意义。但文章以尧舜时"天下之民,从而帝之"说明古之取天下以民心,将原始公社时期和后来的阶级社会等同起来看待,同时不区分正义的战争和非正义战争的区别,而一概加以反对,这就显示出了作者的局限性。

【野庙碑① 并诗】

陆龟蒙

　　碑者,悲也。古者悬而窆②,用木。后人书之③以表其功德,因留之不忍去,碑之名由是而得。自秦汉以降④,生而有功德政事⑤者,亦碑⑥之,而又易之以石,失其称⑦矣。余之碑野庙也,非有政事功德可纪,直悲夫氓⑧竭其力以奉无名之土木⑨而已矣!

　　瓯、越间好事⑩鬼,山椒水滨多淫祀⑪。其庙貌⑫有雄而毅、黝而硕者,则曰将军;有温而愿、晰而少者,则曰某郎;有媪而尊严者,则曰姥;有妇而容艳者,则曰姑。其居处则敞之以庭堂⑬,峻之以陛⑭级。左右老木,攒植森拱⑮,萝茑⑯翳于上,鸱鸮⑰室其间。车马徒隶⑱,丛杂怪状⑲。氓作之,氓怖之,走畏恐后。大者椎⑳牛,次者击豕㉑,小不下犬鸡。鱼菽之荐㉒,牲酒之奠,缺于家可也,缺于神不可也。一日懈怠,祸亦随作,耋孺㉓畜牧栗栗然。疾病死丧,氓不日适丁其时耶!而自惑其生,悉归之于神。

　　虽然,若以古言之,则戾㉔;以今言之,则庶乎㉕神之不足过也。何者?岂不以生能御㉖大灾、捍㉗大患!其死也,则血食于生人。无名之土木,不当与御灾捍患者为比,是戾于古也明矣!今之雄毅而硕者有之,温愿而少者有之;升阶级、坐堂筵、耳弦匏㉘、口梁肉㉙、载车马㉚、拥㉛徒隶者,皆是也。解民之悬，清民之暍㉜，未尝怃于胸中。民之当奉者，一日懈怠，则发悍吏，肆淫刑，驱之以就事。较神之祸福，孰为轻重哉？平居无事，指为贤良；一旦有天下之忧，当报国之日，则佝挠脆怯㉝，颠踬窜踣㉞，乞为囚虏之不暇。此乃缨弁㉟言语之土木，又何责其真土木耶？故曰：以今言之，则庶乎神之不足过也。

既而为诗，以乱其末：

土木其形，窃吾民之酒牲，固无以名；土木其智，窃吾君之禄位，如何可仪㊱！禄位顾顾㊲，酒牲甚微，神之绘也，孰云其非？视吾之碑，知斯文之孔悲㊳。

【注释】

①野庙：不知名的庙。碑：文体的一种。 ②窆（biǎn）：埋葬。 ③书之：指在墓穴四角的木上书写死者的事迹。 ④以降：以下。 ⑤政事：政治上有所建树。 ⑥碑：用作动词，写碑文。 ⑦失其称：失掉"碑"这一名称的本来意义了。 ⑧直：只是。甿：农夫。 ⑨奉：供奉。土木：指泥塑木雕的偶像。 ⑩事：奉祀。 ⑪椒：顶。淫祀：不合礼制的祭祀。 ⑫貌：神像。 ⑬敞之以庭堂：把厅堂盖得很宽敞。 ⑭陛：台阶。 ⑮攒植森拱：指树木繁密茂盛。 ⑯萝茑：女萝和茑。 ⑰鸱鸮（chī xiāo）：猫头鹰。 ⑱徒隶：供神役使的鬼卒。 ⑲丛杂怪状：各种各样，奇形怪状。 ⑳椎：杀。 ㉑击豕：杀猪。 ㉒荐：供奉；献呈。 ㉓耋孺：老人和小孩。 ㉔戾：罪。这里指不合道理。 ㉕庶乎：也许。过：责备。 ㉖以：因为。御：防御。 ㉗捍：抵抗。 ㉘耳弦匏：耳听音乐。 ㉙口粱肉：吃美味。 ㉚载车马：乘车骑马。 ㉛拥：簇拥。 ㉜暍：中暑，受暴热。 ㉝挠脆怯：懦弱畏惧。 ㉞颠踬窜踣：倾仆逃窜。 ㉟缨：帽带。弁：帽子。 ㊱仪：效法。 ㊲顾：长，这里引申为"优厚"。 ㊳孔悲：甚悲。孔：很。

【赏析】

《野庙碑》是一篇讽刺杂文。文章的题目便发人兴味，是为一座不知名的乡野神庙撰写的碑文。

文章首段叙述碑的由来和作者为野庙立碑的原因。作者从"碑"的原义谈起，"碑石"的"碑"和"悲哀"的"悲"，字音相同，所以作者认为"碑"的原义就是悲哀。然后，他叙述碑的沿革，说明碑本是落葬下棺的木板，后来发展成为记载死后功德的木碑，从而证明碑的作用是悼念死者，以寄哀思。据说，秦始皇东游到峄山，一帮儒生为他在山石上铭刻功德，这就是给活人树碑的开始。因此，通过谈论碑的由来，实质是说明树碑是记载死者的功德，寄托生者的悲哀的，不应该用来为活着的人歌功颂德。野庙里的神祇只是一些没有名姓的泥塑木雕的偶像，他们没有什么功德可以记载，但是，农民却愚昧迷信地供奉祭祀他们，这是作者深感悲哀的事情。

第二段就是回答为什么会产生这种可悲的现象。这一段生动具体地谈论农民怎样和为什么迷信神鬼，说明作者自己的悲哀。因为农民以为自己生老病死，命运灾祸，都掌握在神鬼偶像手里。所以他们忍饥挨饿，提心吊胆，畜牧牺牲，竭尽全力，供养这群他们自己创造的偶像，生怕祭礼疏忽受灾遭殃。不难看到，作者对此不胜感慨，痛心而同情，并不挖苦嘲弄，既写出农民愚昧迷信，更显出他们善良驯服，读来令人辛酸悲恻。

第三段是借题发挥，把唐末的文官武将，跟野庙里的土木偶像加以比较分析，结论是，当时官僚是戴官帽、说人话的偶像，比真的木土偶像更恶劣。不言而喻，他们更加不值得受人民供奉。作者以农民迷信愚昧供奉野庙的无名偶像作比喻和衬托，揭露唐末国家官僚机构的腐朽，目的是使人们认识到，大唐王朝已经败坏沦落为一座乡野神庙，文武官僚是一群不如无名神像的偶像。

最后是一首诗。按照碑文的传统格式，文末要用韵语诗歌来作个小结。这首诗就是这样，明确点出本文的主旨不在指责无名偶像，而是揭露官僚腐败；不在反对正当祭祀礼俗，而是悲愤国家腐朽。这首诗既鲜明表现作者进步的立场，也表现他的局限。陆龟蒙毕竟是封建时代的一位进步的士大夫，实质上不可能反对封建帝国统治制度，也不可能根本批判神鬼迷信，所以他的锋芒主要指向李唐这一家王朝，尤其是无情鞭挞唐末腐败的官僚。但他并不反对封建帝王统治，他批判农民迷信而产生的不正当的神鬼祭祀，并不批评正当的祭祀。虽然如此，由于作者所处的时代不同，本文的思想仍是进步的，具有高度的现实性和鲜明的政治倾向，这是应予充分肯定的。

【象耕鸟耘辨】

陆龟蒙

世谓舜之在下也，田于历山①，象为之耕，鸟为之耘，圣德感召也如是。余曰：斯异术也，何圣德欤？孔子叙《书》②，于舜曰濬哲文明，圣德止于是而足矣，何感召之云云乎！然象耕鸟耘之说，吾得于农家，请试辨之。

吾观耕者行端而徐，起坺欲深。兽之形魁者无出于象。行必端，履必深，法其端深，故曰象耕。耘者去莠，举手务疾而畏晚。鸟之啄食，务疾而畏夺，法其疾畏，故曰鸟耘。试禹之绩，大成而后荐于天，其为端且深，非得于象耕乎！去四凶③恐害于政，其为疾且畏，非得于鸟耘乎！不然，则雷泽④之渔，河滨之陶⑤，无一感召何也？岂圣德有时而不德耶！孟子曰，尧舜与人同耳，而好事者张以就其怪。怪非圣人之意也，吾病其书之异端，毆之使合于道。人其从我乎，虽不从，吾亦不能变其说。

【注释】

①历山：相传为舜耕作的遗迹，其说法不一，较著名的是说在山东济南，又名舜耕山、千佛山。 ②叙《书》：为《尚书》作序。 ③四凶：指古代传说中舜所流放的四个部族的首领。 ④雷泽：在今山西永济县蒲州南。 ⑤陶：意为制作陶器。

【赏析】

在中国古籍中有所谓"象耕"和"鸟耘"的传说记载，并且同舜禹等领袖人物联系在一起，扑朔迷离，令人费解。如《吴越春秋》云："少康……乃封其庶子于越，号曰无余。无余始受封，人民山居，虽有鸟田之利，租贡才给宗庙祭祀之费。乃复随陵陆而耕种，或逐禽鹿而给食。"《水经注》："山上有禹冢，昔大禹即位，十年，东巡狩，崩于会稽，因而葬之。有鸟来为之耘，春拔草根，秋啄其秽，是以县官禁民，不得妄害此鸟，犯则刑无赦。"由于这些记述有点神奇，后人或者附会，或者视为无稽之谈，只有唐代的陆龟蒙企图用农业上整地和除草的实际操作要求，加以解释，陆龟蒙认为象耕鸟耘只是一种技术操作的取譬，与实际的象和鸟没有关系，这种观念具有一定的进步性。

在文章的开篇，作者就指出舜象为之耕，鸟为之耘是"圣德感召"，乃"异术也"，一下子就揭穿了这种说法的虚伪性。接着作者从实际出发，指出象耕并非用大象耕田，而是如象一样地耕田，鸟耘，也不是鸟耘草，而是如鸟一样耘草。象和鸟事并不是实指，而是一种比喻手法，比喻舜帝为人为政，就像象耕一样"耕且深"，不仅正直而且深入细致，就像鸟耘一样"疾且畏"，去除凶邪快速迅疾，生怕漏网脱逃。这样，言舜的象耕鸟耘，实为讲舜的"圣德"。

这篇小品文破除了圣德感召说的诡称，从实际出发，辨析了导致"象耕鸟耘"误传的原因，进而得出积极正确的观点。作者坚定地表示他人"不从"，"吾亦不能变其说"，显示了作者思想的缜密性。

【设毛延寿自解语】

程晏

帝见王嫱美，召毛延寿责之曰："君欺我之甚也。"

延寿曰："臣以为宫中之美者，可以乱人之国。臣欲宫中之美者，迁于胡庭，是臣使乱国之物，不逞于汉而移于胡也。昔闵夭献美女于纣而免西伯①，齐遗女乐于鲁而孔子行②，秦遗女乐于戎而间由余③，是岂曰选其恶者遗之，美者留之邪！陛下以为美者，是能乱陛下之德也。臣欲去之，将静我而乱彼。陛下不以美者，是不能乱我之德，安能乱彼谋哉。臣闻太上无乱，其次去乱，其次迁乱。今国家不能无乱，陛下不能去乱，臣为陛下迁乱耳。恶可以为美为彼得乎！"帝不能省。

君子曰：良画工也，孰诬其货哉！

【注释】

①"昔闳夭"句：西周时，大臣闳夭和散宜生同辅周文王，文王被纣囚禁，他们把有莘氏之女献给纣，使文王获释。 ②"齐遗女"句：齐国赠送女乐人给鲁国，使孔子得以离境。 ③"秦遗女乐"句：由余系春秋时大夫，其祖先原为晋人，逃亡入戎。初在戎任职，后因秦献美女给戎，从而离间了戎和由余的关系，使由余转入秦，为秦穆公重用，曾助穆公谋伐西戎。

【赏析】

王昭君的故事最早见于《汉书》，东晋葛洪编的《西京杂记》里的《王昭君》，杜撰了画工毛延寿利用为元帝画后宫美人像的职权，向昭君索贿不成，便故意将其相貌画得丑陋，使她最终被阴错阳差地送给匈奴单于为妻，及至临别时，汉元帝才发现昭君倾国倾城之貌，后悔不及却于事无补，一怒之下将毛延寿杀掉。历来人们对毛延寿的评价不同，有的认为毛延寿罪有应得，有的则认为昭君和亲不应怨及毛延寿。本文的作者借毛延寿之口进行自我辩解，借此宣扬一种"美人乱国"的观点。

本文虚拟毛延寿的中心论点"宫中之美者，可以敌人之国"，由此出发论证下去，毛延寿把昭君画丑反而成为一种正义之举。接着毛延寿举出例证：西周时，大臣闳夭和散宜生同辅周文王，文王被纣囚禁，他们把有莘氏之女献给纣，使文王获释；齐国因赠送女伶给鲁国，才使孔子得以离境。春秋时晋人由余初在戎任职，后因秦献美女给戎，从而离间了戎和由余的关系，使由余转入秦，为秦穆公重用，曾助穆公谋伐西戎。因此选送美女反而会导致"乱彼之谋"，而使斗争获得成功，从而证明了美女能乱人之国，不该留美自乱，而要赠美乱彼。作者为毛延寿进行辩解具有一定的诡辩性，作者的中心论点受到中国传统"红颜祸水"观念的影响，本身就不正确。但是程晏能够跳出历来对毛延寿的评说，别出心裁地为毛延寿辩说，认为毛延寿是"良画工也，孰诬其货哉"，借此指出"今国家不能无乱，陛下不能去乱"，而要画工"为陛下迁乱"的社会现实，使人们看到帝王的昏聩、社会的腐败，具有一定的现实意义。

【唐河店①妪②传】

王禹偁

唐河店，南距常山郡③七里，因河为名。平时虏④至店饮食游息，不以为怪；兵兴以来⑤，始防捍之⑥，然亦未甚惧⑦。

端拱⑧中,有妪独止⑨店上。会⑩一虏至,系马于门,持弓矢,坐定,呼妪汲水。妪持绠缶趋井⑪,悬而复止。因胡语⑫呼虏为王;且告虏曰:"绠短不能及⑬也,妪老力惫,王可自取之。"虏乃系绠弓弰⑭,俯而汲焉。妪自后推虏堕井,跨马诣⑮郡。马之介甲⑯具⑰焉,鞍之后复悬一彘首⑱。常山吏民观而壮之。噫!国之备塞⑲,多用边兵,盖有以也⑳;以其习战斗而不畏懦㉑矣。一妪尚尔,其人可知也。

近世边郡骑兵之勇者,在上谷㉒曰"静塞"㉓,在雄州㉔曰"骁捷",在常山曰"厅子"。是皆习干戈战斗而不畏懦者也。闻虏之至,或父母辔马㉕,妻子取弓矢,至有不俟甲胄而进者㉖。顷年㉗胡马南下,不过上谷者久之,以"静塞"骑兵之勇也。会边将取"静塞"马分隶帐下以自卫,故上谷不守㉘。

今"骁捷"、"厅子"之号尚存,而兵不甚众,虽加召募,边人不应,何也?盖选归上都㉙,离失乡土故也;又月给微薄,或不能充;所赐介胄鞍马,皆脆弱羸瘠,不足御胡;其坚利壮健者,悉为上军㉚所取;及其赴敌,则此辈身先,宜其不乐为也㉛。

诚能定其军,使有乡土之恋;厚其给,使得衣食之足;复赐以坚甲健马,则何敌不破!如是得边兵一万,可敌客军五万矣。谋人之国者㉜,不于此而留心,吾未见其忠也。

故因㉝一妪之勇,总录边事㉞,贻㉟于有位者㊱云。

【注释】

①唐河店:地名,在今河北省西北部。 ②妪:老妇人。 ③常山郡:今河北省定县。 ④虏:指北方辽国的军人。当时宋国与辽国有战事,互为敌国。 ⑤兵兴以来:战争开始以来。指宋太宗太平兴国四年(979年)、雍熙三年(986)两次兴兵反击辽军以后。 ⑥始防捍之:(唐河店的人)才开始防范敌兵。 ⑦然亦未甚惧:但是(辽兵们)并不害怕。 ⑧端拱:宋太宗的年号。 ⑨止:停留。 ⑩会:恰巧。 ⑪持绠缶趋井:绠,汲水用的绳索。缶,贮水的瓦罐。拿着绳索与瓦罐向井口走去。 ⑫胡语:北方少数民族的语言。 ⑬及:够得到。 ⑭弓弰(miǎo):弓的末端。 ⑮诣:到。 ⑯介甲:指马身上披挂的护甲。 ⑰具:完备。 ⑱彘首:猪首。这里指敌人的虏获物。 ⑲备塞:防守边关。 ⑳盖有以也:大概是有原因的。 ㉑不畏懦:不畏惧、怯懦。 ㉒上谷:古代郡名,后改为易州,今河北省易县。 ㉓静塞:易州地方武装部队的名称。后面的"骁捷"、"厅子"与此相同。 ㉔雄州:今河北省涿县。 ㉕父母辔马:父母为儿子牵马。 ㉖不俟甲胄而进者:甲胄,盔甲。不披戴盔甲就奔赴前线的人。 ㉗顷年:今

年。　㉘"会边将取"句：意为恰逢戍边的将领把静塞的士兵调配到自己的军营，以此保护自己。　㉙选归上都：选为禁军，驻防京师。　㉚上军：皇帝的禁卫军。　㉛宜其不乐为也：他们不愿意这样做是应该的。　㉜谋人之国者：参与治理国家的人。　㉝因：通过、凭借。　㉞总录边事：整体反映边防事情。　㉟贻：赠。　㊱有位者：在位当权之人。

【赏析】

　　五代以后，北方的契丹族便一直对中原虎视眈眈，意图南下，使得汉朝与契丹族的关系由和睦共存变为矛盾频生。为解除契丹族的威胁，北宋与契丹之间进行了两次战争，但都以失败而告终。探讨失败的原因，谋画进攻的策略，是北宋朝野十分关注的问题。王禹偁的这篇文章就是针对这个问题而写成的。

　　这是一篇策论，目的是"贻于有位者"。文章采用归纳推理法来安排逻辑顺序：先提出重要的一个字——勇，从老妪之勇出发，推及整个边境人民之勇；然后从正反两方面论证了"嘉其勇"和"削其勇"所造成的不同后果；随后，提出本文的中心论点：将边民之勇转化为克敌的法宝。本文最后一句"故因一妪之勇，总录边事"，道出了文章的整体结构。

　　这种逻辑结构是本文最值得称道的地方。文章的开始，说到长久以来汉辽之间相安无事，唐河店经常有辽人出现，边境人民并不觉得稀奇。而在双方交战之后，边境人民的警惕心有所提高，但是"亦未甚惧"。由此引起下文。作者在文中并没有整体的去写边民的勇敢，而是用一件事来表现——老妪的勇敢。这老妪的勇气从一个"独"字就可见一斑。辽人常出入的地方，一个老妇人竟然可以一个人居住，可见其自然不是胆小之人。然后，文章叙述了发生在老妇人身上的一件事：辽兵来店中，颐指气使，让老妇人送水，而当老妇人来到井边提水的时候，谎称自己提不动，让辽人自己来提，借机将其推入井中。之后将虏人首级挂在马后，盔甲齐全的骑马奔去州府报告。一个按常理来说最没有攻击力的老妇人，竟然可以如此英勇无畏，机智聪颖，更何况那些身强力壮的青年人呢？于是人们深切的感受到《资治通鉴》中记载的"边民之骁勇者，竟团结以御敌，或夜入城垒，斩取首级来归"的情景。

　　文章更是采用了夹叙夹议的手法，时而铺陈叙事，时而说理论事，结构上完整紧密，一气呵成，前后照应，逻辑性极强。

【黄州新建小竹楼记】①

王禹偁

　　黄冈②之地多竹，大者如椽③，竹工破之，刳④去其节⑤，用代陶瓦⑥。比屋⑦皆然⑧，以其价廉而工省也。

子城⑨西北隅，雉堞⑩圮毁⑪，榛莽⑫荒秽⑬，因作小楼二间与月波楼⑭通。远吞山光，平挹江濑⑮，幽阒辽夐⑯，不可具状⑰。夏宜急雨，有瀑布声；冬宜密雪，有碎玉声；宜鼓琴，琴调虚畅；宜吟诗，诗韵清绝⑱；宜围棋，子声丁丁⑲然；宜投壶⑳，矢声铮铮然；皆竹楼之所助也。

公退㉑之暇，披鹤氅㉒，戴华阳巾㉓，手执《周易》一卷，焚香默坐，消遣世虑㉔，江山之外，第㉕见风帆沙鸟、烟云竹树而已。待其酒力醒，茶烟㉖歇，送夕阳，迎素月，亦谪居之胜概㉗也。彼齐云、落星㉘，高则高矣，井幹、丽谯㉙，华则华矣，止于贮妓女，藏歌舞，非骚人㉚之事，吾所不取。

吾闻竹工云："竹之为瓦仅十稔㉛，若重覆之，得二十稔。"噫！吾以至道乙未岁自翰林出滁上㉜，丙申移广陵㉝，丁酉又入西掖㉞，戊戌岁除日㉟，有齐安之命，己亥㊱闰三月到郡。四年之间，奔走不暇，未知明年又在何处，岂惧竹楼之易朽乎！幸后之人与我同志，嗣而葺之㊲，庶斯楼之不朽也！

咸平二年八月十五日记。

【注释】

①黄州新建小竹楼记：又题《黄冈竹楼记》或《竹楼记》。　②黄冈：即黄州，今湖北黄冈。　③椽：放在屋檩上用来承载屋顶的木棍。　④剖：剖、削。　⑤其节：指竹节。　⑥陶瓦：用泥土烧成的瓦。　⑦比屋：比，连。即挨屋，意为家家户户。　⑧皆然：都是这样。　⑨子城：大城所附属的小城，附筑于内城门外，用于加强城防。　⑩雉堞（zhì dié）：城上矮墙。　⑪圮毁：坍塌，毁坏。　⑫榛莽：丛生的草木。　⑬荒秽：荒芜污秽。　⑭月波楼：位于黄州城的西北角。　⑮远吞山光，平挹江濑：吞，指收入眼底。挹，汲取。江濑，指江上的波浪。意为远望可以尽览山光，平视可以看见江滩、波浪。　⑯幽阒（qù）辽夐（xiòng）：阒，寂静。夐，远。清幽寂静，辽阔绵远。　⑰不可具状：意为不能一一描述出来。　⑱诗韵清绝：诗的韵味清雅到了极点。　⑲丁丁（zhēng zhēng）：拟声词。　⑳投壶：古时的一种游戏。通常是在宴会间举行，宾主向一个像花瓶的壶中投箭，投中的得胜。　㉑公退：公事完毕回来。　㉒鹤氅：鸟羽编织的外套。　㉓华阳巾：曹魏时，韦节隐居华山，自称华阳子，他所制的头巾样式为华阳巾。　㉔消遣世虑：排除世俗的思虑。　㉕第：只。　㉖茶烟：指烹茶炉火的烟气。　㉗胜概：美景。　㉘齐云、落星：都为楼名。　㉙井幹、丽谯：亦是楼名。　㉚骚人：文人，诗人。　㉛稔（rěn）：谷子一熟叫一稔，引申为一年。　㉜"吾以至道乙未"句：至道为宋太宗的年号。出，贬谪之意。滁，即滁州。至道元年（995年），王禹偁被召入翰林为学士，诏令有不便者，多所论奏。这一年孝章皇后卒，丧礼不够隆重，为议论此事，王禹偁被贬滁州。　㉝丙申移广陵：丙申，至道二年（996年）。广陵，今江苏扬州。　㉞丁

㉟酉又入西掖：丁酉，至道三年（997年）。西掖，指中书省，中央政府的行政机构。 ㉟戊戌岁除日：戊戌，宋真宗咸平元年（998年）。岁除日，农历腊月最后一天。 ㊱己亥：咸平二年（999年）。 ㊲嗣而葺之：继续修建它。

【赏析】

本文的写作背景是作者被贬为黄州刺史，之后修建竹楼两间，作此文以记。

本文对竹楼的描写十分深入，首先从竹历来被中国文人赋予的人格形象说起，表达出自己对身世的感慨。作者并没有赞美竹的精神，而是从修建竹楼的角度去描写，而这座楼无疑就是作者的"心灵家园"，十分精妙。

作者先从竹楼的特点着手：第一段交代此楼的建筑材料——竹，第二段描写竹楼上所能体会到的雅致的情韵，第三段写自己在竹楼上产生的"谪居之胜概"，将竹楼与四大名楼做对比，表现竹楼的清雅不俗，风情万种。作者用竹楼自比：虽然身份低微，但却安然自在。也用四大名楼比喻朝廷的腐败，与自己形成对比。

这篇文章的最大特点除了象征之外，还有涵义隽永，意蕴深刻。写作时，作者内心十分复杂，一方面有对于自身遭遇的嗟叹，一方面有对自己的自我安慰以及自我消遣。各种情感混杂在一起，娓娓道来。这篇文章虽然写黄州之竹，同时也时时渗透着自我的情感态度。

作为宋代古文运动的先驱，王禹偁崇尚"句之易道，义之易晓"（《答张扶书》），反对过分雕琢字句，反对艰涩。在这篇文章中，这一点被体现得很充分。首先，在形式上，清新自然，不事雕琢，但是又很有趣味。其次，作者对语言的锤炼十分精细，只用适合的辞藻，不过分的华丽，语言雅然天成。再次，使用各种方式进行描写，比较有特点的就是对于声音的描写，"夏宜急雨，有瀑布声；冬宜密雪，有碎玉声；宜鼓琴，琴调虚畅；宜吟诗，诗韵清绝；宜围棋，子声丁丁然宜投壶，矢声铮铮然。"六个"宜"字，一气呵成，气势自然凸显。而最后一句的"皆竹楼之所助也，"使竹楼甚是可爱。

【《唐柳先生集》后序】

穆 修

唐之文章，初未去周、隋五代之气①。中间称得李、杜②，其才始用为胜③，而号雄歌诗④，道未极浑备⑤。至韩、柳氏⑥起，然后能大吐古人之文⑦，其言与仁义相华实而不杂⑧。如韩《元和圣德》、《平淮西》，柳《雅章》之类⑨，皆辞严义密⑩，制述如经⑪，能崒然⑫耸⑬唐德于盛汉之表⑭，蔑愧让者，非先生之文则谁与？

予少⑮嗜⑯观二家之文，常病⑰柳不全见于世，出⑱人间者，残落才百馀篇。韩则虽目⁽¹⁹⁾其全，至所缺坠⁽²⁰⁾，忘字失句⁽²¹⁾，独于集家为甚⁽²²⁾。志欲补其正⁽²³⁾而传之，多从好事⁽²⁴⁾访善本，前后累⁽²⁵⁾数十，得所长，辄加注窜⁽²⁶⁾。遇行四方远道，或他书不暇持⁽²⁷⁾，独赍⁽²⁸⁾《韩》以自随，幸会人所宝有⁽²⁹⁾，就假取正⁽³⁰⁾。凡用力于斯，已蹈二纪外⁽³¹⁾；文始几定⁽³²⁾。而惟柳之道，疑其未克光明于时⁽³³⁾，何故伏真文而不大耀也⁽³⁴⁾？求索之莫获，则既已矣于怀⁽³⁵⁾。不图晚节⁽³⁶⁾，遂⁽³⁷⁾见其书，联⁽³⁸⁾为八九大编⁽³⁹⁾。夔州⁽⁴⁰⁾前序其首，以卷别者凡四十有五⁽⁴¹⁾，真配韩之巨文与⁽⁴²⁾！

书字甚朴⁽⁴³⁾，不类⁽⁴⁴⁾今迹，盖往昔之藏书也⁽⁴⁵⁾。从考览⁽⁴⁶⁾之，或卒卷莫迎其误脱⁽⁴⁷⁾，有一二废字⁽⁴⁸⁾，由其陈故刓灭⁽⁴⁹⁾，读无甚害⁽⁵⁰⁾，更资⁽⁵¹⁾研证⁽⁵²⁾就⁽⁵³⁾真耳。因按其旧，录为别本⁽⁵⁴⁾，与陇西李之才⁽⁵⁵⁾参读累月，详而后止。

呜呼⁽⁵⁶⁾！天厚⁽⁵⁷⁾予者多矣。始而屡⁽⁵⁸⁾我以韩，既而饫⁽⁵⁹⁾我以柳，谓天不吾厚，岂不诬⁽⁶⁰⁾也哉！世之学者，如不志于古⁽⁶¹⁾则已；苟志于古，则践⁽⁶²⁾立言之域⁽⁶³⁾，舍二先生而不由⁽⁶⁴⁾，虽曰能之⁽⁶⁵⁾，非余所敢知也。

【注释】

①周、隋五代之气：指六朝以来浮靡的文风。这里的五代有梁、陈、齐、周、隋。②李、杜：李白，杜甫。③其才始用为胜：他们开始以文才见长。④号雄歌诗：号称专门擅长于诗歌。⑤道未极浑备：道，文章之"道"。作者提倡古文运动，认为应该以儒家思想为主旨写文章，以扫除奢靡的文风。浑备，完备。⑥韩、柳氏：韩愈、柳宗元。⑦大吐古人之文：大写可以同古人比美的文章。⑧"其言"句：意为他们文章的言辞与仁义相符合，如同花和果实的关系，毫不驳杂。⑨韩《元和圣德》、《平淮西》，柳《雅章》之类：指的是韩愈的《元和圣德诗》、《平淮西碑》和柳宗元的《平淮夷雅》。⑩辞严义密：文辞庄严，文意高远。⑪制述如经：构思和叙述如同儒家经典。⑫崒然：突兀，高耸的样子。⑬耸：是动用法。⑭唐德于盛汉之表：唐代的功德，表，上。⑮少：年少。⑯嗜：喜好。⑰病：遗憾。⑱出：出现。⑲目：看见。⑳缺坠：丢失，遗漏。㉑忘字失句：丢失字句。㉒独于集家为甚：在各种文集中它缺失得最厉害。㉓正：本来的面目。㉔好事：有某种爱好的人。㉕累：累计。㉖注窜：批注订正。㉗不暇持：来不及携带。㉘赍：携带。㉙宝有：珍藏。㉚就假取正：假，借。取正，对照校订。㉛已蹈二纪外：已经过了二十四年。㉜文始几定：文字才初步确定下来。㉝未克光明于时：没有能够在当时显耀。㉞何故伏真文而不大耀也：意为柳宗元文集当时还见不到，为什么（持有者）藏匿着而不拿出来显耀于世。㉟既已矣于怀：心中已经失望了。㊱不图晚节：没想到晚年时节。㊲遂：竟然的意思。㊳联：装订。㊴编：册。㊵夔州：指刘禹锡，当时他任夔州刺史。㊶"以卷

别”句：柳宗元文集四十三卷，合别集、外集为四十五卷。 ㊷与：句末语气词。 ㊸朴：古朴。 ㊹类：像。 ㊺盖往昔之藏书也：盖，表推测。大概是曾为前人珍藏的书。 ㊻考览：考查阅览。 ㊼“或卒卷”句：有时整卷未遇到它的错字。 ㊽废字：指磨灭不见的字。 ㊾由其陈故劘灭：由于年代久远，陈旧而磨灭了。 ㊿读无甚害：对于阅读没有大的妨害。 (51)资：凭借。 (52)研证：研究考证。 (53)就：靠近。 (54)别本：另一种本子。 (55)陇西李之才：字挺之，青州（今山东青州市）人，一说青社（今属河南）人。 (56)呜呼：叹词。 (57)厚：厚待。 (58)餍：满足。 (59)饫：吃饱。 (60)诬：说谎。 (61)志于古：立志学古文。 (62)践：实践，践行。 (63)立言之域：指言论文辞能够流传后世，三不朽之一。 (64)舍二先生而不由：意为不经由韩、柳的途径。 (65)虽曰能之：即使说能够做到。

【赏析】

穆修亲自刻印了一部《柳宗元文集》，本文便是这部书的后序，因为卷首有刘禹锡所作的序，于是穆修只作后序。

本文的最大价值就在于对韩愈、柳宗元的文章的评价，其语言简要，内容详尽，对于韩柳的古文贡献和继承古文传统一事表示肯定。韩柳打击了骈文传统的统治地位，这是巨大的历史功绩。作者认为，唐初的文章，依旧沿袭了南北朝时期以及隋代的骈俪传统，包括初唐四杰等人所作的文章。而对于李白和杜甫，作者对他们的赞许也多是停留在诗歌，而不是他们的散文。作者认为他们“道未及浑备”，我们可以这样理解这句话：第一，这里的“道”指文章的内容，也就是李杜文章的内容上还存在局限；第二，“道”指文章之道，也就是在表达上他们的文章还尚缺锤炼。作者认为李杜在散文上也并没有改变骈俪的习惯，经过这样历史总结，作者认为韩柳的文章开创了唐代的新古文。

这篇文章深切的表现了其对韩柳两人的崇敬。他对两人的高度评价给后代评价古文运动提供了依据，为后代彻底推翻西昆体奠定了理论基础。

除此之外，穆修的这篇文章还重要在，他以热情的心怀搜集整理了韩柳的文章，并亲自集刻成集，在文章的后半部分，还着重表述了自己的心情。仅仅校订韩愈的文集，他就花了二十多年的时间，中间的艰辛自不必说，终于完成了定稿。而柳宗元的文集，他更是收集到晚年才终告成功。这一段文章，语言质朴，情感充沛，读来十分感人。

之后，作者介绍了对于柳宗元文集的鉴定和辑录情况，最后一段以“天厚予者多矣”一句来抒发情感，表达了作者以文化传播为己任的情怀，号召当时学者都来发扬韩柳的传统。本文颇具韩柳之风，去安稳无骈句，句式灵活，节奏感强，逻辑严密。

【岳阳楼记】

范仲淹

庆历[1]四年春，滕子京谪守巴陵郡[2]。越明年[3]，政通人和④,百废具兴⑤。乃重修岳阳楼,增其旧制⑥,刻唐贤今人诗赋于其上。属⑦予作文以记之。

予观夫巴陵胜状⑧,在洞庭一湖;衔⑨远山,吞长江,浩浩汤汤⑩,横无际涯⑪;朝晖夕阴⑫,气象万千。此则岳阳楼之大观⑬也。前人之述备⑭矣。然则,北通巫峡,南极潇湘,迁客骚人⑮,多会于此。览物之情,得无⑯异乎?

若夫霪雨霏霏⑰,连月不开⑱;阴风怒号,浊浪排空⑲;日星隐曜⑳,山岳潜形㉑;商旅不行,樯倾楫摧㉒;薄暮㉓冥冥,虎啸猿啼。登斯楼也,则有去国㉔怀乡,忧谗畏讥㉕,满目萧然㉖,感极而悲者矣。

至若春和景㉗明,波澜不惊㉘,上下天光㉙,一㉚碧万顷;沙鸥翔集㉛,锦鳞㉜游泳;岸芷汀兰㉝,郁郁㉞青青。而或长烟一空㉟,皓月千里,浮光跃金㊱,静影沉璧㊲;渔歌互答,此乐何极㊳!登斯楼也,则有心旷神怡,宠辱皆忘㊴,把酒临风㊵,其喜洋洋者矣。

嗟夫!予尝求古仁人之心㊶,或异二者之为㊷。何哉?不以物㊸喜,不以己㊹悲。居庙堂㊺之高,则忧其民;处江湖㊻之远,则忧其君;是进㊼亦忧,退㊽亦忧。然则何时而乐耶?其必曰"先天下之忧而忧,后天下之乐而乐"乎!噫!微㊾斯人,吾谁与归㊿?

时六年㉛九月十五日。

【注释】

①庆历:宋仁宗年号。 ②滕子京谪守巴陵郡:滕子京降职任岳州太守。滕子京,名宗谅,字子京,范仲淹的朋友。谪,古时官吏降职或远调。守,指做州郡的长官。巴陵:郡名,即岳州,治所金在湖南省岳阳市。 ③越明年:到第二年。 ④政通人和:政事通达,人民安乐。 ⑤百废具兴:废,荒废。具,同"俱"。各种荒废了的事业都兴办起来了。 ⑥旧制:旧的规模。 ⑦属:同"嘱"。 ⑧予观夫巴陵胜状:予,我。胜状,美好的景色。意为我看那巴陵的美好景色。 ⑨衔:含。 ⑩浩浩汤汤(shāng):水波浩荡的样子。 ⑪横无际涯:宽阔无边。横,广远。涯,边。际涯:边际。 ⑫朝晖夕阴:阴,昏暗。或早或晚阴晴多变化。 ⑬大观:雄伟景象。 ⑭备:详尽。 ⑮迁客骚人:被贬谪之人与诗人。 ⑯得无:能不。 ⑰若夫霪(yín)雨霏霏:若夫,用在一段话的开头引起论述的词。霪雨,连绵的雨。霏霏,雨(或雪)繁密的样子。 ⑱开:放晴。晴朗。 ⑲排空:冲向天空。 ⑳隐曜:隐去光辉。 ㉑潜形:隐没形迹。 ㉒樯倾楫摧:樯,桅杆。楫,船桨。桅杆倒下,船桨折断。 ㉓薄暮:薄,迫近。指傍晚时分。

㉔去国：离开国都。　㉕忧谗畏讥：畏，害怕，惧怕。忧，担忧。谗，说别人坏话。讥，讥讽。意为担心（人家）说坏话，惧怕（人家）批评指责。　㉖萧然：凄凉的样子。　㉗景：日光。　㉘惊：起，动。　㉙上下天光：上下天色湖光相接。　㉚一：全、都。　㉛翔集：飞翔，栖止。　㉜锦鳞：美丽的鱼。　㉝岸芷汀兰：岸上的香草与小洲上的兰花。　㉞郁郁：形容香气很浓。　㉟而或长烟一空：有时大片烟雾完全消散。而或，有时。一，全。空：消散。　㊱浮光跃金：波动的光闪着金色。　㊲静影沉璧：影为月影，璧为圆形的玉。　㊳极：极限。　㊴宠辱皆忘：荣耀和屈辱都忘了。　㊵把酒临风：端酒当着风，就是在清风吹拂中端起酒来喝。　㊶尝求古仁人之心：尝，曾经。求，探求。古仁人，古时品德高尚的人。心，思想感情。　㊷或异二者之为：或许和以上两种人的思想感情有所不同。　㊸物：外物。　㊹己：自己。　㊺庙堂：宗庙殿堂。　㊻江湖：这里指不在朝廷做官。　㊼进：在朝做官。　㊽退：隐退。　㊾微：没有。　㊿归：指志同道合。　㉛六年：庆历六年（1046年）。

【赏析】

《岳阳楼记》是一篇脍炙人口的文章，全文共分为五个部分。第一自然段记叙作者作此文的原因，一个"谪"字是全文的关键字眼，而一个被贬谪的官员可以做出"政通人和，百废俱兴"的政绩，就更加值得赞扬。也引出后面"属余作文以记之"。第二自然段，作者写到了岳阳楼的自然景观，但是并没有展开，而是紧接着写到迁客骚人汇于此所引发的各种情感。第三、四自然段解答了上一段所提的问题——"览物之情，得无异乎？"此段多用对偶，触景生情，悲喜照应。文章的最后一个自然段是重点，用古仁人之心否定了上文的两种悲喜观点，写出了"居庙堂之高则忧其民，处江湖之远则忧其君"的远大志向，抒发了这种忧国忧民的情怀。

范仲淹所在较进步的政治集团的力量并不占主导地位，于是很多人像范仲淹一样作了"迁客"，写这篇文章的时候，作者也和文中的滕子京一样，怀才不遇，这时候人的正常情绪往往会"以物喜"、"以己悲"，但是作者却以"古仁人"为榜样，赞扬了一种像滕子京一样的"不以物喜，不以己悲"的情怀。这是对滕子京的勉励，也是对自己的勉励。

本文在语言特点上，骈散结合，词彩优美，写景抒情，富有感染力。首先，作为一篇以记为名的文章，多半会以叙事为主，而范仲淹则在记事中夹杂大量写景成分，夹叙夹议，或叙事、或抒情，十分独特。而本文更应该作为一篇议论文来欣赏，本文结构清晰，先是通过否定迁客骚人"以物喜"，"以己悲"的思想，来确定了中心论点"先天下之忧而忧，后天下之乐而乐"。运用对比、反衬的手法，突出了中心论点。

【严先生祠堂记】

范仲淹

先生①，光武②之故人③也，相尚以道④。及⑤帝握《赤符》⑥,乘六龙⑦,得圣人之时⑧,臣妾亿兆⑨,天下孰加⑩焉?惟先生以节⑪高之。既而动星象,归江湖⑫,得圣人之清⑬,泥涂轩冕⑭,天下孰加焉?惟光武以礼下之⑮。

在《蛊》之上九⑯,众方有为⑰,而独"不事王侯,高尚其事"⑱,先生以之⑲。在《屯》之初九⑳,阳德方亨㉑,而能"以贵下贱,大得民也"㉒,光武以之。

盖先生之心,出㉓乎日月之上;光武之量㉔,包乎天地之外。微先生不能成光武之大㉕,微光武岂能遂先生之高哉?而使贪夫廉,懦夫立,是大有功于名教也。

仲淹来守是邦㉖,始构堂㉗而奠焉。乃复㉘为其后者四家,以奉祠事。又从而歌曰:"云山苍苍,江水泱泱。先生之风㉙,山高水长。"

【注释】

①先生:即严光,字子陵。 ②光武:汉光武帝刘秀。 ③故人:旧友。 ④相尚以道:以道义相互推崇。 ⑤及:到。 ⑥握《赤符》:意为皇帝掌管天下。 ⑦乘六龙:代指皇帝车驾。 ⑧时:机遇。 ⑨臣妾亿兆:亿兆,百姓。统治天下百姓。 ⑩加:超过。 ⑪节:气节。 ⑫动星象,归江湖:感应星象,归隐江湖。 ⑬清:清高超脱。 ⑭泥涂轩冕:泥涂,作动词,视为泥涂。意为视高官厚禄为泥土。 ⑮以礼下之:以礼节平等相待。 ⑯《蛊》之上九:《蛊》为《易》六十四卦之一。卦在第六位的阳爻叫上九。 ⑰众方有为:众人正是希望有所作为的时候。 ⑱"不事王侯,高尚其事":不侍奉权贵,保持高尚的情操。 ⑲先生以之:严光正是采取这样的态度。 ⑳《屯》之初九:《屯》为《易》六十四卦之一,第一爻为阳爻者,称为初九。 ㉑阳德方亨:威德运道正值兴盛之时。 ㉒"以贵下贱,大得民也":以高贵的身份交结卑贱的人,深得民心。 ㉓出:超出。 ㉔量:度量。 ㉕微先生不能成光武之大:意为没有严光就无以衬托光武帝的伟大。 ㉖是邦:这个地区,指杭州。 ㉗构堂:修建严光祠堂。 ㉘复:免除徭役赋税。 ㉙风:风范,节操。

【赏析】

此文是作者被贬睦州时所作。范仲淹用这篇文章来缅怀严子陵的清高精神,也蕴含了作者对于时事的感叹以及对于朝廷失望又心存期盼的复杂心情。作者显然有很多的难言之隐无法表达。虽然以缅怀严先生为内容,实则感慨士人的坎途。严子陵是当时睦州的有识之士,身为知州,范仲淹由严子陵想象到自己,表达其对于严先生的敬仰和对盛世的憧憬。

文章表面上是用来赞扬严子陵,实则也赞扬了光武,两者相对比,更表现了严子陵的高风亮节。严子陵不为利禄所动,坚守节操,躬耕垂钓于富春江畔,隐逸之心绝非俗流。他的归隐只是为了保守自己的气节,因此历来为后人景仰。而作者在描写光武中兴的时候更是意在盛赞严先生的这种品质。

在赞颂了严先生之后，作者还期待着有识之士可以正逢盛世，得到明君的重用。用光武来反衬严子陵，并不是为了贬低光武，而是在于用严子陵的归隐反衬世道清明，也透露出自己难以掩饰的丝丝哀愁。由此可以看出，范仲淹作此文的意图不是赞扬先生之遗风，而是期待再有盛世出现，可以使得"贪者廉，懦者立"。很多仁人志士在读到范仲淹的这篇文章的时候也对此点感受颇深。如一个称萧公的人在过严先生祠堂时曾慨叹道："先生此祠，乃名教之首，和可令其颓圮若是。"可见政治之清明是众人所期待的。

范仲淹的文章清新淡雅，结构紧密，脍炙人口，与严先生的高风亮节相得益彰。有传说曾言，"先生之风"本为"先生之德"，李泰伯建议将"德"改为"风"，范仲淹欣然同意，于是成为了全篇的亮点。

【蚕　说】

宋　庠

里有织妇，著簪葛帔[1]，颜色憔悴，喟然而让于蚕曰[2]："余工女也，惟化治丝枲是司[3]，惟服勤组紃是力[4]，世受蚕事，以蕃天财[5]。尔之未生，余则浴而种以俟[6]；尔之既育，余则饬其器以祗事[7]；尔食有节[8]，余则采柔桑以荐焉[9]；尔处不恩[10]，余则弭温室以养焉[11]；尔惟有神[12]，余则蠲其祀而未尝默也[13]；尔惟欲茧，余则趣其时而不敢慢也[14]；尔欲显素丝之洁，余则具缲盆泽器以奉之[15]；尔欲利布幅之德[16]，余则操鸣机密杼以成之。春夏之勤，发蓬不及膏[17]；秋冬之织，手胝无所代[18]。余之于子可谓殚其力矣[19]！

"今天下文绣被墙屋[20]，余卒岁无褐[21]；缇帛婴犬马[22]，余终身悃纬[23]。宁我未究其术，将尔忘力于我耶？"

蚕应之曰："嘻！余虽微生[24]，亦禀元气[25]；上符龙精，下同马类[26]。尝在上世[27]，寝皮食肉[28]；未知为冠冕衣裳之等也，未知御雪霜风雨之具[29]也。当斯之时，余得与蠕动之俦[30]，相忘于生生之域[31]；蠢然无见蒸之乐[32]，熙然无就烹之苦[33]。自大道既隐[34]，圣人成能[35]，先蚕氏[36]利我之生，蕃我以术[37]，因丝以代麋[38]，因帛以易韦[39]；幼者不寒，老者不病；自是民患弭而余生残矣[40]！

"然自五帝以降[41]，虽天子之后[42]，不敢加尊于我；每岁命元日㊸，亲率嫔御㊹，祀于北郊㊺，筑宫临川㊻，献茧成服㊼；非天子宗庙黼黻㊽无所备，非礼乐车服旂常㊾无所设，非供祀无制币㊿，非聘贤无束帛○51，至纤至悉○52，衣被○53万物。女子无贵贱，皆尽心于蚕。是以四海之大，亿民之众，无游手而有馀帛矣。

"秦汉以下，本摇末荡○54；树奢靡以广君欲，开利涂以穷民力○55；云锦雾縠之巧岁变○56，霜纨冰绡之名日出○57；亲桑之礼颓于上○58，灾身之服流于下○59。倡人孽妾被后饰○60而内闲中者以千计○61，桀民大贾僭君服○62以游天下者非百数；一室御绩而千屋垂缯，十人漂絮而万夫挟纩○63；虽使蚕被于野、茧盈于车○64，朝收暮成，犹不能给○65；况役少以奉众，破实而为华哉！方且规规然重商人衣丝之条○66，罢齐官贡服之织○67；衣弋绨以示俭○68，袭大练而去华○69；是犹捧㔶埋尾闾之深○70，覆杯救昆冈之烈○71，波惊风动，谁能御之？由斯而谈，则余之功非欲厚啬声以侈物化○72，势使然也○73。二者交坠于道○74，奚独怒我哉○75？且古姜嫄、太姒皆执子之勤○76，今欲以一己之劳而让我，过矣。"

于是织妇不能诘○77，而终身寒云○78。

【注释】

①著簪葛帔（pèi）：著，草名。簪，插戴。革，麻布。帔，古代披在肩背上的服饰。意为头插著草肩披麻布。 ②喟然而让于蚕：喟然，叹息的样子。让，责问。 ③惟化治丝枲（xǐ）是司：枲，麻。司，掌管。唯有把丝麻纺织成布帛是我掌管的事情。 ④惟服勤组纫是力：服勤，从事辛勤的劳动。组纫，各种粗细绳带。意为唯有勤劳地织出各种绳带是我应当努力的。 ⑤世受蚕事，以蕃天财：世代以养蚕为业，来发展养蚕这天生的财物。 ⑥余则浴而种以俟：而，同"尔"，你，指蚕。俟，等待。意为我就将蚕子洒上水等待你出生。 ⑦余则饬（chǐ）其器以祗事：饬，修整。祗事，严肃认真地对待工作。整修养蚕的器具严肃认真地从事养蚕工作。 ⑧尔食有节：你吃的东西有一定限量。 ⑨余则采柔桑以荐焉：柔桑，嫩桑叶。荐，进。我就采摘嫩桑叶来喂养你。 ⑩尔处不溷（hùn）：你居住的地方不受干扰。 ⑪厈温室以养焉：厈，安置。意为把蚕安置在温室中喂养。 ⑫神：蚕神。 ⑬蠲其祀而未尝黩也：打扫干净进行祭祀而从未怠慢。 ⑭趣其时而不敢慢也：趣，奔走忙碌。慢，松懈。为结茧收茧之事奔走忙碌而不敢怠慢。 ⑮具缫盆泽器以奉之：具，准备。缫，同"缫"。缫盆泽器，即缫丝使用的滑泽器具。 ⑯利布幅之德：指布帛要有一定的尺度。 ⑰春夏之勤，发蓬不及膏：意为春夏的劳苦使我的头发散乱得象蓬草一样，连擦油脂的工夫都没有。 ⑱手胝无所代：手上磨起了老茧也无人替代。 ⑲余之于子可谓殚其力矣：我对于你可以说是竭尽全力了。 ⑳今天下文绣被墙屋：被，覆盖，装饰。把绣有文彩的丝织品装饰在屋墙上。 ㉑卒岁无褐：褐，粗布短衣。过冬连粗布短衣都没得穿。 ㉒缇帛婴犬马：缇，橘红色。用橘红色的绸帛缠绕在犬

马的脖子上作为装饰。㉓恤纬：爱惜一丝一线。㉔微生：微小的生物。㉕禀元气：指自然万物赋予的生命。㉖上符龙精，下同马类：古代传说蚕是龙精，又与马同气。㉗尝在上世：曾经在上古的时候。㉘寝皮食肉：穿兽皮吃兽肉。㉙具：用具。㉚余得与蠕动之俦：俦，类。我得以同蠕蠕而动的昆虫同类。㉛相忘于生生之域：生生之域，指大自然。相互遗忘在生生不绝的大自然中。㉜蠢然无见豢之乐：蠢然，昆虫慢慢蠕动的样子。爬动着没有被人饲养的欢乐。㉝熙然无就烹之苦：安乐没有被烹煮的痛苦。㉞大道既隐：原始的自然发展时代已经过去了。㉟圣人成能：意为人类对生产技术有了新的发明创造。㊱先蚕氏：发明养蚕的人。㊲蕃我以术：用技术使我繁殖增多。㊳因丝以代毳：于是就用蚕丝代替野兽的毛。㊴易韦：代替加工过的皮子。㊵自是民患弭而余生残矣：从此人民就消除了没有衣服的忧患而我的生存却受到了伤害。㊶五帝以降：五帝以后。五帝，有黄帝、颛顼、帝喾、尧、舜。㊷天子之后：王后。㊸岁命元日：指三月初一日。㊹嫔御：女官。㊺祀于北郊：在北郊祭祀。㊻筑宫临川：把蚕室建筑在靠近河流的地方。㊼献茧成服：把蚕茧进献给王后，制成衣服。㊽黼黻：古代礼服上绣的花纹。黑白相杂叫"黼"，黑青相间叫"黻"。㊾旂常：古代旗帜之名。㊿币：祭祀时用的帛。(51)束帛：古代无匹帛为一束，每匹从两端卷起，共十端。(52)至纤至悉：意为蚕丝的利益，普及于万物，无论什么细微的地方都用得到它。(53)衣被：遍及。(54)本摇末荡：本末颠倒。儒家以农业为本，以工商为末。(55)开利涂以穷民力：开辟获利的途径来穷尽人民的力量。(56)云锦雾縠之巧岁变：像云雾那样轻柔细薄的锦缎绉纱的纺织技术每年都有新变化。(57)霜纨冰绡之名日出：想霜雪一样洁白的绢纱每天都有新的花样品种出现。(58)亲桑之礼颓于上：统治者亲自从事蚕桑的仪式已经废弃。上，指君主。(59)灾身之服流于下：有害的奇装异服在下面流行开来。(60)倡人孽妾被后饰：娼妓和姬妾穿戴着王后的服饰。(61)内闲中者以千计：内，同"纳"。闲中，指宫闱之中。(62)桀民大贾僭君服：豪强之家和大富商超越规定穿君主的服装。(63)"一室御绩"两句：意为一家纺织供千家穿丝绸。十人洗丝使万人穿着温暖的丝绵。(64)蚕被于野、茧盈于车：蚕覆盖了田野，茧装满了车。(65)给：满足。(66)规规然重商人衣丝之条：小心谨慎地重视商人不得穿丝绸乘车的法令。(67)罢齐官贡服之织：罢黜齐三服官专为制造天子服饰的职责。(68)衣弋绨以示俭：弋绨，一种黑色的粗绸。穿着黑丝的粗绸以示俭朴。(69)袭大练而去华：穿着粗糙的丝织品而不讲求华丽。这里指东汉明德马皇后。(70)捧凷（kuài）堙尾闾之深：凷，"块"的本字。捧着土块去填塞深深的海水。(71)覆杯救昆冈之烈：昆冈之烈，昆冈的大火。用一杯水去就昆冈的大火。意为不可能实现。(72)余之功非欲厚啬声以侈物化：我并不是厚爱自己的身体以夸张变化的功能。(73)势使然也：形势发展的需要造成这样的。(74)二者交坠于道：蚕伤害了生命，人有的奢侈，有的受寒。蚕和人都失于理。(75)奚独怒我哉：为什么独独生我的气。(76)古姜嫄、太姒皆执子之勤：姜嫄，周人始祖后稷的母亲。太姒，周文王的妃子。执子之勤像你一样勤劳地从事养蚕。(77)诘：反诘。(78)终身寒云：终身贫寒。云，语助词。

【赏析】

寓言是我国比较古老的文学形式，从庄子的"十言九寓"到汉魏文人的"书生伎俩"，都是寓言的较早形式。而本文也是采用了这种寓言形式，假托织妇与蚕的对话，来表现当时劳动人民的痛苦生活和统治阶级的横征暴敛、荒淫无度。这篇《蚕说》可以看作赋，她符合一般寓言的基本形式，反映出中国寓言的魅力。

内容上来讲，此文讽谏时事，作者自身便是统治阶级，但是仍然直言不讳，借用寓言来反映这个充满剥削和血腥气味的社会，本来是写当朝，却假托是历朝，十分含蓄，当然这也深切体现了一些社会根源。

形式上来讲，本文采用问答形式，层层深入，最后说明产妇的悲惨命运并不因蚕而起，而是要归因于统治者的骄奢淫逸，他们才是人间的寄生虫。这种形式引人入胜，使文章充满波折，波澜有致。而这种问答式便是从"赋"的基本形式而来。

语言上来讲，本文受到宋初散文的巨大影响，辞藻较为华丽，骈句为主，铺陈叙事，手法夸张。这也沿袭了庄周以来寓言的基本语言风格，亦庄亦谐，饶有趣味。

本文的另一个特点就是颇具气势。在织妇倾诉自己的痛苦时就用了七个排比句式，娓娓道来，却颇具气势和感染力，体现了织妇的焦虑和忧愁。而"今天下文秀被墙屋，余卒岁无褐；缇帛婴犬马，余终身恤纬"，两个反问句果决干脆，充满奇诡之美。

结构上说，本文安排巧妙，表面写蚕述说它在牺牲自己而奉献他人，实则写织妇辛勤劳动而被剥削的命运。象征意味贯穿全篇，构思精巧。

【沧浪亭记①】

苏舜钦

予以罪废②，无所归。扁舟南游，旅于吴中③，始僦舍以处④。时盛夏蒸燠⑤，土居皆褊狭，不能出气，思得高爽虚辟之地⑥，以舒所怀，不可得也。

一日过郡学⑦，东顾草树郁然⑧，崇阜广水⑨，不类乎城中。并⑩水得微径于杂花修竹之间。东趋数百步，有弃地，纵广合五六十寻⑪，三向皆水也。杠⑫之南，其地益阔，旁无民居，左右皆林木相亏蔽⑬。访诸旧老，云钱氏有国⑭，近戚孙承右之池馆也⑮。坳隆⑯胜势，遗意尚存⑰。予爱而徘徊，遂以钱四万得之，构亭北碕⑱，号"沧浪"焉。前竹后水，水之阳⑲又竹，无穷极。澄川翠干⑳，光影会合于轩户之间，尤与风月为相宜。

予时榜小舟㉑，幅巾㉒以往，至则洒然忘其归。觞而浩歌㉓，踞而仰啸㉔，野老不至，鱼鸟共乐。形骸既适则神不烦㉕，观听无邪则道以明；返思向之汩汩㉖荣辱之场，日与锱铢利害相磨戛㉗，隔此真趣，不亦鄙哉！

噫！人固动物耳㉘。情横于内而性伏㉙，必外寓于物而后遣。寓久则溺㉚，以为当然；非胜是而易之㉛，则悲而不开㉜。惟仕宦溺人为至深㉝。古之才哲君子㉞，有一失㉟而至于死者多矣，是未知所以自胜㊱之道。予既废而获斯境，安于冲旷㊲，不与众驱㊳，因之复能乎内外失得之原，沃然有得㊴，笑闵㊵万古。尚未能忘其所寓目，用是以为胜焉！

【注释】

①沧浪亭记：沧浪亭，是苏州著名园林胜地之一，为苏舜钦建造。此文是他免官后居此所作。 ②予以罪废：我因为坐罪而免官。苏舜钦为范仲淹推荐入朝，参加了"庆历新政"。新政挫败之后。苏的岳父杜衍为宰相，忌者就通过陷害苏来打击杜衍，因此苏以"监主自盗"论罪，削职为民。 ③吴中：今苏州一带。 ④僦舍以处：租赁房舍居住。 ⑤蒸燠（yù）：暑气燥热。 ⑥高爽虚辟之地：地势高而凉爽，空旷开阔的地方。 ⑦郡学：州级的官办学校。 ⑧郁然：草木茂盛的样子。 ⑨崇阜广水：高的山冈，广阔的水域。 ⑩并：同"傍"，依，沿。 ⑪纵广合五六十寻：纵广，长度和宽度。寻，古代以八尺为一寻。 ⑫杠：小桥。 ⑬亏蔽：遮盖，隐掩。 ⑭钱氏有国：指五代时钱镠建立的吴越国。 ⑮近戚孙承右之池馆也：近戚，钱镠的孙子钱俶继位后纳孙承佑女兄为妃，故称就近戚。 ⑯坳隆：坳，低洼。隆，凸起的高处。 ⑰遗意尚存：指原来修建池馆的意趣还存在。 ⑱北碕：北边的曲岸。 ⑲阳：山的南边，水的北边称为阳。 ⑳干：指竹竿。 ㉑榜小舟：榜为船桨，这里作动词，意为划小船。 ㉒幅巾：古时男子用绢一幅束发为幅巾。 ㉓觞而浩歌：饮酒高歌。 ㉔踞而仰啸：坐着仰天长啸。 ㉕形骸既适则神不烦：形骸，指躯体。身体舒适，精神得到了净化。 ㉖泪泪：形容心绪动荡不安的样子。 ㉗日与锱铢利害相磨戛：每天与细小的利害得失想计较。 ㉘人固动物耳：意为人本来受外物刺激而内心感动的。 ㉙情横于内而性伏：情，即人的喜怒哀乐等情欲。性，即天性，人的天赋本质。 ㉚寓久则溺：停留久了就会沉溺。 ㉛非胜是而易之：意为如果找不到胜过它的事物来代替它。 ㉜开：排除，排遣。 ㉝惟仕宦溺人为至深：意为只有做官这件事使人沉迷得最深。 ㉞才哲君子：才哲，即才智。君子，道德高尚之人。 ㉟失：丢官。 ㊱自胜：战胜自己的私欲。 ㊲冲旷：淡泊旷达。 ㊳驱：追逐名利。 ㊴沃然有得：饱满充实的样子。 ㊵闵：同"悯"，同情。

【赏析】

这篇文章是苏舜钦在为官遭贬时所写。苏舜钦由于一件小事而被罢免了官职，也使得朝中十几人均获罪，苏舜钦对此激愤不已，事发不久写下了这篇文章。

文章虽然是因沧浪亭而作，但是作者却是以此来抒发心中的郁愤，作为一种精神寄托，沧浪亭在文中起到了推进内容发展的作用。而总体来看，本文不仅有叙事和写景，还有抒情和议论，而作者更注重的是表现事件和思维的发展过程。可以说，这篇文章真实的记录了一个被贬官员的心路历程。

在第一自然段，作者重在记叙，但是在写亭之前却写到了自己对清高虚辟的地方求而不得的过程。这是作者心灵上的需要，因此也说明了他长久的愤懑和压抑的状态。但是作者并没被政治上的不得志而压倒，而是力图从这样的精神状态之中解脱出来。于是他将感情转向山水，以寻求精神上的寄托。接着作者又继续写到了沧浪亭的自然环境和建亭的过程，写到先秦的民谣，在这里寓含了洗濯政治污浊的意义，这也是"沧浪亭"名字的由来。接着作者又写到从中获得的情趣。他一方面极力描写内心的舒适和自在，也强调了他与自然的息息相通，另一方面也强调了野老不至的宁静。这是苏舜钦从他蒙受不白之冤的经历中阐发出来的特殊心态。这也再次表明了这次政治打击给他留下的阴影。

然后文章再次深入，作者从对于景色的迷恋中清醒，转而进行反思和自责。这充分表明作者对于自然的感情虽是境由心生的，但更是自己为求取心理平衡而主观体验的结果。文章的最后部分，从对往事的反思上升到了理性的思考，这是从个人遭遇出发而衍生的普遍意义上的对人生和处世上的探讨。作者在这一部分进行了自我剖析，总结了自己失误的原因，客观而又深刻。

本文效仿了柳宗元的永州山水记行文章，在格调和基本表现方式上与柳宗元的很多文章相似，却并非简单的模仿，而是融入独特的个人体验，也显出了宋人散文特有的理性风格。

【爱莲说】①

周敦颐

水陆草木之花，可爱者甚蕃②。晋陶渊明独爱菊③；自李唐④来，世人甚爱牡丹；予⑤独爱莲之出淤泥而不染，濯⑥清涟⑦而不妖⑧，中通⑨外直⑩，不蔓不枝⑪，香远益清⑫，亭亭净植⑬，可远观而不可亵玩⑭焉。

予谓菊，花之隐逸者也；牡丹，花之富贵者也；莲，花之君子⑮者也。噫⑯！菊之爱，陶后鲜⑰有闻；莲之爱，同予者何人⑱？牡丹之爱，宜乎众矣⑲！

【注释】

①爱莲说：选自《周濂溪集》。 ②蕃：多。 ③独爱菊：只喜欢菊花。 ④李唐：即唐朝。唐朝皇帝姓李，故称"李唐"。 ⑤予：我。 ⑥濯：洗涤。 ⑦清涟：这里指清水。 ⑧妖：妖艳，美丽而不庄重。 ⑨通：贯通。 ⑩直：挺拔、挺立。 ⑪不蔓不枝：意为没有缠绕的蔓，没有旁逸的枝。 ⑫香远益清：香气远远播撒，更为清香。 ⑬亭亭净植：亭亭，耸立的样子。植，竖立。意为笔直地洁净地竖立着。 ⑭亵玩：轻慢地玩弄。 ⑮君子：古时品质道德高尚之人。 ⑯噫：叹词，唉。 ⑰鲜：少。 ⑱同予者何人：和我一样（喜好莲花）的有什么人。 ⑲宜乎众矣：宜，适当。意为当然人很

多了。

【赏析】

周敦颐是北宋著名的理学家,是濂洛学派的创始人。他为官清廉,品德高尚,不谄媚权贵,得到人民的赞赏。北宋中叶,士大夫耽于享乐,追求高官厚禄。作者正是看到了这样的风气,写了这样的小品文章,他通过抒发对莲花的爱慕与赞美之情,表明了自己对理想的憧憬,对高尚情操的崇尚以及对庸俗世态的憎恶。

作者开篇用"可爱"二字把所有花朵都写到了,极其之写意。紧接着写到了陶渊明之独爱菊,他不为五斗米折腰,归田之后饮酒写诗,安然享受田园生活。这里是写到了陶渊明与菊花之间的性格联系:傲然物外,雅致芬芳。

唐人爱牡丹,因为它的雍容华贵,但是作者却独爱莲花,文中对莲花的可爱之处做了淋漓尽致地渲染。作者所表达的并不是闲情逸致,而是高风亮节的自我写照。他为官清正,淡泊明志,这正是这篇文章最有感染力的地方。

接着作者对各种花的象征意义进行比较和评价。菊花是清高冷傲的,是逃避现实的隐士;牡丹是妖艳媚人的富贵者;而莲花则出自于污浊的现实,却不受污染,是为百花中的君子。

最后作者包含着激情,由对花的评价延伸到了对于"爱"的评价,深深地感慨现在太多趋炎附势的小人,与自己志同道合的人却在哪里呢?暗示了自己孤掌难鸣的哀怨,寓意深刻,给人以无限的联想。

《爱莲说》是宋代散文中的优秀作品,思想深邃,情趣高雅,艺术手法也别具一格。全文仅仅一百多字,但是内涵却十分丰富。在对各种花的描写中,有对花的品格的描写,也有对爱花本身的描写,但都为"爱莲"这个中心服务,主题思想鲜明。运用拟人手法,对莲花倍加赞扬,借花喻人,具有艺术感染力。

【义田记】

钱公辅①

范文正公②,苏人也。平生好施与③,择其亲而贫、疏④而贤者,咸施之。方贵显时,置负郭常稔之田千亩⑤,号曰"义田",以养济⑥群族之人。日有食,岁有衣,嫁娶凶⑦葬皆有赡。择族之长而贤者主其计⑧,而时共出纳⑨焉。日食,人一升;岁衣,人一缣⑩;嫁女者五十千,再嫁者三十千;娶妇者三十千,再娶者十五千;葬者如再嫁之数,葬幼者十千。族之聚者⑪九十口,岁入给稻八百斛⑫,以其所入,给其所聚,沛然⑬有馀而无穷。屏而家居俟代者与焉⑭,仕而居官者罢⑮莫给。此其大较⑯也。

　　初，公之未贵显也，尝有志于是矣，而力未逮⑰者二十年。既而为西帅⑱，及⑲参大政，于是始有禄赐⑳之入，而终其志㉑。公既殁，后世子孙修其业，承其志，如公之存也㉒。公虽位充禄厚㉓，而贫终其身。殁之日，身无以为敛㉔，子无以为丧㉕。惟以施贫活族之义，遗㉖其子而已。

　　昔晏平仲敝车羸马㉗，桓子㉘曰："是隐君之赐也。"晏子曰："自臣之贵，父之族，无不乘车者；母之族，无不足于衣食者；妻之族，无冻馁者；齐国之士，待臣而举火㉙者三百馀人。如此，而为隐君之赐乎？彰㉚君之赐乎？"于是齐侯以晏子之觞而觞桓子㉛。予尝爱晏子好仁，齐侯知贤，而桓子服义㉜也；又爱晏子之仁有等级，而言有次第也。先父族，次母族，次妻族，而后及其疏远之贤。孟子曰："亲亲而仁民，仁民而爱物。"㉝晏子为近之㉞。今观文正公之义田，贤于平仲。其规模远举㉟，又疑过㊱之。

　　呜呼！世之都三公位㊲，享万钟㊳禄，其邸第之雄，车舆之饰，声色之多，妻孥㊴之富，止乎一己㊵而已，而族之人不得其门者，岂少也哉？况于施贤㊶乎！其下为卿，为大夫，为士㊷，廪稍㊸之充，奉养之厚，止乎一己而已。而族之人，操壶瓢为沟中瘠㊹者，又岂少哉？况于他人乎！是皆公之罪人也。

　　公之忠义满朝廷，事业满边隅㊺，功名满天下，后世必有史官书之者，予可无录也㊻。独高其义㊼，因以遗其世云㊽。

【注释】

①钱公辅：钱公辅（1021－1072），字君倚，武进（今江苏常州）人。　②范文正公：即范仲淹。　③施与：以钱财助人。　④疏：疏远。　⑤置负郭常稔之田千亩：置，购置。负郭，邻近城郭。稔，庄家成熟。　⑥养济：赡养救济。　⑦凶：不好，不幸之事。亦指生病。　⑧计：账目。　⑨出纳：支出与收入。　⑩一缣：一匹细绢。　⑪族之聚者：聚族而居的人。　⑫岁入给稻八百斛：岁入，一年的收入。斛，北宋时以十斗为一斛。　⑬沛然：充足的样子。　⑭屏而家居俟代者与焉：屏而家居，退居在家。俟，等候。代，替代。指得到官职。与，此指语予以资助。　⑮罢：停止。　⑯大较：大概。　⑰力未逮：意为没有财力去购置义田。　⑱西帅：即范仲淹，他曾在陕西一带统兵戍边，故称西帅。　⑲及：到了。　⑳禄赐：俸禄赏赐。　㉑终其志：实现购置义田之业。　㉒"公既殁"句：范仲淹去世后，他的子孙修营义田之业，继承范公之志，就像范公在世一样。　㉓位充禄厚：职务高俸禄多。　㉔敛：装殓棺椁。　㉕无以为丧：没有钱办理丧

事。 ㉖遗：留给。 ㉗敝车羸马：破败的车子瘦弱的马。 ㉘桓子：即陈无宇，春秋时齐国大夫。 ㉙举火：点火烧饭。 ㉚彰：彰显。 ㉛殇桓子：罚桓子饮酒。 ㉜服义：折服于道义。 ㉝亲亲而仁民，仁民而爱物：仁民，施仁爱于人民。语出于《孟子·尽心》。 ㉞之：这里指孟子所言的境界。 ㉟远举：久远而全面。 ㊱过：超过。 ㊲三公：泛指最高的官位。 ㊳万钟：指禄米很多。 ㊴妻孥：妻子和儿子。 ㊵一己：自己一个人。 ㊶施贤：接济贤者。 ㊷卿、大夫、士：指各代官吏。 ㊸廪稍：禄米。 ㊹胔：开始腐烂的尸体。 ㊺边隅：边境。 ㊻无录：不必记述。 ㊼独高其义：唯独景仰他购置义田的道义。 ㊽因以遗其世云：为了将他的义行留给世人而写此文。

【赏析】

范仲淹自小家贫，身居高位之后，仍然过着俭朴的生活，但是他的钱财却购置义田千亩"养济群族"，更加实践了他的"先天下之忧而忧，后天下之乐而乐"的主张。本文就是记载了范仲淹购置义田的事迹，在古今对比中，赞扬了范仲淹的仁义之举。

文章通过不同角度的对比，突出了范仲淹的美德。首先，是范仲淹对人、对己不同方式的对比，他自己一生清贫，去世之时，"身无以为敛，子无以为丧"，但是他为族人设置义田，其仁爱之心无微不至。作者写到了很多生活中的琐事，婚丧嫁娶，简洁利落，有条不紊。其次，是拿古人作对比。文章第三段写到了晏子的故事，赞扬晏子的好仁。但是作者的用意并不在于此，而是在于由此引出范仲淹购置义田的事情，赞扬范仲淹贤于晏婴。义田不仅规模大，而且延及子孙万代，这是晏婴所无法比拟的。再次，作者是拿世人与范仲相比，文章的第四自然段用很多沉湎与声色犬马的人与范仲淹的一生作对比，痛斥了世人的骄奢淫逸，痛骂不义之人正是在宣扬范仲淹的仁义。最后一段，写到了范仲淹曾做过的很多宏伟事迹，"忠义满朝廷，事业满边隅，功名满天下"，只是偏偏没有提到他购置义田之事。用购置义田这件小事与范仲淹一生中所做的各种大事作对比，才彰显出他的美德。

这篇文章的结构安排匠心独运。从第二段开始，每一个自然段都是对前一个段落的补充，但是又让读者意想不到。后三段的议论非常成功，与前两段作对比，深化了主题。又由于三段议论置于文章结尾，更给人一种不尽的气势，尤其是最后一段，对范仲淹的功绩一笔带过，不同凡响。

【袁州州学记】①

李 觏

皇帝二十有三年②，制诏州县立学③。惟时守令有哲有愚。有屈力殚虑，祗顺德意④；有假官借师，苟具文书⑤。或连数城，亡诵弦⑥声。倡而不和，教尼⑦不行。

三十有二年，范阳祖君无择知袁州⑧。始至，进诸生，知学宫阙状，大惧人材放失，儒效阔疏⑨，亡以称上意旨。通判颍川陈君侁，闻而是之，议以克合⑩。相⑪旧夫子庙狭隘不足改为，乃营治之东。厥土燥刚，厥位面阳，厥材孔良。殿堂门庑，黝垩丹漆⑫，举以法。故生师有舍，庖廪⑬有次。百尔器备，并手偕作。工善吏勤，晨夜展⑭力，越明年成。

　　舍菜⑮且有日。盱江李觏谂⑯于众曰：惟四代⑰之学，考诸经可见已。秦以山西鏖六国，欲帝万世，刘氏一呼而关门不守⑱，武夫健将卖降恐后，何耶？《诗》、《书》之道废，人惟见利而不闻义焉耳。孝武乘丰富，世祖出戎行，皆孳孳⑲学术。俗化之厚，延于灵、献⑳。草茅危言者㉑，折首而不悔；功烈震主者，闻命而释兵。群雄相视，不敢去臣位，尚数十年。教道之结人心如此。今代遭圣神，尔袁得圣君，俾尔由庠序㉒践古人之迹。天下治，则谭礼乐以陶㉓吾民；一有不幸，尤当仗大节，为臣死忠，为子死孝。使人有所赖，且有所法。是惟朝家教学之意。若其弄笔墨以徼㉔利达而已，岂徒二三子之羞，抑亦为国者之忧。

　　此年实至和甲午㉕，夏某月甲子记。

【注释】

①袁州州学记：写于至和元年，即公元1054年。袁州：今江西宜春。李觏：李觏（1009－1059）字泰伯，北宋建昌军南城（今属江西）人。　②皇帝二十有三年：这里指宋仁宗，指庆历五年，公元1045年。　③制诏州县立学：下诏命令各州县设立学馆。　④祗顺德意：意为恭敬地仰承皇帝旨意。　⑤苟具文书：意为随便地写了一封文书。　⑥诵弦：古诗可以配乐歌咏，也可不配乐诵读。前者称为弦歌，后者称为诵。这里泛指学习。　⑦尼：阻止。　⑧"三十有二"句：三十有二年，皇祐六年，即公元1054年。范阳，今河北涿县。祖君无择，即祖无择，字择之。　⑨儒效阔疏：意为儒家的教化逐渐削弱。　⑩议以克合：意为其意见与祖无择相一致。　⑪相：察看。　⑫殿堂门庑，黝垩丹漆：庑，堂下周围的走廊。黝，微青黑色。垩，白土。　⑬庖廪：厨房、粮仓。　⑭展：发挥。　⑮舍菜：释菜。古代学堂开学时，会用苹蘩之类的菜蔬祭祀先圣先师。　⑯谂：告。　⑰四代：指虞、夏、商及周。　⑱"秦以山西"句：山西，崤山以西。鏖，鏖战。刘氏，即刘邦。关，函谷关。　⑲孳孳：勤勉。　⑳灵、献：汉灵帝刘宏、汉献帝刘协，东汉末年的两位皇帝。　㉑草茅危言者：草茅，无官职之人。危言，直言。　㉒庠序：学堂。商代称学堂为庠，周称为序。　㉓陶：教化。　㉔徼：求取。　㉕至和甲午：即至和元年（1054），至和为宋仁宗年号。

【赏析】

宋朝开国的十几年之中，对科举十分重视，但是对教学并不十分重视。朝中只有一座国子监，学生也非常少。直到宋仁宗庆历三年，朝廷才开始对教学重视起来，但是兴办官学必须要通过政府的努力。本文正是在这样的历史背景下写就的，同时也为下一段祖无择知袁州兴办官学做了铺垫。

下一段，写了祖无择"知学官阙状"，这是在他了解已是"大惧人才放失，儒效阔疏"之情况后的忧虑，之后的五句写了祖无择等人修建学堂。因为有了第一段所作的铺垫，这一段写了修建学舍的过程，并没有嘉奖之词，却有嘉奖之意。同时，本段语言简洁明了，叙事节奏也很快，给人以雷厉风行之感，这与首段的作者的呵斥形成了对比。

第三段开始写了祭祀先圣先师的仪式，接着作者又引发了一大段的议论，古人作记，都援引四代之学，但本文作者却不落俗套，一句跳过。紧接着写刘邦灭秦，是为了说明"诗书之道废，人惟见利而不闻义"，因此必然亡国，这是反面的教训。接下来的十二句则是从正面说明因学兴国的历史经验。只有通晓儒术的人，才能够做官，以统一人们的思想，巩固统治。刘邦之所以可以建国治国，就是因为懂得了这样的道理，所以兴办太学。那时的村野匹夫也可以为了国家利益而直言进谏，至死不悔；战功卓越的人也不居功自傲，而是听命于君主的调遣，因此东汉末年曹操并不敢贸然称帝，这就是教育的成效。

在封建社会，求学应试是做官的唯一途径，但是如果为了做官而学习，那就是"见利而不闻义"了。作者写到这里，不仅逻辑严密，而且文章也波澜壮阔，令人沉思。

【谏院题名记】

司马光

古者谏①无官，自公卿大夫至于工商，无不得谏者②。汉兴以来，始置官。夫以天下之政，四海之众，得失利病，萃于一官使言之③，其为任亦重矣。居是官者，当志其大，舍其细，先其急，后其缓，专利国家而不为身谋。彼汲汲④于名者，犹汲汲于利也。其间⑤相去何远哉！

天禧⑥初，真宗诏置谏官六员，责其职事⑦。庆历中，钱君⑧始书其名于版⑨。光恐久而漫灭，嘉祐八年⑩，刻著于石。后之人将历指其名而议之曰："某也忠，某也诈，某也直，某也回⑪。"呜呼，可不惧哉！

【注释】

①谏：进谏，规劝。　②"自公卿"：句意为从官居高位的公卿大夫到市井百姓从事

手工业和从商的人，都可以规劝君王。 ③萃于一官使言之：交萃于谏官身上让他说出来。 ④汲汲：急切的样子。 ⑤间：差距。 ⑥天禧：宋真宗赵恒年号。 ⑦责其职事：责成他们掌管进谏之事。 ⑧钱君：钱明逸，字子飞。庆历四年为右正言，供职谏院。 ⑨版：木板。 ⑩嘉祐八年：即1063年。嘉祐，宋仁宗赵祯年号。 ⑪回：奸邪。

【赏析】

本文的主旨在于阐述谏官的重要作用，以及谏官应有的品德。欧阳修写有《与高司谏书》，痛斥高若讷，这篇文章并不是凭空而发，而是有感而作，在当时是有现实意义的。

全文还不足两百字，第一段是议论，第二段是记事。议论的特点可以概括为周详无误，而记事的部分则是简洁利落。记叙和议论截然分开，看似游离，但是却紧密相关，都是为了说明同一个主题，那就是身为谏官应当"专利国家而不为身谋"。

第一段的议论，写到古时候没有谏官，但是人人都可以进谏，到了汉代，开始设专职的谏官，这说明了谏官的重要地位。既然责任如此重大，如何尽职尽责就是问题了。这里作者从方法和品德方面来阐述：从方法上来讲，应当"志其大，舍其细，先其急，后其缓"；而从品德方面，应该不为自己谋利。谏官本无实权，名声才最重要，这些话非常警醒，堪称至理名言。文字简洁干净，却面面俱到，十分难得。第二段进行叙事，写到了三个年代设置谏官、谏院题名、易版为石三件事，时间交代得详细清楚，短短四十几个字却横跨四十余年，分外简洁。

本文起笔突兀，收笔利落，使文章增色不少，对读者有巨大的吸引力。收笔时的"某也忠，某也诈，某也直，某也回"，面对后人"历指其名"做毫不留情的评判，让人生畏。

【肥水之战】①

《资治通鉴》

太元七年……冬，十月，秦王坚会群臣于太极殿②，议曰："自吾承业，垂三十载，四方略定，唯东南一隅，未沾王化③。今略计吾士卒，可得九十七万，吾欲自将以讨之，何如？"秘书监④朱肜曰："陛下恭行天罚，必有征无战⑤。晋主不衔璧军门⑥，则走死江海。陛下返中国士民，使复其桑梓，然后回舆东巡，告成岱宗⑦，此千载一时也。"坚喜曰："是吾志也。"

尚书左仆射⑧权翼曰："昔纣为无道，三仁在朝，武王犹为之旋师⑨。今晋虽微弱，未有大恶；谢安、桓冲皆江表伟人，君臣辑睦，内外同心⑩。以臣观之，未可图⑪也！"坚默然良久，曰:"诸君各言其志。"

太子左卫率⑫石越曰:"今岁镇守斗⑬,福德在吴,伐之必有天殃。且彼据长江之险,民为之用,殆⑭未可伐也!"坚曰:"昔武王伐纣,逆岁违卜⑮。天道幽远⑯,未易可知。夫差、孙皓⑰皆保据江湖,不免于亡。今以吾之众,投鞭于江,足断其流⑱,又何险之足恃乎!"对曰:"三国之君皆淫虐无道,故敌国取之,易于拾遗⑲。今晋虽无德,未有大罪,愿陛下且按兵积谷,以待其衅。⑳"于是群臣各言利害,久之不决。坚曰:"此所谓筑舍道旁,无时可成㉑。吾当内断于心耳。"

群臣皆出,独留阳平公融㉒,谓之曰:"自古定大事者,不过一二臣而已。今众言纷纷,徒乱人意。吾当与汝决之。"对曰:"今伐晋有三难:天道不顺,一也;晋国无衅,二也;我数战兵疲,民有畏敌之心㉓,三也。群臣言晋不可伐者,皆忠臣也,愿陛下听之。"坚作色㉔曰:"汝亦如此,吾复何望!吾强兵百万,资仗如山;吾虽未为令主,亦非暗劣㉕。乘累㉖捷之势,击垂亡之国,何患不克?岂可复留此残寇,使长为国家之忧哉!"融泣曰:"晋未可灭,昭然甚明。今劳师大举,恐无万全之功。且臣之所忧,不止于此。陛下宠育鲜卑、羌、羯,布满畿甸,此属皆我之深仇㉗。太子独与弱卒数万留守京师,臣惧有不虞之变生于腹心肘掖㉘,不可悔也。臣之顽愚,诚不足采;王景略㉙一时英杰,陛下常比之诸葛武侯,独不记其临没之言乎!"坚不听。于是朝臣进谏者众,坚曰:"以吾击晋,校㉚其强弱之势,犹疾风之扫秋叶,而朝廷内外皆言不可,诚吾所不解也!"

太子宏曰:"今岁在吴分,又晋君无罪,若大举不捷,恐威名外挫,财力内竭,此群下所以疑也!"坚曰:"昔吾灭燕,亦犯岁而捷,天道固㉛难知也。秦灭六国㉜,六国之君岂皆暴虐乎!"

冠军、京兆尹慕容垂言㉝于坚曰:"弱并于强,小并于大,此理势自然,非难知也。以陛下神武应期,威加海外,虎旅百万,韩、白满朝,而蕞尔江南,独违王命,岂可复留之以遗子孙哉㉞!《诗》云:'谋夫孔多,是用不集。㉟'陛下断自圣心足矣,何必广询朝众!晋武平吴,所仗者张、杜㊱二三臣而已。若从朝众之言,岂有混壹㊲之功!"坚大悦曰:"与吾共定天下者，独卿而已。”赐帛五百匹。

坚锐意欲取江东，寝不能旦[38]。阳平公融谏曰：“‘知足不辱，知止不殆。’[39]自古穷兵极武，未有不亡者。且国家本戎狄也，正朔会不归人[40]。江东虽微弱仅存，然中华正统，天意必不绝之。”坚曰：“帝王历数[41]，岂有常邪？惟德之所在耳！刘禅[42]岂非汉之苗裔邪，终为魏所灭。汝所以不如吾者，正病此不达变通[43]耳！”

坚素信重沙门道安，群臣使道安乘间进言[44]。十一月，坚与道安同辇游于东苑[45]，坚曰：“朕将与公南游吴、越，泛长江，临沧海[46]，不亦乐乎！”安曰：“陛下应天御世，居中土而制四维，自足比隆尧、舜；何必栉风沐雨，经略遐方乎[47]！且东南卑湿，沴气易构，虞舜游而不归，大禹往而不复[48]，何足以上劳大驾也！”坚曰：“天生烝民而树之君，使司牧之[49]，朕岂敢惮劳，使彼一方独不被泽乎[50]！必如公言，是古之帝王皆无征伐也。”道安曰：“必不得已，陛下宜驻跸洛阳，遣使者奉尺书于前，诸将总六师于后，彼必稽首入臣，不必亲涉江、淮也[51]。”坚不听。

坚所幸[52]张夫人谏曰：“妾闻天地之生万物，圣王之治天下，皆因[53]其自然而顺之，故功无不成。是以黄帝服牛乘马，因其性也；禹浚九川，障九泽，因其势也；后稷播殖百谷，因其时也；汤、武帅天下而攻桀、纣，因其心也；[54]皆有因则成，无因则败。今朝野之人皆言晋不可伐，陛下独决意行之，妾不知陛下何所因也。《书》曰：‘天聪明自我民聪明。[55]’天犹因民，而况人乎！妾又闻王者出师，必上观天道，下顺人心。今人心既不然矣，请验之天道。谚云：‘鸡夜鸣者不利行师，犬群嗥者宫室将空，兵动[56]马惊，军败不归。自秋、冬以来，众鸡夜鸣，群犬哀嗥，厩[57]马多惊，武库兵器自动有声，此皆非出师之祥也。”坚曰：“军旅之事，非妇人所当预也[58]。”

坚幼子中山公诜最有宠，亦谏曰：“臣闻国之兴亡，系贤人之用舍[59]。今阳平公，国之谋主，而陛下违之；晋有谢安、桓冲，而陛下伐之，臣窃惑之！”坚曰：“天下大事，孺子安知！[60]”

太元八年……秋，七月……秦王坚下诏大举入寇。民每十丁遣一兵；其良家子年二十已下有材勇者，皆拜羽林郎[61]。又曰："其以司马昌明为尚书左仆射，谢安为吏部尚书，桓冲为侍中；势还不远，可先为起第⁶²。"良家子至者三万余骑，拜秦州主簿赵盛之为少年都统⁶³。是时，朝臣皆不欲坚行，独慕容垂、姚苌⁶⁴及良家子劝之。阳平公融言于坚曰："鲜卑、羌虏⁶⁵，我之仇雠，常思风尘之变以逞其志，所陈策画，何可从也？良家少年皆富饶子弟，不闲军旅，苟为谄谀之言以会陛下之意⁶⁶。今陛下信而用之，轻举大事，臣恐功既不成，仍有后患，悔无及也。"坚不听。

八月，戊午，坚遣阳平公融督张蚝、慕容垂等步骑二十五万为前锋；以兖州刺史姚苌为龙骧将军，督益、梁州诸军事⁶⁷。坚谓苌曰："昔朕⁶⁸以龙骧建业，未尝轻以授人，卿其勉之！"左将军窦冲曰："王者无戏言，此不祥之征也！"坚默然。

慕容楷、慕容绍⁶⁹言于慕容垂曰："主上骄矜已甚，叔父建中兴之业⁷⁰，在此行也！"垂曰："然。非汝，谁与成之！"

甲子，坚发长安，戎卒⁷¹六十余万，骑二十七万，旗鼓相望，前后千里。九月，坚至项城，凉州之兵始达咸阳，蜀、汉之兵方顺流而下，幽、冀之兵至于彭城，东西万里，水陆齐进，运漕万艘⁷²。阳平公融等兵三十万，先至颍口⁷³。

诏以尚书仆射谢石为征虏将军、征讨大都督，以徐、兖二州刺史谢玄为前锋都督，与辅国将军谢琰、西中郎将桓伊等众共八万拒之；使龙骧将军胡彬以水军五千援寿阳⁷⁴。琰，安之子也。

是时秦兵既盛，都下⁷⁵震恐。谢玄入，问计于谢安，安夷然⁷⁶，答曰："已别有旨。"既而寂然。玄不敢复言，乃令张玄重请。安遂命驾出游山墅，亲朋毕集，与玄围棋赌墅⁷⁷。安棋常劣于玄，是日，玄惧，便为敌手而又不胜。安遂游陟⁷⁸，至夜乃还。桓冲深以根本⁷⁹为忧，遣精锐三千入卫京师；谢安固却之，曰："朝廷处分已定，兵甲无阙，西藩⁸⁰宜留以为防。"冲对佐吏叹曰："谢安石有庙堂之量，不闲将略⁸¹。今大敌垂至，方游谈不暇，遣诸不经事少年拒之，众又寡弱，天下事已可知，吾其左衽矣⁸²！"……

冬，十月，秦阳平公融等攻寿阳；癸酉⁸³，克之，执平虏将军徐元喜等。融以其参军河南⁸⁴郭褒为淮南太守。慕容垂拔郧城⁸⁵。胡彬闻寿阳陷，退保硖石⁸⁶，融进攻之。秦卫将军梁成等帅众五万屯于洛涧,栅淮以遏东兵⑧。谢石、谢玄等去洛涧二十五里而军⑧,惮成不敢进。胡彬粮尽,潜遣使告石等曰:"今贼盛粮尽,恐不复见大军。"秦人获之,送于阳平公融。融驰使白⑧秦王坚曰:"贼少易擒,但恐逃去,宜速赴⑨之!"坚乃留大军于项城,引轻骑八千,兼道⑨就融于寿阳。遣尚书朱序⑨来说谢石等,以为强弱异势,不如速降。序私谓石等曰:"若秦百万之众尽至,诚难与为敌。今乘诸军未集,宜速击之;若败其前锋,则彼已夺气⑨,可遂破也。"

石闻坚在寿阳,甚惧,欲不战以老⑨秦师。谢琰劝石从序言。十一月,谢玄遣广陵相刘牢之帅精兵五千趣洛涧⑨,未至十里,梁成阻涧为陈以待之。牢之直前渡水,击成,大破之,斩成及弋阳太守王咏;又分兵断其归津,秦步骑崩溃,争赴淮水,士卒死者万五千人,执秦扬州刺史王显等,尽收其器械军实⑨。于是谢石等诸军,水陆继进。秦王坚与阳平公融登寿阳城望之,见晋兵部阵严整,又望八公山⑨上草木,皆以为晋兵,顾谓融曰:"此亦勍敌,何谓弱也!"怃然⑨始有惧色。

秦兵逼肥水而陈,晋兵不得渡。谢玄遣使谓阳平公融曰:"君悬军⑨深入,而置陈逼水,此乃持久之计,非欲速战者也。若移陈少却,使晋兵得渡,以决胜负,不亦善乎!"秦诸将皆曰:"我众彼寡,不如遏之,使不得上,可以万全。"坚曰:"但引兵少却,使之半渡,我以铁骑蹙而杀之,蔑不胜矣!"⑩融亦以为然,遂麾⑩兵使却。秦兵遂退,不可复止。谢玄、谢琰、桓伊等引兵渡水击之。融驰骑略陈,欲以帅退者,马倒,为晋兵所杀,秦兵遂溃。玄等乘胜追击,至于青冈⑩;秦兵大败,自相蹈藉而死者,蔽野塞川。其走者闻风声鹤唳,皆以为晋兵且至,昼夜不敢息,草行露宿,重以饥冻⑩,死者什七八。初,秦兵少却,朱序在陈后呼曰:"秦兵败矣!"众遂大奔。序因与张天锡⑩、徐元喜皆来奔。获秦王坚所乘云母车⑩。复取寿阳,执其淮南太守郭褒。

坚中流矢,单骑走至淮北,饥甚,民有进壶飧、豚髀⑩者,坚食之,赐帛十四,绵十斤。辞曰:"陛下厌苦安乐,自取危困。臣为陛下子,陛下为臣父,安有子饲其父而求报乎!"弗顾而去。坚谓张夫人曰:"吾今复何面目治天下乎!"潸然⑩流涕。……

谢安得驿书，知秦兵已败。时方与客围棋，摄书置床上，了无喜色，围棋如故⑩。客问之，徐答曰："小儿辈遂已破贼。"既罢，还内，过户限，不觉屐齿之折⑩。

【注释】

①肥水之战：选自《资治通鉴·晋纪》太元七年到八年。肥水：发源于安徽省合肥市西南紫蓬山，西北流，到寿县入淮河。肥水之战发生在肥水上，故称。 ②太极殿：长安皇宫的正殿。 ③"自吾承业"句：承业，继承帝位。垂，近。略定，平定。一隅，一角。东南一隅，指东晋。沾王化，受恩泽教化，被统治。 ④秘书监：掌管图书的秘书省长官。 ⑤有征无战：上级讨伐下级为征，下级自然服罪，不用战争。 ⑥衔璧军门：古代君主求降的仪式。双手反缚，口衔璧玉，到军前来投降。 ⑦"陛下反"句：中国，指中原，即黄河流域。桑梓，古代在屋旁种桑梓，传子孙，用来比喻故乡。舆，车子。巡，巡视，观察。告成岱宗，在泰山祭天，报告大功完成。 ⑧尚书左仆射：尚书省的长官之一。尚书省为中央最高行政机构，设左右仆射各一人。 ⑨旋师：归军队。周武王即位九年，在孟津大会诸侯，诸侯都劝武王伐纣，但由于微子、箕子与比干还在商朝为官，武王便退了兵。 ⑩"今晋虽"句：谢安，晋朝的中书监、录尚书事，相当于宰相。桓冲，晋朝的重要将领，那时都督江州、荆州军事兼荆州刺史，镇守东晋的西部。江表，长江以外，即江南。辑睦，和睦、团结。 ⑪图：算计。 ⑫太子左卫率：负责守卫太子的官。 ⑬今岁镇守斗：岁，太岁，即木星。镇，土星。斗，南斗星。古时以星星划分区域，斗是吴的分野，而岁镇运行到东南方，天时对东晋有利。 ⑭殆：似乎。 ⑮逆岁违卜：逆岁，武王伐纣，鱼辛以天时不利劝说他，武王不听。违卜，武王伐纣，卜卦为凶，武王依然出发。 ⑯天道幽远：上天显示吉凶的迹象。幽远，渺茫。 ⑰夫差、孙皓：夫差，春秋吴国的君主，败于勾践，自杀。孙皓，三国吴国的君主。 ⑱"今以吾之众"句：意为每个士兵将马鞭投到江中，江就会因此断流。夸耀兵马众多。 ⑲三国之君：指纣王、夫差及孙皓。拾遗：拾起掉下的东西，形容很轻易。 ⑳衅：可乘的空隙。 ㉑筑舍道旁，无时可成：出自《诗经·小旻》，"如彼筑室于道谋，是用不溃于成。"好像修筑房屋，向过路人征求意见，各人主张不同，因此房屋造不成功。 ㉒阳平公融：即苻融，苻坚的弟弟。 ㉓我数战兵疲，民有畏敌之心：指公元376年，苻坚出兵灭前凉国，公元378到379年，苻坚攻打晋朝的襄阳和淮南各城，经苦战后占领襄阳，而攻淮南的秦军却大败而归。 ㉔作色：发脾气。 ㉕"资杖如山……亦非闇劣"句：资仗，物资和武器。令主，英明的君主。闇劣，昏庸无能。 ㉖累：屡。 ㉗深仇：鲜卑族慕容氏建立燕国，被苻坚所灭，羌族姚氏也并不甘心臣服，都希望苻坚失败，所以称深仇。 ㉘不虞之变：意外的事变。腹心肘掖：心脏要害之处，比喻京城附近地区。 ㉙王景略：即王猛，前任前秦的丞相，临死时劝苻坚不要去攻打晋朝。诸葛武侯，即诸葛亮。 ㉚校：比较。 ㉛固：本来。公元370年，苻坚令王猛率领军队灭前燕容氏建立的政权。 ㉜六国：魏、韩、赵、楚、燕、齐。 ㉝冠军、京兆尹慕容垂：冠军，将军名号，即冠军将军。京兆尹，前秦京城长安的地方长官。慕容垂，前燕的重要将领，因受国内贵族势力集团慕容评等的嫉妒和仇视，被迫投奔前秦。 ㉞"以陛下神武"句：应期，顺应天运。虎旅，勇

猛的精锐部队。韩、白,韩信与白起,韩信为西汉初年的名将,白起为战国末期秦国的名将。蕞尔,渺小的样子。以遗子孙,给后代留下祸根。 ㉟谋夫孔多,是用不集:见《诗经·小旻》。孔,很。是用,因此。集,成。意为出主意的人多了,事情就办不成。 ㊱张、杜:张华与杜预。 ㊲混壹:统一天下。 ㊳寝不能旦:睡觉不到天明就醒了。 ㊴知足不辱,知止不殆:语出于《老子》,意为知道满足就不会受辱,知道停止就不会危险。 ㊵"且国家本"句:戎狄,泛指汉族以外的西方和北方各民族。正朔,正月初一,夏朝以阴历正月为正,以夜半为朔。改朝换代,往往改变正朔,因此以正朔代表统治权。会,表估计,预期。不归人,不会转移到外族人手里。 ㊶历数:指帝王正统相承的天数。 ㊷刘禅:三国时代蜀汉的君主,刘备的儿子,公元263年魏国司马昭派遣邓艾伐蜀,刘禅投降,蜀亡。 ㊸不达变通:不懂得变化。 ㊹"坚素信重"句:沙门,梵语,佛教中封出家修行者的称呼。道安,晋朝的高僧,俗家姓魏,曾经师事佛图澄。公元378年,苻坚攻破襄阳,把他接到长安,非常宠信。乘间,找机会。 ㊺苑:养禽兽、植林木的地方,古时皇帝的游猎场所。 ㊻沧海:大海,这里是指东海。 ㊼"陛下应天"句:应天御世,顺应天命,治理天下。四维,维,绳子,古代神话认为地是用四根绳子系住的。隆,兴盛。尧、舜,古代帝王。栉风沐雨,形容遭受风吹雨打。遐,边远的地方。 ㊽虞舜游而不归,大禹往而不复:虞舜到南方巡视,死于苍梧之野。大禹到东方巡视,死在会稽。 ㊾司牧:抚养。 ㊿被泽:受到恩泽。 ○51"必不得已"句:驻跸,跸,清道,禁止通行。意为帝王出行,沿途停留暂住。彼,代东晋君主。稽首,叩头。涉,渡。 ○52幸:得到帝王的宠爱。 ○53因:顺着。 ○54"是以黄帝"句:服,使用。浚,疏通。障,筑堤防卫。九川、九泽,九为多的意思,指众多河流和湖泊。后稷,周朝的祖先,传说中的农神。汤,成汤,商朝开国的君主。桀、纣,夏桀、商纣,都是暴君。因其心,顺从天下的人心。 ○55天聪明自我民聪明:语见《尚书·皋陶谟》,意为天的耳目就是人民的耳目,即天意决定于民意的意思。 ○56兵动:兵器自动发出响声。在古时这为不吉利的预兆。 ○57厩:马房。 ○58预:干预。 ○59系:关系于。 ○60孺子安知:小孩子知道什么。 ○61"民每十丁"句:良家子,出身好人家的子弟。指不是医、巫或商人、工人家庭出身的人。羽林郎,禁卫军官。 ○62"其以司马昌明"句:其,发语词。司马昌明,即东晋孝武帝马曜,字昌明。吏部尚书,官员,主管官吏的升降等。侍中,传达皇帝命令、备皇帝顾问的官。起第,造住宅。第是大房子分甲乙次第的。 ○63"良家子至"句:骑,一人一马称骑。秦州,今陕西省西部和甘肃省东部。少年都统,即统率良家子的长官。 ○64姚苌:羌族首领之一。 ○65鲜卑、羌虏:指慕容垂、姚苌。虏,骂人的话。 ○66"良家少年"句:闲,熟悉。军旅,军事。苟,苟且。诣谀,奉承。会,迎合。 ○67"八月"句:戊午,初二日。张蚝,苻坚部下的勇将。兖州,今山东省西北部和河北省东南部一带。刺史,一州的长官。龙骧,将军的名号。益,梁州,今四川省及陕西省西南部一带。 ○68朕:皇帝自称。 ○69慕容楷、慕容绍:为慕容垂的侄子。 ○70中兴之业:恢复燕国。 ○71戎卒:步兵。 ○72"九月"句:项城,县名,今河南。咸阳,今陕西省西安市西面。蜀、汉,四川和汉中。幽、冀,幽州,今河北省北部及辽宁省地,冀州,今河北省大部地。彭城,今江苏省徐州市。运漕,从水路运送粮食。 ○73颍口:颍水入淮河的口子,今安徽省颍上县。 ○74"诏以尚书"句:谢石,晋军的统帅,谢安的弟弟。徐、兖,徐州与兖州。谢琰,谢安的儿子。桓伊,这时人西中郎将、豫州刺史,驻扎在淮南。寿阳,安徽省寿县。 ⑦⑤都下:京城。当时东晋的京城在建业,即今南京。 ⑦⑥夷然:泰然,态度与平常一样。 ⑦⑦"安遂命驾"句:命驾,下令备车。山墅,在山地的别墅。赌墅,用别墅作赌注。 ⑦⑧陟:登山。 ⑦⑨根本:京城。 ⑧⑩西藩:桓冲镇守的是西部边疆。 ⑧①"谢安石"句:谢安石,谢安,字安石。庙堂之量,朝廷作宰相的气度。将略,战略。 ⑧②"今大敌"句:垂,将。暇,空闲。不经事,没有经历过大事。左衽,语出《论语·宪问》,"吾其披左衽矣。"意为穿外族服装,即成为俘虏。 ⑧③癸酉:十八日。 ⑧④河南:郡名,今安徽省寿阳县。 ⑧⑤鄳城:县名,今湖北省安陆县东。 ⑧⑥硖石:在寿阳西。 ⑧⑦"秦魏将军"句:帅,率领。屯,驻扎。洛涧,安徽省怀远县西南和寿阳西面。栅淮,淮河中筑一道木栅。遏,阻止。东兵,从东方来的晋军。 ⑧⑧军:驻营。 ⑧⑨白:报告。 ⑨⑩赴:追,赶上去。 ⑨①兼道:兼程,用加倍的速度赶路。 ⑨②朱序:本是晋国的梁州刺史,镇守襄阳。苻坚打下襄阳,捉住朱序,起用为尚书。 ⑨③夺气:丧失锐气。 ⑨④老:使动,使丧失锐气。 ⑨⑤"十一月"句:广陵相,广陵国相,主管侯国政务。刘牢之,谢玄手下的名将,谢玄派他训练北府兵。肥水之战,以刘牢之统率的北府兵为主力打败苻坚。趣,赶赴。 ⑨⑥军实:军需给养。 ⑨⑦八公山:在寿阳城北面。 ⑨⑧怃然:惆怅失意的样子。 ⑨⑨悬军:指军队离开国都很远,悬驻在外。 ⑩⑩"但引兵少却"句:但,只。半渡,渡了一半。铁骑,坚不可摧的骑兵。蹙,压迫。蔑,没有。 ⑩①麾:指挥。 ⑩②青冈:今安徽省寿县西北。 ⑩③重:加上。 ⑩④张天锡:晋朝的凉州刺史,自称凉王。后降于苻坚。 ⑩⑤云母车:用云母装饰的车子。 ⑩⑥豚髀:小猪的大腿肉。 ⑩⑦潸然:流泪的样子。 ⑩⑧如故:照旧。 ⑩⑨屐:底下有齿的木底鞋。

【赏析】

肥水,也作淝水,淝水之战是发生在此地的一场关系东晋和前秦存亡的决战,是历史上十分著名的一场战役。本文详细的记述了战役发生的始末,客观分析了战争胜负的必然性,形象地塑造了苻坚、谢安等人物形象,语言风格独特,驾驭重大历史事件时显得游刃有余,堪称名篇。

作者并不是站在事外来写作,而是通过写决战之时苻坚手下众多人的劝谏而自然说出了战争的胜负必然性。表面上看,前秦势不可挡,所向披靡,因此苻坚想要一举夺得东晋。但是实际上,苻坚和战士们分析出的战争的形式却并不是这样的。苻坚的谋臣从"天时"、"地利"、"人和"三个方面指出了东晋的有利地位。虽然这些说法带有某些迷信思想,但是这却好似古人所敬畏的。再加上东晋的优势的地理位置,和百姓战士的旺盛士气,这场战争并不好打,最后,苻坚果然以失败而告终。这篇文章对战争的描写和其中揭示的战争必然性都让人信服。

这篇文章出现了很多的人物,作者主要刻画的是苻坚和谢安。但是这两个人的塑造方法却迥然不同,作者用大量的篇幅写了苻坚的狂妄自大、刚愎自用,但是对于谢安的运筹帷幄却只用了两百余字的篇幅。

人物的语言也是充满个性的。作为一个不可一世的君主,苻坚的语言特点是狂妄自大的,带有很多蛮横的色彩,而权翼、石越、阳平公融等忠心直谏的大臣的语言则情真意切,增强了文章的艺术感染力。

这篇文章的另一个特点就是详略得当,并不是事无巨细,面面俱到,而是力求从叙事中展现本来面貌，揭示本质。作者善于剪裁事件，先写先秦的盲目进军导致了战争的必然失败，接着详写战争前双方的准备工作，而对于战争本身则大笔勾画，略写战情。最终强调了战争的必然趋势，但是也没有忽略一些偶然因素。

【《精骑集》序】

秦 观

予少时读书，一见辄①能诵②。暗疏③之，亦不甚失。然负④此自放⑤，喜从滑稽饮酒者⑥游。旬朔⑦之间，把卷⑧无几日。故虽有强记之力，而常废于不勤。

比⑨数年来，颇发愤自惩艾⑩，悔前所为；而聪明衰耗，殆不如曩时十一二⑪。每阅一事，必寻绎数终⑫，掩卷茫然，辄⑬复不省⑭。故虽然有勤苦之劳，而常废于善忘。

嗟夫！败吾业者，常此二物也。比读《齐史》，见孙搴答邢词⑮云："我精骑⑯三千，足敌君羸卒⑰数万。"心善其说⑱，因取经、传、子、史⑲事之可为文用者，得若干条，勒⑳为若干卷，题曰《精骑集》云。

噫！少而不勤，无如之何矣。长㉑而善忘，庶几㉒以此补㉓之。

【注释】

①辄：就。 ②诵：背诵，记熟。 ③暗疏：默写。 ④负：凭借，依仗。 ⑤自放：自我放纵，放任自流。 ⑥滑稽饮酒者：玩世不恭、行为放荡的酗酒者。滑稽，巧言善辩。 ⑦旬朔：十天或一个月，泛指较长的时间。旬，古时十日为一旬。朔，农历的每月初一，此处指一个月。 ⑧把卷：看书。 ⑨比：近，近来。 ⑩惩艾：惩戒，使吸取教训。 ⑪殆不如曩时十一二：大概不如以前的十分之二。殆，大约，大概，几乎。曩时，昔日，过去，从前。十一二，十分之一二。 ⑫寻绎数终：从头至尾翻阅数次。寻绎，追思。数终，多遍，多次。 ⑬辄：总是，就。 ⑭省：明白，懂得，这里指记住。 ⑮孙搴答邢词：详见《北齐书·孙搴传》。孙搴以文辞著称，但学浅行薄，邢邵劝其更读书，搴曰："我精骑三千，足敌君羸卒数万。" ⑯精骑：精锐的骑兵。 ⑰羸卒：瘦弱的士兵。羸，瘦弱。 ⑱心善其说：心中赞许这个说法。 ⑲经、传、子、史：经，儒家经典，如《论语》、《孟子》、《周易》等。传，人物传记。子，诸子百家作品。史，史书。 ⑳勒：编。 ㉑长：成年，成人曰长。 ㉒庶几：差不多。 ㉓补：弥补，补救。

【赏析】

《〈精骑集〉序》是秦观所编的古人选本《精骑集》的序文，交代了选编缘由、选本内容和题目涵义等。秦观，字少游，号淮海居士，高邮（今属江苏）人，"苏门四学士"之一。秦观在这篇序文中回顾了自己的读书经历，并将其中经验教训作了总结。

在文章的开始，秦观叙述了年轻时依仗自己能过目成诵而不发奋读书、放任自流，最终因善忘而荒废学业。直到近几年秦观才幡然醒悟，然而反复推敲也无法弥补天分的流失，只得空发"少而不勤，无如之何矣"的悔恨之感。由是他总结出自己学业荒废的两种情况：即使有很强的记忆力，也常常荒废在不勤奋上；即使有勤奋刻苦的辛劳，却也常常荒废在善忘上。

在对自己一生治学的得失作了一番真诚的披露后，秦观以下两个观点告诫后人：首先，学习因持之以恒，不可玩物丧志；其次，读书宜精不宜滥。前者是秦观在总结人生经验的基础上得出的治学启示，用以启迪来者珍惜春光时光，这是本文超出一般书序与众不同、耐人寻味的地方。对于后者的论述，作者引用了"孙搴答邢"的例子"我精骑三千，足敌君赢卒数万"来说明。在这里，"精骑"比喻从文献典籍中摘取出的精华。秦观在这里对这句话表示赞许，想表达的是读书贵在精要，这也是他编撰《精骑集》的目的所在。

这篇序文结构完整，一波三折，首尾圆合。文字平易而有力，情真意切，颇有说服力。

【书《洛阳名园记》后】

李格非

洛阳处天下之中，挟①殽②、渑③之阻④，当⑤秦⑥、陇⑦之襟喉⑧，而赵⑨、魏⑩之走集⑪，盖四方必争之地也。天下常无事则已，有事则洛阳必先受兵。予故尝曰：洛阳之盛衰，天下治乱⑫之候⑬也。

方唐贞观、开元之间，公卿贵戚开馆列第⑭于东都⑮者，号千有馀邸。及其乱离，继以五季⑯之酷⑰，其池塘竹树，兵车蹂践，废而为丘墟；高亭大榭，烟火焚燎，化而为灰烬，与唐共灭而俱亡者，无馀处矣。予故尝曰：园圃之废兴，洛阳盛衰之候也。且天下之治乱，候于洛阳之盛衰而知；洛阳之盛衰，候于园圃之废兴而得；则《名园记》之作，予岂徒然⑱哉？

呜呼！公卿大夫方进于朝，放乎一己之私意以自为⑲，而忘天下之治忽⑳，欲退享此乐，得乎？唐之末路是矣㉑！

【注释】

①挟：凭借。　②殽：殽山，山名，在今河南洛宁县西北，位于函谷关东段，地势险要。　③渑：渑池，古城名，在今河南渑池县西，古代九塞之一。　④阻：险阻。　⑤当：掌管，控制。　⑥秦：秦川，在今陕西省和甘肃省一带。　⑦陇：陇山，山名，在今甘肃省。　⑧襟喉：衣襟和咽喉，比喻要害之地。　⑨赵：在今河北南部、山西东部、河南北部一带。　⑩魏：在今山西西南部、北南北部一带。　⑪走集：边界要塞，交通要冲。　⑫治乱：安定与动乱。　⑬候：症候，征兆，迹象。　⑭开馆列第：建馆舍、置宅第。　⑮东都：指洛阳。　⑯五季：指五代（后梁、后唐、后晋、后汉、后周）。　⑰酷：残酷的战争。　⑱徒然：枉然，徒劳无益。　⑲放乎一己之私以自为：放纵自己的私欲而为所而为。　⑳治忽：治理与忽怠，指国家的安定与动乱。　㉑唐之末路是矣：唐代的覆灭就是这样的啊！

【赏析】

　　李格非的《洛阳名园记》是一本记述在宋代号称"天下第一"的洛阳园林的专著，共记述19座洛阳名园。这篇文章是《洛阳名园记》一书的后记。在这篇后记中，李格非点明了《洛阳名园记》的主旨，并以小见大、借古喻今，表现了他对国家的深刻思考。

　　文章的第一段李格非先点出洛阳的险要地势，提出"洛阳之盛衰，天下治乱之候也"，从洛阳的盛衰中看到了国家的治乱；第二段以唐代贞观、开元年间公卿贵族修建的洛阳园林在战火中与大唐江山同归于尽、化为废墟为例，进一步论证了"园圃之废兴，洛阳盛衰之候也"，从洛阳园林的兴废看出洛阳城的盛衰。归结起来就是，洛阳的盛衰与国家的存亡有着千丝万缕的联系，洛阳园林是国家治乱盛衰的预兆，由此点明了这便是《洛阳名园记》的思想出发点。在第三段中，李格非借古讽今，针对当时的国势，对宋朝政府提出了强烈的警戒和忠告。唐代的公卿士大夫们骄奢淫逸、为所欲为，不顾天下治乱，最终甚至来不及在告老致仕后安享林园之乐。唐代覆灭的历史教训便是宋代的前车之鉴，是对宋朝腐败的一个警示。作者目光犀利地看到了当时在繁荣外表下的社会危机，批判了在当朝公卿大夫之间弥漫的享乐之风，寄寓了对衰微国势的清醒认识和深切忧虑，表达了忧国忧民之情。

　　本文行文简洁，文笔凌厉健迈，语气恳切深沉。文章具有深刻的现实针对性，充分展现出李格非独到的历史视野和深刻的预见性。

【新城游北山记】

晁补之

　　去①新城②之北三十里，山渐深，草木泉石渐幽。初犹骑行石齿③间，旁皆大松，曲者如盖④，直者如幢⑤，立者如人，卧者如虬⑥。松下草间有泉，沮洳⑦伏见⑧，堕石井，锵然⑨而鸣。松间藤数十尺，蜿蜒如大螈⑩。其上有鸟，黑如鸲鹆⑪，赤冠长喙，俯而啄，磔然⑫有声。

稍西，一峰高绝，有蹊介然，仅可步⑬。系马石嘴⑭，相扶携而上，篁筿⑮仰不见日。如⑯四五里，乃闻鸡声。有僧布袍蹑履来迎⑰，与之语，瞠而顾⑱，如麋鹿不可接⑲。顶有屋数十间，曲折依崖壁为栏楯⑳，如蜗鼠缭绕，乃得出㉑。门牖相值㉒。既坐，山风飒然㉓而至，堂殿铃铎㉔皆鸣。二三子相顾而惊，不知身之在何境也。且暮㉕，皆宿。

于时九月，天高露清，山空月明。仰视星斗㉖，皆光大㉗，如适㉘在人上。窗间竹数十竿，相摩戛㉙，声切切㉚不已。竹间梅棕㉛森然㉜，如鬼魅离立突鬓之状㉝，二三子又相顾魄动㉞而不得寐。迟明㉟，皆去。

既㊱还家数日，犹恍惚若有遇㊲。因追记之。后不复到，然往往想见㊳其事也。

【注释】

①去：离开。　②新城：北宋杭州属县，今划归桐庐县。　③石齿：形容乱石纵横交错，像牙齿一样排列。　④盖：曲柄伞状的车盖，这里形容弯曲的松树的状貌。　⑤幢：古时作仪仗用的一种旗帜，这里形容直立的松树的状貌。　⑥虬：传说中的一种龙，这里形容盘曲的松树的状貌。　⑦沮洳：低湿之地，这里指土壤泉水浸润下湿润的样子。　⑧伏见：指泉水在草丛中若隐若现。见，通"现"。　⑨锵然：形容金宝珠玉等声音清脆悦耳。　⑩螈：蝾螈，一种像蜥蜴的两栖动物。　⑪鸲鹆：八哥。　⑫磔然：鸟啄木的声音。　⑬有蹊介然，仅可步：山下有一条小路，狭窄得只可步行。蹊，小路。介然，像划定界限似的。　⑭石嘴：岩石突出的尖角。　⑮篁筿：泛指密密的竹林。　⑯如：大约。　⑰有僧布袍蹑履来迎：有个僧人穿着布袍、拖着鞋子前来迎接。蹑，踩。　⑱瞠而顾：时而发愣，时而环顾四周。　⑲如麋鹿不可接：像麋鹿一样不可接近。　⑳曲折依崖壁为栏楯：指山顶上房屋的栏杆曲折回旋、依崖壁而建。栏楯，栏杆。　㉑如蜗鼠缠绕，乃得出：要像蜗牛和老鼠那样迂回绕转地走，才能走出来。　㉒门牖相值：这间屋的门和那间屋的窗正好相对。值，遇到，逢着。　㉓飒然：形容风吹时沙沙作响。　㉔铎：大铃。　㉕且暮：将近黄昏。　㉖斗：指北斗。　㉗光大：大而光亮。　㉘适：正好。　㉙摩戛：犹摩擦相碰。　㉚切切：形容声音轻细而急促。　㉛梅棕：梅树和棕榈树。　㉜森然：阴森可怕的样子。　㉝如鬼魅离立突鬓之状：如同相对而立、鬓发怒张的鬼魅。离立，并立。突鬓，鬓发突出、竖立的样子。　㉞魄动：心惊，惊恐不安。　㉟迟明：天快亮的时候。　㊱既：已经。　㊲犹恍惚若有遇：依稀在眼前浮现出山上的情景。恍惚，依稀，仿

佛,隐约。若有遇,好像有所见,指山间景物浮现在脑海中。 ㊳见:用在动词后表示结果。

【赏析】

《新城游北山记》选自《鸡肋集》,写于熙宁年间晁补之随父同在新城期间,是一篇以状物写景传达感受见长的游记。

第一段生动地描绘了作者在山间的所见所闻,无论是泉、石、松、藤、鸟,还是茂密繁盛的竹林,无不给人一种幽深怪异之感。作者擅长捕捉和描摹形象,对自然景物作细致入微的观察和描写,勾勒出种种难状之景,令人目不暇接。以"大松"为例,"曲者如盖,直者如幢,立者如人,卧者如虬",形象地摹写了松树曲、直、立、卧的种种形态,赋予了大松以别样的神韵和情致。又如他对声音的摹写,草间泉水堕入石井,"锵然而鸣",发出如金宝珠玉般清脆悦耳的声音;赤冠长喙的鸟儿俯而啄食,"磔然有声",发出"吱吱"的叫声,这种声响又巧妙地烘托了山间的幽静气氛。

第二段记叙山顶僧居生活,渲染了阴森空寂的氛围。作者首先描摹僧舍周围的环境,用"曲折依崖壁为栏楯,如蜗鼠缭绕乃得出,门牖相值",简明贴切地刻画了山顶屋舍幽深回旋的结构形态。作者用"如麋鹿不可接"来比喻山僧见到外人时的局促不安,十分传神,恰如其分。山风"飒然而至",堂殿"铃铎皆鸣",不禁让人惊慌失措,再次强化了幽深空寂之感。

第三段记叙夜宿山上的情景,将山深景幽的气氛推向极致。天高露清、山空月明,与在竹林中的"仰不见日"形成鲜明对比。紧接着作者笔锋一转,用生动形象的比喻对夜晚的阴森可怕进行了穷形尽相的描摹,"窗间竹数十竿,相摩戛,声切切不已。竹间梅棕森然,如鬼魅离立突鬓之状",声、光、形、态的描写惟妙惟肖。

第四段记叙北山景物让作者难以忘怀,故作者作记以追怀此行。

这篇游记的写景状物之所以如此生动形象,不仅因为作者运用了多种艺术手法对景物作栩栩如生的描摹,还因为作者将强烈的主观感受渗透在字里行间,给人以身临其境之感,如"二三子相顾而惊,不知身之在何境也"、"二三子又相顾魄动而不得寐"、"还家数日,犹恍惚若有遇"等,故而这篇游记显得格外真切动人、令人回味。

【《东京梦华录》序】

孟元老

仆从先人宦游①南北,崇宁癸未②到京师③,卜居④于州西金梁桥西夹道之南。渐次⑤长立,正当辇毂之下⑥,太平日久,人物繁阜⑦。垂髫⑧之童,但习鼓舞;班白⑨之老,不识干戈⑩。时节相次⑪,各有观赏;灯宵月夕,雪际花时,乞巧⑫登高,教池游苑⑬。举目则青楼画阁，绣户珠帘，雕车⑭竞驻于天街⑮，宝马争驰于御路⑯。金翠耀目，罗绮飘香。新声巧笑于柳陌花衢，按管调弦于茶坊酒肆。八荒⑰争凑⑱，万国咸通⑲。集四海之珍奇，皆归市易；会寰区之异味，悉在庖厨。花光满路，何限春游；箫鼓喧空，几家夜宴。伎巧⑳则惊人耳目，侈奢则长人精神。瞻天表㉑则元夕教池，拜郊㉒孟享㉓。频观公主下降㉔，皇子纳妃。修造则创建明堂㉕，冶铸则立成鼎鼐㉖。观妓籍㉗则府曹㉘衙罢㉙，内省㉚宴回㉛；看变化则举子唱名㉜，武人换授㉝。仆数十年烂赏叠游，莫知厌㉞足。

　　一旦兵火㉟，靖康丙午之明年㊱，出京南来，避地江左㊲，情绪牢落㊳，渐入桑榆㊴。暗想当年，节物风流，人情和美，但成怅恨。近与亲戚会面，谈及曩昔㊵，后生往往妄生不然。仆恐浸久，论其风俗者，失于事实，诚为可惜。谨省记编次成集，庶几开卷得睹当时之盛。古人有梦游华胥之国㊶，其乐无涯者。仆今追念，回首怅然，岂非华胥之梦觉哉！目之曰《梦华录》。

　　然以京师之浩穰㊷，及有未尝经从处，得之于人，不无遗阙㊸。倘遇乡党㊹宿德㊺，补缀㊻周备，不胜幸甚！此录语言鄙俚，不以文饰者，盖欲上下通晓尔，观者幸㊼详焉。

　　绍兴丁卯岁除日，幽兰居士孟元老序。

【注释】

①宦游：为求官而出游。　②崇宁癸未：崇宁二年（1103）。崇宁，宋徽宗赵佶年号。癸未，指崇宁二年。　③京师：京城，这里指的是北宋都城汴京（在今河南开封）。　④卜居：选择居处。　⑤渐次：犹逐渐，次第。　⑥辇毂之下：在皇帝的车驾之下，这里指京城。辇毂，皇帝的车舆，代指京城。　⑦繁阜：繁盛，繁多。　⑧垂髫：古时儿童不束发，头发下垂，故以"垂髫"代指儿童。　⑨班白：指老人。班，通"斑"。　⑩干戈：古代常用兵器，这里作兵器的通称。　⑪相次：一个接一个，相继。　⑫乞巧：农历七月七日夜（或七月六日夜），身着新衣的少女在庭院向织女星乞求智巧。　⑬教池游苑：指金明池、琼林苑的游赏。　⑭雕车：装饰华丽的车。　⑮天街：京城中的街道。　⑯御路：专供皇帝车马行走的道路。　⑰八荒：又称"八方"，最远之处。荒，远，边远的地方。　⑱凑：聚合。　⑲通：沟通，接通。　⑳伎巧：精美奇巧的工艺品。　㉑瞻天表：瞻仰皇帝的容颜。瞻，瞻仰。天表，皇帝的面容。　㉒拜郊：到郊外拜天帝。　㉓孟享：古时帝王宗庙祭礼。　㉔下降：指公主下嫁。　㉕明堂：古代帝王宣明政教、举行大典的地方。　㉖鼎鼐：鼎和鼐，古代两种烹饪器具。　㉗妓籍：编入籍册的妓女。　㉘府曹：衙门。　㉙衙罢：指衙门下班。　㉚内省：指宫中。　㉛宴回：宴会结束。　㉜唱名：举子中进士后，皇帝呼名召见登第进士。　㉝换授：酌其才能调任官职。　㉞厌：满

足。 ㉟兵火：指战争。 ㊱靖康丙午之明年：指靖康二年丁未（1127）。靖康，宋钦宗赵桓年号。 ㊲江左：古时在地理上以东为左，江左也称"江东"，在今江浙一带。 ㊳牢落：孤寂，衰落。 ㊴桑榆：比喻晚年。 ㊵曩昔：从前。 ㊶梦游华胥之国：《列子·皇帝》载："皇帝昼寝梦游华胥氏之国。"后用"梦华"来比喻追忆往事，如梦境一般。 ㊷浩穰：人众多、繁盛的样子。浩，大。穰，盛。 ㊸遗阙：犹言遗漏缺失。阙，通"缺"。 ㊹乡党：乡里。 ㊺宿德：年老有德者。 ㊻补缀：补充辑集。 ㊼幸：表敬，副词，表明对方的行为使自己感到幸运。

【赏析】

孟元老的《〈东京梦华录〉序》是他所著的《东京梦华录》的序文，交代了写作缘起和写作目的。靖康之变（1127）后，北宋灭亡。作为北宋遗老的孟元老（号幽兰居士）将对往昔汴京繁华景象的无限眷恋和对现实的无限伤感，写进了《东京梦华录》中。这本描摹北宋都城汴京城市风貌的著作，凡十卷，约三万言，所记大多是崇宁到宣和（1102－1125）年间北宋都城汴京的风土人情，描绘了这一历史时期汴京城内上自公卿贵族、下至庶民百姓的日常生活情景，成为北宋都市社会生活和经济文化状况的缩影。

这篇序文的内容结构以"靖康之变"为标志分为两个截然不同的部分，由第一段的文辞富丽转向第二段的笔调沉痛。在第一部分，作者细致描摹了汴京城盛景，从东京城池、河道、宫阙、衙署，到街巷坊市、店铺酒楼，再到民风习俗、物产时好、朝廷典礼、诸街夜市等，包罗万象。作者将大量笔墨用在发达的文化与交通以及繁荣的商业贸易的描写上，用凝练、充满色彩感的语言渲染了紫醉金迷的氛围，展现出当时都城的繁荣稳定。

在第二部分，作者逢靖康之变后、于垂暮之年、在牢落怅恨之际，回想汴京城旧景，不禁黯然神伤。序文借用了《列子·皇帝》中所说的，"皇帝昼寝梦游华胥氏之国"，用"梦华"来比喻追忆如梦往事，故国繁华如梦似幻，再回首亦只是惘然。再加上"近与亲戚会面，谈及曩昔，后生往往妄生不然"，更让作者痛心。作者担心随着时间的流逝，往事如烟终会消逝于后代的记忆中。今昔的巨大反差对比使文章中注入了沉痛的感伤情绪，传递出作者的亡国之殇。故而作者立志著书，使后人"开卷得睹当时之盛"。

文章结构对称，构思精巧，语言铺张扬厉，情真意切。

【《金石录》后序】

李清照

右《金石录》三十卷者何？赵侯德父①所著书也。取上自三代②，下迄五季③，钟、鼎、甗、鬲、盘、匜、尊、敦④之款识⑤，丰碑大碣⑥、显人⑦晦士⑧之事迹，凡见于金石刻者二千卷，皆是正讹谬⑨，去取褒贬，上足以合圣人之道，下足以订史氏之失者皆载之，可谓多矣。呜呼！自王播、元载之祸⑩，书画与胡椒无异；长舆、元凯之病⑪，钱癖与《传》癖何殊？名虽不同，其惑一也。

余建中辛巳⑫，始归赵氏。时先君⑬作礼部员外郎，丞相⑭作吏部侍郎，侯年二十一，在太学⑮作学生。赵、李族寒，素贫俭，每朔望谒告⑯出，质⑰衣取半千钱，步入相国寺，市⑱碑文果实归，相对展玩咀嚼，自谓葛天氏之民⑲也。后二年，出仕宦，便有饭蔬衣练⑳，穷遐方绝域㉑，尽天下古文奇字㉒之志。日就月将，渐益堆积。丞相居政府，亲旧或在馆阁㉓，多有亡诗㉔、逸史㉕，鲁壁㉖、汲冢㉗所未见之书，遂尽力传写，浸觉有味，不能自己。后或见古今名人书画，一代奇器，亦复脱衣市易。尝记崇宁㉘间，有人持徐熙《牡丹图》求钱二十万。当时虽贵家子弟，求二十万钱岂易得耶？留信宿㉙，计无所出而还之。夫妇相向惋怅者数日。

后屏居乡里十年，仰取俯拾㉚，衣食有馀。连守两郡，竭其俸入以事铅椠㉛。每获一书，即同共勘校，整集签题。得书画彝鼎，亦摩玩舒卷，指摘疵病，夜尽一烛为率。故能纸札精致，字画完整，冠诸收书家。余性偶强记，每饭罢，坐归来堂烹茶，指堆积书史，言某事在某书某卷第几叶第几行，以中否角胜负，为饮茶先后。中即举杯大笑，至茶倾覆怀中，反不得饮而起。甘心老是乡矣！故虽处忧患困穷，而志不屈。

收书既成，归来堂起书库大橱，簿甲乙㉜，置书册。如要讲读，即请钥上簿，关出卷帙。或少损污，必惩责揩完涂改，不复向时之坦夷㉝也。是欲求适意而反取僽栗㉞。余性不耐，始谋食去重肉㉟，衣去重采㊱，首无明珠翡翠之饰，室无涂金刺绣之具，遇书史百家字不刓阙㊲、本不讹谬者，辄市之，储作副本。自来家传《周易》、《左氏传》，故两家者流，文字最备。于是几案罗列，枕席枕藉，意会心谋，目往神授，乐在声色狗马之上。

至靖康丙午岁㊳，侯守淄川。闻金人犯京师，四顾茫然，盈箱溢箧，且恋恋，且怅怅，知其必不为己物矣。建炎丁未㊴春三月，奔太夫人丧南来。既长物㊵不能尽载，乃先去书之重大印本者，又去画之多幅者，又去古器之无款识者，后又去书之监本㊶者，画之平常者，器之重大者。凡屡减去，尚载书十五车。至东海,连舻渡淮,又渡江,至建康。青州故第,尚锁书册什物,用屋十馀间,期明年春再具舟载之。十二月,金人陷青州,凡所谓十馀屋者,已皆为煨烬矣。

建炎戊申㊷秋九月,侯起复,知建康府。已酉春㊸三月罢,具舟上芜湖,入姑孰,将卜居㊹赣水上。夏五月,至池阳,被旨知湖州,过阙上殿㊺。遂驻家池阳,独赴召。六月十三日,始负担舍舟,坐岸上,葛衣岸巾㊻,精神如虎,目光烂烂射人,望舟中告别。余意甚恶,呼曰:"如传闻城中缓急㊼,奈何?"戟手㊽遥应曰:"从众。必不得已,先去辎重㊾,次衣被,次书册卷轴,次古器。独所谓宗器㊿者,可自负抱,与身俱存亡,勿忘之!"遂驰马去。途中奔驰,冒大暑,感疾。至行在㉛,病痁㉜。七月末,书报卧病。余惊怛,念侯性素急,奈何病痁?或热,必服寒药,疾可忧。遂解舟下,一日夜行三百里。比至,果大服柴胡、黄芩药,疟且痢,病危在膏肓。余悲泣,仓皇不忍问后事。八月十八日,遂不起,取笔作诗,绝笔而终,殊无分香卖履之意㉝。

葬毕,余无所之。朝廷已分遣六宫,又传江当禁渡。时犹有书二万卷,金石刻二千卷,器皿茵褥可待百客,他长物称是㉞。余又大病,仅存喘息,事势日迫,念侯有妹婿任兵部侍郎,从卫在洪州,遂遣二故吏先部送行李往投之。冬十二月,金人陷洪州,遂尽委弃。所谓连舻渡江之书,又散为云烟矣。独馀少轻小卷轴、书帖,写本李、杜、韩、柳集,《世说》,《盐铁论》,汉、唐石刻副本数十轴,三代鼎鼐十数事,南唐写本书数簏,偶病中把玩,搬在卧内者,岿然独存㉟。

上江既不可往,又虏势叵测。有弟迒,任敕局删定官㊱,遂往依之。到台,台守已遁,之剡。出陆,又弃衣被走黄岩,雇舟入海奔行朝。时驻跸㊲章安,从御舟海道之温,又之越。庚戌㊳十二月,放散百官,遂之衢。绍兴辛亥㊴春三月,复赴越。壬子㊵,又赴杭。先侯疾亟时,有张飞卿学士,携玉壶过视侯,便携去,其实珉㊶也。不知何人传道,遂妄言有颁金㊷之语,或传亦有密论列㊸者。余大惶怖,不敢言,亦不敢遂已,尽将家中所有铜器等物,欲赴外廷㊹投进。到越,已移幸四明。不敢留家中,并写本书寄剡。后官军收叛卒,取去,闻尽入故李将军家。所谓岿然独存者,无虑十去五六矣。惟有书画砚墨可五七簏，更不忍置他所，常在卧榻下，手自开阖。在会稽，卜居土民钟氏舍，忽一夕，穴壁负五簏去。余悲恸不已，重立赏收赎。后二日，邻人钟复皓出十八轴求赏，故知其盗不远矣。万计求之，其馀遂牢不可出。今知尽为吴说运使⑥⑤贱价得之。所谓岿然独存者，乃十去其七八。所有一二残零不成部帙书册，三数种平平书帖，犹复爱惜如护头目，何愚也邪！

今日忽阅此书，如见故人。因忆侯在东莱静治堂，装卷初就，芸签⑥⑥缥带⑥⑦，束十卷作一帙。每日晚吏散，辄校勘二卷，跋题一卷。此二千卷，有题跋者五百二卷耳。今手泽⑥⑧如新而墓木已拱⑥⑨，悲夫！

昔萧绎江陵陷没，不惜国亡而毁裂书画⑦⑩；杨广江都倾覆，不悲身死而复取图书⑦⑪。岂人性之所著⑦⑫，死生不能忘之欤？或者天意以余菲薄，不足以享此尤物⑦⑬耶？抑亦死者有知，犹斤斤爱惜，不肯留在人间耶？何得之艰而失之易也？呜呼！余自少陆机作赋之二年⑦⑭，至过蘧瑗知非之两岁⑦⑮，三十四年之间，忧患得失，何其多也！然有有必有无，有聚必有散，乃理之常。人亡弓，人得之⑦⑯，又胡足道！所以区区记其终始者，亦欲为后世好古博雅者之戒云。

绍兴二年玄黓岁壮月朔甲寅，易安室⑦⑰题。

【注释】

①赵侯德父：指赵明诚，李清照之夫。侯，这里指呼州郡长官，赵明诚曾为莱州、淄州、建康、湖州太守，故称为侯。德父，赵明诚的字。 ②三代：夏、商、周。 ③五季：指后梁、后唐、后晋、后汉、后周五代。 ④钟、鼎、甗、鬲、盘、匜、尊、敦：这些都是古代用青铜制成的器具。钟，古代乐器。鼎、甗，古代青铜制成的炊具。鬲，古代铜制烹饪器，似鼎而足中空。彝、尊，青铜制酒器。敦，古代铜制盛食器。 ⑤款识：古代金石上铸刻的文字。 ⑥丰碑大碣：高大的石牌。 ⑦显人：名声显赫的人。 ⑧晦士：韬晦之士，隐士。 ⑨是正讹谬：校正错字异文。 ⑩王播、元载之祸：王播，字广津，唐文宗时宰相，喜收藏书画，后因谋诛宦官事泄被杀。其家中金玉珍宝被一抢而空，而书画则被弃于道路。元载，字公辅，唐代宗时宰相，因罪赐死，在没收其家财时，仅胡椒就有八百石。 ⑪长舆、元凯之病：和峤，字长舆，晋朝人，家产殷实，但生性极吝啬，杜预称其为有"钱癖"。杜预，字元凯，和峤同时代人。酷爱《左传》，著有《春秋经传集解》，自称有"《左传》癖"。 ⑫建中辛巳：宋徽宗建中靖国元年（1101）。当年李清照与赵明诚结婚。 ⑬先君：指李清照的父亲李格非。 ⑭丞相：指赵明诚的父亲赵挺之。 ⑮太学：古时传授儒家经典的最高学府。 ⑯朔望谒告：朔望日的例行休假。朔望，农历每月初一为"朔"，十五为"望"。谒告，请假。 ⑰质：典当。 ⑱市：买。

⑲葛天氏之民：葛天氏为传说中的远古帝王，身处治世，不言而信，不化而行，“葛天氏之民”指远古时代生活简朴而安定的平民。见陶渊明《五柳先生传》：“衔觞赋诗，以乐其志，无怀氏之民欤？葛天氏之民欤？” ⑳饭蔬衣练：吃粗茶淡饭，穿粗布衣服。饭蔬，以蔬菜为饭，这里指素食。衣练，穿粗布衣服。练，粗布。 ㉑穷遐方绝域：游遍极远的地方。遐方，遥远的地方。绝域，极其遥远的地域。 ㉒古文奇字：这里甲骨文、金文之类的上古文字。汉王莽时有六体书，其一为古文，其二为奇字，古文指孔子宅壁中书写体，奇字指古文指异体字。 ㉓馆阁：宋代掌管修史、藏书、校雠的机关。 ㉔亡诗：指今本《诗经》除305篇以外的其他诗。 ㉕逸史：正史以外的史书。 ㉖鲁壁：指孔子宅壁，其中觅到虞、夏、商、周之书，及《传》、《论语》、《孝经》等古文。见孔安国《古文尚书序》。 ㉗汲冢：晋太康二年，汲郡有个名叫不准的人盗发魏襄王墓（或云魏安王冢），得竹简小篆古书十余万言。见《晋书·束皙传》及杜预《春秋经传集解·后序》。 ㉘崇宁：宋徽宗年号，公元1102－1106年。 ㉙信宿：连宿两夜。 ㉚仰取俯拾：随时随地拾取，多形容人善于积聚资财。 ㉛铅椠：古代校订工具。铅，铅条，可书写。椠，可书文字的木板。 ㉜簿甲乙：分类编订目录。 ㉝坦夷：随便不在意。 ㉞憀栗：恐慌不安。 ㉟食去重肉：不同时吃两样荤菜。重，重复。 ㊱衣去重采：不同时穿两件绣花衣裳。 ㊲刓阙：残缺不全。 ㊳靖康丙午岁：指宋钦宗靖康元年（1126）。 ㊴建炎丁未：宋高宗建炎元年（1127）。 ㊵长物：多余的东西。 ㊶监本：指五代一来国子监所刻的书本，在当时为通用本。 ㊷建炎戊申：指宋高宗建炎二年（1128）。 ㊸己酉春：建炎三年春天。 ㊹卜居：选择居所。 ㊺过阙上殿：指入朝见皇帝。 ㊻葛衣岸巾：着夏衣，把头巾掀起露出前额。葛衣，夏衣。岸巾，把头巾掀起露出前额。 ㊼缓急：紧急。这里指敌军进犯的战事。 ㊽戟手：以食指与中指分开成戟状指点。 ㊾辎重：外出时携带的行李包裹。 ㊿宗器：古代宗庙祭祀所用的祭器及礼乐之器。 (51)行在：皇帝出行所在之地，这里指建康。 (52)病痁：害疟疾。 (53)无分香卖履之意：见曹操《遗令》：“余香可分与诸夫人，不命祭。诸舍中无所为，学作组屦卖也。”这里指没有留下遗嘱。 (54)他长物称是：其他物品，数量与此相当。他，其他。称，符合，相当。是，这。 (55)岿然独存：形容经过变故后唯一幸存的人或物。岿然，高峻独立的样子。 (56)敕局删定官：职掌收集诏书并编纂成书的官员。 (57)驻跸：皇帝出行沿途驻扎。跸，皇帝出行时的清道。 (58)庚戌：建炎四年（1130）。 (59)绍兴辛亥：绍兴元年（1131）。 (60)壬子：绍兴二年（1132）。 (61)珉：似玉的石头。 (62)颁金：将玉壶赠予金人，意指通敌。 (63)密论列：向朝廷告密。论列，宋代言官上书检举弹劾。 (64)外廷：外朝。 (65)运使：转运使的简称。 (66)芸签：书签的雅称，因古人藏书多用芸香驱蠹虫而得名。 (67)缥带：淡青色的带子，用以束卷轴。 (68)手泽：手汗，这里指先人的遗物或手迹。 (69)墓木已拱：墓前树木已可两手合抱，比喻人死已久。 (70)昔萧绎江陵陷没，不惜国亡而毁裂书画：梁元帝萧绎在江陵建都，承圣三年（554），西魏军攻陷江陵，萧绎命其舍人将所藏古今图书十四万卷焚烧。 (71)杨广江都倾覆，不悲身死而复取图书：隋炀帝杨广于大业十四年（618）在江都（今江苏扬州市）被宇文化及所杀。据《大业拾遗记》记载，唐高祖武德四年平定东都洛阳后，将观文殿所藏新书八千卷载回长安。上官魏梦见炀帝大叱之：“何因辄将我书向京师？”船过黄河时，逢风覆没，一卷未剩。上官魏又梦见炀帝大喜曰：“我已得书！” (72)著：执着，挂念。 (73)尤物：珍奇的事物，这里指的是珍贵的文物。

⑭少陆机作赋之二年：指十八岁。杜甫《醉歌行》："陆机二十作《文赋》。"李清照十八岁时嫁赵明诚，故云"少陆机作赋之二年"。 ⑮蘧瑗知非之两岁：指五十二岁。蘧瑗，字伯玉，春秋时卫国大夫。《淮南子·原道训》："故蘧伯玉年五十而有四十九年之非。"这里指她作序之年是五十二岁。 ⑯人亡弓，人得之：《孔子家语》卷二："楚王出游，亡弓。左右请求之。王曰：'止！楚人失弓，楚人得之，又何求之？'孔子闻之：'惜乎其不大也！不曰人遗弓人得之而已，何必楚也。'"这里意为李清照虽遗失了金石字画，但为别人所得，又何必计较。 ⑰易安室：李清照室名，李清照号易安居士，"易安"二字似取自陶渊明《归来辞去》中的"审容膝之易安"。

【赏析】

《金石录》是李清照亡夫赵明诚所著的一部关于金石收藏整理的学术著作，收录了夫妇二人收藏的夏、商、周三代至隋、唐、五代金石拓片二千种，共目录10卷、辨证20卷、跋102篇。因赵明诚生前曾写过序文，列于书首，李清照后又作了"序"，附于书后，故称"后序"。

《〈金石录〉后序》是李清照在个人生活几经波折之后、百感交集的沉淀，将自己的经历和衷曲娓娓道来。李清照用凝练质朴的语言，简叙《金石录》的内容与成书过程，详细回忆了夫妇二人收集、整理金石文物的经过以及这些珍贵文物聚散过程。

文章先详细深情地回忆了夫妇二人寻找和收藏金石字画的悲喜之途。他们酷爱金石书画，节衣缩食、勤俭持家，只为集齐这些珍贵的文物。"几案罗列，枕席枕藉，意会心谋，目往神授，乐在声色狗马之上"，不能自已，获得精神上的满足。文章中那些看似琐屑异常的生活点滴，却将夫妻二人相敬如宾的恩爱形象表现得淋漓尽致。例如，二人互相欣赏着书画，反复玩味，像远古时代葛天氏的臣民那样自由和快乐；二人曾因无力购买徐熙的一幅《牡丹图》，"夫妇相向惋怅了数日"；二人灯下校书赏画，饭后指述典故，一起校勘、整理，颇有情致。虽身处忧患贫穷却从未因此而折节。

然而，如此恩爱的夫妻二人却接二连三遭逢人生剧变。先是他们穷心尽力、日积月累搜罗而来的金石字画，在因金兵南侵而不得不南渡避乱的情况下，逐渐遗失散尽。看着自己和丈夫穷尽大半生心血搜集的宝物最后所剩屈指可数，再加上赵明诚突然抱病而亡，李清照流落他乡，更是无依无靠、孤寂悲戚。李清照在回顾她由悠闲适意转而颠沛流离的人生经历之后，她悼念亡夫、追思故物，"今日忽阅此书，如见故人"、"今手泽如新，而墓木已拱，悲夫"，不禁令人感叹"一片冰心万古情"。

值得注意的是，李清照"虽处忧患困穷而志不屈"。在文章的后半部分，她感叹道："然有有必有无，有聚必有散，乃理之常。人亡弓，人得之，又胡足道！"这番凄苦无奈之语，却也是李清照在经历了多舛命途之后的一种大彻大悟。

这篇序文结构叙事清晰、层次分明，文笔婉转曲折、细密详实，语言简洁流畅，写作风格清新优美。尤其是回忆夫妻二人的悲欢离合，字里行间倾注了她对丈夫的真挚情感，情真意切，格外动人。

【戊午上高宗封事】

胡　铨

　　绍兴八年①十一月日，右通直郎、枢密院编修官臣胡铨，谨②斋沐裁书③，昧死百拜献于皇帝陛下：

　　臣谨案④：王伦⑤本一狎邪⑥小人，市井无赖，顷缘宰相无识⑦，遂举以使虏⑧。专务诈诞⑨，欺罔天听⑩。骤⑪得美官，天下之人切齿唾骂。今者无故诱致虏使，以诏谕江南为名⑫，是欲臣妾我也⑬，是欲刘豫我也⑭。刘豫臣事丑虏，南面称王，自以为子孙帝王万世不拔⑮之业，一旦豺狼⑯改虑⑰，捽⑱而缚之，父子为虏。商鉴不远⑲，而伦又欲陛下效⑳之。

　　夫天下者，祖宗之天下也；陛下所居之位，祖宗之位也。奈何以祖宗之天下为犬戎㉑之天下，以祖宗之位为犬戎藩臣之位乎？陛下一屈膝，则祖宗庙社之灵，尽污夷狄；祖宗数百年之赤子，尽为左衽㉒；朝廷宰执，尽为陪臣；天下之士大夫，皆当裂冠毁冕㉓，变为胡服。异时豺狼无厌㉔之求，安知不加我以无礼，如刘豫者哉㉕？

　　夫三尺童子至无知也，指犬豕而使之拜，则怫然怒㉖。今丑虏，则犬豕也，堂堂天朝，相率而拜犬豕，曾童稚之所羞㉗，而陛下忍为之耶？

　　伦之议乃曰："我一屈膝，则梓宫㉘可还，太后㉙可复，渊圣㉚可归，中原可得。"呜呼！自变故㉛以来，主和议者，谁不以此说啖㉜陛下哉？而卒无一验㉝，是虏之情伪㉞，已可知矣。而陛下尚不觉悟，竭民膏血而不恤㉟，忘国大仇而不报，含垢忍耻㊱，举天下而臣之，甘心焉㊲！就令虏决可和，尽如伦议，天下后世谓陛下何如主！况丑虏变诈百出，而伦又以奸邪济㊳之，梓宫决不可还，太后决不可复，渊圣决不可归，中原决不可得。而此膝一屈不可复伸，国势陵夷㊴不可复振，可为痛哭流涕长太息矣㊵。

　　向者陛下间关海道㊶，危如累卵㊷，当时尚不肯北面臣虏，况今国势稍张，诸将尽锐，士卒思奋，只如顷者丑虏陆梁㊸，伪豫㊹入寇，固尝败之于襄阳㊺；败之于淮上㊻，败之于涡口㊼，败之于淮阴㊽，较之前日蹈海之危已万万㊾矣。倘不得已而遂至于用兵，则我岂遽㊿出虏人下(51)哉？今无故而反臣之，欲屈万乘(52)之尊，下穹庐(53)之拜，三军之士不战而气已索(54)。此鲁仲连所以义不帝秦(55)，非惜夫帝秦之虚名，惜天下大势有所不可也。今内而百官，外而军民，万口一谈(56)，皆欲食伦之肉。谤议汹汹，陛下不闻。正恐一旦变作，祸且不测。臣窃谓不斩王伦，国之存亡未可知也。

虽然，伦不足道也，秦桧以腹心大臣而亦为之。陛下有尧舜之资，桧不能致陛下如唐虞(57)，而欲导陛下如石晋(58)。近者礼部侍郎曾开等引古谊以折之(59)，桧乃厉声曰："侍郎知故事，我独不知！"则桧之遂非狠愎(60)，已自可见。而乃建白(61)，令台谏从臣佥议可否(62)，是明畏天下议己，而令台谏从臣共分谤(63)耳。有识之士，皆以为朝廷无人。吁！可惜哉！孔子曰："微(64)管仲，吾其被(65)发左衽矣。"夫管仲，霸者之佐耳，尚能变左衽之区为衣冠之会。秦桧，大国之相也，反驱衣冠之俗，归左衽之乡；则桧也，不惟陛下之罪人，实管仲之罪人矣。

孙近附会桧议(66)，遂得参知政事。天下望治，有如饥渴，而近伴食中书(67)，漫不敢可否事(68)。桧曰"虏可和"；近亦曰"可和"。桧曰"天子当拜"；近亦曰"当拜"。臣尝至政事堂(69)，三发问而近不答，但曰："已令台谏侍从议矣。"呜呼！参赞大臣徒取容充位如此，有如(70)虏骑长驱，尚能折冲御侮(71)耶？臣窃谓秦桧孙近亦可斩也。

臣备员(72)枢属，义不与桧等共戴天。区区之心，愿斩三人头，竿之藁街(73)，然后羁留(74)虏使，责以无礼，徐兴问罪之师，则三军之士不战而气自倍。不然，臣有赴东海而死(75)耳，宁能处小朝廷(76)求活耶？小臣狂妄，冒渎天威，甘俟(77)斧钺(78)，不胜陨越之至(79)！

【注释】

①绍兴八年：宋高宗绍兴八年（1138）。　②谨：恭敬、谨慎。　③裁书：裁笺作书，写信。　④臣谨案：奏疏开头常用的套语。案，考察、研求，这里表示后面的文字都是经过考察所得。　⑤王伦：字正道，山东莘县人。宋高宗时，屡次出使金国，请求和

议,后为金人所缢杀。 ⑥狎邪:行为放荡,品行不端。 ⑦顷缘宰相无识:近来因为宰相秦桧没有见识。顷,近来,前不久。 ⑧遂举以使虏:就推选他出使金国。 ⑨专务诈诞:专事奸诈虚妄。务,从事。诈,欺骗。诞,虚妄。 ⑩欺罔天听:欺骗皇帝的听闻。 ⑪骤:屡次。 ⑫今者无故诱致虏使,以诏谕江南为名:现在他无故引来金国的使臣,以"江南诏谕使"的名义同我朝谈判。宋高宗绍兴八年(1138),王伦再次出使金国,金国派遣萧折、张通古为江南诏谕使,与王伦一同到南宋。"诏谕"是国君告臣下或百姓的用法,金国将其所派遣至南宋的使臣到南宋称作"江南诏谕使",其实是把南宋视为臣下。 ⑬是欲臣妾我也:这是想让我朝成为金国的臣妾,即成为附属。 ⑭是欲刘豫我也:是想让我成为刘豫。刘豫,字彦游,宋高宗建炎二年(1128)知济南府,在金兵攻济南时对金国称臣,在金国的扶植下作了傀儡皇帝,多次配合金兵攻宋,屡次失败之后被金废黜。 ⑮不拔:不移,坚不可摧。 ⑯豺狼:指金人。 ⑰改虑:改变主意。 ⑱捽:捉住。 ⑲商鉴不远:可以作为鉴戒的先例不远,即要以刘豫降金之事为教训。语出《诗经·大雅·荡》中说:"殷鉴不远,在夏后之世。"宋朝避宋太祖赵匡胤的父亲赵弘殷的讳,改"殷"为"商"。 ⑳效:效法。 ㉑犬戎:殷商时位于我国西部的少数民族,与殷商对抗,这里指金人。 ㉒左衽:当时一些少数民族的衣领向左掩,这里指为异族所统治。 ㉓裂冠毁冕:指废弃汉人的服饰。 ㉔厌:满足。 ㉕安知不加我以无礼,如刘豫者哉:怎么知道金人不会想对待刘豫那样以无礼的态度强加于我国呢? ㉖三尺童子至无知也,指犬豕而使之拜,则怫然怒:三尺的小孩最无知,但指着猪狗让他跪拜,他也会勃然大怒。怫然:愤怒的样子。 ㉗曾童稚之所羞:这是连小孩子所感到羞耻的事情。曾,乃。 ㉘梓宫:皇帝的棺材。这里指被俘后死在金国的宋徽宗赵佶的棺材。皇帝的棺材用梓木作材料,故称梓宫。 ㉙太后:指宋高宗的母亲韦贤妃。她同宋徽宗、钦宗一起被金人掳去,宋高宗遥尊她为皇太后。 ㉚渊圣:指宋钦宗赵桓,高宗即位后遥尊为"孝慈渊圣皇帝"。 ㉛变故:指靖康之变。 ㉜啖:利诱。 ㉝卒无一验:终究没有一次应验的。卒,终于,终究。 ㉞情伪:真假。情,诚。 ㉟竭民膏血而不恤:搜刮尽百姓的血汗以求和议,毫不顾惜。恤,爱惜,体恤。 ㊱含垢忍耻:忍受耻辱。垢,通"诟",耻辱。 ㊲举天下而臣之,甘心焉:心甘情愿拿天下来向金国称臣。 ㊳济:增加。 ㊴陵夷:由丘陵变为平地,比喻国势由盛转衰。 ㊵可为恸哭流涕长太息者矣:语出贾谊《陈政事疏》:"臣窃惟事势,可为痛哭者一,可为流涕者二,可为长太息者六。" ㊶陛下间关海道:指建炎三年至四年(1129-1130),金兵南侵,宋高宗从临安(今杭州)逃到明州(今宁波),乘船至温州、台州(今浙江临海县),又辗转返回越州(今绍兴)。间关:奔波辗转,形容路途艰险。 ㊷危如累卵:比喻形势危急。累,堆叠、累积。见《史记·范雎蔡泽列传》:"秦王之国,危如累卵。" ㊸陆梁:同"跳梁",跳走的样子,这里比喻敌人气焰嚣张。 ㊹伪豫:指刘豫。刘豫是由金人扶植的傀儡皇帝,故称其为"伪"。 ㊺败之于襄阳:指绍兴四年(1134),岳飞大败刘豫大将李成,收复襄阳等地。 ㊻败之于淮上:指绍兴四年(1134),韩世忠在大仪(在今江苏扬州市西北)大败金军,直追至淮水。 ㊼败之于涡口:指绍兴六年(1136),宋将杨存中击溃刘豫兵于涡口(在安徽怀远县东北)。 ㊽败之于淮阴:指绍兴六年(1136),韩世忠败金兵于淮阴(今江苏淮阴县)。 ㊾已万万:已经好了万万倍了。 ㊿遽:就。 ㉛出虏人下:指比金人势弱。 ㉜万乘:周朝时,天子地方千里,出兵车万乘,故后世因称皇帝为万乘。乘,古时一车四马为一乘。 (53)穹庐：北方少数民族居住的毡帐，这里指代金国。 (54)索：尽。 (55)鲁仲连所以义不帝秦：战国时，秦国围困赵国都城邯郸，魏国使臣辛垣衍为求解围劝赵国尊秦王为帝。当时正身处赵国的齐国高士鲁仲连加以劝阻，说服了辛垣衍。秦国得知此事后命军队后撤五十里。 (56)万口一谈：异口同声。 (57)唐虞：指唐尧、虞舜。 (58)石晋：指石敬瑭。他利用契丹兵灭后唐，被契丹册封为皇帝，国号晋晋，割燕云十六州于契丹，并称契丹主为“父皇帝”，自称“儿皇帝”，为契丹所灭。 (59)引古谊以折之：引用古人所说的道理谴责他。古谊，古义，古人的道理。折，谴责，责备。 (60)遂非狠愎：刚愎自用，不接受别人的意见。愎，执拗。 (61)建白：提出建议或陈述主张。 (62)令台谏侍臣签议可否：让御史、谏官和侍从官都商议其是否可行。台，御史。谏，谏议官。佥，皆，都。 (63)分谤：分担别人受到的诽谤。 (64)微：无，没有。 (65)被：同“披”。 (66)孙近附会桧议：指孙近与秦桧同流合污。孙近，字叔诸，江苏无锡人，秦桧当权时被提升为参知政事，兼知枢密院事。附会，附和。 (67)伴食中书：讽刺宰相和大臣无所作为、形同虚设。语出《唐书·卢怀慎传》中卢怀慎凡事敢自决、都推给姚崇而被人称作“伴食宰相”。孙近虽为参知政事，但事事附和秦桧，故称其“伴食中书”。 (68)漫不敢可否事：对任何一件重大事情，都不敢表达可否。 (69)政事堂：宰相和执政大臣办公议事的地方。 (70)有如：如果。 (71)折冲御侮：抵御敌人。 (72)备员：充数，这是自谦的说法。 (73)竿之藁街：把人头悬挂高竿、放到藁街上示众。藁街，汉朝长安的一条街，居住着边疆各族和外国使臣。这里的意思是让各民族和外国人都知道卖过求荣的佞臣的下场。 (74)羁留：扣押。 (75)赴东海而死：据《战国策·赵策》载，鲁仲连在劝阻赵国尊秦昭王为帝时表示，秦王若一统天下，“则连有赴东海而死耳，吾不忍为之民也。”流露出作者对秦桧的极端仇恨和抵制议和的坚决态度。 (76)小朝廷：指成为金国附属的南宋政权。 (77)俟：等待。 (78)斧钺：古代的一种酷刑中，用斧钺劈开头颅，使人致死。 (79)不胜陨越之至：奏疏的套语，意思是犯颜冒死直谏。陨越，本义为跌倒，这里引申为惶恐。

【赏析】

《戊午上高宗封事》又名《抗议与金媾和并请斩秦桧、王伦、孙近疏》，是南宋爱国名臣胡铨（字邦衡，号澹庵，1102－1180）于戊午年（宋高宗绍兴八年，即公元1138年）向宋高宗赵构呈递的一个秘密奏疏。当时，宰相秦桧与参政孙近决策向金求和，派王伦出使金国，引来金国“江南诏谕使”，而其实质是让南宋成为金国的附属。得知他们的这一举动，胡铨义愤填膺，毅然犯颜直谏，向宋高宗呈交秘密奏疏，痛斥秦桧等奸邪小人投敌求荣、误国误民的罪行，强烈抵制议和，并请斩秦桧、王伦、孙近三人，悬首示众，以平民愤。

这篇文章结构紧凑严谨，层层深入，文章主体部分共分为六段。第一段揭露王伦卖国投敌的无耻行径，告诫高宗莫忘刘豫投降的前车之鉴。第二段力劝宋高宗不能将祖宗基业拱手让给金人，紧接着在第三段用三尺童子跪拜仇敌则拂然怒作比进一步告诫宋高宗切莫行童孺所羞之事。第四段针锋相对，驳斥了屈膝议和的谬论，力陈议和与抗敌的利害关系。第五段冷静分析局势，力主抗敌，坚定必胜信念。第六、七段一针见血地揭露以秦桧为首的奸臣三人的丑恶嘴脸，倾吐了胸中积愤，请斩秦桧、王伦、孙近。最后一段归结全文，进一步求斩秦桧三人，表达自己对佞臣的极端仇恨和宁死不屈的抗敌决心。

在这篇奏疏中，胡铨慷慨陈词，语调铿锵，义正辞严，酣畅淋漓地表现了他以国家安危为重的无畏精神、强烈的爱国热情和正义凛然的民族气节。寓情于理，论证充分；比喻与对比的修辞手法的运用，反问句与排比句交叉使用，使文章波澜起伏，汪洋恣肆，摄人心魄。

【五岳祠① 盟记②】

岳 飞

自中原板荡③，夷狄④交侵。余发愤河朔⑤，起自相台⑥，总发⑦从军，历二百馀战，虽未能远入夷荒⑧，洗荡巢穴，亦且快国仇之万一⑨。今又提一旅⑩孤军，振起宜兴⑪，建康⑫之役，一鼓败虏⑬，恨未能使匹马不回⑭耳。故且养兵休卒，蓄锐待敌。嗣⑮当激厉士卒，功期再战，北逾沙漠，蹀血虏廷⑯，尽屠夷种。迎二圣⑰归京阙，取故地上版图⑱，朝廷无虞⑲，主上奠枕⑳，余之愿也。河朔岳飞题。

【注释】

①五岳祠：祠庙名。 ②盟记：面对天地神明而庄重立誓。盟，对天立誓。 ③板荡：形容社会动乱。《诗经·大雅》有《板》、《荡》二篇，反映周代政治黑暗、社会动荡不安。唐太宗《赐萧瑀（瑀）》诗中有这样两句："疾风知劲草，板荡识诚臣。" ④夷狄：古代对少数民族的鄙称，这里指金朝入侵者。 ⑤河朔：黄河以北地区。岳飞出生于河南汤阴，在黄河以北。 ⑥相台：相州（在今河南安阳），有铜雀台，唐代以后故称"相台"。岳飞出生地汤阴地属相州。 ⑦总发：即总角，古代男子年二十束发加冠，以示成年。岳飞二十岁从军，故称"总角"。 ⑧夷荒：指边塞以外的敌人领域。 ⑨亦且快国仇之万一：也还能报得国仇的万分之一。且，将能。快，畅快，引申为报仇。 ⑩一旅：古代军队以五百人为一旅，这里指一支人数不多的军队。 ⑪宜兴：在今江苏常州附近。 ⑫建康：今南京。 ⑬一鼓败虏：一口气击败胡虏。虏，对敌人的蔑称。 ⑭匹马不回：一匹马都不逃回来，指全歼金军。"匹马"前面省略"敌"。 ⑮嗣：随即。 ⑯蹀血虏廷：杀入敌人的官廷，把胡虏全部歼灭。蹀，踩，踏。虏廷，指金人位于会宁府（在今黑龙江阿城附近）的官廷。 ⑰二圣：指被金人掳去的宋徽宗和宋钦宗。 ⑱取故地上版图：取回以前被侵占的土地。 ⑲虞：忧虑。 ⑳主上奠枕：使皇帝能够高枕无忧，指中原局势稳定。

【赏析】

《五岳祠盟记》写于1130年。高宗建炎三年（1129），南宋建国之初，金国乘虚而入,建康失守,宋高宗逃奔浙西。在南宋政权生死存亡之时,岳飞、韩世忠等爱国将领奋勇抗敌,才力挽狂澜。第二年(1130),岳飞在宜兴的五岳祠内立下誓盟,写下了这篇字句铿锵的盟记。

从内容上看,这篇盟记可以分为三个部分。第一部分,岳飞回顾了自己的从军履历,交代了自己为河朔而发愤、二十岁时在相台从军并历经两百多场战斗的身世,展现了他英勇无畏、英姿飒爽的形象,表达了他自小立志为国效忠、为国雪耻的远大志向和爱国热情。第二部分是对目前战局的分析。从率领一旅孤军到一举破敌,再到因无法全歼金军而只得先养精蓄锐、以待有利战机。岳飞对战局的乐观估计,渲染了将士们高涨的战斗热情和锐不可当的战斗力,彰显了岳飞收复失地、报仇雪恨的雄心壮志。第三部分是岳飞对其宏伟志向的直接吐露。岳飞以高度的热情,呼吁鼓舞士气,长驱沙漠,直杀入胡虏宫廷,迎接宋钦宗和宋徽宗二帝归朝,收回故土,使君主们得以高枕无忧。这便是岳飞的誓盟内容。

全文的布局严谨,岳飞为了充分表达他的宏图大志,先以自己的经历作铺垫,又以对战局的分析作伏笔,最后将肺腑之言酣畅淋漓地倾吐而出。文如其人,传达出慷慨激昂的英雄气概和爱国热情,情真意切,语调坚毅,掷地有声,一股浩然正气充溢其中。

【烟艇记】

陆 游

陆子寓居①得屋二楹②,甚隘③而深,若小舟然,名之曰烟艇④。客曰:"异哉!屋之非舟,犹舟之非屋也。以为似欤,舟固有高明奥丽逾于宫室者矣,遂谓之屋,可不可耶?"

陆子曰:"不然。新丰非楚⑤也,虎贲非中郎⑥也,谁则不知。意所诚好而不得焉,粗得其似,则名之矣。因名以课实⑦,子则过矣,而予何罪?予少而多病,自计不能效尺寸之用于斯世,盖尝慨然有江湖之思,而饥寒妻子之累劫而留之,则寄其趣于烟波洲岛苍茫杳霭⑧之间,未尝一日忘也。使加数年,男胜锄犁⑨,女任纺绩,衣食粗足,然后得一叶之舟,伐荻⑩钓鱼而卖芰⑪芡⑫,入松陵⑬,上严濑⑭,历石门、沃洲⑮,而还泊于玉笥⑯之下,醉则散发扣舷⑰为吴歌⑱,顾不乐哉!虽然,万锺之禄⑲,与一叶之舟,穷⑳达㉑异矣,而皆外物。吾知彼之不可求,而不能不眷眷㉒于此也。其果可求欤?意者使吾胸中浩然廓然㉓,纳烟云日月之伟观,揽雷霆风雨之奇变,虽坐容膝之室㉔,而常若顺流放棹㉕,瞬息千里㉖者,则安知此室果非烟艇也哉!"绍兴三十一年八月一日记。

【注释】

①寓居:寄居,侨居。 ②楹:计算房屋多少的量词,一列为一楹。 ③隘:狭窄,狭小。 ④烟艇:烟波中的小舟。 ⑤新丰非楚:汉高祖刘邦为楚丰县(在今江苏)人,称帝后因太上皇思念故里,故在新丰(在今陕西临潼县)仿丰地建街巷城池,并丰县百姓一同搬来,以取悦太上皇。 ⑥虎贲非中郎:虎贲即勇士,虎贲中郎即后汉名士蔡邕,其友孔融见到虎贲勇士的相貌和蔡邕相似,便与他同座饮酒,并曰:"虽无老成人,尚有典型。" ⑦课实:求实,落实。 ⑧杳霭:云雾飘渺的样子。 ⑨钼犁:锄和犁,引申为耕作。 ⑩荻:生长在水边的多年生草本植物,叶子长形似芦苇,秋天开紫花,茎可编席箔。 ⑪芰:古书上指菱,水生草本植物,两角的叫菱,四角的叫芰。 ⑫芡:水生草本植物,茎叶有刺,花似鸡冠,实苞如鸡首,故亦称"鸡头"。 ⑬松陵:在今浙江绍兴。 ⑭严濑:在今浙江桐庐县。濑,从沙石上流过的急水。 ⑮石门、沃洲:石门山在今浙江青田县西,沃洲山在今浙江新昌县东。 ⑯玉笥:即玉笥山,在今浙江绍兴市东南。 ⑰扣舷:敲击船舷,多为歌吟的节拍。 ⑱吴歌:吴地之歌,亦指江南民歌。 ⑲万锺之禄:古时六斛四斗为一锺,这里指高官俸禄。 ⑳穷:指不得志。 ㉑达:指地位显要。 ㉒眷眷:留恋反顾的样子。 ㉓廓然:形容空旷寂静的样子。 ㉔容膝之室:形容极其狭小的居室。 ㉕棹:划船的工具,类似于桨。 ㉖瞬息千里:形容非常迅速。瞬,一眨眼。瞬息,犹言极短的时间。

【赏析】

《烟艇记》写于绍兴三十一年(1161),时值陆游在临安任大理寺司直,寓居"百官宅"。此宅房屋仅二间,"甚隘而深,若小舟然",于是陆游便将这两间狭窄而深长的小屋喻为成出没于烟波中的小舟,命名为"烟艇"。这篇散文以与客人对话的形式,交代了取名"烟艇"的缘由,阐明自己的志趣意向。

在古代文学作品中,"烟艇"已成为隐逸生活的象征。陆游当时被秦桧黜落,仕途不得志,既不能实现报效国家的雄心壮志,又因家庭所累而无法归隐江湖,故以这篇文章来抒发怀才不遇的无奈和愤懑之感,寄寓渴望随心所欲、归隐江湖的情怀。在陆游看来,高官厚禄与优厚生活都是身外之物,何必留恋于此,不如"男胜钼犁,女任纺绩,衣食粗足,然后得一叶之舟,伐荻钓鱼而卖芰芡,入松陵,上严濑,历石门、沃洲,而还泊于玉笥之下,醉则散发扣舷为吴歌,顾不乐哉!"这便是陆游追求的最高境界,体现出陆游对这种理想生活的无限企慕之情。在文章最后,他反观现实,以居"烟艇"之室聊以自慰,退一步再次点明自己归隐山水之间的意愿。凭借着他浩大空旷的胸怀,"纳烟云日月之伟观,揽雷霆风雨之奇变",即使身处这狭小的居室之中,却仍像坐在一叶扁舟之上,顺流而下,瞬息千里,"则安知此室果非烟艇也哉"再次点题,并将他当时的复杂心态淋漓尽致地展现出来。

这篇散文的结构精巧,开篇故设悬念,下文借题发挥,间杂弦外之音,读来回味无穷。

【跋李庄简公家书】

陆　游

　　李丈①参政罢政归乡里时，某②年二十矣。时时来访先君③，剧谈④终日。每言秦氏⑤，必曰"咸阳"⑥，愤切慨慷，形于色辞。一日平旦⑦来，共饭，谓先君曰："闻赵相⑧过岭⑨，悲忧出涕。仆不然，谪命下，青鞋布袜⑩行矣，岂能作儿女态⑪耶！"方言此时，目如炬，声如钟，其英伟刚毅之气，使人兴起⑫。后四十年，偶读公家书，虽徙⑬海表⑭，气不少衰⑮，丁宁训戒之语，皆足垂范百世，犹想见其道"青鞋布袜"时也。淳熙戊申⑯五月己未，笠泽⑰陆某题。

【注释】

①李丈：指李光，陆游父亲陆宰的朋友，"庄简"是他的谥号。丈，对长辈的尊称。　②某：陆游自称。　③先君：指自己死去的父亲陆宰。　④剧谈：畅谈。　⑤秦氏：指秦桧。　⑥咸阳：咸阳为秦国都城，这里以暴秦影射秦桧。　⑦平旦：清晨。　⑧赵相：指赵鼎，宋高宗时曾两度为相，因与秦桧意见不合而被贬至岭南，后绝食而死。　⑨过岭：指赵鼎被贬至岭南，他左迁潮州时过揭阳岭。　⑩青鞋布袜：典出杜甫《奉先刘少府新画山水障歌》："吾独胡为在泥滓，青鞋布袜从此始。"这里指平民的服装。　⑪儿女态：指像小孩子哭哭啼啼的样子。　⑫兴起：让人振作兴奋。　⑬徙：贬谪。　⑭海表：海外。李光曾被贬至琼州，故称"海表"。　⑮气不少衰：英伟刚毅之气丝毫未减。　⑯淳熙戊申：指宋孝宗淳熙十五年（1188）。　⑰笠泽：太湖。陆游祖籍甫里（在今江苏吴县东南）在太湖边上，故称"笠泽"。

【赏析】

　　《跋李庄简公家书》是陆游捧读李光家书后所作的跋文。李庄简公即李光，字泰发，以刚正耿直称于朝，风骨凛然，被后人与李纲、赵鼎、胡铨三人并称"南宋四名臣"。跋文与序文相似，都是附在诗文或书前后的说明文字。全文分两个部分，第一部分通过对李光生活细节的叙述，使他的音容气度跃然纸上，英伟刚毅之气扑面而来。第二部分谈阅读李光家书之后的感受，李光虽以近七十高龄所作之家书，其中英烈刚毅的气节仍然丝毫未减，足以垂范百世。

　　作为一篇跋文，这篇散文突破了"说明"功能的限制，表现在陆游对人物精神性格的刻画和对人物感情的传达上。在追忆李光时，陆游敏锐地抓住了他最具代表性的生活细节，例如他以"咸阳"称秦桧，愤恨痛切、慷慨激昂的情绪溢于言表，凸显出他的无畏胆量和浩然正气；又如他得知赵鼎在被贬谪时痛哭流涕之后，目光如炬、声如洪钟地说"谪命下，青鞋布袜行矣，岂能作儿女态耶！"，寥寥数笔，将他身上的一股慷慨豁达、英烈刚毅之气展现得淋漓尽致，不禁令人肃然起敬。从陆游对李光生前这些事件的描述中，我们又能感受到他对这位爱国志士深怀的崇敬和景仰之情，饱含深情，特别是"气不少衰"和"犹想见其道'青鞋布袜'时也"这两句，流露出陆游对李光的深切追思。李光的为人为文也对陆游产生了潜移默化的影响，使他产生共鸣并受到了精神鼓舞，因此陆游撰写这篇题跋还有借此自勉自励的意味。正是这种充溢文字其间的深情使这篇散文卓然于古今散文史中。

【跋傅给事①帖】

陆 游

绍兴②初，某③甫成童，亲见当时士大夫相与言及国事，或裂眦嚼齿④，或流涕痛哭。人人自期⑤以杀身翊戴⑥王室，虽丑裔⑦方张，视之蔑如⑧也。卒能使虏消沮⑨退缩，自遣行人⑩请盟。会秦丞相桧用事，掠以为功，变恢复为和戎⑪，非复诸公初意矣。志士仁人抱愤入地者可胜数哉！今观傅给事与吕尚书⑫遗帖，死者可作，吾谁与归⑬？嘉定二年七月癸丑陆某谨识⑭。

【注释】

①傅给事：即傅崧卿（？-1138），字子骏，号樵风，会稽（今浙江绍兴）人。徽宗政和五年（1115）进士。因反对宋徽宗迷信方士林灵素伪造符书而被贬，极力主张建都建康，后积极投身抗金斗争。著有《樵风溪堂集》、《西掖制诰》等。　②绍兴：宋高宗年号（1131-1162）。　③某：陆游自称。　④裂眦嚼齿：瞪眼欲裂，紧咬牙齿，形容愤怒到极点。眦，眼眶。　⑤期：希望。　⑥翊戴：辅佐拥戴。　⑦丑裔：丑陋的夷狄，这里指金。　⑧蔑如：微细，没有什么了不起。　⑨消沮：减弱，消弱。　⑩行人：使者。　⑪和戎：指与少数民族媾和修好。这是南宋初年用来作对敌投降的幌子。　⑫吕尚书：即吕祉，绍兴七年（1137）任兵部尚书。　⑬吾谁与归：同谁一起相处，这里是对志同道合者的寻求。　⑭谨识：郑重记叙。

【赏析】

《跋傅给事帖》写于宋宁宗嘉定二年（1209），陆游时年已八十五岁高龄。陆游忧国忧民，早年怀有救国救民、收复故土的雄心壮志，无奈生不逢时、壮志未酬，对国事的深切忧虑、对当今朝廷的失望、对往事的悔恨之情郁结于胸。在捧读了爱国前辈傅崧卿的遗帖后，他百感交集，写下了这篇篇幅虽短却情真意切的散文。

在这篇散文中，陆游先回望往事，回忆了童年时期亲见士大夫们舍身救国的壮烈场面，借此吐露自己与这些仁人志士志同道合之心。绍兴初年，士大夫们在谈论国事时，"或裂眦嚼齿，或流涕痛哭"，同仇敌忾，慷慨激昂，陆游对当时爱国志士们的描绘十分形象生动，又饱含感情。作者看到，正是这样一种炽热的爱国热情和抵御外辱的高涨士气才避免了南宋的灭亡，使之得以喘息。接着笔锋一转，当时朝臣秦桧却违背前辈诸公的意愿，与金媾和。面对他投敌卖国的无耻嘴脸和卑劣行径，陆游不禁心生痛惜："志士仁人抱愤入地者可胜数哉！"爱国志士皆抱愤而死，不禁让人扼腕叹息。最后陆游从阅读傅崧卿遗文入手点明跋文写作缘起，更感叹时局，虽有傅崧卿这位爱国前辈引以为范，虽有"烈士暮年，壮心不已"的远大志向，但无奈奸臣当道，只能空发报国无门的愤慨。结语一句"吾谁与归"，道尽怀才不遇的悲凉凄清之感。

这篇跋文虽写于陆游垂暮之年，但文笔却依旧苍劲有力，文字中所寄寓的感情也依旧充沛激昂，一股浩然正气扑面而来，读来发人深省。

【姚平仲小传】

陆游

姚平仲①字希晏，世为西陲大将②。幼孤③，从父古养为子。年十八，与夏人战臧底河，斩获甚众，贼莫能枝梧④。宣抚使童贯召与语，平仲负气不少屈，贯不悦，抑其赏，然关中豪杰皆推之，号"小太尉"⑤。睦州盗⑥起，徽宗遣贯讨贼，贯虽恶平仲，心服其沉勇，复取以行。及贼平，平仲功冠军⑦，乃见贯曰："平仲不愿得赏，愿一见上耳。"贯愈忌之。他将王渊、刘光世皆得召见，平仲独不与。钦宗在东宫⑧，知其名，及即位，金人入寇，都城受围，平仲适在京师，得召对福宁殿，厚赐金帛，许以殊赏。于是平仲请出死士斫营⑨擒虏帅以献。及出，连破两寨，而虏已夜徙去。平仲功不成，遂乘青骡亡命⑩，一昼夜驰七百五十里，抵邓州，始得食。入武关，至长安，欲隐华山，顾以为浅⑪，奔蜀，至青城山上清宫，人莫识也。留一日，复入大面山，行二百七十余里，度采药者莫能至，乃解纵所乘骡，得石穴以居。朝廷数下诏物色⑫求之，弗得也。乾道、淳熙⑬之间始出，至丈人观道院，自言如此。时年八十余，紫髯郁然⑭,长数尺,面奕奕⑮有光,行不择崖堑荆棘,其速若奔马。亦时为人作草书,颇奇伟,然秘不言得道之由云。

【注释】

①姚平仲:五原(在今内蒙古自治区)人。 ②世为西陲大将:姚平仲的祖父、叔祖、伯父和父亲皆镇守西北边境,故称其世代担任西部边境的大将。 ③孤:幼年死去父亲或父母双亡。 ④枝梧:抗拒,抵抗。 ⑤小太尉:太尉为秦代掌管军事的官名,狄青平西夏有功,曾任枢密使,宋人唤枢密使为"太尉"。这里是将姚平仲与狄青相类比。 ⑥睦州盗:指方腊,宣和二年(1120)年方腊在睦州(在今浙江桐庐、建德、淳安一带)发动起义。 ⑦功冠军:指功劳在军中最大。 ⑧钦宗在东宫:东宫为太子所居之所,这里指宋钦宗当时在做太子。 ⑨斫营:偷袭敌营,劫营。斫,攻击。 ⑩亡命:逃亡。 ⑪顾以为浅:担心离朝廷太近。 ⑫物色:搜寻,寻找。 ⑬乾道、淳熙:乾道(1165-1173)、淳熙(1174-1189)皆为宋孝宗年号。 ⑭紫髯郁然:紫色的胡须很浓密。髯,本义为两颊上的长须,也泛指胡须。郁然,形容浓密繁盛的样子。 ⑮奕奕:精神焕发的样子。

【赏析】

《姚平仲小传》是陆游为姚平仲所作的传记,记叙了这位南宋名将的生平事迹。陆游先交代姚平仲的身世——世代镇守西北、成为孤儿后为伯父所收养——为下文作铺垫。接着作者分别相对详细地叙述了姚平仲的三段事迹:少年扬名边陲却不慕权贵、洁身自好;中年突袭金军却无奈折返;晚年隐姓埋名、归隐深山,生动刻画出一位英勇无畏、刚毅正直的英雄形象。

姚平仲十八岁时与西夏交战,杀敌无数,所向披靡。后因"负气不少屈"而得罪童贯,后者降低了对他的赏赐。江南方腊起义后,童贯虽厌恶姚平仲,但还是佩服他的沉稳勇猛,故调其征讨贼寇;平定方腊后,姚平仲功冠全军,但他却不想得到赏赐,只望求见圣上;但最终由于童贯的嫉恨而无法实现。短短几行叙述,就将一位英勇过人、淡泊名利、不媚权贵、忠心报国的少年将领形象跃然纸上。接着他得到宋钦宗的赏识,但无奈兵败逃亡,陆游对这段事迹的描述流露出对他的无尽惋惜之情。而在对姚平仲隐逸生活的描写中,作者表达了对他的仰慕之情。姚平仲因未能实现诺言而毅然亡命深山,体现出他的刚烈;一昼夜疾驰七百五十里,又展现出他传奇的英雄气概;朝廷下诏求其复出,他不为所动,再次呼应了前文他淡泊名利的品行。再看陆游对姚平仲出山之后精神气度的描写,"紫髯郁然,长数尺,面奕奕有光,行不择崖堑荆棘,其速若奔马。亦时为人作草书,颇奇伟",勾勒出了一位极富传奇色彩、超凡脱俗、勇猛奇伟的英雄形象。

在这篇散文中,陆游不仅言简意赅地记叙了姚平仲传奇的一生,还寓情于叙,倾注了对他的赞美、同情、惋惜和仰慕之情。

祭朱元晦侍讲①文

陆 游

某有捐百身②起九原③之心，有倾长河注东海之泪。路修④齿髦⑤，神往形留。公殁不亡⑥，尚其来飨⑦。

【注释】

①朱元晦侍讲：即朱熹（1130－1200），字元晦，一字仲晦，晚年任焕章阁待制、侍讲。 ②百身：一身死百次。 ③九原：本为山名，在今陕西新绛县北。春秋时为晋国卿大夫的墓地所在地，后世便称墓地为九原。 ④修：长。 ⑤齿髦：指年老。髦，年老。 ⑥公殁不亡：指形体虽亡但精神不朽。 ⑦尚其来飨：希望死者来享用祭品。尚，希望。飨，同"享"，享用。

【赏析】

《祭朱元晦侍讲文》写于宋宁宗庆元六年（1200）三月，是陆游在得知朱熹病逝后，怀着极度悲痛的心情、饱含敬仰之意而作。陆游与朱熹志同道合、交情甚笃，在两人的多篇唱和诗作中都可以窥见二人在治学与为人等方面的密切交往。在朱熹突然病逝之后，一向视程朱理学为"伪学"的当朝权臣禁止朱熹的门徒为之送葬，而时年七十有六的陆游能够挺身而出，撰文凭吊，这不仅衬托了他与朱熹的至深情谊，也体现了他不畏权贵的胆识与正气。

这篇祭文寥寥数语，却纸短情长。文章开门见山、直抒胸臆，以"某有捐百身起九原之心，有倾长河注东海之泪"起头，对仗浑然，气势逼人，更倾注了陆游的一片深情。如果能换回亡友死而复生，他即使自己身死百次，也死不足惜；然而这也是一种奢望，他只能空流"倾长河注东海之泪"。身为至交，但无奈自己年老不胜路途的遥远（"路修齿髦"），无法亲身临吊，只得"神往形留"，向逝者寄托无尽哀思。陆游用这四句话将他对朱熹的景仰和爱戴、对朱熹之死的痛惜以及对朱熹的深刻悼念万般情感一祖无疑，感人至深。结尾处以"公殁不亡"，赞扬朱熹的身体虽亡但精神不朽、垂范后世；最后以"尚其来飨"戛然而止，言有尽而意无穷。

全文虽只有短短六句话，但却字字见情，一种伤悼之情和悲切之感扑面而来。陆游以富有形象性的语言和气势充沛的对仗句，赋予这篇精巧的祭文以优美动人的特质。

【吴五百】

萧德藻

　　吴名焘①，南兰陵②为寓言靳③之曰：淮右④浮屠⑤客吴，日饮于市，醉而狂，攘臂⑥突⑦市人，行者皆避。市卒以闻吴牧⑧，牧录⑨而械⑩之，为符⑪移⑫授五百⑬，使护而返之淮右。五百诟⑭浮屠曰："狂髡⑮，坐尔乃有千里役⑯，吾且尔苦⑰也。"每未晨，蹴⑱之即道，执扑驱其后⑲，不得休；夜则縶⑳其足。至奔牛埭㉑，浮屠出腰间金市㉒斗酒，夜，醉五百而髡其首，解墨衣衣之㉓，且加之械而縶焉，踰壁而逃㉔。明日，日既映㉕，五百乃醒，寂不见浮屠，顾壁已踰。曰："嘻，其遁矣！"既而视其身之衣则墨，惊扪其首则不发㉖，又械且縶，不能出户，大呼逆旅㉗中曰："狂髡故在此，独失我耳㉘！"

　　客每见吴人辄道此，吴人亦自笑也。

　　千岩老人㉙曰：是殆㉚非寓言也，世之失我者岂独吴五百哉！生而有此我也，均㉛也，是不为荣悴有加损焉者也㉜。所寄以见荣悴，乃皆外物，非所谓傥来㉝者邪？曩㉞悴而今荣，傥来集其身者日以盛，而顾揖步趋㉟，亦日随所寄而改，曩与之处者今视之良㊱非昔人，而其自视亦殆非复故我也。是其与吴五百果有间㊲否哉？吾故人或㊳駸駸华要㊴，当书此遗㊵之。

【注释】

①吴名焘：吴人以蠢笨著称。焘，蠢，愚笨。　②南兰陵：地名，在今江苏常州西北。作者世居兰陵，后迁居江南，故自称"南兰陵"。　③靳：嘲笑，奚落。　④淮右：即淮西。古时西方称右，淮右即淮水上游的地方。　⑤浮屠：和尚。　⑥攘臂：捋起衣袖，伸出胳膊，形容十分激奋的样子。　⑦突：冲破，猛冲。　⑧吴牧：吴地的长官。牧：州、郡长官。　⑨录：逮捕。　⑩械：用脚镣手铐等刑具拘禁起来。　⑪符：符信，凭证。　⑫移：平级公文的一种。　⑬五百：亦作"伍佰"，古代衙门中的差役。　⑭诟：辱骂。　⑮髡：剃去头发，这里是旧时对僧徒的一种贱称。　⑯坐尔乃有千里役：因为你，我才要出这千里的差。坐，因，由于。　⑰吾且尔苦：我将要让你吃苦。且，将。　⑱蹴：踢。　⑲执扑驱其后：拿着鞭子在他（指和尚）后面驱赶。扑，鞭子，戒尺。　⑳縶：捆绑。　㉑奔牛埭：地名，在今江苏常州市西的奔牛镇。　㉒市：买。　㉓解墨

衣衣之：脱下黑色的僧袍给他（指五百）穿上。墨衣，黑色的僧袍。 ㉔颓壁而逃：推倒墙壁逃跑。颓，坍塌，崩坏。 ㉕昳：太阳过午偏西。 ㉖惊循其首则不发：顺手摸自己的脑袋发现没有头发。 ㉗逆旅："逆"古语为"迎"，"逆旅"引申为旅店、客舍。 ㉘狂髡故在此，独失我耳！：狂僧还在这里，唯独把我给丢了啊！ ㉙千岩老人：萧德藻的号，这里是作者自称。 ㉚殆：大概，恐怕。 ㉛均：平等。 ㉜是不为荣悴有加损焉者也：这不会因为荣耀或落寞而有所增加或减损。悴，憔悴、落寞。 ㉝傥来：偶然得来。傥，偶然地，意外。 ㉞曩：从前，过去。 ㉟顾揖步趋：顾盼之间，举手投足。 ㊱良：诚然，的确。 ㊲间：差别。 ㊳或：有的。 ㊴骎骎华要：很快就要华贵显要了。骎骎，形容马跑得很快的样子，这里是快的意思。华要，荣华显要。 ㊵遗：送。

【赏析】

《吴五百》是萧德藻赠给一位即将飞黄腾达的朋友的，奉劝其不要忘本。他的写作初衷可以从文章最后一句话中看出："吾故人或骎骎华要，当书此遗之。"作者以一个寓言引入，巧妙地表达了自己的见解。

在文章的第一部分，萧德藻以轻松幽默的笔触形象生动地讲述了让人啼笑皆非的故事。开篇就劈头一句"吴名意"，看似嘲讽实则诙谐。淮西和尚的狂只是醉后之狂，酒醒后便比吴五百的神志清醒得多。而吴五百则先是伺机报复、对和尚百般侮辱，后反而弄巧成拙、自取其辱，甚至就仅凭身外的迹象就荒谬地忘记了自己的存在，认为"狂髡故在此，独失我耳！"

不过，叙述这样一个笑话并不是萧德藻的本意。这在文章第二部分，他笔锋一转，点明这则故事的寓意，告诫世人"世之失我者岂独吴五百哉！"在这个世上，丢失自我的人难道只有吴五百一个吗！作者接下来论述：人生而有我，人人平等。这个"我"是不会因为地位高或低、荣耀或落寞而有所增加或减损的。荣耀和落寞皆身外之物，然而原先落寞之人突然官运亨通、荣华富贵，举手投足也每日随之改变，与从前判若两人，那在他自己心目中也就"非复故我"了。作者认为吴五百的荒唐可笑就在于因外物而失我，那么由此看来，吴五百和上述的"失我者"究竟有什么差别呢？这些富贵忘本之人较之吴五百，其荒唐可笑程度更甚。

作者对寓言故事的运用十分巧妙，既不直接针对故事本身发表评论，也不把"失我者"与吴五百作简单的类比，而是揭示了二者在本质上的相关性，论述充分，发人深省；寓言故事为文章增添了许多机智和情趣。

【峨眉山①行纪】

范成大

乙未②，大霁③。……过新店、八十四盘、婆罗平④。婆罗⑤者，其木叶如海桐⑥，又似杨梅，花红白色，春夏间开，惟此山有之。初登山半即见之，至此满山皆是。大抵大峨之上，凡草木禽虫悉非世间所有。昔固⑦传闻，今亲验之。余来以季夏⑧，数日前雪大降，木叶犹有雪渍⑨斓斑之迹。草木之异，有如八仙⑩而深紫，有如牵牛⑪而大数倍，有如蓼⑫而浅青。闻春时异花尤多，但是时山寒，人鲜能识之。草叶之异者亦不可胜数。山高多风，木不能长，枝悉下垂。古苔如乱发鬖鬖⑬挂木上，垂至地，长数丈。又有塔松，状似杉而叶圆细，亦不能高；重重偃蹇⑭如浮图⑮，至山顶尤多。又断无⑯鸟雀，盖山高，飞不能上。

自婆罗平过思佛亭、软草平、洗脚溪⑰，遂极⑱峰顶光相寺，亦板屋数十间，无人居，中间有普贤⑲小殿。以卯⑳初登山，至此已申㉑后。初衣暑绤㉒，渐高渐寒，到八十四盘则骤寒。比及山顶，亟㉓挟纩两重㉔，又加毳衲㉕驼茸之裘㉖，尽衣笥㉗中所藏，系重巾，蹑毡靴，犹凛栗不自持，则炽炭拥炉危坐㉘。山顶有泉，煮米不成饭，但碎如砂粒。万古冰雪之汁，不能熟物，余前知之。自山下携水一缶㉙来，财㉚自足也。

移顷㉛，冒寒登天仙桥，至光明岩，炷㉜香。小殿上木皮盖之。王瞻叔㉝参政尝易以瓦，为雪霜所薄㉞，一年辄碎。后复以木皮易之，翻㉟可支二三年。人云佛现悉以午㊱，今已申后，不若归舍，明日复来。逡巡㊲，忽云出岩下傍谷中，即雷洞山也。云行勃勃㊳如队仗，既当㊴岩则少驻㊵。云头现大圆光，杂色之晕㊶数重。倚立相对，中有水墨影若仙圣跨象者㊷。一碗茶顷，光没，而其傍复现一光如前，有顷㊸亦没。云中复有金光两道，横射岩腹，人亦谓之"小现"。日暮，云物皆散，四山寂然。乙夜㊹灯㊺出，岩下遍满，弥望㊻以千百计。夜寒甚，不可久立。

丙申㊼，复登岩眺望。岩后岷山万重；少北则瓦屋山，在雅州；少南则大瓦屋，近南诏，形状宛然瓦屋一间也。小瓦屋亦有光相㊽，谓之"辟支佛㊾现"。此诸山之后，即西域雪山，崔嵬㊿刻削[51]，凡数十百峰。初日照之，雪色洞明[52]，如烂银晃耀曙光中。此雪自古至今未尝消也。山绵延入天竺[53]诸蕃[56]，相去不知几千里，望之但如在几案[57]间。瑰奇胜绝之观，真冠平生矣。

复诣[58]岩殿致祷，俄[59]氛雾[60]四起，混然一白。僧云："银色世界也。"有顷，大雨倾注，氛雾辟易㉛。僧云："洗岩雨也，佛将大现。"兜罗绵云㉒复布岩下，纷郁㉓而上，将至岩数丈辄止，云平如玉地㉔。时雨点有馀飞。俯视岩腹，有大圆光偃卧㉕平云之上，外晕三重，每重有青、黄、红、绿之色。光之正中，虚明凝湛㉖，观者各自见其形现于虚明之处，毫厘无隐，一如对镜，举手动足，影皆随形，而不见傍人㉗。僧云："摄身㉘光也。"此光既没，前山风起云驰。风云之间，复出大圆相光㉙，横亘数山，尽诸异色，合集成采，峰峦草木，皆鲜妍绚蒨，不可正视。云雾既散，而此光独明，人谓之"清现"。凡佛光欲现，必先布云，所谓"兜罗绵世界㉚"。光相依云而出；其不依云，则谓之"清现"，极难得。食顷，光渐移，过山而西。左顾雷洞山上，复出一光，如前而差小。须臾，亦飞行过山外，至平野间转徙㉛，得得㉜与岩正相值㉝，色状俱变，遂为金桥，大略如吴江垂虹㉞，而两圮㉟各有紫云捧之。凡自午至未㊱，云物净尽，谓之"收岩"，独金桥现至酉㊲后始没。

【注释】

①峨眉山：在今四川省峨眉县西南，我国佛教四大名山之一。山有大峨、中峨、小峨三峰突起，本文所记的是登主峰大峨的情景。 ②乙未：宋孝宗淳熙四年（1177）六月二十七日。 ③霁：雨雪后放晴。 ④新店、八十四盘、娑罗平：都是山中地名。平，同"坪"，山中平地。 ⑤娑罗：又作"沙罗"、"莎罗"，一种常绿乔木。佛教传说释迦牟尼在娑罗树下涅槃。 ⑥海桐：一种常绿灌木。 ⑦固：本来。 ⑧季夏：夏季的最后一个月，即农历六月。 ⑨渍：沾，浸。 ⑩八仙：绣球花，花色淡紫。 ⑪牵牛：牵牛花，俗称喇叭花。 ⑫如荠：一种草本植物，开浅红小花。 ⑬鬖鬖：植物枝叶下垂的样子。 ⑭偃蹇：高耸貌。 ⑮浮图：又作"浮屠"，塔。 ⑯断无：绝无。 ⑰思佛亭、软草平、洗脚溪：都是山中地名。 ⑱极：到达最高处。 ⑲普贤：菩萨名，与文殊并称佛门二圣，分列于释迦牟尼两旁。 ⑳卯：卯时，早晨五至七时。 ㉑申：申时，下午三时至五时。 ㉒暑绤：泛指夏天穿的衣服。绤，粗葛布。 ㉓亟：急，赶快。 ㉔挟纩两重：穿上两层丝绵衣服。纩，丝绵。 ㉕氁衲：粗糙毛料制的袍子。氁，鸟兽的细毛。衲，僧衣。 ㉖驼茸之袭：用骆驼细毛绒制成的袍子。 ㉗衣笥：衣箱。 ㉘危坐：端坐。危，端正的，正直的。 ㉙缶：一种口小腹大的用于汲水的瓦器。 ㉚财：通"才"。 ㉛移顷：过了一会儿。 ㉜炷：点燃。 ㉝王瞻叔：名之望，南宋高宗绍兴年间进士，孝宗时官拜参知政事。 ㉞薄：迫近，侵入，这里意为浸蚀。 ㉟翻：反，反而。 ㊱佛现悉以午：佛光都在午时显现。佛光阳光透过水蒸气折射形成的彩色圆环，因峨眉山为佛教名山，因此人们就把佛光联想为"佛现"。 ㊲逡巡：顷刻之间，一刹那。 ㊳勃勃：烟云浓密的样子。 ㊴当：遇到。 ㊵少驻：稍停。 ㊶晕：光圈。 ㊷仙圣跨象者：指普贤

菩萨。佛寺中的普贤菩萨塑像往往骑着白象。　㊸有顷：不久。　㊹乙夜：二更时候，晚上十时左右。　㊺灯：指峨眉山林间夜里可见的点点亮光，人称"圣灯"或"神灯"。　㊻弥望：满眼。　㊼丙申：指六月二十八日。　㊽光相：即佛光。　㊾辟支佛：梵语辟支迦佛陀的简称，为无师自悟佛道者的通称。　㊿崔嵬：形容山势高耸的样子。　51刻削：像经刀刻斧削一般，形容山势陡峭的样子。　52洞明：透亮。　53天竺：梵语印度的音译。　56诸蕃：少数民族及外国。　57几案：泛指桌子。　58诣：前往，去到。　59俄：一会儿，片刻。　60氛雾：雾气。　61辟易：退避，这里指云雾散开。　62兜罗绵云：像兜罗絮一般的云。兜罗绵，佛经中称兜罗树的絮为兜罗绵。　63纷郁：浓密繁盛的样子。　64云平如玉地：层像白玉铺成的平地。　65偃卧：仰面而卧，平放。偃，放倒，仰面倒下。　66虚明凝湛：透明清澈。凝湛，深湛澄清。　67不见傍人：指每个人只能在佛光中看到自己的身影。　68摄身：摄取自身的影子。摄，收取。　69相光：指佛光。　70兜罗绵世界：指云海。　71转徙：旋转，移动。　72得得：刚好，恰好。　73相值：相遇。　74吴江垂虹：吴淞江上的垂虹桥，此桥在作者家乡不远处。　75圯：桥的两头。　76未：未时，下午一至三时。　77酉：酉时，下午五至七时。

【赏析】

　　这篇选文是范成大所作《峨眉山行纪》中最精彩的五段文字，生动展现了峨眉山大峨山脉的磅礴气势和秀美风光，细致描摹了令人叫绝的山顶"佛光"景象，是一篇优秀的散文小品。

　　文章共分五段。第一段主要描绘山上草木之奇，在读者面前铺开了一幅色彩斑斓的画卷：花红白色的娑罗，"犹有雪渍斓斑之迹"的木叶，"有如八仙而深紫，有如牵牛而大数倍，有如蓼而浅青"……更有浓密下垂的古苔、粗壮挺拔的塔松布满山顶，渲染出景色的清幽寂静。第二段作者着力从登山着装的角度，侧面烘托出山之高峻伟岸。从登山时身着的夏衣，到丝绵衣服，再到毛料袍子，更有甚者，需围炉而坐，不能熟物，可见山之高峻、山顶之奇寒。

　　从第三段开始，作者描写的重心转向峨眉山闻名遐迩的"佛光"。第三段描写"小现"，已是浓墨重彩："云头现大圆光，杂色之晕数重。倚立相对，中有水墨影若仙圣跨象者。一碗茶顷，光没，而其傍复现一光如前，有顷亦没。云中复有金光两道，横射岩腹，人亦谓之'小现'。"作者在下山之际突见"佛光"，其激动之情可见一斑，因此他对"小现"的描绘也格外让人赏心悦目。第四段描写登顶之后眺望远方的壮观景象。在作者的笔下，小瓦屋上的"光相"、"崔嵬刻削"、"雪色洞明"的西域雪山，尽收眼底，凸显了山势之雄伟、色彩之绚烂，这样的"瑰奇胜绝之观"让作者难以忘怀，也让读者拍案叫绝。第五段中，"大现"终于登场，作者浓墨重彩、酣畅淋漓地描绘了这一奇观，将全文带入高潮。从"大现"开始的云海纷郁，到"偃卧平云"之上的三色宝光，再到"虚名凝湛"的摄身光影，最后到难得一见、虚幻缥缈的"清现"，描绘惟妙惟肖、扣人心弦，高潮之后的余韵袅袅，令人回味无穷。

　　这篇游记结构井然有序，从序幕到高潮，步步深入。状物写景细致传神，从形状、色彩、光线等角度使峰峦草木跃然纸上，情趣盎然。对佛光的描绘洋洋洒洒，展现了一幅色彩缤纷绚烂的水墨画卷，更将自身情感倾注其中，显得更加真实动人。

【稼轩记】

洪 迈

国家行在①武林②，广信③最密迩④畿辅⑤。东舟西车，蠭午错出⑥，势处便近，士大夫乐寄焉。环城中外，买宅且⑦百数，基局不能宽，亦曰避燥湿寒暑而已耳。郡治之北可⑧里所⑨，故有旷土存；三面傅⑩城，前枕澄湖如宝带，其从⑪千有二百三十尺，其衡⑫八百有三十尺，截然砥平⑬，可庐以居。而前乎相攸⑭者，皆莫识其处。天作地藏，择然后予。济南辛侯幼安⑮最后至，一旦独得之。既筑室百楹，财⑯占地什四⑰。乃荒左偏以立圃，稻田泱泱，居然衍⑱十弓⑲。意他日释位得归，必躬耕于是，故凭高作屋下临之，是为"稼轩"。而命田边立亭曰"植杖⑳"，若将真秉耒耨㉑之为者。东冈西阜㉒，北墅南麓，以青径款竹扉，锦路行海棠。集山有楼，婆娑有堂，信步有亭，涤砚有渚，皆约略位置，规岁月绪成之。而主人初未之识也，绘图畀㉓予曰："吾甚爱吾轩，为吾记。"

余谓侯㉔本以中州隽㉕人，抱忠仗义，章显闻于南邦㉖。齐虏巧负国㉗，赤手领五十骑缚取于五万众中，如挟毚兔㉘，束马衔枚㉙，间关㉚西奏㉛淮，至通昼夜不粒食；壮声英概，懦士为之兴起！圣天子一见三叹息，用是简深知㉜，入登九卿，出节使二道，四立连率幕府。顷赖氏祸作㉝，自漕㉞薄㉟于江西，两地震惊，谭笑扫空之。使遭事会之来，挈㊱中原还职方氏㊲，彼周公瑾、谢安石事业，侯固饶㊳为之。此志未偿，因自诡㊴放浪林泉，从老农学稼，无亦大不可欤㊵？

若予者，伥伥㊶一世间，不能为人轩轾㊷，乃当急须袯襫㊸，醉眠牛背，与荛㊹童牧竖肩相摩。幸未黧㊺老时，及见侯展大功名，锦衣来归，竟㊻厦屋㊼潭潭㊽之乐，将荷笠棹舟，风乎㊾玉溪之上。因园隶内谒㊿曰："是尝有力于稼轩者。"侯当辍食迎门，曲席而坐，握手一笑，拂壁间石(51)细读之，庶(52)不为生客。

侯名弃疾，今以右文殿修撰(53)，再安抚江南西路(54)云。

【注释】

①行在：亦作"行在所"，皇帝出巡居住地。　②武林：临安（今杭州）的别称，南宋定都临安，为了不忘北宋旧都汴梁（今开封），故以临安为"行在"。　③广信：宋信州上饶郡（在今江西上饶）。　④迩：距离近。　⑤畿辅：京城周围地区。　⑥蠭午错出：纵横交错。蠭午，"蠭"通"蜂"，纷然并起貌。　⑦且：将近，几乎。　⑧可：大约。　⑨所：表示约数，相当于"许"。　⑩傅：迫近，靠近。　⑪从：同"纵"。　⑫衡：同"横"。　⑬砥平：平直，平坦。　⑭相攸：察看居住之所。　⑮济南辛侯幼安：即辛弃疾，字幼安，生于历城（在今山东济南）。　⑯财：同"才"。　⑰什四：十分之四。　⑱衍：分布。　⑲弓：五尺为一弓。　⑳植杖：耕作。　㉑耒耨：农具。　㉒阜：土山。　㉓畀：给予。　㉔侯：指辛弃疾。　㉕隽：才华出众，智慧超群。　㉖南邦：指南宋。　㉗齐虏巧负国：指张安国降金。绍兴三十一年（1161），辛弃疾率孤军于五万军营中擒获叛徒张安国。　㉘毚兔：狡兔。　㉙衔枚：行军时让士兵口衔一小木棍，以防说话。　㉚间关：崎岖展转。　㉛奏：通"走"。　㉜用是简深知：因此被皇帝察知。用，因为。简深知，典出《尚书·汤诰》："惟简在上帝之心。"　㉝赖氏祸作：淳熙二年（1175），赖文政发动武装暴动。　㉞潭：指潭州。　㉟薄：迫近。　㊱挈：带，领。　㊲职方氏：掌管国家版图的官职。　㊳饶：富足，多。　㊴自诡：自放虚妄之语。　㊵无亦大不可欤：也没有什么不可的。　㊶伥伥：无所适从的样子。　㊷不能为人轩轾：指自己微不足道。车前高后低为"轩"，车前低后高为"轾"，喻指高低轻重。　㊸被襮：蓑衣。　㊹芫：采柴草的人。　㊺黧老：指老人。黧：黑黄色。　㊻竟：尽。　㊼厦屋：大屋。厦：大。　㊽潭潭：深广的样子。　㊾风乎：在台上吹风。　㊿谒：拜见。　㊿壁间石：指这篇《稼轩记》。　㊿庶：将近，差不多。　㊿右文殿修撰：宋代地方官例带京官职衔。　㊿安抚江南西路：江南西路安抚使。

【赏析】

《稼轩记》写于宋孝宗淳熙八年（1181），时辛弃疾在信州上饶郡城北灵山下建成新居，起名为"稼轩"，洪迈为其作记。

这篇文章共分为三个部分。第一部分叙述建园的情景。先从士大夫纷纷寓居信州的背景入手，描述"稼轩"所在的优越地理位置和优美自然风光，反衬出辛弃疾在择居方面的过人眼识。接着详细描写园宅的环境，侧重突出园宅主人辛弃疾的隐逸之志。如"东冈西阜，北墅南麓，以青径款竹扉，锦路行海棠。集山有楼，婆娑有堂，信步有亭，涤砚有渚"，宽阔有序，清新雅致，体现出辛弃疾超凡脱俗的隐逸情调。同时作者在叙述中也融入了自己的心理探照，从园宅主人将新居命名为"稼轩"可推测出他的归隐田园之意。

第二部分着重渲染辛弃疾的丰功伟业。他才华出众，勇武仗义，曾率领五十骑于五万人擒拿叛徒，雄壮慷慨，体现出他惊人的胆识，因此得到朝廷的赏识和重用。然而他抗敌救国、一统中原的远大抱负还是未能如愿，只能纵情山水，悠游农间。作者对辛弃疾壮举的叙述生动传神，对他的赞美和景仰溢于言表，但同时又能落脚于辛弃疾壮志未酬之后的隐逸。

最后一部分着眼于作者对稼轩未来图景的设想。纵使归隐山中，辛弃疾对恢复大业的深谋远虑和为国效劳的忠心仍丝毫未减。因此作者设想这位爱国志士再次大展宏图、功成名就之后，"锦衣来归"，方可"竟厦屋潭潭之乐，将荷笠棹舟，风乎玉溪之上"。在这里，作者欲以未来的情景激励自己的好友重振雄风、再创辉煌。

在这篇文章中，作者看似漫不经心地为好友的园宅作记，实则婉曲地表达自己的见解，手法精妙，独具匠心。

【游东林①山水记】

王　质

绍兴二十八年②八月三日欲夕③，步自阛阓④中出，并溪⑤南行百步，背溪而西又百步，复并溪南行。溪上下色皆重碧⑥，幽邃靖深⑦，意若不欲流。溪未穷，得支径⑧，西升上数百尺。既竟⑨，其顶隐而青者，或远在一舍⑩外；锐者如簪，缺者如玦，隆者如髻，圆者如璧。长林远树，出没烟霏⑪；聚者如悦，散者如别，整者如戟⑫，乱者如发，于冥蒙中以意命之⑬。水数百脉⑭，支离胶葛⑮，经纬参错⑯；迤⑰者为溪，漫者为汇⑱，断者为沼，涸者为坳⑲。洲汀岛屿，向背离合；青树碧蔓，交罗蒙络⑳。小舟叶叶，纵横进退；摘翠者菱，挽㉑红者莲，举白者鱼；或志得意满而归，或夷犹容与㉒若无所为者。山有浮图宫㉓，长松数十挺，俨立门左右，历历如流水声从空中坠也。既暮不可留，乃并山北下，冈重岭复，乔木苍苍。月一眉㉔挂修岩颠，迟速若与客俱。尽山足㉕，更㉖换二鼓矣。

翌日，又转北出小桥，并溪东行，又西三四曲折，乃姚君贵聪门。俯门而航㉗，自柳竹翳㉘密间，循渠而出。又三四曲折，乃得大溪，一色荷花。风自两岸来，红披绿偃㉙，摇荡葳蕤㉚，香气勃郁㉛，冲怀胃㉜袖，掩苒不脱㉝。小驻古柳根，得酒两罂㉞，菱芡㉟数种。复引舟入荷花中，歌豪笑剧㊱，响震溪谷。风起水面，细生鳞甲；流萤班班㊲，若骇若惊，奄忽㊳去来。夜既深，山益高且近，森森欲下搏㊴人。天无一点云，星斗张明，错落水中，如珠走镜，不可收拾。隶而从者：曰学童，能嘲哳㊵为百鸟音，如行空山深树间，春禽一两声，翛然㊶使人怅而惊也；曰沈庆，能为歌声，回曲宛转，嘹亮激越，风露辅之,其声愈清,凄然使人感而悲也。

追游㊷不两朝昏,而东林之胜殆尽。同行姚贵聪、沈虞卿、周辅及余四人。三君虽纨绮世家㊸,皆积岁㊹忧患;余亦羁旅异乡㊺,家在天西南隅,引领长望而不可归。今而遇此,开口一笑,不偶然矣。皆应曰:"嘻!子为之记。"

【注释】

①东林:山名,在今浙江吴兴东南方。 ②绍兴二十八年:公元1158年。绍兴:宋高宗年号。 ③欲夕:傍晚。 ④阛阓:市区。阛为市区的墙,阓为市区的门。 ⑤并溪:沿溪。并,一起,平排着。 ⑥重碧:深绿色。 ⑦幽邃靖深:深远幽静。 ⑧支径:斜出的小路。 ⑨既竟:走到尽头。竟,尽。 ⑩一舍:三十里。 ⑪霏:云飘扬的样子。 ⑫戟:古代的一种兵器,呈"十"字或"卜"字形。 ⑬于冥蒙中以意命之:在迷迷糊糊中根据自己的感觉给它们命名。冥蒙,幽暗不明。 ⑭脉:山脉,这里指支流。 ⑮胶葛:交错纷乱貌。 ⑯参错:参差交错。 ⑰迤:曲折连绵。 ⑱汇:水流汇合的地方,这里指水泽。 ⑲坳:低凹的地方,这里指洼地。 ⑳交罗蒙络:相互缠绕、覆盖。交、络,纠结、缠绕。罗、蒙,网罗、覆盖。 ㉑挽:拉,牵引,这里指采。 ㉒夷犹容与:夷犹,同"夷由",徘徊不前。容与,安闲自得的样子。 ㉓浮图宫:佛寺。 ㉔月一眉:指新月。 ㉕山足:山脚。 ㉖更:更漏。 ㉗俯门而航:到门下乘船。 ㉘翳:掩蔽,遮蔽。 ㉙红披绿偃:荷花、荷叶在风的吹拂下摇曳的样子。红,指荷花。绿,指荷叶。披,打开,散开。偃,放倒,伏倒。 ㉚葳蕤:形容植物枝叶茂盛的样子。 ㉛勃郁:形容香气浓烈的样子。 ㉜罥:挂。 ㉝掩苒不脱:指香味久久不散。掩苒,停留、延搁。 ㉞罍:古时的一种酒器。 ㉟芡:水生草本植物,茎叶有刺,花似鸡冠,实苞如鸡首,故亦称"鸡头"。 ㊱剧:极,甚。 ㊲班班:同"斑斑",点点。 ㊳奄忽:急遽,匆匆。 ㊴搏:捕捉。 ㊵嘲哳:形容鸟鸣声纷乱嘈杂。 ㊶倏然:形容无拘无束、油然自得的超脱貌。 ㊷追游:抓紧时间观赏。 ㊸纨绮世家:家世显赫的富贵人家。 ㊹积岁:连年。 ㊺羁旅异乡:客居他乡。

【赏析】

《游东林山水记》写作者王质秋游东林的事迹,分别记叙了第一天登山揽胜和第二天泛舟观荷的景象。虽内容各有侧重,却能以水衬山、以山衬水,颇具情趣。

文章的第一段记叙作者第一天傍晚步行登山所见之景。虽为登山所见,但笔墨重心在于"水",山水交融。作者循溪而行,仔细赏玩。水流徐缓,"幽邃靖深",突然笔锋一转,形态各异的山峰映入眼帘。几处排比,如"锐者如簪,缺者如块,隆者如髻,圆者如璧","聚者如悦,散者如别,整者如戟,乱者如发",写尽奇峰异木。接着笔锋再一转,作者居高俯视,眺望水中诸景,数百水流的屈曲回转、参差交错尽收眼底。"小舟叶叶,纵横进退;摘翠者菱,挽红者莲,举白者鱼"色彩相间如画,渲染了一派亦繁忙亦闲适的景象,而人物的入画显得情趣盎然。

在第二段中,作者另开笔路,记泛舟山下所见景象。和第一段一样,作者再次饶有兴致地记述了出行的"三四曲折",传递出曲径通幽、柳暗花明之感。文中对水态山容的描摹颇下功夫。写一色荷花,随风摇曳,香气勃郁;写群星映水,流萤斑斑;更有松涛、山月辅之,更显如诗如画。同时作者不忘写山,将充满诗情画意的水景转为阴森凄清的山景,其冷峭感与第一段中对山的描绘形成鲜明对比。更难得的是作者因景生情,情景交融,以闻口技与歌声"怅而惊"、"感而悲"作结,预示了"悲"的基调,流露出一种豁达释然的情愫,为篇末的点题巧妙而自然地作了铺垫。

篇末承接上文,揭示了作者"积岁忧患"、"羁旅异乡"的感慨。当时正值金军进犯、山河沦陷,深深的忧患意识和国仇家恨萦绕于心,"尘世难逢开口笑",作者只能纵情山水排遣愁绪、聊以自慰。在这样的大背景下,这篇游记就被赋予了丰富而深刻的内涵。

【送郭拱辰序】

朱 熹

世之传神写照者①,能稍得其形似,已得称为良工。今郭君拱辰叔瞻②,乃能并与其精神意趣而尽得之,斯亦奇矣。

予顷见友人林择之、游诚之,称其为人,而招之不至。今岁惠然③来自昭武④,里中士夫数人欲观其能,或一写而肖⑤,或稍稍损益⑥,卒⑦无不似,而风神气韵,妙得其天致⑧。有可笑者,为予作大小二像,宛然麋鹿之姿,林野之性⑨。持以示人,计⑩虽相闻而不相识者,亦有以知其为予也。

然予方将东游雁荡⑪,窥龙湫⑫,登玉霄⑬,以望蓬莱⑭;西历麻源⑮,经玉笥⑯,据祝融⑰之绝顶,以临洞庭风涛之壮;北出九江⑱,上庐阜⑲,入虎溪⑳,访陶翁㉑之遗迹,然后归而思自休焉。彼当有隐君子者,世人所不得见,而予幸将见之,欲图其形以归;而郭君以岁晚㉒思亲,不能久从予游矣。予于是有遗恨焉!因其告行,书以为赠。

淳熙元年九月庚子㉓,晦翁㉔书。

【注释】

①传神写照者:作人物画的人。 ②郭君拱辰叔瞻:郭拱辰字叔瞻。 ③惠然:随顺的样子。 ④昭武:即今福建邵武。 ⑤一写而肖:一气呵成地画成就像。 ⑥稍稍损益:稍微修改一下。 ⑦卒:终于,最终。 ⑧天致:天然而特有的情致。 ⑨麋鹿之姿,林野之性:指麋鹿适得林野那样的隐士情趣。 ⑩计:大概。 ⑪雁荡:山名,北雁

荡山在今浙江乐清县东北，南雁荡山在平阳县西。 ⑫龙湫：北雁荡山顶下的大水池。 ⑬玉霄：山峰名，在今浙江天台西北，为桐柏山九峰之一。 ⑭蓬莱：山名，古代传说中与方丈、瀛洲并称渤海三仙山。 ⑮麻源：地名，在江西南城西。 ⑯玉笥：山名，在今湖南湘阴东北，道教"福地"之一。 ⑰祝融：山名，在今湖南衡山县，为衡山七十二高峰中的最高峰。 ⑱九江：注入洞庭湖的沅水和湘水等。 ⑲庐阜：即庐山。 ⑳虎溪：庐山上的溪水名。 ㉑陶翁：指陶渊明。 ㉒岁晚：快到年底。 ㉓庚子：淳熙元年九月十六日。 ㉔晦翁：朱熹字元晦，一字仲晦，号晦庵，亦别号晦翁。

【赏析】

《送郭拱辰序》是朱熹为南宋人物肖像画家郭拱辰所写的一篇赠序。

文章的第一段主要写朱熹对郭拱辰画工的赞美，但写法与众不同。作者开篇先提出人世间画人物画的画家，如果在作画时能够稍微取得形似，就已经实属不易了。接着笔锋一转，写郭拱辰作画，竟能做到神似，甚至是出神入化。有了前面的铺陈，后面的递进更能突出郭拱辰画技的高妙。

第二段承接第一段，结合与郭拱辰交往的亲身经历，进一步论证他画艺之精妙。朱熹为文最善转折，从郭拱辰的"招之不至"到"惠然"而来，见出其为人与风骨。接着写郭拱辰作画或胸有成竹、一气呵成，或稍加修改，但都惟妙惟肖，更难得的是"风神气韵，妙得其天致"。文章再具体化，以郭拱辰为作者本人所作的画像而得其神韵为例，更凸显郭拱辰画技所达到的至高境界。

第三段看似与前两段毫无关联，实则紧密相关。朱熹直陈他即将开始的游踪：登山揽胜，怀古会友，展现出朱熹豁达宽广的襟怀和超凡脱俗的隐逸情调。同时，作者以寻访隐士并为其作画的意图，将笔锋再次落到了郭拱辰的身上。郭拱辰因时间太晚而无法与作者同行，一位画技如此高超的画家却无法"图其形以归"，这不失为一大遗憾！朱熹一方面在这里点明写作这篇文章的意图，另一方面通过强烈的反差突出了遗憾之深沉痛彻。

这篇文章虚实结合，将郭拱辰的画技之高超表现得淋漓尽致，更在叙述中不露声色地寄寓了悲咽之气，含义颇深。

【百丈山记】

朱 熹

登百丈山①三里许，右俯绝壑，左控垂崖；叠石为磴②十馀级乃得度。山之胜盖自此始。

循磴而东，即得小涧，石梁跨于其上。皆苍藤古木，虽盛夏亭午无暑气；水皆清澈，自高浈下，其声溅溅然。度石梁，循两崖，曲折而上，得山门，小屋三间，不能容十许人。然前瞰涧水，后临石池，风来两峡间，终日不绝。门内跨池又为石梁。度而北，蹑石梯数级入庵。庵才老屋数间，卑庳③迫隘，无足观，独其西阁为胜。水自西谷中循石罅④奔射出阁下，南与东谷水并注池中。自池而出，乃为前所谓小涧者。阁据其上流，当⑤水石峻激相搏处，最为可玩。乃壁其后⑥，无所睹。独夜卧其上，则枕席之下，终夕潺潺，久而益悲，为可爱耳。

出山门而东，十许步，得石台。下临峭岸，深昧险绝⑦。于林薄⑧间东南望，见瀑布自前岩穴瀵涌⑨而出，投空下数十尺。其沫乃如散珠喷雾，日光烛⑩之，璀璨夺目，不可正视。台当山西南缺，前揖芦山，一峰独秀出；而数百里间峰峦高下，亦皆历历在眼。日薄西山，馀光横照，紫翠重叠，不可殚⑪数。旦起下视，白云满川，如海波起伏；而远近诸山出其中者，皆若飞浮来往，或涌或没，顷刻万变。台东径断，乡人凿石容磴以度，而作神祠于其东，水旱祷焉。畏险者或不敢度。然山之可观者，至是则亦穷矣。

余与刘充父、平父、吕叔敬、表弟徐周宾游之。既皆赋诗以纪其胜⑫，余又叙次其详⑬如此。而最其可观者：石磴、小涧、山门、石台、西阁、瀑布也。因各别为小诗以识⑭其处，呈同游诸君，又以告夫欲往而未能者。年月日⑮记。

【注释】

①百丈山：山名，位于福建建阳东北。　②磴：石阶。　③卑庳：低矮，不高。　④罅：缝隙，裂缝。　⑤当：面对。　⑥乃壁其后：庵西阁的后面是石壁。壁，石壁，这里用作动词，意为"筑壁"。　⑦深昧险绝：深暗险要。　⑧林薄：草木丛杂的地方。　⑨瀵涌：指水从地下石洞里喷涌而出。瀵：水由地下喷涌溢出。　⑩烛：照，照亮。　⑪殚：尽。　⑫既皆赋诗以纪其胜：朱熹著有《游百丈山以徙倚弄云泉分韵赋诗得云字》一诗。　⑬叙次其详：按照次序详细叙述了游览的经过。　⑭识：记。　⑮年月日：这里略去写作的具体时间。

【赏析】

《百丈山记》是朱熹写于宋孝宗淳熙二年（1175），写作目的是文章最后点明的"呈同游诸君，又以告夫欲往而未能者"，因此这篇游记的叙述重在指引人们游山览水。这篇游记的"导游"性质集中体现在篇末"最其可观者：石磴、小涧、山门、石台、西阁、瀑布也"一句，而朱熹在前文对山间胜景的描绘是对这一句总结的证明。文章从第一段的"山之胜盖自此始"写起，到第二段的"山之可观者，至是则亦穷矣"结束，首尾呼应，集中、紧凑地将百丈山胜景呈现在读者面前。

朱熹对百丈山景致的描绘分为两个部分。第一部分叙述拾级而上的沿途所见,主要描写在西阁上所看到的美景,突出百丈山的清幽之美。清澈的溪流从石缝中喷涌而出,湍急的水流与峻峭的山石相互撞击,场面十分壮观。而在西阁彻夜聆听潺潺的流水声,更有一番情趣。第二部分作者描写站在石台上眺望百丈山远景,着重描写了瀑布、夕照与云海。"下临峭岸,深昧险绝"突出了山的奇险之美;从岩穴中凌空喷涌而出的瀑布体现了山的壮观之美;夕阳照射下的"紫翠重叠"突出了山的斑斓之美;"白云满川,如海波起伏"展现了山的奇幻之美;时隐时现、变化万千的远近诸山彰显了山的灵动之美。在这一两个部分的描述中,朱熹将百丈山多层次的美感呈现在读者面前,令人身临其境。

这篇游记结构清晰,铺排得当。作者善于观察景物的各种形态,并运用比喻、拟人等修辞手法,状物写景穷形尽相,细致生动,引人入胜,不失为一篇优美的游记。

【记孙觌事】

朱 熹

靖康之难①,钦宗幸②虏营。虏人欲得某文③。钦宗不得已,为诏从臣孙觌④为之;阴冀觌不奉诏,得以为解。而觌不复辞,一挥立就;过为贬损,以媚虏人⑤;而词甚精丽,如宿成者。虏人大喜,至以大宗城卤⑥获妇饷⑦之。觌亦不辞。其后每语人曰:"人不胜天久矣;古今祸乱,莫非天之所为。而一时之士,欲以人力胜之;是以多败事而少成功,而身以不免焉。孟子所谓'顺天者存,逆天者亡'者,盖谓此也。"或⑧戏⑨之曰:"然则子之在虏营也,顺天为已甚⑩矣!其寿而康⑪也宜哉!"觌惭无以应。闻者快之。

乙巳⑫八月二十三日,与刘晦伯语,录记此事,因书以识云。

【注释】

①靖康之难:公元1127年,汴京沦陷,徽宗,钦宗二帝为金人所掳。 ②幸:皇帝出行到某处。 ③某文:指降表。 ④孙觌:字仲益(1081-1169),号鸿庆居士,常州晋陵(今江苏武进)人,善属文。 ⑤过为贬损,以媚虏人:过度贬损宋朝,以向金人献媚。 ⑥卤:同"掳",掠夺。 ⑦饷:赠送。 ⑧或:有人。 ⑨戏:讥笑,嘲弄。 ⑩甚:过分。 ⑪寿而康:健康长寿。 ⑫乙巳:淳熙十二年(1185)。

【赏析】

在小品文《记孙觌事》中,朱熹用廖廖两百多字勾画出宋钦宗近臣孙觌的丑恶嘴脸,谴责了他卖国求荣的卑劣行径。

朱熹先追记靖康之难后宋钦宗被迫投降之事。金人勒索降表，孙觌违背钦宗本义，竟没有推辞。孙觌虽善属文，写的却是屈辱之文。他为向金人献媚，不惜贬损故国，与汴京沦陷之时北宋的士大夫们以死相抗、慷慨激昂的爱国气节形成鲜明的反差。其文"词甚精丽，如宿成者"，在这里更是一个尖锐的讽刺。作者抓住了孙觌在国家生死存亡之时的关键行为，突出了他懦弱无耻的本性。

接着朱熹以孙觌不辞金人赏赐的被掠宋朝妇女一事更进一步印证了他的媚敌求荣。至此孙觌的小人形象已经跃然纸上。但这还远远不够，在下面的叙述中，朱熹层层深入，直捣孙觌的灵魂深处。孙觌经常以"顺天者存，逆天者亡"的荒谬理论为自己的行为开脱，在作者看来，这样的乱臣贼子，人人得而诛之。于是，朱熹记叙了人们听到这些话的愤怒反应："你在敌营里顺应天时也太过分了，能够健康长寿也真是值得啊！"话语一出，孙觌便由得意洋洋转为羞愧难当，众人则皆拍手称快。借众人之口，朱熹给了孙觌最致命的一击。

这篇文章篇幅虽短，却布局精巧，独具匠心。作者欲揭示孙觌的"怙恶不悛"，用笔有如抽丝剥茧，将他的罪恶灵魂一步步暴露在光天化日之下。最后用众人的辛辣讽刺作结，义正言辞地表达了对孙觌那样的佞臣的痛恨和强烈的民族气节。文字精练，气势逼人，意味深长。

【斗　　鸡】

周去非

芥肩金距①之技，见于《传》②而未之睹也。余还自西广③，道番禺④，乃得见之。番禺人酷好斗鸡，诸番人尤甚。鸡之产番禺者，特骜⑤劲善斗。其人饲养亦甚有法，斗打之际，各有术数。注⑥以黄金，观如堵墙也。凡鸡毛欲疏而短，头欲竖而小，足欲直而大，身欲疏而长，目欲深而皮厚，徐步眈⑦视，毅不妄动，望之如木鸡，如此者每斗必胜。人之养鸡也，结草为墩，使立其上，则足尝定而不倾。置米高于其头，使耸膺⑧高啄，则头常竖而嘴利。割截冠绥⑨，使敌无所施其嘴。剪刷尾羽，使临斗易以盘旋。常以翎毛搅入鸡喉，以去其涎。而掬⑩米饲之，或以水噀⑪两腋，调饲一一有法。至其斗也，必令死斗。胜负一分，死生即异。盖斗负则丧气，终身不复能斗，即为鼎实⑫矣。然常胜之鸡，亦必早衰，以其每斗屡濒⑬死也。斗鸡之法，约为三间⑭。始斗少顷，此鸡失利，其主抱鸡少休，去涎饮水，以养其气，是为一间。再斗而彼鸡失利，彼主亦抱鸡少休如前，养气而复斗，又为一间。最后一间，两主皆不得与，二鸡之胜负生死决矣。鸡始斗奋击用距，少倦则盘旋相啄。一啄得所嘴，牢不舍，副之以距。能多如是者必胜，其主喜见于色。番人之斗鸡又乃甚焉，所谓芥肩金距真用之。其芥肩也，末芥子糁⑮于鸡之肩腋，两鸡半斗而倦，盘旋伺⑯便⑰，互刺头腋下，翻身相啄，以有芥子能眯敌鸡之目，故用以取胜。其金距也，薄刃如爪，凿柄于鸡距，奋击之始，一挥距，或至断头。盖金距取胜于其始，芥肩取胜于其终，季孙⑱于此能无怒耶？小人好胜，为此歹毒，使微物⑲不得生，自三代⑳已然。

【注释】

①芥肩金距：都是斗鸡时的技法。芥肩，在鸡的肩腋上洒上芥子，斗鸡时以迷惑敌鸡。金距，在鸡距上安上金属薄刀，作为斗鸡时攻击敌鸡的武器。距，鸡爪　②《传》：指《左传》。　③西广：指广西。　④番禺：县名，在今广东广州市。　⑤鸷：凶狠残暴。　⑥注：赌注，这里指下赌注。　⑦眈：形容注视的样子。　⑧膺：胸。　⑨冠緌：鸡冠和颔下垂肉。　⑩掬：用双手捧起。　⑪噀：喷湿。　⑫为鼎实：指烹而食之。鼎，古代蒸煮用的器具。　⑬濒：通"濒"，将要，迫近。　⑭间：间隔，空隙，这里指斗鸡中间有三次休息。　⑮糁：洒，散落。　⑯伺：等待。　⑰便：机会。　⑱季孙：即季平子，春秋时期鲁季孙氏后人。　⑲微物：指鸡。　⑳三代：指夏、商、周三代。

【赏析】

《斗鸡》选自《岭外代答》的"禽兽门"，该书是周去非任桂林通判归来后，应他人询问岭外风俗而作，这篇文章叙述了作者途经广东番禺时所见的斗鸡场面。

据《左传》记载，春秋时期，季平子和其邻居斗鸡时郈昭伯曾用芥肩金距之技，致使二人交恶。作者在开篇就直接引用这一典故，引出自己在番禺时的亲身体验。虽古书上有记载，但既不详细人们又未曾亲见，因此下文的叙述便显得尤为吸引人了。这篇文章结构精巧，分为三个部分。

第一部分作者先叙述番禺人酷爱斗鸡，体现在对斗鸡饲养训练有方和观斗鸡之人"如堵墙"上。而番禺的斗鸡也凶猛异常，训练有素。作者详细介绍了养鸡之法与斗鸡之术。在选择斗鸡方面，外观和天性都有严苛要求，外观上"毛欲疏而短，头欲竖而小，足欲直而大，身欲疏而长，目欲深而皮厚"，天性上"徐步眈视，毅不妄动，望之如木鸡"。在这些先天条件的基础上，番禺人采取了各种有针对性的训练方法，如割截冠緌、剪刷尾羽，作者对此的描述十分细致。

第二部分描写激烈残酷的斗鸡情景。作者先以"至其斗也，必令死斗。胜负一分，死生即异"预示了斗鸡的残忍，也进一步解释了番禺人钻研斗法的原因。斗鸡场面的描写详略得当，着重强调第三阶段，因为正是在这一阶段，"芥肩金距"正式登场。在作者的生动描摹中,我们感受到了斗鸡胜负死生在几个回合之间的转变,以及斗鸡之术之高深莫测。

第三部分是全文的点睛之笔,作者借上文的铺陈,揭示斗鸡的本质,抒发自己的见解。叙述斗鸡场面并不是作者写文章的最终目的,他从引用古书典故到揭开"芥肩金距"的神秘面纱,以一句"小人好胜,为此歹毒,使微物不得生,自三代已然"使全文寓意得以升华。斗鸡之事古已有之,鸡之斗乃人之斗,而芥肩金距则更显得人心之歹毒、手法之险恶。作者借此抒发了对斗鸡的厌恶和对奸诈小人的谴责。

【送宜黄何尉序】

陆九渊

民甚宜其尉①,甚不宜其令②;吏甚宜其令,甚不宜其尉,是令、尉之贤否不难知也。尉以是不善于其令,令以是不善于其尉,是令、尉之曲直不难知也。东阳③何君坦尉宜黄,与其令臧氏子不相善,其贤否曲直,盖不难知者。夫二人之争,至于有司④,有司不置白黑于其间,遂以俱罢⑤。县之士民,谓臧之罪,不止于罢,而幸其去;谓何之过,不至于罢,而惜其去。臧贪而富,且自知得罪于民,式遄其归⑥矣;何廉而贫,无以振⑦其行李,县之士民,哀其穷而为之裹囊以饯之,思其贤而为之歌诗以送之,何之归亦荣矣!

比干剖心⑧,恶来知政⑨;子胥鸱夷⑩,宰嚭谋国⑪。爵刑舛施,德业倒植,若此者班班⑫见于书传,今有司所以处臧、何之贤否曲直者,虽未当乎人心,然揆之舛施倒植之事,岂不远哉?况其民心士论,有以慰荐扶持如此其盛者乎?何君尚何憾!

鲁士师如柳下惠⑬,楚令尹如子文⑭,其平狱治理之善,当不可胜纪,三⑮黜三已⑯之间,其为曲直多矣!而《语》、《孟》⑰所称,独在于遗逸⑱不怨,厄穷不悯,仕无喜色,已无愠色。况今天子重明丽正,光辉日新。大臣如德星御阴辅阳,以却氛祲⑲。下邑一尉,悉力卫其民,以迕⑳墨令㉑,适用吏文,与令俱罢,是岂终遗逸厄穷而已者乎?何君尚何憾!

虽然,何君誉处若此其盛者,臧氏子实为之也。何君之志,何君之学，讵^㉒可如是而已乎？何君是举亦勇矣！诚率是勇以志乎道，进乎学，必居广居，立正位，行大道，使富贵不能淫，贫贱不能移，威武不能屈^㉓，此吾所望于何君者。不然，何君固无憾，吾将有憾于何君矣！

【注释】

①尉：古代官名，县官的副职。这里指何坦，曾任宜黄县（在今江西）县尉。　②令：古代官名，县一级的行政长官。这里指臧氏子，曾任宜黄县（在今江西）县令。　③东阳：县名，在今浙江金华。　④有司：古代设官分职，各有专司，这里指上级官吏。　⑤罢：罢官。　⑥式遄其归：语出《诗·大雅·崧高》："式遄其行。"这里意为迅速地离开。式：句首发语词。遄：快，迅速。　⑦振：整治。　⑧比干剖心：比干为商朝忠臣，强谏商纣王未果，被纣王剖心。　⑨恶来知政：恶来掌握朝政。恶来为商纣王时期的大臣。　⑩子胥鸱夷：春秋时期吴国大夫伍子胥因劝阻吴王夫差伐齐不成，后为伯嚭所陷害，自刎后尸体被用皮袋盛着抛入江中。鸱夷：皮袋。　⑪宰嚭谋国：太宰伯嚭主持朝政。　⑫班班：数量众多的样子。班：通"斑"。　⑬鲁士师如柳下惠：柳下惠姓展，名获，字禽，食邑在柳下，谥惠，故名。曾任春秋时期鲁国的法官之职。　⑭楚令尹如子文：子文即斗谷於菟，曾任楚国宰相。　⑮三：虚数，表示次数之多。　⑯已：罢黜。　⑰《语》、《孟》：指《论语》、《孟子》。　⑱遗逸：弃而不用。　⑲氛祲：不详的云气。　⑳忤：忤逆，违背。　㉑墨令：贪赃枉法的县令。墨：不洁之称。　㉒讵：岂，怎。　㉓"必居广居"六句：语出《孟子·滕文公下》。

【赏析】

《送宜黄何尉序》是陆九渊写给被免职的朋友何坦的临别赠言。何坦在担任宜黄县县尉时，因维护人民利益，而与县令不合。上级是非不分，将二人同时罢黜。身为何坦的朋友，作者撰文表达对他的安慰与鼓励。

在文章第一段中，作者将人们对何坦和县令绝然不同的态度作了对比。一开篇就连用排比，如"民甚宜其尉，甚不宜其令；吏甚宜其令，甚不宜其尉，是令、尉之贤否不难知也。"、"县之士民，谓臧之罪，不止于罢，而幸其去；谓何之过，不至于罢，而惜其去。"、"县之士民，哀其穷而为之橐囊以钱之，思其贤而为之歌诗以送之"，加强语势，鲜明地体现了民心向背，表明自己鲜明的立场，即对臧氏子的讽刺和对何坦的褒扬。

在安慰何坦时，作者以古衬今，以比干、伍子胥作作比，告诉他忠臣为奸人所害之事古来有之，然而和这些"爵刑舛施，德业倒植"之事相比，有司的不公正待遇就程度而言倒还轻得多，并多次用"何君何憾"表明，错不在何坦，因此不必耿耿于怀。同时陆九渊还用柳下惠和子文三黜三已为例，鼓励何坦韬光养晦，东山再起。在文章的最后，作者向何坦提出了自己的期望，勉励他加强在道德上的修养和学问上的钻研，"立正位，行大道"、"富贵不能淫，贫贱不能移，威武不能屈仁爱"。结尾处的"何君固无憾"，再次声援何坦，并进一步表明，若何坦无法再接再厉，则"吾将有憾于何君"，体现出作者对何坦的一片诚心和殷切期望。

这篇文章立场鲜明,思路清晰,文章结构前呼后应,层层深入。作者善用排比,文笔流畅,言辞恳切,真挚感人。

【跋绍兴辛巳①亲征诏草】

辛弃疾

使此诏出于绍兴之初,可以无事仇之大耻。使此诏行于隆兴②之后,可以卒③不世之大功④。今此诏与此虏犹俱存也,悲夫!

嘉泰⑤四年三月门生⑥弃疾拜手谨书。

【注释】

①绍兴辛巳:宋高宗绍兴三十一年(1161)。 ②隆兴:宋孝宗年号。 ③卒:完毕,终了。 ④不世之大功:世上少有的功绩。 ⑤嘉泰:宋宁宗年号。 ⑥门生:表明辛弃疾与"亲证诏草派"代拟者陈康伯有师生关系。

【赏析】

《绍兴辛巳亲征诏草》为陈康伯代拟,旨在激励朝野上下同仇敌忾、抗击金军、光复中原。出于同样的爱国情感,辛弃疾撰写了《跋绍兴辛巳亲征诏草序》这篇短跋。

辛弃疾先痛陈南宋统治者的决策失误:若在绍兴初年就履行这份诏书的决策,就可以避免与金媾和的奇耻大辱;若在隆兴之后实施这份诏书的决策,就可以建立世上鲜有的伟大功业,报仇雪耻,收复失地;然而反观当今局势,嘉泰四年,诏书与国耻俱在,不禁让人扼腕痛惜!作者以这份诏书在绍兴、隆兴和嘉泰这三个历史时期的不同作用作为鲜明对比,表明朝廷如何坐失战机,如何一次次失去抗金的有利时机,导致难以逆转的局势,南宋统治者的懦弱苟且和昏庸无能可见一斑。从而表达了辛弃疾鲜明的爱憎和浓烈的情感。

全文未有一字谈及诏草本身,而是高度概括了南宋决策失误的历史,揭示了国家兴亡的历史教训。文章精辟凝练,义正辞严,情真意切,字里行间流露出执著浓烈的爱国热情和民族气节,含蓄地表达了作者尖锐的批判精神,抒发了壮志难酬的悲愤之情。正文虽只有短短三句,但每一句的意思都独立而完整。寥寥数语中,惋惜、悲愤、遗憾等复杂的心情相互交织,若将其置于深广的社会背景之中,则便可发现文章丰富的潜在意境,意味深长,耐人寻味。

【却聘书】

谢枋得

夷、齐①虽不仕周,食西山②之薇③,亦当知武王之恩;四皓④虽不仕汉,茹⑤商山之芝,亦当知高帝之恩。况蒸藜含粝⑥于大元之土地乎?

大元之赦某屡矣,某受大元之恩亦厚矣。若效鲁仲连⑦蹈东海而死则不可,今既为大元之游民矣。庄子曰:"呼我为马者,应之以为马;呼我为牛者,应之以为牛。"⑧世之人,有呼我为宋之遁播⑨臣者亦可,呼我为大元游惰民者亦可,呼我为宋顽民者亦可,呼我为大元之逸民⑩者亦可。为轮为弹,与化往来;虫臂鼠肝,随天付予⑪。若贪恋官爵,昧⑫于一行⑬,纵大元仁恕,天涵地容,哀怜孤臣,不忍加戮,某有何面目见大元乎?……

某与太平草木,同沾圣朝之雨露。生称善士⑭,死表于道曰:"宋处士⑮谢某之墓。"虽死之日,犹生之年。感恩感德,天实临之! 司马子长有言:"人莫不有一死,死或重于泰山,或轻于鸿毛。"⑯先民⑰广⑱其说曰:"慷慨赴死易,从容就义难。"公亦可以察某之心矣。

【注释】

①夷、齐:即伯夷、叔齐,殷朝孤竹国国君之子。因认为周武王伐纣违背"君臣大义",周灭商后,他们隐居首阳山,不愿仕周。二人不食周粟,采薇而食,不久饿死。 ②西山:首阳山。 ③薇:马齿类一年或二年生草本植物,嫩茎和叶可食用。 ④四皓:指汉朝的东园公唐秉、绮里季吴实、夏黄公崔广、甪里先生周术四位隐士。四人原是秦博士,因逃避暴秦而隐居商山,采芝而食,后汉高祖曾请他们出山,皆不从。 ⑤茹:吃。 ⑥蒸藜含粝:饮食粗劣,这里指自己作为庶民犹能吃粗饭喝稀粥。藜,野菜。 ⑦鲁仲连:战国时齐国谋士,常周游列国,却不愿出仕。他曾力劝赵、魏大臣阻止秦昭王称帝,曰:"彼即肆然称帝,连有蹈东海而死耳!" ⑧"呼我为马者"四句:语出《庄子·应帝王》:"泰氏,其卧徐徐,其觉于于,一以己为马,一以己为牛;其知情信,其德甚真,而未始入于非人。",又见《云笈七签》卷116:"庄生云:'人以我为牛,而我为牛;人以我为马,而我为马。'忘形体真者,不以名为累也。" ⑨遁播:逃亡。 ⑩逸民:隐

士。　⑪"为轮为弹"四句：语出《庄子·大宗师》："浸假而化予之左臂以为鸡，予因以求时夜；浸假而化予之右臂以为弹，予因以求鸮炙；浸假而予之尻以为轮，以神为马，予因而乘之，岂更驾哉！且夫得者，时也；失者，顺也，安时而处顺，哀乐不能入也。"又云："伟哉造化！又将奚以汝为，将奚以汝适？以汝为？肝乎？以汝为虫臂乎？"意为听任自然造化，从容自得。　⑫昧：迷惑。　⑬一行：一时的行为。　⑭善士：良士。　⑮处士：善于自处，有德才却不愿出仕为官的人。　⑯"人莫不有一死"三句：语出司马迁《报任少卿书》。　⑰先民：指前辈。　⑱广：推广，延伸。

【赏析】

元兵入侵南宋之时，谢枋得举兵反抗，失败后隐居深山。元朝建立之后，元朝政府下诏赦免南宋遗臣。面对元朝政府的屡次举荐，他与一些南宋遗臣不同，而是坚决不从。后病重，谢枋得在临死前不愿接受元朝的救助，彰显了宝贵的民族气节。这篇文章节选自《上丞相留忠斋书》，表达了谢枋得对南宋政府的至死不渝和不愿效忠元朝的坚定信念。

这篇文章共分为三个部分。第一段作者以伯夷、叔齐和商山四皓自比，以他们的不仕而尚知当朝恩典，强调了自己深知大元之恩。伯夷、叔齐采薇充饥、商山四皓茹芝为生，也知道周朝和汉朝的恩典，更何况在大元土地上尚能吃到粗饭、喝到稀粥的自己呢？

第二段在第一段的基础上，作者委婉说明自己不能上任的原因。作者娓娓道来：我受的大元朝廷的恩典已经很隆厚了，既然如今已是大元的臣民，就已经知足了，不会效仿鲁仲连投东海而死的行为。接着作者引用庄子的话，吐露心迹，表明自己听任自然、随遇而安的豁达心胸。不管世人如何用逋播臣、游惰民、宋顽民或是逸民来称呼他，他都不会动摇。段落结尾作者再次使用反诘句表明，如果自己贪图权利富贵和高官厚禄，就算朝廷再宽厚仁慈，也无颜面对。这一段包含了三层意思：一是表明自己无求于世的骨气，二是表达对其他厚颜无耻的南宋遗臣的讽刺和批判，三是委婉表达自己绝不出仕的决心。

第三段再次重申了作者的坚决态度。作者一方面郑重发誓，绝不仕元，另一方面也向元朝统治者施压：慷慨速死固然是容易的，但要长期忍受痛苦和折磨，从容就义，就比较困难。言外之意是，元朝政府如果强迫我出仕，我只有选择为国捐躯了。文章结尾再次强调了谢枋得的坚定意志。

全文情感充沛，慷慨激昂，表达委婉曲折，真挚感人。

【西湖游赏】

周密

西湖天下景，朝昏晴雨，四序①总宜。杭人亦无时而不游，而春游特盛焉。承平时，头船②如大绿、间绿、十样锦、百花、宝胜、明玉之类，何翅③百馀。其次则不计其数，皆华丽雅靓，夸奇竞好。而都人凡缔姻、赛社、会亲、送葬、经会、献神、仕宦、恩赏之经营，禁省台府之嘱托，贵珰④要地，大贾豪民，买笑千金，呼卢⑤百万，以至痴儿骏子，密约幽期，无不在焉。日糜⑥金钱，靡有纪⑦极⑧。故杭谚有"销金锅儿"之号，此语不为过也。

都城自过收灯⑨，贵游巨室，皆争先出郊，谓之"探春"，至禁烟⑩为最盛。龙舟十馀，彩旗叠鼓，交午⑪曼衍⑫，粲如织锦。内有曾经宣唤⑬者，则锦衣花帽，以自别于众。京尹为立赏格⑭，竞渡争标。内珰贵客，赏犒无算。都人士女，两堤骈集，几于无置足地。水面画楫⑮，栉比如鱼鳞，亦无行舟之路，歌欢箫鼓之声，振动远近，其盛可以想见。若游之次第，则先南而后北，至午则尽入西泠桥里湖，其外几无一舸⑯矣。弁阳老人⑰有词云："看画船尽入西泠，闲却半湖春色。"盖纪实也。

既而小泊断桥，千舫骈聚，歌管喧奏，粉黛罗列，最为繁盛。桥上少年郎，竞纵纸鸢⑱，以相勾引，相牵剪截，以线绝者为负，此虽小技，亦有专门。爆仗起轮走线之戏，多设于此，至花影暗而月华生，始渐散去。绛⑲纱笼烛，车马争门，日以为常。张武子诗云："帖帖平湖印晚天，踏歌游女锦相牵，都城半掩人争路，犹有胡琴落后船。"最能状此景。茂陵⑳在御，略无游幸之事，离宫别馆，不复增修。黄洪诗云："龙舟太半没西湖，此是先皇节俭图。三十六年安静里，棹歌一曲在康衢。"理宗时亦尝制一舟，悉用香楠木抢金为之，亦极华侈，然终于不用。至景定间，周汉国公主得旨，偕驸马都尉杨镇泛湖。一时文物亦盛，仿佛承平之旧，倾城纵观，都人为之罢市。然是时先朝龙舫久已沉没，独有小舟号小乌龙者，以赐杨郡王之故尚在。其舟平底有柁㉑，制度简朴。或传此舟每出必有风雨，余尝屡乘，初无此异也。

【注释】

①四序：指春、夏、秋、冬四季。　②头船：船之大者。　③翅：同"啻"，仅仅。　④珰：汉代宦官帽子上的装饰物，借指宦官。　⑤呼卢：古时的赌博形式。　⑥糜：消耗，浪费。　⑦纪：开端，头绪。　⑧极：尽头。　⑨收灯：古时风俗，正月十三点头灯，正月十五也称元宵节，依南宋时风俗，正月十六夜收灯。　⑩禁烟：指寒食节（清明前一日），因寒食不举火，故称禁烟。　⑪交午：纵横交错。　⑫曼衍：绵延不绝。　⑬宣唤：帝王下令宣召、传唤。　⑭赏格：悬赏所定的报酬条件。　⑮画楫：画船。　⑯

舸：大船。　⑰弁阳老人：周密的号，因晚年居弁山（在今浙江湖州），故名。　⑱纸鸢：俗称鹞子，用细竹为骨，扎成鸟形，即风筝。古时民间多用作春季室外娱乐之具。　⑲绛：大红色。　⑳茂陵：这里指代宋宁宗赵扩，因他的陵墓在绍兴，称永茂陵，故简称茂陵。　㉑柁：同"舵"。

【赏析】

《西湖游赏》选自《武林旧事》卷三中的《西湖游幸》，这本书是周密在南宋灭亡之后为追忆南宋旧事而作，描绘了故都杭州的风土人情。《西湖游幸》则主要记叙了作者游览西湖的所见所闻，记录下了西湖的昔日胜景。

文章浓墨重彩地渲染了西湖的繁华景象。先开头总说，不论四季晴雨，西湖风光皆优美宜人，但"春游特盛"。于是作者集中笔墨，铺陈西湖的春季美景。在对西湖春游图的描绘中，作者笔法有详有略，有总有分。先从游人如织、游船名目繁多、活动目不暇接等方面总写西游春游的盛况，以一系列排比句形象地将喧闹非凡的场面烘托出来。

在此基础上，作者再对"探春"之游作细致的描摹，主要由两方面构成。一方面，细致描写豪民巨室们争相出游的华贵气派和热闹景象，船队鳞次栉比，游人器宇轩昂。重点描写了京尹立赏的情景，熙熙攘攘的人群和"振动远近"的歌欢箫鼓之声构成了探春之游的豪阔场面。另一方面，从时间的角度切入，记述游览活动自上午始，至夜晚方罢，月亮升起之后仍有人"绛纱笼烛"，而门外车马则依旧络绎不绝。"小泊断桥，千舫骈聚"，少年郎"竞纵纸鸢"，夜间西湖依旧热闹非凡。上至君臣贵胄，下至平民百姓，众人无不沉醉于狂欢之中。

然而，描写西游春游盛况并不是作者的最终目的。作为南宋灭亡之后对故都的追忆之文，作者透过西湖繁华的表象，看到了南宋政府的骄奢淫逸、醉生梦死，最终自取灭亡。因此，作者看似记"盛"，实则记"衰"；看似记"乐"，实则记"悲"。在这盛衰喜悲变换之间，抒发了作者对物是人非的感慨，表达了思念故土和痛惜过去的复杂心情。

这篇文章在描写方面详实真切，丰富多变，颇见功力。

【观　　潮】

周　密

　　浙江①之潮，天下之伟观也。自既望②以至十八日为最盛。方③其远出④海门⑤，仅⑥如银线；既而渐近，则玉城雪岭，际⑦天而来，大声如雷霆，震撼激射，吞天沃日⑧，势极雄豪。杨诚斋⑨诗云"海涌银为郭，江横玉系腰"⑩者是也。

　　每岁，京尹⑪出浙江亭⑫教阅水军，艨艟⑬数百，分列两岸；既而尽奔腾分合五阵⑭之势，并有乘骑、弄旗、标⑮枪、舞刀于水面者，如履平地。倏尔黄烟四起，人物略不相睹，水爆⑯轰震，声如崩山；烟消波静，则一舸无迹，仅有"敌船"为火所焚，随波而逝。

吴儿善泅者数百，皆披发文⑰身，手持十幅大彩旗，争先鼓勇，溯⑱迎而上，出没于鲸波万仞⑲中，腾身百变，而旗尾略不沾湿，以此夸能。而豪民贵宦，争赏银彩。

江干⑳上下十馀里间，珠翠罗绮溢目，车马塞途。饮食百物皆倍穹常时㉑，而僦赁㉒看幕，虽席地而不容闲也。

禁中例观潮于"天开图画"㉓。高台下瞰，如在指掌。都民遥瞻黄伞雉扇㉔于九霄之上，真若箫台㉕蓬岛㉖也。

【注释】

①浙江：即钱塘江。 ②既望：农历十六。 ③方：当……时。 ④出：发，起。 ⑤海门：指钱塘江入海口。 ⑥仅：几乎，将近。 ⑦际：交接，接近。 ⑧沃日：冲击着太阳，极言海浪之大。沃，浇。 ⑨杨诚斋：即杨万里，字诚斋。 ⑩海涌银为郭，江横玉系腰：杨万里《浙江观潮》中的两句诗，描绘江潮的雄伟景象。 ⑪京尹：京城长官。 ⑫浙江亭：钱塘江岸的馆驿名。 ⑬艨艟：古时的战船。 ⑭五阵：指两、伍、专、参、偏五种阵法。 ⑮标：树立，举。 ⑯水爆：古代水军使用的一种爆炸武器。 ⑰文：刺画花纹。 ⑱溯：逆流而上。 ⑲鲸波万仞：形容万丈高的巨浪。鲸波，鲸所到之处则掀起惊涛骇浪，故称巨浪为鲸波。仞，古代计量单位。 ⑳江干：江岸。 ㉑倍穹常时：价格比平时加倍的涨高。穹，高。 ㉒僦赁：租赁。 ㉓天开图画：上天展示出来的图画，形容秀美的自然风光。 ㉔黄伞雉扇：帝王所用的仪仗。 ㉕箫台：即凤台。春秋时期秦穆公时的箫史能作凤鸣引来凤凰，秦穆公便筑凤台。 ㉖蓬岛：即蓬莱，古时与瀛洲、方丈并称渤海三仙山之一。

【赏析】

《观潮》选自周密所著《武林旧事》卷三，描写了钱塘江大潮的雄伟景象，重点描绘了水军演习的壮观场面。

文章第一段细致描绘钱塘江大潮的雄伟景象。开头一句"浙江之潮，天下之伟观"，总领全段。接着具体描绘海潮怒涛，玉城雪岭一般的潮水连天涌来，震耳欲聋，"吞天沃日，势极雄豪"的景象，由远及近、从视觉和听觉的角度展现了钱塘江大潮之宽广浩大、汹涌澎湃，突出了浪涛的排山倒海之势。更引用杨万里"海涌银为郭，江横玉系腰"的诗句加深读者的印象。

第二段重点描写教阅水军的壮观场面。作者描写道：战船浩浩荡荡，演习五阵的阵势，忽而疾驶，忽而腾起，忽而分，忽而合，极尽种种变化；将士们武艺精湛，训练有素。突然作者笔锋一转，描写模拟双方交战的演习场面。只见"倏尔黄烟四起，人物略不相睹，水爆轰震，声如崩山"，继而"烟消波静，则一舸无迹，仅有'敌船'为火所焚，随波而逝"。水军演习场面刻画得惊心动魄，极富戏剧性。

第三段转入对吴地弄潮儿的描写。善泅者"披发文身"、手执彩旗，"出没于鲸波万仞之中"，这是何等壮观的场面！而"腾身百变，而旗尾略不沾湿"，则显示出弄潮儿的勇敢无畏和技艺娴熟。

文章的最后两段描写的是江岸观众熙熙攘攘的热闹场面。先写"珠翠罗绮溢目"的豪民贵宦，再写站在"真若箫台蓬岛"的"天开图画"台上观潮的皇室。上至君主，下至平民，众人皆以观潮博弈为乐。

作者对钱塘江大潮和水军演习场面的描写，流露出他对前朝古都的追恋之情，也从侧面反映了南宋政府的偏安一隅和苟且偷生。

【《指南录》后序】

文天祥

德祐二年①正月十九日，予除②右丞相兼枢密使，都督③诸路军马。时北兵④已迫修门⑤外，战、守、迁皆不及施。缙绅⑥、大夫、士萃⑦于左丞相府，莫知计所出。会⑧使辙交驰⑨，北邀当国者⑩相见，众谓予一行为可以纾⑪祸。国事至此，予不得爱⑫身；意⑬北亦尚可以口舌动⑭也。初，奉使往来，无留北者，予更欲一觇⑮北，归而求救国之策。于是辞相印不拜⑯，翌日，以资政殿学士行⑰。

初至北营，抗辞慷慨，上下颇惊动，北亦未敢遽⑱轻吾国。不幸吕师孟⑲构恶⑳于前，贾余庆㉑献谄于后，予羁縻㉒不得还，国事遂不可收拾。予自度㉓不得脱，则直前诟㉔虏帅失信，数㉕吕师孟叔侄为逆，但㉖欲求死，不复顾利害。北虽貌敬，实则愤怒。二贵酋㉗名曰馆伴㉘，夜则以兵围所寓舍，而予不得归矣。

未几，贾余庆等以祈请使诣北；北驱予并往，而不在使者之目㉙。予分当㉚引决㉛，然而隐忍以行。昔人云："将以有为也。"至京口，得间㉜奔真州，即具以北虚实告东西二阃㉝，约以连兵大举。中兴机会，庶几在此。留二日，维扬帅㉞下逐客之令。不得已，变姓名，诡㉟踪迹，草行露宿，日与北骑相出没于长淮㊱间。穷㊲饿无聊㊳，追购㊴又急，天高地迥㊵，号呼靡㊶及。已而㊷得舟，避渚洲，出北海，然后渡扬子江，入苏州洋，展转四明、天台，以至于永嘉。

呜呼！予之及于死者⁴³不知其几矣！诋⁴⁴大酋当死；骂逆贼当死；与贵酋处二十日，争曲直，屡当死；去⁴⁵京口，挟匕首以备不测，几自到死⁴⁶；经北舰十馀里，为巡船所物色⁴⁷，几从鱼腹死；真州逐之城门外，几彷徨死；如扬州，过瓜洲扬子桥，竟使⁴⁸遇哨，无不死；扬州城下，进退不由，殆⁴⁹例⁵⁰送死；坐桂公塘土围⁵¹中，骑数千过其门，几落贼手死；贾家庄几为巡徼⁵²所陵迫⁵³死；夜趋高邮，迷失道，几陷死；质明⁵⁴避哨竹林中，逻者数十骑，几无所逃死；至高邮，制府檄⁵⁵下，几以捕系⁵⁶死；行城子河，出入乱尸中，舟与哨相后先，几邂逅死；至海陵，如⁵⁷高沙，常恐无辜死；道海安、如皋，凡三百里，北与寇往来其间，无日而非可死；至通州，几以不纳⁵⁸死；以小舟涉鲸波⁵⁹出，无可奈何，而死固付之度外矣。呜呼！死生，昼夜事也；死而死矣，而境界危恶，层见错出，非人世所堪。痛定思痛，痛何如哉！

予在患难中，间以诗记所遭⁶⁰，今存其本，不忍废，道中手自抄录；使北营，留北关外，为一卷；发北关外，历吴门⁶¹、毗陵⁶²，渡瓜洲，复还京口，为一卷；脱京口，趋真州、扬州、高邮、泰州、通州，为一卷；自海道至永嘉，来三山⁶³，为一卷。将藏之于家，使来者读之，悲予志焉。

呜呼！予之生也幸，而幸生也何所为？求乎为臣，主辱臣死，有馀僇⁶⁴；所求乎为子，以父母之遗体行殆⁶⁵而死，有馀责。将请罪于君，君不许；请罪于母，母不许；请罪于先人之墓，生无以救国难，死犹为厉鬼以击贼，义也；赖天之灵，宗庙之福，修我戈矛，从王于师，以为前驱，雪九庙⁶⁶之耻，复高祖⁶⁷之业，所谓"誓不与贼俱生"，所谓"鞠躬尽力，死而后已"，亦义也。嗟夫！若予者，将无往而不得死所矣⁶⁸。向⁶⁹也使⁷⁰予委骨于草莽⁷¹，予虽浩然无所愧怍⁷²，然微⁷³以自文⁷⁴于君亲，君亲其谓予何！诚不自意返吾衣冠⁷⁵，重见日月⁷⁶，使旦夕⁷⁷得正丘首⁷⁸，复何憾哉！复何憾哉！

是年夏五，改元景炎，庐陵文天祥自序其诗，名曰《指南录》。

【注释】

①德祐二年：端宗景炎元年（1276）。　②除：拜授。　③都督：统帅。　④北兵：

指元兵。因作者不愿承认“元”，故后文都以“北”代“元”。 ⑤修门：本来指楚国郢都的城门，这里借指南宋都城临安的城门。 ⑥缙绅：本来是古时官僚的装束，后为作官人的代称。 ⑦萃：会集。 ⑧会：当时。 ⑨使辙交驰：使者所乘的车马往来频繁。辙，车辙，这里指代使者的车马。 ⑩当国者：执政者。 ⑪纾：缓解，消除。 ⑫爱：顾惜。 ⑬意：料想。 ⑭以口舌动也：用语言来说服。 ⑮觇：窥视，察看。 ⑯辞相印不拜：指辞去右丞相一职。 ⑰以资政殿学士行：以资政殿学士的身分前往。 ⑱遽：遂，就。 ⑲吕师孟：南宋降元叛将吕文焕之侄，曾任兵部侍郎，暗通元军。 ⑳构恶：结仇。 ㉑贾馀庆：南宋右丞相，凶狡残忍，逢迎卖国。 ㉒羁縻：扣押。羁，马笼头。縻，缰绳。 ㉓度：揣度，料想。 ㉔诟：辱骂。 ㉕数：罗列罪状。 ㉖但：只。 ㉗二贵酋：两个在元军中地位很高的军官。 ㉘名曰馆伴：名义上是招待使者的官员。 ㉙目：列。 ㉚分当：理应当。当，分，职分。 ㉛引决：自裁，自杀。 ㉜间：空隙，机会。 ㉝东西二阃：淮东淮西主管军务的两制置使，当时分别为李庭芝和夏贵。阃，本指门槛，这里借指统兵在外的将领。 ㉞维扬帅：即李庭之。维扬，在今江苏省扬州。 ㉟诡：隐蔽，隐藏。 ㊱长淮：淮河。 ㊲穷：困窘。 ㊳无聊：无依无靠。 ㊴追购：悬赏捕捉。 ㊵迥：远。 ㊶靡：无，没有。 ㊷已而：不久。 ㊸及于死者：到达死亡边缘。 ㊹诋：诋毁，辱骂。 ㊺去：离开。 ㊻自刭：自刎。 ㊼物色：搜寻，寻找。 ㊽竟使：假使。 ㊾殆：几乎。 ㊿例：类，列，这里意为类似于。 (51)土围：指战乱中没有屋顶、仅剩土墙的民居。 (52)巡徼：巡逻的哨兵。 (53)陵迫：凌辱逼迫。陵，凌。 (54)质明：天刚亮的时候。质，正。 (55)檄：中国古代官府往来文书的下行文种名称之一，这里指缉捕文天祥的公文。 (56)系：拘囚。 (57)如：去，往。 (58)不纳：不被收留。 (59)鲸波：巨浪，鲸所到之处则掀起惊涛骇浪，故称。 (60)间以诗记所遭：有时用诗记录自己的遭遇。 (61)吴门：今江苏苏州。 (62)毗陵：今江苏常州。 (63)三山：今福建福州。 (64)僇：通“戮”，罪。 (65)殆：危险。 (66)九庙：朝廷。 (67)高祖：这里指宋太祖赵匡胤。 (68)若予者，将无往而不得死所矣：像我这样的人，将是没有哪一处不是可以死的地方。意为文天祥视死如归。 (69)向：过去。 (70)使：假使。 (71)委骨于草莽：指葬身荒野。 (72)愧怍：惭愧，羞愧。 (73)微：无，不。 (74)文：掩饰。 (75)返吾衣冠：恢复宋朝的衣冠，这里指重新任职。 (76)重见日月：指重见皇帝。 (77)旦夕：早晚，指时间短。 (78)得正丘首：典出《礼记·檀弓上》：“狐死正丘首。”引申为死在故国的土地上。

【赏析】

《〈指南录〉后序》是文天祥的诗集《指南录》自序后面的一篇序文，记述了作者北使元营、南逃永嘉的艰险经历，表达了忠贞不渝的爱国精神和威武不屈的英雄气概。

文章开篇先渲染了局势的危急。元军进犯，懦弱无能的南宋王朝节节败退。德佑二年（1276）正月十九日元军兵临城下，众多文武官员，纷纷降元。文天祥正是在国家危在旦夕之际挺身而出，奉旨诣北军讲和。接着作者开始叙述自己北使元营的经历。他“初至北营，抗辞慷慨”，表现出了坚定不屈的民族气节和大无畏精神。文天祥的浩然之气，使“上下颇惊动”，颇具威慑力。然而无奈“吕师孟构恶于前，贾馀庆献谄于后”，局势最终没能得到扭转，文天祥也被元营“羁縻”。在叙述中，文天祥痛斥了卖国求荣的奸诈小人，并以“但欲求死，不复顾利害”来表达以身殉国的决心。

在文章的三、四两段中，作者以较大的篇幅讲述自己在北上南逃中历经艰辛、九死一生的过程。他"隐忍而行"，不避艰险，辗转逃生，为的是能够重振大业。文章中对逃亡过程的逼真叙述，如"不得已，变姓名，诡踪迹，草行露宿，日与北骑相出没于长淮间。穷饿无聊，追购又急，天高地迥，号呼靡及"，彰显了他不屈不挠的斗争精神，甚为感人。尽管多次濒临死亡的边缘，文天祥仍不忘抗元救国的民族大业，大义凛然。特别是第四段以一系列的排比句描述自己死里逃生的经过，以"死"为中心，一气呵成，将文章的气势推向了一个高潮。他的几声哀号，如"呜呼！予之及于死者不知其几矣！"、"痛定思痛，痛何如哉！"，流露出强烈的愤慨和悲壮之情。

第五、六段叙述《指南录》的成书，再次表明自己"誓不与贼俱生"、抗击元军的决心，以及"鞠躬尽瘁，死而后已"、狐死首丘的决心。其爱国精神和民族气节，万古流芳。

文章结构详略得当，行文跌宕起伏、曲折精妙、气势逼人，情感充沛奔放，感人至深。

【吏　　道】

邓　牧

与人主①共理天下者，吏②而已。内③九卿、百执事④，外⑤刺史、县令，其次为佐⑥，为史⑦，为胥徒⑧。若是者，贵贱不同，均吏也。

古者君民间相安无事，固不得无吏，而为员不多。唐虞⑨建官，厥可稽已⑩，其去⑪民近故也。择才且贤者，才且贤者又不屑为。是以上世之士高隐大山深谷，上之人求之，切切然⑫恐不至也。故为吏者常出不得已，而天下阴⑬受其赐。

后世以所以害民者牧⑭民，而惧其乱，周防⑮不得不至，禁制⑯不得不详，然后小大之吏布于天下。取民愈广，害民愈深，才且贤者愈不肯至，天下愈不可为矣。今一吏，大者至食邑数万，小者虽无禄养，则亦并缘为食以代其耕⑰，数十农夫力有不能奉者。使不肖游手⑱往往入于其间，率虎狼牧羊豕，而望其蕃息⑲，岂可得也？天下非甚愚，岂有厌治⑳思乱、忧安乐危者哉？宜若可以常治安矣，乃至有乱与危，何也？夫夺其食不得不怒，竭其力不得不怨。人之乱也，由夺其食；人之危也，由竭其力。而号为理民者，竭之而使危，夺之而使乱。二帝㉑

三王㉒平天下之道，若是然乎？天之生斯民也，为业不同，皆所以食力也。今之为民不能自食，以日夜窃人货殖㉓，搂㉔而取之，不亦盗贼之心乎？盗贼害民，随起随仆㉕，不至甚焉者，有避忌故也。吏无避忌，白昼肆行，使天下敢怒而不敢言，敢怒而不敢诛。岂上天不仁，崇淫长奸㉖，使与虎豹蛇虺㉗均为民害邪！

然则如之何？曰：得才且贤者用之。若犹未也，废有司㉘，去县令，听天下自为治乱安危，不犹愈乎？

【注释】

①人主：国君。 ②吏：官员的通称。 ③内：朝廷之内，即中央政权机构。 ④百执事：百官。 ⑤外：地方。 ⑥佐：辅佐州县长官的官员。 ⑦史：掌管文书的官员。 ⑧胥徒：官衙内承办书牍的僚属和差役。 ⑨唐虞：指尧和舜。 ⑩厥可稽已：这是可以考查的。厥，其。稽，查核。 ⑪去：距离。 ⑫切切然：恳挚、深切的样子。 ⑬阴：暗中。 ⑭牧：统治，管理。 ⑮周防：指严密的防备。 ⑯禁制：禁令和法制。 ⑰并缘为食以代其耕：意为依靠在衙门当差混口饭吃代替耕作。 ⑱不肖游手：没有才干的人和游手好闲之人。 ⑲蕃息：繁衍生长。蕃，繁多。息，滋生，生长。 ⑳治：指社会安定。 ㉑二帝：指尧和舜。 ㉒三王：指夏、商、周三代的开国国君。 ㉓货殖：这里泛指财物。 ㉔搂：搜刮。 ㉕随起随仆：随时发生，虽遭败灭。仆，败灭。 ㉖崇淫长奸：助长贪婪奸邪之人的气焰。崇，增长。 ㉗虺：古书上的一种毒蛇。 ㉘有司：泛指官吏。古代设官分职，各有专司，故称。

【赏析】

《吏道》是元初文人邓牧所著的一篇分析吏治之道的文章，表达了作者对封建官吏制度的独到见解。

全文共分为两个部分，第一部分颂扬古代吏制的合理。古代君民之间相安无事，统治者贴近百姓，因此用吏并不多。国君能够选择德才兼备的贤士，而这些贤士又不愿意出仕，甘愿隐居深山。国君在招贤纳士之时，犹能做到诚恳相待，唯恐他们不肯出山，故贤士们做官常出于迫不得已。在这种情况下，君臣、君民和吏民构成十分和谐的关系，天下百姓自然蒙受他们的福泽。

文章的第二部分批判后世官吏制度的腐败与堕落。作者首先将矛头直指最高统治者。国君危害人民，因担心人民的叛乱而不得不加强周密的防备、施行严刑峻法，致使"小大之吏布于天下"，这产生的直接后果是这些官吏"取民愈广，害民愈深，才且贤者愈不肯至"。接着作者重点揭露了官吏的暴行：官吏们夺民之食、竭民之力，对百姓的掠夺与迫害无以复加，正是使天下不得安宁的罪魁祸首。作者认识到官民平等，但这些官吏们不能自食其力，"以日夜窃人货殖，搂而取之"，与盗贼有什么区别呢？况且盗贼还有所顾忌，而官吏们却没有丝毫害怕和顾忌，日夜肆意横行，致使天下百姓敢怒而不敢言。作者将这些为所欲为、危害百姓的官吏比作"虎豹蛇虺",表达了对他们的厌恶和谴责。

在古今对比之中,邓牧颂古非今、针砭时弊,提出自己的救弊方案,即"得才且贤者用之",并用一个反诘句"废有司,去县令,听天下自为治乱安危"作结,加强了讽刺和批判语气。

【登西台恸哭记】

谢 翱

始,故人唐宰相鲁公①开府南服②,余以布衣③从戎。明年,别公漳水湄④。后明年⑤,公以事过张睢阳及颜杲卿所尝往来处⑥,悲歌慷慨⑦,卒不负其言而从之游⑧,今其诗具在,可考也。

余恨死无以藉手⑨见公,而独记别时语,每一动念,即于梦中寻之。或山水池榭,云岚草木,与所别之处及其时适相类,则徘徊顾盼,悲不敢泣。又后三年⑩,过姑苏⑪。姑苏,公初开府旧治也⑫。望夫差之台⑬而始哭公焉。又后四年⑭,而哭之于越台⑮。又后五年及今⑯,而哭于子陵之台⑰。

先是一日⑱,与友人甲乙若丙约⑲,越宿而集⑳。午,雨未止,买榜江涘㉑,登岸谒㉒子陵祠,憩祠旁僧舍,毁垣枯甃㉓,如入墟墓。还,与榜人治祭具㉔。须臾雨止,登西台,设主于荒亭隅㉕,再拜跪伏,祝毕㉖,号而恸㉗者三,复再拜,起。又念余弱冠时㉘,往来必谒拜祠下。其始至也,侍先君焉㉙。今余且老,江山人物,眷焉若失㉚。复东望,泣拜不已。有云从西南来,泽沍滓郁㉛,气薄㉜林木,若相助以悲者。乃以竹如意㉝击石,作楚歌㉞招之曰:"魂朝往兮何极㉟,暮来归兮关塞黑㊱,化为朱鸟兮有咮焉食㊲?"歌阕㊳,竹石俱碎。于是相向感唶㊴。复登东台,抚苍石,还憩于榜中。榜人始惊余哭,云:"适有逻舟㊵之过也,盍移诸㊶?"遂移榜中流,举酒相属㊷,各为诗以寄所思。薄暮,雪作风凛㊸,不可留,登岸宿乙家,夜复赋诗怀古。明日,益风雪,别甲于江。余与丙独归,行三十里,又越宿乃至。其后甲以书及别诗来,言是日风帆怒驶,逾久㊹而后济,既济,疑有神阴相㊺,以著兹游之伟㊻。余曰:"呜呼!

阮步⁴⁷兵死，空山无哭声且千年矣。若神之助，固不可知。然兹游亦良⁴⁸伟，其为文词，因以达意，亦诚可悲矣。"

余尝欲仿太史公⁴⁹，著《季汉月表》⁵⁰，如《秦楚之际》⁵¹。今人不有知余心，后之人必有知余者。于此宜得书⁵²，故纪之⁵³，以附"季汉"事后。时，先君登台后二十六年也。先君讳⁵⁴某字某。登台之岁在乙丑云。

【注释】

①唐宰相鲁公：唐人颜真卿，字清臣，汉族，唐京兆万年（今陕西西安）人，祖籍唐琅琊临沂（今山东临沂），中国唐代书法家。这里指文天祥，两者地位和忠烈相似。②南服：南方。　③布衣：借指平民。　④湄：水边。⑤后明年：指宋端宗景炎三年，即1278年。　⑥以事：因事。张睢阳，张巡（709-757），唐南阳邓州人，曾守睢阳。颜杲卿，唐玄宗时为常山太守。这里说的是文天祥被俘虏北行途中曾经经过睢阳和常山。⑦悲歌慷慨：这里指文天祥作的诗歌。　⑧从之游：指文天祥殉国。　⑨藉手：手中的凭借。　⑩又后三年：即元世祖至元二十年，即1283年。　⑪姑苏：今江苏吴县。　⑫公初开府旧治：指宋恭帝德祐元年，文天祥知平江府一事。⑬夫差之台：即姑苏台。　⑭又后四年：指至元二十三年，即1286年。　⑮越台：禹陵，今浙江绍兴会稽山上。　⑯及：到。　⑰子陵之台：西台。　⑱先是一日：即昨日。　⑲约：相约。　⑳越宿而集：第二天聚会。　㉑江涘：江边。　㉒谒：拜访。　㉓甃：井。　㉔祭具：祭祀的用具。㉕亭隅：亭子的一角。　㉖祝毕：祝诵完毕。　㉗恸：大哭。　㉘弱冠：古代男子二十岁行冠礼，表示已经成人，但体还未壮，所以称做弱冠，后泛指男子二十左右的年纪。　㉙先君：亡父，指谢钥。　㉚眷：怀念。　㉛溟涊淳郁：云气浓郁而蒸腾的样子。　㉜薄：逼近。　㉝如意：一种象征祥瑞的器物，用金、玉、竹、骨等制作，头灵芝形或云形，柄微曲，供指划用或玩赏。　㉞楚歌：楚辞之中有《招魂》一篇。　㉟极：止。　㊱"暮来归"句：见杜甫《梦李白》，"魂来枫林青，魂返关塞黑"。　㊲"化为朱鸟"句：意为死者的魂魄化成朱鸟回来，但无处可得食。这里指宋朝已经灭亡，无法为文天祥立祠供奉。咮，鸟嘴。焉食，吃什么。㊳阕：完毕。㊴感喟：感叹。㊵逻舟：元军巡逻的船只。　㊶盍移诸：何不移船呢。　㊷属：劝酒。　㊸凛：寒冷。　㊹逾久：过了很久。　㊺相：帮助。　㊻兹游之伟：这次聚游的伟观。㊼阮步兵：即阮籍（210-263），三国魏诗人。字嗣宗。陈留尉氏（今属河南）人。是建安七子之一阮瑀的儿子。曾任步兵校尉，世称阮步兵。　㊽良：诚然。㊾太史公：司马迁。　㊿《季汉月表》：实际指《季宋月表》，详细记载了宋末的史事。　㉛《秦楚之际》：《秦楚之际月表》，是司马迁《史记》中的一表。　㉜于此宜得书：意为应当把此事记载下来。　㉝故纪之：所以写下这篇文章。　㉞讳：名。

【赏析】

这是一篇感人泣泪的作品，作者登高痛哭，祭奠文天祥，表现了作者的悲恸之情，对文天祥的殉难表示痛心疾首。

谢翱曾经做过文天祥的部下，在抵抗元兵的时候率领数百名民兵投奔文天祥，担任咨事参军。在战斗中，谢翱对文天祥有了很深的了解，他十分钦佩文天祥的人格和气节，对文天祥有很深的感情。文天祥殉难以后，谢翱曾经很多次的痛哭追悼，而这篇文章记述的是第三次哭悼，这时候距离文天祥的殉难已经有八年了，但是时间并没有让人们忘记英雄的事迹和精神，这种追悼的情感反而更加浓郁了，于是才有了谢翱沉痛迫中肠的恸哭。

文章的第一自然段并没有明确地表示被祭奠者的身份，只是假托是颜真卿，通篇用"公"来表示，绝口不提文天祥，这与当时的统治有着密切的关系，在这次恸哭中，"适有逻舟之过也"。而祭奠抗元的英雄更是会招致杀身之祸。同时，共同祭奠的同伴也没有出现名字，使得文章风格扑朔迷离，这也从侧面反映了元朝的统治，表明了环境之险恶，同时也情深意长。

第二自然段追述了之前的两次恸哭，言简意赅。作者时常触景伤怀，不能自已，于是三次哭悼的延续和发展成了文章的重点所在。

西台是严子陵台，东汉时期，为了躲避战乱，严子陵隐居富春江畔，谢翱选择这样的地点也是有深意的。当时谢翱时常以故宋遗民自居，心里并不服从元朝的管制，这种精神与当年的严子陵有几分相似，于是这样的环境也衬托了谢翱的精神品质。

后文又记述了谢翱和友人为这次恸哭所作的安排，作者对这一过程的描述是十分详细的。按照哭祭的过程，文章按时间顺序分为祭前，祭中，祭后三个部分。对文天祥深入骨髓的悼念和对元朝统治的警惕，形成了一对巨大的矛盾，隐含了谢翱的悲痛情感和民族精神。

【市隐斋记①】

元好问

吾友李生为予言②："予游长安③，舍于④娄公所。娄，隐者也，居长安市三十年矣。家有小斋，号曰市隐，往来大夫士⑤多为之赋诗，渠⑥欲得君作记。君其以我故为之⑦。"

予曰："若⑧知隐乎？夫隐，自闭之义也。古之人隐于农、于工、于商、于医卜、于屠钓，至于博徒⑨、卖浆⑩、抱关吏⑪、酒家保⑫，无乎不在⑬，非特⑭深山之中，蓬蒿⑮之下，然后为隐。前人所以有大小隐之辨者⑯，谓初机之士⑰，信道未笃⑱，不见可欲⑲，使心不乱，故以山林为小隐；能定能应，不为物诱，出处⑳一致，喧寂㉑两忘，故以朝市㉒为大隐耳。以予观之，小隐于山林，则容或㉓有之，而在朝市者未必皆大隐也。自山人㉔索高价之后，欺松桂而诱云壑者㉕多矣，况朝市乎？今夫干没氏㉖之属，胁肩㉗以入市，叠足以登垄断㉘，利嘴长距㉙，争捷求售，以与佣儿贩夫血战于锥刀㉚之下，悬羊头，卖狗脯㉛，盗跖行，伯夷语㉜，曰：'我隐者也'而可乎？敢问娄之所以隐奈何？㉝"

曰："鬻㉞书以为食，取足而已，不害其为廉㉟；以诗酒游诸公间，取和而已，不害其为高。夫廉与高，固古人所以隐也㊱，子何疑焉㊲？"

予曰："予得之矣，予为子记之。虽然㊳，予于此犹有未满焉者。请以韩伯休㊴之事终其说。伯休卖药都市，药不二价㊵，一女子买药，伯休执价不移。女子怒曰：'子韩伯休邪？何乃不二价？'乃叹曰：'我本逃名，乃今为儿女子㊶所知！'弃药径去，终身不返。夫娄公固隐者也，而自闭之义，无乃与伯休异乎？言，身之文也，身将隐，焉用文之？是求显也。奚以此为哉㊷？予意大夫士之爱公者强为之名耳㊸，非公意也。君归，试以吾言问之。"

贞祐丙子十二月日，河东元某记㊹。

【注释】

①斋：书房。　②予：余，我。　③长安：古都城，今陕西西安。　④舍：留宿。　⑤大夫士：即士大夫，指官吏或较有声望、地位的知识分子。　⑥渠：即他。　⑦其：表推测，副词。　⑧若：你。　⑨博徒：赌徒。《史记·魏公子列传》中记载战国时期，赵国有处士毛公隐居于赌徒之间，薛公则藏身于卖浆家。　⑩卖浆：卖酒。出处见上。　⑪抱关吏：管城门的小吏。关，门栓。战国时期，魏国的隐士侯嬴，在七十岁时当过大梁夷门的守门小吏。　⑫保：佣工。汉朝大将栾布曾由于穷困，做过酒保。　⑬无乎不在：即无所不在。　⑭特：但。　⑮蓬蒿：这里指山林泽薮。　⑯辨：区别。　⑰初机之士：指最初有智巧变诈之心的人。　⑱笃：诚挚。　⑲可欲：心中喜爱的东西。　⑳出处：指出仕或退隐。　㉑喧寂：热闹喧哗与寂寥冷清。　㉒朝市：朝廷与市肆。　㉓容或：或许。　㉔山人：即隐士。　㉕斯松桂而诱云壑：南齐人周颙隐居钟山（今江苏江宁北），后应诏为海盐令，时人孔稚圭作《北山移文》，借山灵之口，指斥他假充隐士，称他"诱我松桂，欺我云壑"。诱，引诱，欺骗。　㉖干没氏：侥幸取利的人。　㉗胁肩：耸起肩膀，故示敬畏，这里用来形容献媚的样子。　㉘登垄断：垄断指断而高的冈垄，登垄断即操纵市场，牟取高利。　㉙距：爪。　㉚锥刀：小刀。　㉛脯：干肉。　㉜伯夷：商孤竹君之子。相传孤竹君原二子伯夷、叔齐，遗命要立次子叔齐为继承人，孤竹君死后，叔齐让位于伯夷，伯夷不受。后来两人都逃到周文王处。武王伐纣，两人曾叩马谏阻，武王灭商后，他们耻食周粟，隐于首阳山，采薇而食，饿死山中。在古代，伯夷、叔齐被当作高尚、有气节之士的典型。　㉝奈何：如何。　㉞鬻：卖。　㉟廉：即清廉。　㊱"固古

人"句：意为正是古人之所以隐居的道理 ㊲子何疑焉：子，古代对男子的一种客气称呼。意为你还怀疑什么呢？ ㊳虽然：即使如此。 ㊴韩伯休：即后汉人韩康，字伯休，霸陵（今陕西长安县东）人，卖药于长安市，因卖药与人争执时被人识破名姓而逃隐霸陵山中，博士公车连征不至。后汉桓帝以安车征聘，他不得已而出，辞安车而自乘柴车，半道逃归。 ㊵价：一作贾。 ㊶儿女子：小女子。 ㊷这四句意思说：言辞是人们用来修饰外表行动举止的文饰之物，身将隐居，而求文以显耀自身，这种相抵牾的作法又是为了什么呢？ ㊸强：强使。意为以市隐为斋名，并求诗文以显耀自己，是好事者之所造，而非娄公的本意。 ㊹贞佑丙子年：即金宣宗贞佑四年，即1216年。河东：作者故乡在河东，指山西境内黄河以东地区。

【赏析】

　　市隐就是隐居在闹市之中，这是古人认为的隐士的最高境界。一般人都认为隐居必然是在风景宜人、人迹罕至的地方，但是"小隐隐陵薮，大隐隐朝市"，隐于市这才是真正的隐居，在每日的尘杂中与俗世接触但是却不为所染，这才最为难得。

　　元好问的这篇文章中所记的隐者俨然是以大隐自居，但是读罢全文，我们并没有感受到这位市隐斋主娄公是位隐士，反而觉得他是一个沽名钓誉的人。这主要是从作者对于隐逸意思的解释中感受到的。首先，作者认为"夫隐，自闭之义也"，这是全文的主旨，整篇文章都围绕着这样的一句话展开。作者以此作为标准，认为只要能够符合这样的标准，那么无论从事何种职业都可以称之为隐士，不必非要在深山之中。然后作者又阐明了为什么会有大隐这种说法。文章至此都是在正面的议论，十分严谨，无懈可击。然后指出隐逸被认为是高洁的象征，于是被争相效仿，所以就会有很多鱼目混珠的人，企图十分卑劣。因此作者在这里加以批驳，认为这是挂羊头卖狗肉的行为，欺世盗名，沽名钓誉。

　　文章写了真假两种隐士作为对比，而本文的主人公娄公是哪一种呢？作者用"显"和"隐"进行对比，揭露出娄公的矛盾之处，说这种矛盾的行为与"自闭"的主旨大相径庭。然而碍于情面，作者还是给了娄公一个台阶，说这是别人强加的，不是娄公的本意，但是明显这只是托词，并不是作者的本意。

　　本文采用的写法并不一般。先论述隐逸之意，然后从正反两方面阐述，乍看起来不符合记的体裁，而更像是论，但是这也正是作者独具匠心之处，反映了形散而神不散的特点。

【送秦中诸人引】

元好问

　　关中风土完厚，人质直而尚义①，风声习气②，歌谣慷慨，且有秦、汉之旧。至于山川之胜，游观之富，天下莫与为比。

故有四方之志③者,多乐居焉。

予年二十许时,侍先人④官略阳,以秋试⑤留长安中八九月。时纨绮气⑥未除,沉涵⑦酒间,知有游观之美而不暇也。长大来,与秦人游益多,知秦中事益熟,每闻谈周、汉都邑及蓝田、鄠、杜⑧间风物,则喜色津津⑨然动于颜间。二三君多秦人,与余游,道相合而意相得也。常约近南山⑩,寻一牛田⑪,营五亩之宅,如举子结夏课⑫时,聚书深读,时时酿酒为具,从宾客游,伸眉高谈,脱屣世事⑬,览山川之胜概⑭,考前世之遗迹,庶几乎不负古人者。然予以家在嵩前⑮,暑途千里,不若二三君之便于归也。清秋扬鞭,先我就道,矫首⑯西望,长吁青云。

今夫世俗惬意事,如美食大官、高赀⑰华屋,皆众人所必争,而造物者之所甚靳⑱,有不可得者。若夫闲居之乐,澹乎其无味,漠乎其无所得,盖自放于方之外⑲者之所贪,人何所争,而造物者亦何靳耶?行矣诸君,明年春风,待我于辋川⑳之上矣。

【注释】

①尚义:崇尚道义。 ②风声习气:风气习俗。 ③四方之志:经略天下的雄心壮志。 ④先人:已故的父亲。这里指其养父元格。 ⑤秋试:秋季举行的科举考试。 ⑥纨绮气:即富家子弟的习气。 ⑦沉涵:沉醉。 ⑧蓝田、鄠、杜:分别是西安附近的三个县名。 ⑨津津:形容有兴味。 ⑩南山:终南山。 ⑪一牛田:即一小块田地。 ⑫结夏课:此指举子在夏天结伴读书,准备秋试。 ⑬脱屣世事:比喻毫不留恋世俗之事。 ⑭胜概:美丽的风景。 ⑮家在嵩前:金宣宗兴定二年,即1218年,元好问曾搬家道嵩山南边的登封。 ⑯矫首:举首。 ⑰高赀:富裕的资产。 ⑱靳:吝啬。 ⑲方之外:方外。 ⑳辋川:水名。

【赏析】

本文作于作者中进士出仕后不久。

历来,别离都是哀伤而悲切的,但是这篇文章却并没有哀婉惜别之词,即使有些离愁别绪也都写得自然而且豪放洒脱,不落窠臼,格调奇高。

题中写到了"送秦中诸人",但是文章中却只写了"清秋扬鞭……"四句以及末尾一句提到了离别,但是即使这样,离别对于诸人来讲也是一种幸事,是"先我就道"。其中并没有悲哀和伤心,反而表现了羡慕之情。

开篇直接写到了秦中风土人情,表示赞许,然后写到了秦中往事,接着再引出送别之人。在一般的送别文章中,文章到此就可以搁笔了,但是作者却没有,继而描写很多沽名钓誉的小人，表现了自己高洁的志向和朴素的生活愿望。显然作者是借写秦中之美，表现自己洁身自好的品质和愤世嫉俗的心情，这也从另一方面冲淡了离别的消极情绪，而使归去之乐占了上风。

文章浓墨重彩地写了秦中的山水之美，人情之美，都是从大处着手，从虚处落笔，只勾勒整体印象，而不做细致描写，在字里行间渲染热爱之情，热情洋溢。写人也仅仅是从"二三君"入手，重点写了民风的淳朴和慷慨。虚实相映，浑然一体，妙趣横生。

本文的语言风格昂扬，跌宕起伏，四六相间，节奏感强，急缓有序，笔法酣畅，直抒胸中之志，浩气充溢。文章不求句式工巧，旨在追求气魄。篇末以一呼告式的语句结尾，一个洒脱潇洒的文人形象呼之欲出。

【高思诚咏白堂记①】

王若虚

有所慕②于人者，必有所悦③乎其事也。或④取其性情德行才能技艺之所长，与夫衣服仪度之如何⑤，以想见其仿佛⑥；甚者，至有易名变姓以自比而同之。此其嗜好趋向，自有合焉而不夺也⑦。

吾友高君思诚，葺⑧其所居之堂，以为读书之所，择乐天⑨绝句之诗，列之壁间，而榜⑩以"咏白"。盖将日玩诸其目⑪而讽诵⑫诸其口也。

一日，见告⑬曰："吾平生深慕乐天之为人，而尤爱其诗，故以是云⑭，何如⑮？"

予曰："人物和乐天，吾复何议⑯？子能于是而存心⑰，其嗜好趋向，亦岂不佳⑱？然慕之者欲其学之，而学之者欲其似之也。慕焉而不学，学焉而不似，亦何取乎其人耶⑲？盖乐天之为人，冲和静退⑳，达理而任命㉑，不为荣喜，不为穷忧㉒，所谓无入而不自得者㉓。今子方皇皇干禄之计㉔，求进㉕甚急，而得丧㉖之念，交战于胸中，是未可以乐天论也。乐天之诗，坦白平易，直㉗以写自然之趣，合乎天造，厌乎人意，而不为奇诡以骇末俗之耳目㉘。子则雕镌㉙粉饰，未免有侈心而驰骋乎其外㉚，是又未可以乐天论也。虽然㉛，其所慕在此㉜者，其所归㉝必在此。子㉞以少年豪迈，如川之方增，而未有涯涘㉟，则其势固有不得不然者㊱,若其加之岁年而博以学,至于心平气定,尽天下之变,而返乎自得之场㊲。则乐天之妙,庶㊳乎其可同矣。姑俟他日㊴复为子一观而评之。"

【注释】

①高思诚:为作者友人。咏白堂,为高思成所居之堂。 ②慕:仰慕。 ③悦:喜欢。 ④或:意为有的人。 ⑤仪度:仪表气度。 ⑥仿佛:大概的样子。 ⑦自有合焉而不夺:意为自有其道理,是不能改变的。 ⑧葺:修缮。 ⑨乐天:白居易。 ⑩榜:通"牓",即匾额。这里名作动,题匾额。 ⑪诸:之于。 ⑫讽诵:吟诵。 ⑬见告:被告知。 ⑭故以是云:所以将"咏白"作为书房的名字。 ⑮何如:怎么样。 ⑯议:非议。 ⑰存心:用心。 ⑱亦岂不佳:意为怎么会不好呢? ⑲亦何取乎其人耶:意为那从这个人(指所仰慕的人)身上学到什么呢 ⑳冲和静退:冲淡平和,宁静谦让。 ㉑任命:听任自然。 ㉒穷:困窘。 ㉓所谓无入而不自得者:是所说的那种无论身在何处都能自得自在的人。 ㉔计:计划。 ㉕求进:谋求上进。 ㉖得丧:获得失去。 ㉗直:仅仅。 ㉘"合乎"句:意为符合自然的道理,满足自己的想法,从不矫揉造作来刺激世俗人的感官。 ㉙雕镌:雕琢修饰。 ㉚"未免"句:难免会有夸张放纵之心从诗句中流露出来。 ㉛虽然:即使这样。 ㉜此:指白居易的文风与为人。 ㉝归:归属。 ㉞子:指高思诚。 ㉟"如川"句:意为到了大河涨水的时候,水势浩大没有边际。 ㊱"则其势"句:发展的势头决定了你的为人和作诗不得不如此。 ㊲"至于"句:心境平和,气闲神定,了解天下的变化,而回归自得自在的境界。 ㊳庶:差不多。 ㊴他日:将来。

【赏析】

人们往往都有种趋近名人的心理,或由于仰慕某人的才华,又或者由于仰慕某人的德行。而对于名人的倾慕也有好有坏。本文的作者就是针对人们的这种心理来写的。作者认为这样的心理是正常的,有其合理性,但是从文中我们也可以看出作者的安排,这样的心理也是有高低之分的:首先是人格,其次是技能,再次是服饰仪表,最后是名姓等等。在作者看来,一个人的德行是内心的,自然很美;记忆是外在的,但是毕竟也能为社会所用;服饰仪态能表现一个人的神韵;但是对于姓名的崇拜则是盲目的。

作者写到高思诚敬仰的是唐代诗人白居易,于是把自己的书斋题名为"咏白",以此来表明自己的学习目的;他说自己不仅爱白居易的诗,更爱其为人,足见其为自己的选择而感到得意。

对于自己朋友的这种行为,王若虚很不以为然,于是结合对白居易和高思诚的理解认识,发表了一些感慨。

首先,王若虚认为朋友所选择的是好的榜样,同时也指出:树立了榜样就要向偶像学习,而不是装点门面。然后作者又对比了白居易和高思诚的异同,强调了两者之间的差异。文章至此,我们发现不管是在为人还是诗歌成就方面,两个人都有悬殊的差距,高思诚并没有学到白居易精神的精髓,连皮毛也相差甚远。这里我们也发现了作者强调的人生境界是自在和自然的，不以物喜，不以己悲，摒弃杂念，不要做作地作诗。

文章并没有就此打住，高思诚并不是不可教的，年少意气风发，有心效法圣贤，这毕竟是好事。于是作者指出只要修身养性，进一步增进才学，就有希望看透世间种种变换，有希望达到白居易为人为诗的境界。

【门山县① 吏隐堂记】

王若虚

门山之公署，旧有三老堂。盖正寝②之西，故厅之东，连甍而稍庳③。今以之馆宾④者也。予到半年，葺而新之⑤。意所谓"三老"者，必有主名。然求其图志⑥而无得，访诸父老而不知。客或问焉，每患其无以对也，既乃易之为"吏隐"⑦。

"吏隐"之说，始于谁乎？首阳为拙，柱下为工⑧，小山林而大朝市⑨。好奇之士，往往举为美谈，而尸位苟禄者⑩，遂因以藉口。盖古今恬⑪不之怪。

嗟乎！出处进退⑫，君子之大致⑬。吏则吏，隐则隐，二者判然其不可乱。吏而曰隐，此何理也！夫任人之事，则忧人之忧。抱关击柝⑭之职，必思自效而求其称。岩穴之下，畎⑮亩之中，医⑯卜释道，何所不可隐？而顾隐于是⑰乎？此奸人欺世之言，吾无取焉。

然则名堂之意安在？曰："非是之谓⑱也，谓其为吏而犹隐耳。孤城斗大，眇乎在穷山之巅，烟火萧然，强名曰县。四际荒险，惨目而伤心。过客之所顾瞻而咨嗟；仕子之所鄙薄而弃置，非迫于不得已者不至也。始予得之，亲友失色，吊⑲而不贺。予固戚然以忧，至则事简俗淳，使于疏懒，颇有以自慰乎其心。及西陲多警⑳，羽檄㉑交驰。使者旁午㉒于道路，而县以僻阻独若不闻者。邻邑疲于奔命，曾不得一日休。而吾常日高而起，申申㉓自如，冠带鞍马，几成长物㉔，由是处之益安，惟恐其去也。或时与客幽寻而旷望，荫长林，藉丰草㉕，酒酣一笑，身世两忘，不知我之属乎官也。此其与隐者果何以异？"

吾闻江西筠州，以民无嚚讼㉖，任其刺史者，号为"守道院"。夫郡守之居，而得以道院称之，则吾堂之榜虽曰"隐"

焉,其谁曰不可哉?

【注释】

①山门县:治所在今陕西宜川县东北。 ②正寝:古代天子诸侯居住与治事的地方,后泛指居室中的正室。 ③庳:低。 ④馆宾:留宿的客人。 ⑤新:使动用法。 ⑥图志:图记与方志。 ⑦吏隐:以官为隐。 ⑧"首阳"句:首阳,山名,古贤臣伯夷、叔齐不食周粟,饿死在首阳山。柱下,吏名。意为伯夷叔齐隐于首阳山的做法是拙劣的,而李聃做周朝柱下史的做法是巧妙的。 ⑨小山林而大朝市:小隐隐山林,大隐隐朝市。 ⑩尸位苟禄:比喻只享受不办事,苟且地领取俸禄。 ⑪恬:安静的样子。 ⑫出处进退:出仕与退隐。 ⑬大致:基本事情。 ⑭抱关击柝:守门打更的小吏。 ⑮畎:田陇中的沟。 ⑯医:一作"翳"。 ⑰顾隐于是:却(偏偏)隐于朝市。 ⑱非是之谓:不是上面所说的以官为隐的意思。 ⑲吊:慰问遭遇不幸的人。 ⑳西陲多警:西陲,西部边境。多警,指元蒙与金的战事频繁。 ㉑羽檄:古代的军书都会插上羽毛以示紧急。 ㉒旁午:交错。 ㉓申申:舒和的样子。 ㉔长物:剩余之物。 ㉕藉丰草:以丰盛的草地为垫子。 ㉖嚚讼:奸诈好讼。

【赏析】

中国文人对入世还是归隐是十分在意的,这也反映了很多人的性格和命运。大多数人都抱着杜甫那种"达则兼济天下,穷则独善其身"的想法,当然,很多在朝的官员会对穷酸的文人表示讥讽,而很多隐士也会清高地嘲弄官员的腐臭之气。

人活在世上总是要食人间烟火,不可能不被世俗所污染,只有像陶渊明一样"心远地自偏"才是真正的隐士吧。因此,我们不能用出仕或归隐来评判一个人的精神境界。

王若虚选择了"隐"。王若虚在门山任职期间,将原有的三老堂修缮一新,又取了个名字叫做"吏隐堂",以表明自己身为官吏,心存归隐的决心。但是他马上又发现了不妥,因为很多人也正是以清雅为借口尸位素餐,而自己恰恰也处于这样的一种地位。可如何才能两全其美呢?对于自己的"吏而曰隐",王若虚认为,吏与隐是水火不容的,在位当官就要尽到官吏的职责,而如果内心欲隐就可以隐的话,那么谁不可以呢?任何职业都可以做到这一点,何必已经高官厚禄了还要彰显自己所谓的精神境界呢?这简直就是欺世盗名。

门山是一个偏远情景的地方,环境荒芜险恶,无论是来此为官的人还是匆匆过客,都会"顾瞻而咨嗟",没有哪个做官的人愿意来这,王若虚刚来的时候也是"惨目而伤心"。但是这样的偏远场所正好远离尔虞我诈的官场,是灵魂的安详家园,可以用来清净灵魂。作者没想到这样的地方竟会带来好处。当战事爆发的时候,王若虚不仅没有为战争和前途担忧,反而能在闹中寻静,生活安逸自在,这样的心境与隐者毫无二致。

对于那些沽名钓誉的"吏而隐者",虽然自己情景相同,但是自己却真的做到了无所作为,不思为国效力。

作者的自白是矛盾的,但是这篇文章的思想价值却也就在这矛盾之中。

【送张叔夏①西游序】

戴表元

玉田张叔夏与余初相逢钱塘西湖上，翩翩然飘阿锡②之衣，乘纤离③之马，于时风神散朗，自以为承平故家贵游少年不翅④也。垂及强仕⑤，丧其行资，则既牢落偃蹇⑥。尝以艺北游⑦，不遇；失意亟亟南归，愈不遇。犹家钱塘十年，久之又去，东游山阴、四明、天台间⑧，若少遇者，既又弃之西归。

于是余周流授徒，适与相值⑨，问叔夏："何以去来道途，若是不惮烦⑩耶？"叔夏曰："不然。吾之来，本投所贤，贤者贫；依所知，知者死；虽少有遇，而无以宁吾居。吾不得已违之。吾岂乐为此哉！"语竟，意色不能无阻然⑪。少焉，饮酣气张，取平生所自为乐府词自歌之，噫呜宛抑⑫，流丽清畅，不惟高情旷度，不可亵企⑬，而一时听之，亦能令人忘去穷达得丧⑭所在。

盖钱塘故多大人长者，叔夏之先世高曾祖父⑮，皆钟鸣鼎食⑯，江湖高才词客姜夔尧章⑰、孙季蕃花翁⑱之徒，往往出入馆谷⑲其门，千金之装，列驷之聘，谈笑得之，不以为异。迨其途穷境变，则亦以望于他人⑳，而不知正复尧章、花翁尚存，今谁知之，而谁暇能念之者㉑？

嗟乎！士固复有家世材华如叔夏，而穷甚于此者乎！六月初吉㉒，轻行过门，云将改游吴公子季札、春申君之乡㉓，而求其人焉。余曰唯唯。因次第其辞以为别㉔。

【注释】

①张叔夏：张炎，字叔夏，号玉田。南宋词人、词学家。　②阿锡：织物名，质地极好。阿，细帛。锡，细布。　③纤离：古代良马名。　④不翅：超过。　⑤强仕：指到了做官的年龄，即四十岁。　⑥牢落偃蹇：无所寄托，困顿潦倒。　⑦以艺北游：指张炎于元世祖至元二十七年，即公元1290年，北上大都写金字藏经。　⑧天台：今浙江天台。　⑨相值：相遇。　⑩惮烦：害怕厌烦。　⑪阻然：沮丧的样子。　⑫噫呜宛抑：歌声低抑婉转。　⑬亵企：轻慢达到。　⑭穷达得丧：困顿显贵获得失去。　⑮叔夏之先世高曾祖父：张炎家世显贵，六世祖张俊为南宋抗金名将。曾祖父张镃、从祖父张鉴，皆是南宋

的大官。　⑯钟鸣鼎食：钟，古代乐器。鼎，古代炊器。击钟列鼎而食。形容贵族的豪华排场。　⑰姜夔尧章：姜夔，字尧章，别号白石道人，南宋著名词人。与张镃、张鉴郊游，以其资助生活达十余年。　⑱孙季蕃花翁：孙惟信，字季蕃，号花翁，南宋词人。　⑲馆谷：居其馆，食其谷。泛指食宿款待。　⑳望于他人：盼望别人能帮助自己。　㉑"而不知"句：不知道如果姜夔与孙惟信还活着，现在谁还知道张叔夏，谁还有闲心想到他呢。　㉒初吉：农历每月初一到初七、八日。　㉓吴公子季札、春申君之乡：指苏南、浙江一带。季札，吴王寿梦的幼子，封于延陵。楚国春申君，封于江东。　㉔次第其辞以为别：按谈话内容的次序写了这篇文章作为送别赠言。

【赏析】

张炎是南宋末年的著名词人，著有《山中白云词》以及《词源》两卷。张炎出生于一个贵族显赫之家，少年时代是在南宋度过的，但是后半生却处在元朝的统治之下。这篇文章叙述了这位词人在社会的变动中体现出的人生沧桑感。

本文先从作者与张炎的结识开始写，描写了当时张炎的外貌衣着，贵族公子，派头十足，真是少年得意。但是人到中年，家道中落，财产丧失，前后对比强烈。这里面的原因必然是易代，但是作者却没有明说，其中有很多的难言之隐。张炎的生活日益窘迫，在不得已的情况下回到杭州，透露出作者对他的无限同情。

在本文的第二部分，作者写到了张炎回杭州的原因，一问一答，让词人自己说出了其悲惨境遇，言下十分心酸。这里又穿插了词人在痛饮之后吟诵自己词的情景，哀婉凄切，作者也借此表现了人生的变幻无常。作者说听到了张炎的吟唱"亦能令人忘去穷达得丧所在"，这其实是一种排遣自己情绪的委婉说法。

试想当年张炎的六世曾祖张俊身居高位，拥有赫赫战功，其家极尽奢华之能事。曾祖张镃能诗词，其父张枢善音律。当时的很多著名文人如姜白石、孙翁花都是他家的常客，而陆游、辛弃疾、杨万里、陈亮等人也都是张镃的朋友。而作者也正是用此来对比词人现在的困窘生活，从而表现了深刻的同情。

【《辋川图》记①】

刘　因

是图，唐、宋、金源②诸画谱皆有，评识者谓惟李伯时《山庄》可以比之③。盖维平生得意画也。癸酉之春④，予得观之。唐史暨维集之所谓竹馆、柳浪等皆可考⑤，其一人与之对谈，或泛舟者，疑裴迪⑥也。江山雄胜，草木润秀，使人徘徊，抚卷而忘掩⑦，浩然有结庐终焉之想⑧，而不知秦之非吾土也⑨。物之移人⑩，观者如是，而彼方以是自嬉者，固宜疲精极思而不知其劳也。

呜呼！古人于艺⑪也，适意玩情⑫而已矣。若画，则非如书计⑬、乐舞之可为修己治人之资，则又所不暇而不屑为者。魏晋以来，虽或为之，然而如阎立本者，已知所以自耻矣⑭。维以清才位通显⑮，而天下复以高人目之⑯，彼方偃然以前身画师自居⑰，其人品已不足道。然使其移绘一水一石一草一木之精致⑱，而思所以文其身⑲，则亦不至于陷贼而不死，苟免⑳而不耻，其紊乱错逆如是之甚也！岂其自负者固止于此，而不知世有大节，将处己于名臣乎？斯亦不足议者。予特以当时朝廷之所以享盛名，而豪贵之所以虚左而迎㉑，亲王之所以师友而待者，则能诗能画、背主事贼之维辈也。如颜太师之守孤城，倡大义，忠诚盖一世，遗烈振万古，则不知其作何状。其时事可知矣㉒。

后世论者喜言文章以气为主㉓，又喜言境因人胜。故朱子㉔谓维诗虽清雅，亦萎弱少气骨；程子谓绿野堂宜为后人所存㉕，若王维庄虽取而有之可也。呜呼！人之大节一亏，百事涂地㉖，凡可以为百世之甘棠者，而人皆得以刍狗之㉗。彼将以文艺高逸自名者，亦当以此自反㉘也。予以他日㉙之经行，或有可以按之以考。夫俯仰间已有古今之异者，欲如韩文公㉚画记，以谱其次第之大概而未暇，姑书此于后。庶几士大夫不以此自负，而亦不复重此，而向之所谓豪贵王公或亦有所感而知所趋向焉。三月望日㉛记。

【注释】

①辋川：今陕西蓝田县。唐代诗人王维曾隐居于此，他在蓝田县清凉寺壁上所作的山水画，世称《辋川图》。　②金源：金水之源，此代指金代。唐宋金皆有人对此画进行评述。　③李伯时：字公麟，北宋著名画家。《山庄》，即《龙眠山庄图》，世人认为可以与《辋川图》相提并论。　④癸酉之春：元世祖至元十年，即公元1273年。　⑤竹馆：竹里馆，与柳浪为辋川二景。　⑥裴迪：王维的友人之一。　⑦掩：掩卷。　⑧终焉：终老，度过余年。　⑨"而不知"句：意为画中的景色优美，让人希望生活在那里，却忘了那里已经不是祖国的国土了。　⑩移人：人的思想被它引诱。　⑪古人于艺：或作古人之于艺。　⑫适意玩情：使意志自得，欣赏情趣。　⑬书计：书写和计算。　⑭阎立本（约601－673）：中国唐代画家，雍州万年（今陕西省西安临潼县）人。"然而"句：见《新唐书》本传记载，太宗时，曾为主爵郎中。一次，太宗与侍臣泛舟春苑池，见异鸟容与波上，说之，诏坐者赋诗，而宣立本俾状；立本俯伏池左，研吮丹粉，望坐者羞怅流汗。归

戒其子曰："吾少读书，文辞不减侪辈，今独以画见名，与厮役等，若曹（你们）慎毋习！" ⑮通显：显贵。 ⑯目之：看待他。 ⑰前身画师：王维于《偶然作》一诗中写到："宿世谬词客，前身应画师。" ⑱精致：细密。 ⑲文其身：修养他自身。 ⑳苟免：苟且幸免。 ㉑虚左而迎：古人空出左边的作为接待宾客，表示尊敬，此谓"虚左"。 ㉒"如颜太师"句：颜太师即颜真卿。玄宗时，颜真卿出任平原太守。安禄山反，河朔尽陷，独平原城守具备，颜真卿派遣李平驰奏。玄宗初闻安禄山之变，叹曰："河北二十四郡，岂无一忠臣乎？"后见到李平，乃大喜，顾左右曰："朕不识颜真卿形状何如，所为得如此！"本文"不知其作何状"，就是指此。这六句是说，连颜真卿是什么人也不晓得，当时的皇帝昏庸，形势危急，可想而知。 ㉓以气为主：出自曹丕《典论·论文》，"文以气为主，气之清浊有体，不可力强而致。"气为作者的才气与文章气势。 ㉔朱子：即朱熹，字元晦，宋代理学家。 ㉕绿野堂：唐人裴度在洛阳的别墅。 ㉖涂地：即一败涂地。 ㉗刍狗之：将其作为草与狗来看待，有轻视之意。 ㉘自反：自省、 ㉙他日：日后。 ㉚韩文公：即韩愈，唐代文学家。曾著《画记》，详细地叙述画中内容。 ㉛望日：农历十五日。

【赏析】

《辋川图》是王维所画的一幅画，这篇文章就是为这幅画所作的记。文章先是写出了这幅画在画史上的地位，从客观上来评价这幅画的不同凡响。接着，又从主观上来写，"盖维平生得意画也"便是了。王维的诗画造诣尽人皆知，开南宗画派，这幅画是王维的得意之作，那么必然是精品。至此，《辋川图》所表现之技艺精湛已经不言而喻。

接着作者交代了作这幅画的原因，同时也描绘了这幅画的内容。这里作者的运笔比较精炼，没有过多的形容，因为一方面王维的诗画境界早已家喻户晓，稍加勾勒就可以让人浮想联翩，另一方面，作者的写作目的并不是在于写画，而是重点写的"移人"作用。文章称《辋川图》是王维的嬉戏之作，这对后文有铺垫作用。

作者认为这种作画的态度本身就是不可取的，在这里面就流露出作者的褒贬之意，他认为王维虽然"才位通显"，但是人品却"不足道"。

而更令作者气愤，也是作者最想要表达的是王维在安史之乱中的不耻行为。他在叛军中曾被迫在伪署供职。这段不光彩的经历是一种失节行为，因此这篇文章论画和论才都不是重点，论人才是重点。

文章由画及人，由事及理，层层深入，彰显主旨。所以在文章结束的时候作者强调了名节的重要，劝那些"以文艺高逸自明者"吸取教训，劝士大夫不要重蹈覆辙。

这件事距离作者已经有五百多年的时间了，那么作者为什么要翻旧账呢？因为元朝初期有影响的文人士大夫都是宋、金的遗民，蒙古贵族对于国家的残酷统治激起了作者的民族情感，但是却不便明目张胆的宣扬，只能用这样隐晦的写法表现出来。

刘因是诗文中反映移民情感最多也最有名的一位诗人。本文简洁明快，理论深刻，言辞犀利，发人深省。

【尚志斋说】

虞　集

亦尝观于射乎①？正鹄者，射者之所志也②。于是良尔弓③，直尔矢，养尔气，畜尔力，正尔身，守尔法而临之④。挽必圆，视必审，发必决，求中乎正鹄而已矣⑤。正鹄之不立，则无专一之趣向⑥，则虽有善器强力，茫茫然⑦将安所施哉？况乎驰焉以嬉，嫚焉以发，初无定的，亦不期于必中者⑧，其君子绝之，不与为偶⑨，以其无志也。

善为学者，苟知此说，其亦可以少警矣乎⑩？夫学者之欲至于圣贤，犹射者之求中夫正鹄也。不以圣贤为准的⑪而学者，是不立正鹄而射者也。志无定向，则泛滥茫洋⑫无所底止。其不为妄人者几希⑬！此立志之最先者也。

既有定向，则求所以至之之道焉⑭，尤非有志者不能也。是故从师取友读书穷理，皆求至之事也⑮。于是平居无事之时，此志未尝慢⑯也；应事接物之际，此志未尝乱也；安逸顺适，志不为尚；患难忧戚，志不为慑⑰；必求达吾之欲至而后已⑱。此立志始终不可谕⑲者也。

是故志苟立⑳矣，虽至于圣人可也。昔人有言曰："有志者，事竟成。"又曰："用志不分，乃凝于神㉑。"此之谓也㉒。志苟不立，虽细微之事，犹无可成之理，况为学之大乎！昔者夫子以生知天纵之资㉓，其始学也，犹必曰志㉔，况吾党㉕小子之至愚极困者乎？其不可不以尚志为至要至急也，审㉖矣。

今大司寇之上士浚仪黄君之善教子也㉗，和而有制，严而不离㉘。尝遣济也受业于予㉙。济也请题其斋居以自励㉚，因为书"尚志"二字以赠之。他日暂还其乡，又来求说。援笔书所欲言，不觉其烦也。济也，尚思立志㉛乎哉。

【注释】

①亦尝观于射乎：意为（你）曾经看到过射箭吗？　②正鹄：箭靶。用布画的为"正"，用皮画的叫"鹄"。志：志向。　③良尔弓：尔，你。良，使动，使你的弓质地优

良。　④临之：面对箭靶。　⑤发必决：射箭必须果断。　⑥趣向：引申为目标。　⑦茫茫然：糊里糊涂的样子。　⑧不期于必中：不要求一定射中。　⑨不与为偶：不跟他在一起。　⑩少警：稍微知道警戒。　⑪准的：准则目标。　⑫泛滥茫洋：比喻没有志向与目标的人浑浑噩噩的样子。　⑬几希：几乎是很少的。　⑭求所以至之道：意为寻求用来达到这一目的的办法。　⑮皆求至之事：意为都是为了达到既定目的所要做的事情。　⑯慢：懈怠。　⑰志不为慑：意志不会被震慑。　⑱已：停止。　⑲谕：改变。　⑳志苟立：志向如果确立了。　㉑用志不分，乃凝于神：意志不分散，精神才能集中。　㉒此之谓也：说的就是这个道理。　㉓天纵之资：上天赋予的资质。　㉔其始学也，犹必曰志：意为他在开始学习的时候，也要谈论志向。　㉕党：古时一种居民组织，五百家为一党。　㉖审：清楚。　㉗黄君：姓名不详。　㉘严而不离：严厉却不违反事理。　㉙受业于予：跟从我学习。　㉚自励：激励自己。　㉛尚思立志：崇尚于立志。

【赏析】

　　立志，是朝理想迸发的先决条件，没有明确的目标便不能支撑起人的信念和走下去的勇气。立志是一个看似简单却不容易说清的事情，一不小心就会成为空洞的说教而没有感染力。

　　虞集在这篇文章中要说的是为学而立志。但是在开篇，他并没有阐述为做学问而立志的重要性和必要性，而是说了射箭时"正鹄"的重要作用。用比喻来开头，十分明确和恰当。射箭的目的就是正中目标，所以确立一个目标就是最重要的事情，正所谓"有的放矢"。这一段文字并不繁多，但是言简意赅，节奏感强烈，运用对偶和排比，生动而形象，让人印象深刻。

　　接着作者又强调了恒心和毅力，不达到目的就不停地努力。在这个为理想而奋斗的过程中，一个人必须时刻谨记自己的理想，那是奋斗的目标。

　　在文章的第四自然段，作者强调的意思与第一、二自然段基本相同，形成了一咏三叹的效果，使作品的主要意思、中心主旨反复出现在人们的眼前，回环往复，让人难忘。在这一段他指出：如果一个人有清晰的目标并愿意为之奋斗的话，那就可以达到圣人们的境界，而如果没有志向，就必将一事无成，无论是天资聪颖的人还是愚钝的人，这一条真理在任何情况下都是适用的。

　　虞集的散文都是些应酬之作，真正有文学价值的并不多，这篇文章其实也是应人邀而做的，但是却发表了自己的见解，层次明晰，文笔练达，一波三折，颇具韵味。

【大龙湫记①】

李孝光

　　大德七年②，秋八月，予尝从老先生③来观大龙湫，苦雨积④日夜。是日，大风起西北，始⑤见日出。湫水方大，入谷，未到五里馀，闻大声转出谷中，从者心掉⑥。望见西北立石，作人俯势，又如大楹⑦。行过二百步，乃见更作两股⑧相倚立。更进百数步，又如树大屏风⑨。而其颠谽谺，犹蟹两螯，时一动摇，行者兀兀⑩，不可入。转缘南山趾，稍北，回视如树圭⑪。又折而入东崦，则仰见大水从天上堕地，不挂著四壁，或盘桓久不下，忽迸落如震霆⑫。东岩趾有诺讵那庵⑬，相去⑭五六步，山风横射，水飞著人。走入庵避，馀沫迸入屋，犹如暴雨至。水下捣大潭，轰然万人鼓也⑮。人相持语⑯，但见口张，不闻作声，则相顾大笑。先生曰："壮哉！吾行天下，未见如此瀑布也。"

是⑰后，予一岁或一至。至，常以九月；十月则皆水缩，不能如向所见⑱。今年冬又大旱，客入，到庵外石矼上，渐闻有水声。乃缘石矼下，出乱石间，始见瀑布垂，渤渤如苍烟，乍小乍大⑲，鸣渐壮急⑳。水落潭上洼石，石被激射，反红如丹砂。石间无秋毫土气，产木宜瘠㉑，反碧滑如翠羽凫毛。潭中有斑鱼廿馀头，闻转石声，洋洋远去，闲暇回缓，如避世士然㉒。家僮㉓方置大瓶石旁，仰接瀑水，水忽舞向人，又益壮一倍，不可复得瓶，乃解衣脱帽著石上，相持扼掔㉔，欲争取之，因大呼笑。西南石壁上，黄猿数十，闻声，皆自惊扰，挽崖端偃木牵连下，窥人而啼㉕。纵观㉖久之，行出瑞鹿院前——今为瑞鹿寺，日已入。苍林积叶，前行，人迷不得路，独见明月宛宛㉗如故人。老先生谓南山公也。

【注释】

①大龙湫：湫，水池。大龙湫，瀑布名，在浙江雁荡山。②大德七年：大德，元成宗年号。即公元1303年。③老先生：即南山公，即泰不华，蒙古人，字兼善，初名达普化。④积：积累。⑤始：才。⑥心掉：心惊，内心颤动。⑦楹：厅堂的前柱。⑧股：大腿。⑨屏风：室内陈设。用以挡风或遮蔽的器具，上面常有字画。由文言词"屏"变化而来。⑩兀兀：停止不前的样子。⑪树圭：立着的上尖下方的玉。⑫震霆：霹雳。⑬诺讵那庵：即罗汉庵。⑭去：相距。⑮轰然：形容声音很大。⑯相持语：相互握手讲话。⑰是：此。⑱向：以前。⑲乍小乍大：忽然小忽然大。⑳壮急：形容水声极为洪大急促。㉑宜瘠：应该枯瘠。㉒避世士：隐士。㉓僮：仆人。㉔持：拿着，拉手。㉕窥：暗中偷看。㉖纵观：放眼远望。㉗宛宛：柔顺依恋的样子。

【赏析】

雁荡山位于浙江东南，山水秀丽，景色奇特，其中大龙湫是最著名的景点之一。它是我国著名的瀑布，壮观开阔，四季风景变化多端，令人神往。李孝光就是浙江人，隐居在雁荡山，这篇文章是他的《雁荡十记》中的一篇。

本文分成两个部分，分别描写了秋冬两季作者游览大龙湫的所见所闻。

第一部分作者写了第一次游览时的感受，描绘了沿途的风景见闻，水声之大，与苏轼的《石钟山记》颇为相似，本文作者用水声的巨大烘托了瀑布的气势。接着，作者又从视觉的角度对沿途的风景进行了描绘，各种山石耸立于眼前，让人目不暇接。作者将山石比作人、大楹、屏风、蟹鳌等事物，生动形象地表现了山石的姿态万千。本文采用动静结合和五觉结合的表现手法，对大龙湫的描写和渲染及其独特。

在对瀑布进行描摹的时候，作者的视角从上到下，极有层次的写出了眼前宏伟的气象，其中水声之大再次成为作者的描写重点。

以上都是第一次见到大龙湫的感受，雨季的瀑布主要特色就是气势庞大，紧接着作者又转而写到了旱季的瀑布，主要的特点变为了"明丽幽静"，呈现出了一种"乍大乍小"的变幻莫测的情景。其声音需要走上岩石仔细聆听，虽然不再雄伟，但是也有种小家碧玉的情致。面对着这样的景象，作者一直游览到了傍晚，走在洒满月色的小径上，诗意盎然。

这篇游记的最大特点就是对于同一景点游览了两次，不同季节的见闻和感觉都是完全不同的，因而全面展现了大龙湫的特色。两次游览所见相互为补充，构成了一幅完美的图画。结构上，通篇采用了对比描写的方法，时而开阔宏伟，时而幽静恬淡，两个部分作品的风格也是不同的，虚实相生，五觉结合，妙趣横生。

【《录鬼簿》序①】

钟嗣成

贤愚寿夭、死生祸福之理，固兼乎气数②而言，圣贤未尝不论也。盖阴阳之屈伸，即人鬼之生死③。人而知夫④生死之道，顺受其正⑤，又岂有岩墙、桎梏之厄哉⑥！虽然，人之生斯世也⑦，但知以已死者为鬼，而未知未死者亦鬼也。酒罂饭囊⑧、或醉或梦、块然⑨泥土者，则其人虽生，与已死之鬼何异？此曹固未暇论也⑩。其或稍知义理，口发善言，而于学问之道甘为自弃⑪，临终之后，漠然无闻，则又不若块然之鬼之愈也⑫。

余尝见未死之鬼吊⑬已死之鬼，未之思也，特一间⑭耳。独不知天地开辟，亘古迄今，自有不死之鬼在。何则？圣贤之君臣，忠孝之士子，小善大功，著在方册⑮者，日月炳焕，山川流峙⑯，及乎千万劫无穷已⑰，是则虽鬼而不鬼者也。今因暇日，缅怀古人，门第卑微，职位不振，高才博识，俱有可录。岁月弥久⑱，湮没无闻，遂传其本末，吊以乐章。复以前乎此者，叙其姓名，述其所作。冀乎初学之士，刻意词章，使冰寒乎水，青胜于蓝，则亦幸矣。名之曰《录鬼簿》。

嗟乎！余亦鬼也，使已死未死之鬼，作不死之鬼，得以传远，余又何幸焉！若夫高尚之士、性理之学⑲，以为得罪于圣门者。吾党且啖蛤蜊，别与知味者道⑳。

至顺元年，龙集庚午㉑月建甲申二十二日辛未，古汴钟继先自序。

【注释】

①《录鬼簿》：元代的戏曲史料性著作。作者钟嗣成（约1279－约1360），号丑斋。祖籍大梁（今河南开封），寄居杭州。 ②气数：命运。 ③"盖阴阳"句：大概地说，阴阳的交替变化时人鬼的生死变化。 ④夫：这个。 ⑤顺受其正：顺应生死变化的正道。 ⑥岩墙、桎梏之厄哉：身处危墙之下或被锁以镣铐的困境。 ⑦"人之生"句：人生活在这个世上。 ⑧罍：酒器。 ⑨块然：无知觉的样子。 ⑩此曹固未暇论：对这些人本来就没空闲谈论。意为不值得谈论。 ⑪自弃：自我放弃。 ⑫"不若"句：更加比不上像无知泥块一般的鬼。 ⑬吊：慰问丧家。 ⑭特一间：只有极小的差别。 ⑮著在方册：记载在典籍中。 ⑯山川流峙：像大山与河流一样屹立与长流。 ⑰劫：佛家语。从天地形成到毁灭为一劫。 ⑱弥久：漫长。 ⑲性理之学：宋儒理学。 ⑳"吾党"句：意为我辈且吃蛤蜊，不管其他，另外与知道味的人去谈论吧。 ㉑龙集庚午：即至顺元年。

【赏析】

这篇文章在文学史上历来是比较出众的。元代的主要文学形式是元曲，元杂剧被认为是不能登上大雅之堂的文学形式，但是其文学成就却是不容忽视的。这篇文章就是为元杂剧立传，因此本文的价值也远远高过其他作品。

本文的文字虽然并不优美，但是词锋犀利，虽然通篇写鬼，但重点阐发仁义性理，极具挑战性。作者开篇先写生死，写出了"未死者亦鬼也"的论断，挑战了人们普遍的生死观，也挑战了古代的圣贤。接着，人们会以为所谓"未死之鬼"应该就是指那些醉生梦死之人吧！但是作者又语出新奇，说我本要说的并不是那样的人。作者所说的未死之鬼是指学了圣贤的只言片语便不思进取的人。他们没有任何的独创精神，固守着祖宗的遗产，自以为可以不朽，其实他们已经死了。

接着，作者又论及了一些"不死之鬼"，就是那些圣君、贤臣、忠义之士、孝子等人，虽然功德有大有小但是都是可以不朽的。这算是迎合了一些世人们的共同标准。但是，作者并没有就此罢休，作者将很多元杂剧的作家如马致远、关汉卿、白朴、王实甫等人与忠孝之士并列，为他们立传。紧接着，作者又引用了一个《南史·王融传》的典故，表现了对于圣贤的藐视之意，十分大胆。

因此，这篇文章像是一篇战争檄文，把元杂剧的作者比作了忠烈和义士，而把那些沿袭圣人学说的人说成了未死之鬼，发人深思。

这篇《<录鬼簿>序》措辞铿锵强硬，算是元杂剧的宣言，这也是元杂剧在那个时代走向兴盛的一个表现。

【桃花涧修禊诗序】

宋　濂

浦江①县东行二十六里，有峰耸然②而葱蒨③者，元麓山④也。山之西，桃花涧水出焉。乃至正丙申⑤三月上巳⑥，郑君彦真⑦将修禊事于涧滨，且穷泉石之胜。前一夕，宿诸贤士大夫。厥明日，既出，相帅⑧向北行，以壶觞⑨随。约二里所，始得涧流，遂沿涧而入。水蚀道几尽，肩不得比⑩，先后累累如鱼贯。又三里所，夹岸皆桃花。山寒，花开迟，及是始繁。旁多髯松，入天如青云。忽见鲜葩点湿翠间，焰焰欲然⑪，可玩。又三十步，诡石⑫人立，高可十尺馀，面正平，可坐而箫，曰凤箫台。下有小泓⑬，泓上石坛广寻丈，可钓。闻大雪下时，四围皆璚树瑶林⑭，益清绝，曰钓雪矶。西垂苍壁，俯瞰台矶间，女萝⑮与陵苕⑯缪鞷⑰之，赤纷绿骇⑱，曰翠霞屏。又六七步，奇石怒出，下临小窪⑲，泉洌甚，宜饮鹤，曰饮鹤川。自川导水为蛇行势，前出石坛下，锵锵作环佩鸣⑳。客有善琴者，不乐泉声之独清，鼓琴与之争，琴声与泉声相和，绝可听。又五六步，水左右屈盘，始南逝，曰五折泉。又四十步，从山趾斗折入洞底，水汇为潭。潭左列石为坐，如半月。其上危岩墙峙，飞泉中泻，遇石角激之，泉怒，跃起一二尺，细沫散潭中，点点成晕，真若飞雨之骤至。仰见青天镜净，始悟为泉，曰飞雨洞。洞旁皆山，峭石冠其巅，辽敻㉑幽邃，宜仙人居，曰藻珠岩。遥望见之，病登陟之劳，无往者。

还至石坛上，各敷茵席，夹水而坐。呼童拾断樵㉒，取壶中酒温之，实㉓髹觞㉔中。觞有舟㉕，随波沉浮，雁行下。稍前，有中断者，有属联者，方次第取饮。时轻飙东来，觞盘旋不进，甚至逆流而上，若相献酬㉖状。

酒三行，年最高者命列觚翰㉗，人皆赋诗二首，即有不成，罚酒三巨觥㉘。众欣然如约。或闭目潜思，或挂颊上视霄汉㉙，或与连席者耳语不休，或运笔如风雨，且书且歌，或按纸伏崖石下，欲写复止，或句有未当，搔首蹙额向人，或口吻作秋虫吟，或群聚兰坡，夺觚争先，或持卷授邻坐者观，曲肱看云而卧，皆一一可画。已而诗尽成，杯行无算。迨罢归，日已在青松下。

又明日，郑君以兹游良欢，集所赋诗而属㉚濂以序。濂按《韩诗内传》㉛，三月上巳，桃花水㉜下之时，郑之旧俗，于溱、洧两水之上，招魂续魄，执兰草以被除不祥。㉝今去之二千载，虽时异地殊，而桃花流水，则今犹昔也。其远裔㉞能合贤士大夫以修禊事，岂或遗风尚有未泯者哉？虽然㉟，无以是为㊱也。为吾党者，当追浴沂之风徽，法舞雩之咏叹㊲，庶几情与境适，乐与道俱㊳，而无愧于孔氏之徒。无愧于孔氏之徒，然后无愧于七尺之躯矣，可不勖㊴哉！

濂既为序其游历之胜，而复申以规箴如此。他若晋人兰亭之集㊵，多尚清虚㊶，亦无取焉。郑君名铉，彦真字也。

【注释】

①浦江：为宋濂的故乡，现在属浙江省。　②耸然：高耸突出的样子。　③葱蒨（qiàn）：色青绿而茂盛。　④元麓山：位于浙江省浦江县内的一处景点，有桃花涧等八景。　⑤至正丙申：元顺帝至十六年，即公园1356年。　⑥上巳：这年三月上旬的巳日是三月初一，辛巳日。　⑦郑君彦真：郑铉，字彦真，浦江人。为人正直。　⑧相帅：即"相率"。　⑨觞（shāng）：酒杯。　⑩比：并。　⑪然：通"燃"，这里形容花红好像火燃烧了一样。　⑫诡石：怪石。诡，怪异的。　⑬泓：水潭。　⑭瑶树瑶林：洁白如雪的树林。"瑶"和"瑶"都是美玉，这里形容雪花堆积在树上好像美玉一样。　⑮女萝：松萝，地衣类的植物。　⑯陵苕：即凌霄，又名紫葳，藤蔓类植物。　⑰缪轕（jiāo gé）：互相缠绕的样子。　⑱赤纷绿骇：形容色彩丰富，花叶茂盛。　⑲窪：低凹的地方。　⑳环佩鸣：环佩，佩玉。语出柳宗元《至小丘西小石潭记》："隔篁竹，闻水声，如鸣珮环。"　㉑辽夐（xiòng）：深远的样子。　㉒樵：柴。　㉓实：动词，充满。　㉔髹（xiū）觞：漆制的酒杯。髹，古代指黑红色的漆。　㉕舟：这里指的是酒杯的托盘。　㉖

相献酬：彼此敬酒。 ㉗列觚（gū）翰：摆出纸笔。觚，本指木简，这里指代纸。翰，笔。 ㉘觥（gōng）：古代的酒杯，腹椭圆，上有提梁，底有圈足，兽头形盖，亦有整个酒器作兽形的，并附有小勺。 ㉙霄汉：指天空。 ㉚属：通"嘱"，嘱咐，托付。 ㉛《韩诗内传》：汉初时候燕人韩婴引用历史故事来为《诗经》注释，有《内传》四卷，《外传》六卷。《内传》在南宋之后失传，清人有辑本。 ㉜桃花水：即桃花汛。阴历二三月桃花开时，融冰加上降雨，河水猛涨，因称"桃花水"。 ㉝"郑之旧俗"四句：语出《宋书·礼志二》，"《韩诗》曰：郑国之俗，三月上巳，之溱、洧两水之上，招魂续魄，秉兰草，拂不详。"与本文引用稍有所不同。祓（fú）除，古代为除灾去邪而举行的仪式，尤其是在三月上巳的水边举行祓除最为盛行。又称作"禊"。 ㉞远裔：后代子孙，这里指的是郑彦真。 ㉟虽然：即便如此。 ㊱无以是为：指不要再进行这样类似的活动了。 ㊲"当追浴沂"二句：语出《论语·先进》，"（曾皙）曰：'暮春者，春服既成，冠者五六人，童子六七人，浴乎沂，风乎舞雩，咏而归。'"沂，沂水，源出山东邹县的东北，向西流入于泗水。风徽，风范。舞雩（yú），祈雨的坛。古代求雨之祭叫"雩祭"，又因有巫在坛上歌舞，故称"舞雩"。法，效法。 ㊳乐与道俱：谋求自身的快乐要跟大的道相符合。 ㊴勖（xù）：勉励。 ㊵兰亭之集：东晋穆帝永和九年三月三日，王羲之与谢安、孙绰等人在会稽兰亭聚会，饮酒赋诗，之后将所之诗集结成为《兰亭集》，王羲之的《兰亭集序》中记叙了这件事。《兰亭集》为中国古代著名的文人雅集。 ㊶尚清虚：指崇尚道家的清静无为。

【赏析】

　　此文选自《宋文宪公全集》卷三十五，作者作于公元1356年（元顺帝至正十六年），尚在入明前。桃花涧是浙江浦江县城东的一条涧水，因夹岸多桃树，故名桃花涧。修禊（xì），古人于农历三月上巳日（即三月上旬的巳日）在水边祓除不祥的一种祭祀，以后定为三月三日。这篇诗序是宋濂应友人郑彦真之请而写的。之前就有王羲之与友人在会稽修禊而作《兰亭集序》，而与之相隔千余年之后，宋濂等人又在位于浦江玄麓山的桃花涧修禊雅集，留下了这篇《桃花涧修禊诗序》。宋濂的这篇诗序，虽然在名气上不及《兰亭集序》，但是在某些方面很有自己的特点。

　　文章大致可以被分为三个部分，第一部分细致描写了桃花涧的环境和景色，描写生动，条理清晰，为桃花涧这样一个名不见经传的地方增添了诱人之色彩。作者用几句话就写出了桃花涧的生机盎然之色。继而作者又以桃花涧为基点，展开了对四周环境的描写，写了凤萧台、钓雪矶、翠霞屏、饮鹤川、五折泉等，给读者目不暇接的印象。作者对景物的描写也可以看出作者胸中有丘壑的神采，物我合一之境界油然而出。

　　第二部分记述了桃花涧曲水流觞和人们的赏景赋诗，描绘了"修禊"的风俗，又精彩地描绘出了曲水流觞的景色，好友们在此情此景中作文赋诗，体现出作者的优雅情趣与品格。作者细致描写了友人在赋诗时的各种神态，连用了九个"或"字，生动传神的描写了赋诗人们的情态。

　　由此，才过渡到第三部分，抒发雅集的神韵，指出了自己对桃花涧修禊雅集的理解，"为吾党者，当追浴沂之风徽，法舞雩之咏叹，庶几情与境适，乐与道俱，而无愧于孔氏之徒。"作者既不赞成修禊之事中包含的迷信思想，又不赞同王羲之修禊赋诗所表现出的清虚无为，他体会到的是孔子儒家的有所作为的思想，投身大自然，陶冶修养，提高精神追求和境界。本文相当出色地体现出这一点。

【送东阳马生序】

宋 濂

余幼时即嗜学。家贫无从致书以观，每假①借于藏书之家，手自笔录，计日以还。天大寒，砚冰坚，手指不可屈伸，弗之怠。录毕，走送之，不敢稍逾约。以是人多以书假余，余因得遍观群书。既加冠②，益慕圣贤之道. 又患无硕师③名人与游，尝趋百里外，从乡之先达④执经叩问。先达德隆望尊，门人弟子填其室，未尝稍降辞色⑤。余立侍左右，援疑质理⑥，俯身倾耳以请；或遇其叱咄，色愈恭，礼愈至，不敢出一言以复⑦；俟其欣悦，则又请焉。故余虽愚，卒获有所闻。

当余之从师也，负箧曳屣⑧，行深山巨谷中。穷冬烈风，大雪深数尺，足肤皲裂⑨而不知。至舍，四肢僵劲不能动，媵人⑩持汤⑪沃灌⑫，以衾拥覆，久而乃和。寓逆旅⑬主人，日再食，无鲜肥滋味之享。同舍生皆被⑭绮绣，戴朱缨宝饰之帽，腰白玉之环，左佩刀，右佩容臭⑮，煜然⑯若神人。余则缊袍敝衣⑰处其间，略无慕艳意，以中有足乐者，不知口体之奉不若人也。盖余之勤且艰若此。今虽耄⑱老，未有所成，犹幸预君子之列，而承天子之宠光，缀公卿之后，日侍坐备顾问，四海亦谬称其氏名，况才之过于余者乎？

今诸生学于太学⑲，县官⑳日有廪稍㉑之供，父母岁有裘葛㉒之遗，无冻馁之患矣；坐大厦之下而诵诗书，无奔走之劳矣；有司业、博士㉓为之师，未有问而不告、求而不得者也。凡所宜有之书，皆集于此，不必若余之手录、假诸人而后见也。其业有不精、德有不成者，非天质之卑，则心不若余之专耳，岂他人之过哉！

东阳马生君则，在太学已二年，流辈㉔甚称其贤。余朝京师，生以乡人子㉕谒余，撰长书以为贽㉖，辞甚畅达；与之论辨，言和而色夷。自谓少时用心于学甚劳，是可谓善学者矣。

其将归见其亲也，余故道为学之难以告之。谓余勉乡人以学者，余之志也；诋我夸际遇之盛㉗而骄乡人者，岂知余者哉！

【注释】

①假：借。假借连在一起用时同义复词，表达同一个意思。 ②加冠：指二十岁，已成年。古时男子二十岁举行加冠（束发戴帽）仪式，表示已经成人。后人常用"冠"或"加冠"表示年以二十。 ③硕师：指学问很渊博的老师。 ④先达：有知识、有声望的前辈学者。 ⑤稍降辞色：言辞稍微和缓一点，脸色稍微好一点。 ⑥质理：询问道理。质：询问，诘问。 ⑦复：回答。 ⑧负箧（qiè）曳屣（xǐ）：背着箱子，拖着鞋子。箧，小箱子；屣，鞋子。 ⑨皲（jūn）裂：皮肤因暴露于风中或寒冷中而发生的裂口或变粗糙。 ⑩媵（yìng）人：服侍的仆役。 ⑪汤：热水。 ⑫沃灌：浇水洗手。灌，通"盥"。 ⑬寓逆旅：寄宿在旅店中。逆旅：旅店。 ⑭被：通"披"，穿戴。 ⑮容臭（xiù）：香囊，香袋。 ⑯烨然：光彩明亮的样子。 ⑰缊（yùn）袍敝衣：指破旧的衣服。缊，乱麻，旧絮。 ⑱耄：年老，八九十岁的年纪。 ⑲太学：即国子监，设于京城，是明朝时全国最高学府。 ⑳县官：古代指的是朝廷或者天子。这里指朝廷。 ㉑廪稍：指的是伙食费用。 ㉒裘葛：指的是穿戴的衣服。裘，皮衣；葛，代指夏天的衣服。 ㉓司业、博士：都是太学院里的教官。 ㉔流辈：指与之同辈的人。 ㉕乡人子：指同乡中的较晚辈的人。 ㉖贽：古时初次见面时所送的礼物。 ㉗际遇之盛：好的机遇。这里指的是官运上的机遇良好。

【赏析】

本文节选自《宋学士文集》。本文产生的背景是在明洪武十一年，也就是宋濂回乡的第二年，应诏要从家中到应天朝见皇帝朱元璋，当时适逢在太学院读书的同乡晚辈马君则过来拜访，于是宋濂写了这篇序，来介绍自己的学习经历及态度，以此来勉励后进。作者现身说法，详细讲述了自己的求学经历，自己求学的不易等等，也可以看出其对马君则的期望之情。

全文主要是作者将自己少年时期的求学经历同现在太学生优越的学习条件相对比。首先作者回顾了早年自己的学习经历，由于酷爱学习，而苦于家境贫苦买不起书，只能向别人借书，在寒冬也要自己动手抄写；由于是借别人的书，所以总要惦记何时归还。之后读书要请教圣贤学者，却又不是很容易的事情，作者为求老师指点所付出的代价很大，在寒冬大风天中奔走在深山之中。同时作者自己也是甘于贫苦、享受学习的乐趣。从作者回顾自己的学习生涯可以看出作者坚忍不拔的精神，只有这样才能取得成功。接下来作者列举了太学生现在学习的优越环境和条件，有了这样好的读书资源，那么再学业不精、功德不成的话，只能怪自己主观上的不努力了。可见，学业成功与否取决于主观上的努力。通过对比作者道出了全文的主旨。

行文中的一个特色就是作者通过大量的对比来揭示主旨。不光有之前作者的求学经历同后来太学生优越的学习条件的对比，还有内部对比，比如作者自身的努力同外界客观条件的恶劣形成一个反衬；讲到太学生学习环境优越时，也强调了客观环境的优越同主观努力上的对比,这些都突出了主观努力的重要性。

【送陈庭学序】

宋濂

　　西南山水,惟川蜀最奇。然去中州①万里,陆有剑阁②栈道③之险,水有瞿唐④滟滪⑤之虞。跨马行篁竹间,山高者累旬日不见其巅际,临上而俯视,绝壑万仞,杳莫测其所穷,肝胆为之掉栗。水行则江石悍利,波恶涡诡,舟一失势尺寸,辄糜碎土沉,下饱鱼鳖。其难至如此,故非仕有力者,不可以游;非材有文者,纵游无所得;非壮强者,多老死于其地。嗜奇之士恨焉。

　　天台⑥陈君庭学,能为诗,由中书左司掾⑦屡从大将北征有劳,擢⑧四川都指挥司照磨⑨,由水道至成都。成都,川蜀之要地,扬子云⑩、司马相如⑪、诸葛武侯⑫之所居。英雄俊杰战攻驻守之迹,诗人文士游眺饮射、赋咏歌呼之所,庭学无不历览。既览必发为诗,以纪其景物时世之变,于是其诗益工。

　　越三年,以例自免归,会余于京师。其气愈充,其语愈壮,其志意愈高,盖得于山水之助者侈矣。余甚自愧。方余少时,尝有志于出游天下,顾以学未成而不暇。及年壮可出,而四方兵起⑬,无所投足。逮今圣主兴⑭而宇内⑮定,极海之际,合为一家,而余齿⑯已加耄矣,欲如庭学之游,尚可得乎?然吾闻古之贤士若颜回、原宪⑰,皆坐守陋室,蓬蒿没户,而志意常充然,有若囊括于天地者,此其故何也?得无有出于山水之外者乎?庭学其试归而求焉。苟有所得,则以告余,余将不一愧而已也。

【注释】

　　①中州:这里指中原一带。　②剑阁:位于四川省北部,剑门关位于县北边,自古就有"剑门天下险"说法。　③栈道:古代在四川、山西等境内的险绝处凿孔架桥连成的一种道路。　④瞿唐:指瞿塘峡,是长江三峡之一,位于四川奉节和巫山之间,最险处江流湍急,山势陡峭,被称为"天堑"。　⑤滟滪(yù):滟滪堆,长江瞿塘峡口江心突出

的大石,是著名的险滩。 ⑥天台:位于浙江省境内,县名。 ⑦中书左司掾:明代初年中书省左司的属官。 ⑧擢:提升。 ⑨都指挥司照磨:都指挥司是明代在每个行省设立的官职,掌管该省的军政,照磨是其属官。 ⑩扬子云:即杨雄,字子云,西汉时期文学家,蜀郡成都人。 ⑪司马相如:字长卿,西汉时期辞赋家,蜀郡成都人。 ⑫诸葛武侯:即诸葛亮,字孔明,三国时期蜀汉丞相,被封为武乡侯,故称其为诸葛武侯。 ⑬四方兵起:指的是元末期群雄并起,角逐战场。 ⑭圣主兴:指开国皇帝朱元璋建立了明朝。 ⑮宇内:天下。 ⑯齿:这里指代年龄。 ⑰颜回、原宪:都是孔子的弟子。颜回:字子渊,孔子曾经称赞他说:"贤哉回也!一箪食,一瓢饮,在陋巷。人不堪其忧,回也不改其乐。贤哉回也!"子贡曾经问原宪:"夫子岂病乎?"原宪回答说:"吾闻之,无财者谓之贫,学道而不能行者谓之病。若宪,贫也,非病也。"子贡听后非常羞愧地走了。二人都是安平乐道、品行高尚之人。

【赏析】

宋濂的这篇《送陈庭学序》同作者其它的序一样,并非仅仅是送别赠答之用,而是经此来抒发自我,表达自己的思想。

本文并非开门见山,而是首先花了一些笔墨来描写西南的山水。其中要数川蜀的最为奇特,也要数这里最为险要,经过的人无不"俯仰之际,惊心动魄"、"肝胆为之掉栗"。那些"嗜奇之人"如果想要探访蜀中的妙境,如果并非具有"仕之力"、"材有文"、"壮强"这三个条件,那么最后也只能抱憾而已。这段文字看似无关,却与之后第二段有着紧密的联系。第二段写了陈庭学的仕途历程,暗示了他就是符合上述三个条件的人,所以他不会像很多人那样空手而归,为下文做了良好的铺叙。

第三段中着力描写陈庭学所具有的第三个条件——"非壮强者,多老死于此地",他具有这个条件之后就可以得蜀中山水之益而提升自己,作者感到他"其气愈充,其语愈壮,其志意愈高",最后点出"盖得于山水之助者侈矣"。但作者并未止步于此,而是进一步加以升华。前面的所有论述其实都是为作者最后一段的论述做准备的。

作者指出,虽然从山水中陶冶性情是没有错,但是仅仅止步于山水则不可。作者用颜回、原宪的例子所要说明的就是,即使身处陋室,蓬蒿没户,但是仍可以达到"志意常充然,有若囊括于天地者"的境界和高度。虽然作者紧接着发出了"此其何故也?"和"得无有出于山水之外者乎?"的疑问,但是此并非真正疑问,而是诱发陈庭学去思考,让他知道不能仅仅以山水为心,这只是初步的境界,而要做到的是像颜回、原宪那样"志意常充然,有若囊括于天地者"的境界,这才是文人真正应该有的。最后作者发出了"庭学其试归而求焉",表达了一个长者的谆谆教诲。

【尊卢沙】

宋 濂

　　秦有尊卢沙者，善夸谈，居之不疑，秦人笑之。尊卢沙曰："勿予笑也，吾将说楚以王①国之术。"翩翩然②南。迨至楚境上，关吏縶③之。尊卢沙曰："慎勿縶我，我来为楚王师。"关吏送诸朝，大夫寘④馆之，问曰："先生不鄙夷敝邑，不远千里，将康⑤我楚邦。承颜色⑥日浅，未敢敷布腹心，他不敢有请，姑闻师楚之意，何如？"尊卢沙怒曰："是非子所知。"大夫不得其情，进于上卿⑦瑕⑧。瑕客之，问之如大夫。尊卢沙愈怒，欲辞去。瑕恐获罪于王，亟言之。王趣⑨见，未至，使者四三往，及见，长揖不拜⑩，呼楚王谓曰："楚国东有吴越，西有秦，北有齐与晋，皆虎视不瞑⑪，臣近道出晋郊，闻晋约诸侯图⑫楚，刑白牲，列珠槃玉敦，歃血以盟⑬曰：'不祸楚国，无相见也！'且投璧祭河⑭欲渡，王尚得奠枕⑮而寝耶？"楚王起问计，尊卢沙指天曰："使尊卢沙为卿，楚不强者有如日⑯！"王曰："然，敢问何先？"尊卢沙曰："是不可以空言白也。"王曰："然。"即命为卿。

　　居三月，无异者，已而晋侯帅诸侯之师至，王恐甚，召尊卢沙却之。尊卢沙瞠目视，不对，迫之言，乃曰："晋师锐甚，为王上计，莫若割地与之平⑰耳。"王怒，囚之三年，劓⑱而纵之。尊卢沙谓人曰："吾今而后知夸谈足以贾祸⑲。"终身不言，欲言，扪鼻即止。

　　君子曰：战国之时，士多大言无当，然往往籍是以谋利禄。尊卢沙亦其一人也。使⑳晋兵不即至，或可少售其妄。未久辄败，亦不幸矣哉！历考往事，矫虚㉑以诳人，未有令后㉒者也。然则尊卢沙之劓，非不幸也，宜也。

【注释】

①王（wàng）：动词，称王，成就大业。　②翩翩然：行动轻快的样子。　③縶（zhí）：拘禁，拘捕。　④寘（zhì）：楚国大夫名。　⑤康：使安定。　⑥承颜色：见面，

交往。 ⑦上卿：在春秋战国时期，天子和诸侯都设有上、中、下三卿，上卿为最尊贵，相当于宰相的职位，是高级的长官或者爵位之首。 ⑧瑕：上卿的人名。 ⑨趣（cù）：通"促"，催促。 ⑩长揖不拜：只向皇帝作揖而不拜见，是对国君的傲慢，并非臣子参见国君时的礼仪。 ⑪暝：闭眼。 ⑫图：图谋，谋取。 ⑬"刑白牲"三句：是当时订立盟约的仪式。宰杀白马，作为盟约的牺牲，摆放珠玉装饰的盘和敦，双方口含牲畜之血或者将血涂在嘴边，表示盟约的建立。 ⑭投璧祭河：也是古代订立盟约的仪式。语见《左传·僖公二十四年》："公子曰：'所不与舅氏同心者，有如白水！'投其璧于河。" ⑮奠枕：安枕，高枕无忧。 ⑯有如日：指着太阳发誓，是古代发誓的用语。 ⑰平：讲和，交好。 ⑱劓（yì）：割鼻之刑，古代的五大刑罚之一。 ⑲贾（gǔ）祸：招来祸端。 ⑳使：假使，表假设。 ㉑矫虚：说谎假托，弄虚作假。 ㉒令后：美满的结局。

【赏析】

　　此文选自《宋文宪公全集》卷三十七《燕书四十首》，为一则寓言。主人公尊卢沙是一位虚构的人物，讲述了他好夸谈甚至让楚国封他为卿，最后落得被割去鼻子、赶出朝廷的后果的故事。这可以说是对那些靠说大话来骗取官位和信任之人的嘲讽。作者最后得出结论"历考往事，矫虚以诳人，未有令后者也。然则尊卢沙之劓，非不幸也，宜也。"可以说是对说大话之人的惩戒之语，颇有讽刺之意。

　　文章先叙述了尊卢沙如何一步步用谎言骗取了楚国国君的信任，先是由于他形迹可疑而被关吏拘留，但是尊卢沙竟然夸口说自己是来为"楚王师"，这样大的来头一般人是不敢说的，如此地位高的人关吏自然不敢怠慢，赶忙将他请到了朝廷。在朝廷又被大夫赓见，大夫认为此人高深莫测，不敢轻易决定，于是将他引见给了楚王。尊卢沙见到楚王的时候也是摆足架子，"长揖不拜"，气势十足。这段话不仅简练而清晰的描绘了尊卢沙如何行骗的过程，也描写了他行骗时的心理活动，他一开始就把自己放在一个很高的位子上，并且对于关吏及大夫都不屑一顾，对他们的提问都以"怒"来回应，颇有神秘感。这也是大多数骗子行骗所使用的伎俩。同时也从这个过程中折射出各个阶层人们的心态，值得玩味。

　　尊卢沙与楚王见面之后，尊卢沙强调了晋国对楚国的不利"闻晋约诸侯图楚，刑白牲，列珠槃玉敦，歃血以盟曰：'不祸楚国，无相见也！'"抓住了楚王最关心的问题——国家的安危，以此来威胁楚王，从而当上了楚国的卿相。但是当面临真正敌人的时候，尊卢沙的面目瞬间暴露了，他完全没有解救国家的计策，最后被割鼻并流放。

　　最后，尊卢沙通过这样的教训才真切地明白了"夸谈足以贾祸"的道理，颇有喜剧色彩，此喜剧色彩的结局更能让人们反思"历考往事，矫虚以诳人，未有令后者也"的道理。

【秦士录】

宋　濂

　　邓弼字伯翊，秦人也。身长七尺，双目有紫棱①，开合闪闪如电，能以力雄人。邻牛方斗，不可擘②，拳其脊，折仆地；市门石鼓，十人舁③弗能举，两手持之行。然好使酒，怒视人，人见辄避，曰狂生不可近，近则必得奇辱。

　　一日独饮娼楼，萧、冯两书生过其下，急牵入共饮。两生素贱其人，力拒之。弼怒曰："君终不我从，必杀君，亡命走山泽耳，不能忍君苦也。"两生不得已，从之。弼自据中筵，指左右揖两生坐，呼酒歌啸以为乐。酒酣解衣箕踞④，拔刀置案上，铿然鸣。两生雅闻其酒狂，欲起走。弼止之曰："勿走也，弼亦粗知书，君何至相视如涕唾。今日非速君饮，欲少吐胸中不平气耳！四库书⑤从君问，即不能答，当血是刃。"两生曰："有是哉！"遽⑥摘七经⑦数十义叩之。弼历举传疏⑧，不遗一言。复询历代史，上下三千年，缊缊⑨如贯珠。弼笑曰："君等伏乎未也？"两生相顾惨沮，不敢再有问。弼索酒被发跳叫曰："吾今日压倒老生矣。古者学在养气，今人一服儒衣，反奄奄欲绝，徒欲驰骋文墨，儿抚一世豪杰，此何可哉！此何可哉！君等休矣！"两生素负多才艺，闻弼言，大愧，下楼，足不得成步。归询其所与游，亦未尝见其挟册呻吟⑩也。

　　泰定⑪末，德王⑫执法西御史台，弼造书数千言，袖谒之。阍卒⑬不为通，弼曰："若不知关中有邓伯翊耶？"连击踣⑭数人，声闻于王。王令隶人捽⑮入，欲鞭之。弼盛气曰："公奈何不礼壮士？今天下虽号无事，东海岛彝⑯，尚未臣顺。间者驾海舰互市⑰于鄞⑱，即不满所欲，出火刀斫柱，杀伤我中国民。诸将军控弦引矢，追至大洋，且战且却，其亏国体为已甚。西南诸蛮，虽曰称臣奉贡，乘黄屋左纛⑲，称制⑳，与中国等，尤志士所同愤。诚得如弼者一二辈，驱十万横磨剑㉑伐之，则东西止日所出入，莫非王土矣。公奈何不礼壮士？"庭中人闻之，皆缩颈吐舌，舌久不能收。王曰："尔自号壮士，解持矛鼓噪，前登坚城乎？"曰："能。""百万军中可刺大将乎？"曰："能。""突围溃阵，得保首领乎？"曰："能。"王顾左右曰："姑试之。"问所须，曰："铁铠良马各一，雌雄剑二。"王即命给与。阴戒㉒善槊㉓者五十人，驰马出东门外，然后遣弼往。王自临观，空一府随之。暨弼至，众槊并进。弼虎吼而奔，人马辟易五十步，面目无色。已而烟尘涨天，但见双剑飞舞云雾中，连斫马首堕地，血涔涔㉔滴。王抚髀㉕欢曰："诚壮士！诚壮士！"命勺酒劳弼，弼立饮不拜。由是狂名振一时，至比之王铁枪㉖云。

王上章荐诸天子。会丞相与王有隙，格㉗其事不下。弼环视四体，叹曰："天生一具铜筋铁肋，不使立勋万里外，乃槁死㉘三尺蒿下，命也，亦时也，尚何言！"遂入王屋山㉙为道士，后十年终。

史官曰：弼死未二十年，天下大乱。中原数千里，人影殆绝。玄鸟㉚来降，失家㉛，竟栖林木间。使弼在，必当有以自见，惜哉！弼鬼不灵则已，若有灵，吾知其怒发上冲也。

【注释】

①双目有紫棱：形容目光炯炯有神。 ②擘（bò）：分开，剖裂。 ③舁（yú）：抬。 ④箕踞：两腿前伸岔开，手据膝，形如箕状。傲慢不敬之姿。 ⑤四库书：指经、史、子、集四部典籍。 ⑥遽：急忙，赶紧。 ⑦七经：汉代以来推崇的七种儒家经典。东汉《一字石经》以《易》、《诗》、《书》、《仪礼》、《春秋》、《公羊》、《论语》为七经；宋代刘敞《七经小传》以《书》、《诗》、《三礼》、《公羊》、《论语》为七经；王应麟《小学绀珠》有《易》、《书》、《诗》、《三礼》、《春秋》和《诗》、《书》、《春秋》、《三礼》、《论语》两说。文中泛指儒家经典。 ⑧传疏：注释经文的部分称为"传"，解释传文的部分称为"疏"。 ⑨缅缅：洋洋洒洒、井然有序的样子。 ⑩挟册呻吟：拿着书籍吟诵。 ⑪泰定：元泰定帝年号（1324－1328）。 ⑫德王：即马札儿台。于泰定四年拜陕西行台治书侍御史，1346年封为忠王，正七年病死，年63岁，正十二年改封为德王。 ⑬阍卒：守门的侍从。 ⑭踣（bó）：倒地，扑倒。 ⑮捽（zuó）：揪，抓。 ⑯东海岛夷：指日本人。 ⑰互市：古代指外国或者边境民族进行贸易。 ⑱鄞（yín）：鄞县，今属宁波。 ⑲黄屋左纛（dào）：古代天子乘坐的车子是黄缯为里的车盖，因此称作黄屋，用黄屋来指代帝王之车；左纛，古代帝王车舆上的饰物，因为放在车左边，故称。 ⑳称制：自称为皇帝。 ㉑横磨剑：指骁勇善战的士兵。语出《旧五代史·景延广传》："告戎王曰：'……晋朝有十万口横磨剑，翁若要战则早来。'" ㉒阴戒：暗地里命令。 ㉓槊（shuò）：长矛，古代的一种兵器。 ㉔涔涔（cén）：形容汗、泪、血等不断地流下。

㉕抚髀：拍着大腿。髀：大腿。　㉖王铁枪：指王彦章。语出《新五代史·王彦章传》："王彦章字子明。……为人骁勇有力，能跣足履棘行百步。持一铁枪，骑而驰突，奋疾如飞，他人莫能举也。军中号王铁枪。"　㉗格：阻止，遏制。　㉘槁死：无所作为而死去。槁：干枯。　㉙王屋山：在现在河南济源西北部。　㉚玄鸟：指燕子。　㉛失家：指找不到自己的窝巢。说明战争中损毁严重。

【赏析】

这篇文章选自《宋文宪公全集》卷三十八。这是一篇人物传记，讲述了秦士邓弼的事迹和遭遇。文章着重描写了邓弼文武两方面的才能，武能擘牛举鼓，比之为王铁枪；文能饱读四库之书，压倒素以才艺自负的两书生。即使有如此的才能，但因为邓弼喝酒使性，为人耿直，再加上朝廷内部的矛盾和勾心斗角，使得他最终遁隐山中，空有一番抱复却无处实现。尤其在文章的最后，作者通过"史官曰"的口吻表达了对于邓弼这样的英雄失时的痛切悲愤之情。

文章要写邓弼，却并未详细交代他的生平家事，只提供了"邓弼字伯翊，秦人也。"这样简单的信息，接下来所记录的都是邓弼颇为传奇色彩的事迹，一方面表现他的"武"，邓弼以孔武有力而闻名秦中，"身长七尺，双目有紫棱，开合闪闪如电，能以力雄人。邻牛方斗，不可擘，拳其脊，折仆地；市门石鼓，十人舁弗能举，两手持之行。"几句话就塑造了一个很传奇的开场，勾勒出邓弼在"武"这方面的奇能。最后写了邓弼的"好使酒"表现其性格中狂妄的一面。

接下来是一段精彩的描写，邓弼强迫萧、冯二人登楼同饮，以他的才学使两人折服。将邓弼的"文"套用在"武"的框架中表现，使人耳目一新。邓弼迫使二人上楼来与其饮酒，邓弼其实并非强迫二人，而是想要一吐胸中不平气而已，所以接下来便有了"四库书从君问，即不能答，当血是刃"的约定。本来以为会有一场武斗的场景，竟然转化成了文试，这样的反差让读者眼前一亮，更表现了邓弼能文能武的本色。

下一段是邓弼求见德王，希望得到重用为国家效力的情景。邓弼遭到了阍卒的阻拦，结果他"连击踣数人，声闻于王。"当他与德王见面时，邓弼说出了自己对于国事的看法，他的非凡气势使得德王刮目相看。对于德王问的三个问题："尔自号壮士，解持矛鼓噪，前登坚城乎？"、"百万军中可刺大将乎？"、"突围溃阵，得保首领乎？"邓弼都简练地以三个"能"字作为回答，简练而又有力，成竹在胸又傲气十足。接下来的打斗场面也再次印证了邓弼"诚壮士"这一事实。

但正是这样出色的邓弼，亦文亦武，胸襟坦荡，却因为德王与丞相有隙而"格其事不下"，英雄失时，邓弼只能空叹"命也，亦时也"，遁入山中为道士。

宋濂全文围绕"奇"和"狂"来描摹邓弼的性情，刻画个性，从他的个人遭遇中提炼出历史的失落感，有对封建社会埋没人才的批判，引发读者思索。

【阅江楼记】

宋　濂

金陵①为帝王之州。自六朝②迄于南唐，类皆偏据一方，无以应山川之王气。逮我皇帝③定鼎④于兹，始足以当之。由是声教所暨⑤，罔间朔南⑥；存神穆清⑦，与道同体。虽一豫一游⑧，亦思为天下后世法。

京城之西北有狮子山⑨，自卢龙⑩蜿蜒而来。长江如虹贯，蟠绕其下。上以其地雄胜，诏建楼于巅，与民同游观之乐，遂锡⑪嘉名为"阅江"云。登览之顷，万象森列，千载之秘，一旦轩露⑫。岂非天造地设，以俟大一统之君，而开千万世之伟观者欤？当风日清美，法驾⑬幸临，升其崇椒⑭，凭栏遥瞩，必悠然而动遐思。见江汉之朝宗，诸侯之述职，城池之高深，关阨⑮之严固，必曰："此朕栉风沐雨⑯、战胜攻取之所致也。"中夏⑰之广，益思有以保之。见波涛之浩荡，风帆之上下，番舶接迹而来庭，蛮琛⑱联肩而入贡，必曰："此朕德绥⑲威服，覃⑳及内外之所及也。"四陲㉑之远，益思所以柔之。见两岸之间，四郊之上，耕人有炙肤皲足之烦，农女有捋桑行馌㉒之勤，必曰："此朕拔诸水火，而登于衽席㉓者也。"万方之民，益思有以安之。触类而推，不一而足。臣知斯楼之建，皇上所以发舒精神，因物兴感，无不寓其致治之思，奚止阅夫长江而已哉！

彼临春、结绮㉔，非不华矣；齐云、落星㉕，非不高矣。不过乐管弦之淫响，藏燕赵之艳姬，一旋踵间而感慨系之，臣不知其为何说也。虽然，长江发源岷山㉖，委蛇七千余里而始入海，白涌碧翻，六朝之时，往往倚之为天堑。今则南北一家，视为安流，无所事乎战争矣。然则果谁之力欤？逢掖㉗之士，有登斯楼而阅斯江者，当思圣德如天，荡荡难名，与神禹疏凿之功同一罔极，忠君报上之心，其有不油然而兴者耶？臣不敏，奉旨撰记，故上推宵旰㉘图治之切者，勒诸贞珉㉙。他若留连光景之辞，皆略而不陈，惧亵也。

【注释】

①金陵：今天的江苏省南京市。 ②六朝：指三国时期的吴、东晋和南朝时期的宋、齐、梁、陈。 ③皇帝：指明太祖朱元璋。 ④定鼎：指定都或建立王朝。传说夏禹铸造九鼎来象征九州，夏、商、周都把它是为宝物，随都迁徙，所以以后将建都都成为"定鼎"，引申为建立王朝。 ⑤暨：至，到。 ⑥罔间朔南：指不分南北。 ⑦穆清：指天。 ⑧一豫一游：即巡游。豫，同"游"的意思。语出《孟子·梁惠王下》："夏谚曰：吾王不游，吾何以休；吾王不豫，吾何以助。" ⑨狮子山：晋时名卢龙山，明初，因其形似狻猊，改名为狮子山。山西控大江，有高屋建瓴之势，自古以来是南京西北部的屏障，为兵家必争之地。位于现在南京挹江门外。 ⑩卢龙：即卢龙山，位于现在江苏江宁县西北部。 ⑪锡：通"赐"。 ⑫轩露：显露。 ⑬法驾：指皇帝的坐的车马。 ⑭崇椒：高高的山顶。 ⑮关阨：即关隘。阨，通"隘"。 ⑯栉（zhì）风沐雨：风梳发，雨洗头，形容奔波的辛劳。 ⑰中夏：这里代指全国。 ⑱蛮琛：指四方之地进贡来的贡品。蛮，古代是对南方民族的通称；琛，珍宝。 ⑲德绥：以德行来安抚。 ⑳覃：延长、延及。 ㉑陲：边境，靠近国界的地方。 ㉒行馌（yè）：为在地里干活的农夫送饭。 ㉓衽（rèn）席：泛指卧席，引申为寝处之所。 ㉔临春、结绮：皆为南朝陈后主建造的楼阁。隋朝时兵攻入金陵，焚毁。 ㉕齐云、落星：楼名。齐云楼，唐曹恭王所建之楼，后又名飞云阁。明太祖朱元璋克平江，执张士诚，其群妾焚死于此楼。故址在江苏吴县。落星楼，吴嘉禾元年（232）在天桂林苑落星山建此楼，名曰落星楼。故址在今江苏南京市东北。 ㉖岷山：位于四川以北，古人认为是长江发源地。 ㉗逢掖：本意指古代儒生所穿的宽袖衣服。这里代指读书之人，士人。 ㉘宵旰：即宵衣旰食，忙于政务而早起晚食。宵衣，天还没有亮就穿衣起身；旰食，忙于事务而不能准时吃饭。 ㉙贞珉：是对碑石的美称。

【赏析】

《阅江楼记》是作者宋濂奉皇帝之命为阅江楼撰写的一篇文章，以歌功颂德为主，同时也有对国君的规劝之言，是一篇有分寸的应制文章。

整篇文章共分三段，第一段描写金陵的山川王气，六朝古都的历史厚重，引出对当今皇帝的赞颂。虽然金陵为帝王之州，但从六朝到南唐，历代的皇帝都是偏安一隅，无法与金陵的山川王气相称，很自然地引出了对明朝的赞颂。开头气势宏伟。

第二段主要描写阅江楼的兴建及皇上登楼时的所见所思。首先，作者简单介绍了阅江楼所处的地理位置，点明了阅江楼兴建的原因和其名称来历。接着，作者由阅江楼的地势雄伟壮美而想到了"登览之顷，万象森列，千载之秘，一旦轩露"的美好景象。最后写皇帝在风和日丽之时驾车登至山顶，凭栏眺望，遐思油然而生。面对着长江滔滔江水东去，各地诸侯纷纷前来述职，他想到的是，这些都是我栉风沐雨、攻城取地而得来的；接着又看见帆船上下颠簸，他就想到了这是南方民族来朝见，进贡珍宝，由此想到的是，这些是我以德行安抚、以威力征服的成果。接着，皇帝看见了田野上的黎民百姓，他们忍受着各种痛苦，这时他肯定想到，这是我把他们从痛苦中拯救出来的。通过层层描写，皇帝的所思所想已经被推向了高潮。皇帝兴建此楼，是为了"皇上所以发舒精神，因物兴感，无不寓其致治之思，奚止阅夫长江而已哉！"抒发感慨、寄予天下，而不仅仅是为了观看风景。

最后一段文字，先是回忆历史，继而用"今则"作为转折，回到对明朝皇帝的赞颂上来，其中的"宵旰图治"四个字，既表达了对皇帝的歌颂，也是作者的规劝之言。结尾"他若留连光景之辞，皆略而不陈，惧亵也。"发人深省。

本文可以说是应制文章里的佳作，结构严谨，写景、叙事和议论穿插自然得体，铺陈排比手法的适当运用，也增加了文章的气度。

【司马季主论卜】

刘 基

东陵侯①既废②，过司马季主③而卜焉。季主曰："君侯何卜也？"东陵侯曰："久卧者思起，久蛰者思启，久懑者思嚏。吾闻之：'蓄极则泄，闷④极则达，热极则风，壅极则通。一冬一春，靡屈不伸；一起一伏，无往不复。'仆窃有疑，愿受教焉。"季主曰："若是，则君侯⑤已喻之矣，又何卜为？"东陵侯曰："仆未究其奥⑥也，愿先生卒教之。"

季主乃言曰："呜呼！天道何亲？惟德之亲；鬼神何灵？因人而灵。夫蓍⑦，枯草也；龟⑧，枯骨也；物也。人，灵于物者也，何不自听而听于物乎？且君侯何不思昔者也！有昔者必有今日。是故碎瓦颓垣，昔日之歌楼舞馆也；荒榛断梗，昔日之琼蕤玉树⑨也；露蛩⑩风蝉，昔日之凤笙龙笛也；鬼磷萤火，昔日之金釭⑪华烛也；秋荼春荠⑫，昔日之象白驼峰⑬也；丹枫白荻，昔日之蜀锦齐纨⑭也。昔日之所无，今日有之不为过；昔日之所有，今日无之不为不足。是故一昼一夜，华开者谢；一秋一春，物故者新；激湍之下，必有深潭；高丘之下，必有浚谷。君侯亦知之矣，何以卜为？"

【注释】

①东陵侯：指召平，汉初人，秦朝时为东陵侯，秦朝灭亡后，为布衣，在长安城东种瓜。见《史记·萧相国世家》。 ②废：指秦亡后失侯爵。 ③司马季主：汉初时期楚国人，曾经游历长安，在东市卖卜。有才学，通经术。 ④闷（bì）：阻塞。 ⑤君侯：古代对列侯的称呼。 ⑥奥：奥秘。 ⑦蓍（shī）：古代占卜吉凶用的一种草。 ⑧龟：古

代用龟壳来占卜。 ⑨琼蕤（ruí）玉树：指美好的花草树木。蕤：草木的花下垂的样子。 ⑩蛬（qióng）：通"蛩"，蟋蟀。 ⑪釭：灯。 ⑫秋荼春荠：荼、荠皆菜名。荼味苦，荠味甘。 ⑬象白驼峰：大象的脂肪和骆驼背上的肉峰，都是很珍贵的食品。 ⑭齐纨：齐国出产的白色细绢。

【赏析】

　　这篇文章选自《郁离子·天道》，作者通过寓言的形式表达了任何事物都会向它的对立面转换的辩证思想，他选取了暴秦覆灭之后流落长安种瓜为生的东陵侯以及以占卜之术而闻名汉初的司马季主为人物，指出了"天道无亲，惟德之亲"的道理，这里蕴涵了深刻的现实意义，作者认为元末的反动政权也必然会向其对立面转化。

　　任何事物都会向它的对立面转化，这个道理作者首先通过东陵侯的列举："久卧者思起，久蛰者思启，久懑者思嚏。吾闻之：'蓄极则泄，闷极则达，热极则风，壅极则通。一冬一春，靡屈不伸；一起一伏，无往不复。'"来给读者一个感性的印象，这些都是人们常见的形象，从而说明它们总是在不停运动的。行文至此，读者通过这些常见的现象，已经可以理解事物都是在不停运动这样一个道理了，接着下一段，作者借着司马季主之口，列举了六对可以互相转化的事物，用充分的事实说明过去的显赫终归会转化成现在的颓败这样一个道理。过去的歌舞楼台，变成了闲着的碎瓦颓垣；过去的琼楼玉树，现在变成了荒榛断梗……这样的事情举不胜举，总之，事物都在向自己的对立面转化，这不以人们的意志为转移，所以，过去没有的，现在有了也没有什么奇怪的；过去有的，今天没有了也不奇怪。联系作者的政治观点，他认为政权也如此，由兴盛到衰败，这些都不需要大惊小怪，是符合事物规律的。显然，作者是在为革命力量提供依据，作者对革命的态度是积极的。

　　全篇层层深入地阐明一个哲理，深入浅出，闪烁着作者智慧的光芒。

【卖柑者言】

刘　基

　　杭有卖果者，善藏柑，涉寒暑不溃。出之烨然①，玉质而金色。置于市，贾十倍，人争鬻②之。予贸得其一，剖之，如有烟扑口鼻，视其中，则干若败絮③。予怪而问之曰："若所市于人者，将以实④笾豆⑤，奉祭祀，供宾客乎？将衒外以惑愚瞽⑥也？甚矣哉为欺也！"

　　卖者笑曰："吾业是有年矣。吾赖是以食⑦吾躯。吾售之，人取之，未尝有言，而独不足子所乎？世之为欺者不寡矣，而独我也乎？吾子未之思也。

"今夫佩虎符⑧、坐皋比⑨者，洸洸⑩乎干城之具⑪也，果能授孙、吴⑫之略耶？峨⑬大冠、拖长绅者，昂昂⑭乎庙堂之器也，果能建伊、皋⑮之业耶？盗起而不知御，民困而不知救，吏奸而不知禁，法斁⑯而不知理，坐糜⑰廪粟⑱而不知耻。观其坐高堂，骑大马，醉醇醲⑲而饫⑳肥鲜者，孰不巍巍㉑乎可畏，赫赫㉒乎可象也？又何往而不金玉其外、败絮其中也哉！今子是之不察，而以察吾柑！"

予默然无以应。退而思其言，类东方生㉓滑稽之流。岂其愤世疾邪者耶？而托于柑以讽耶？

【注释】

①烨然：光亮鲜明的样子。　②鬻：原意是"卖，出售"的意思，这里是"买"。　③败絮：破旧的棉絮。　④实：动词，填满、塞满。　⑤笾（biān）豆：笾和豆，是古代祭祀及宴会时常用的两种礼器。竹制的为笾，木制的为豆。　⑥瞽（gǔ）：瞎子，盲人。　⑦食：通"饲"，养活，供养。　⑧虎符：古代兵场上调兵遣将所用的虎形兵符，作为调兵时的凭证。　⑨皋比：虎皮，这里指虎皮做的坐垫，是将军才能坐的座位。　⑩洸洸（guāng）：威武的样子。　⑪干城之具：指保卫国家的大将人才。干城，盾牌和城墙，这里比喻保卫者。具，指大将和人才。　⑫孙、吴：指孙武和吴起。二人都是有名的兵法家。　⑬峨：本意是"高"，这里做动词，高戴。　⑭昂昂：气势高昂、精神抖擞的样子。　⑮伊、皋：指伊尹和皋陶。二人都是贤相。　⑯斁（dù）：败坏。　⑰糜：浪费。　⑱廪粟：指粮食。　⑲醇醲（nóng）：味道浓烈而美味的酒。　⑳饫（yù）：饱食。　㉑巍巍：高大的样子。　㉒赫赫：显赫高大的样子。　㉓东方生：指东方朔，字曼倩，汉武帝时曾任太中大夫，性格诙谐，能言善辩，善于讽谏。《汉书·东方朔传赞》称之为"滑稽之雄"。

【赏析】

这篇文章作于大约元末时期，在作者担任江浙儒学副提举的时候完成。作者刘基不满于元末社会千疮百孔的现实，满怀忧国之心写下这篇《卖柑者言》。

作者首先描写了杭州卖柑者的柑的美好，"出之烨然，玉质而金色"，并且"置于市，贾十倍，人争鬻之"前面为柑的美好做了充分的描写，也为之后的反差做了铺垫。接着笔锋一转，"予贸得其一，剖之，如有烟扑口鼻，视其中，则干若败絮。"这样，柑的金玉其表与败絮其中就形成了鲜明的反差，也吸引着读者继续读下去，探寻个究竟。作者质问卖柑者，并且很辛辣的指出这是"甚矣哉为欺也！"的行为，引出下面卖柑者的言论。

卖柑者并没有直接为自己辩解，而是说自己这样做已经很久了，而且买卖者一个愿打一个愿挨，买者并没有什么怨言。接着反问作者"而独不足子所乎？世之为欺者不寡矣，而独我也乎？吾子未之思也。"继而，作者开始引用卖柑者的言语，其中将柑与当政者相类比的言论十分精辟。那些"今夫佩虎符、坐皋比者"、"峨大冠、拖长绅者"的人,往往不能尽职地做好自己的工作,而是像卖柑者所说的那样,他们都是些"金玉其外、败絮其中"的人。他描绘出了一幅群丑图,官场上的各种丑态栩栩如生,最后卖柑者一句反问"今子是之不察,而以察吾柑!"掷地有声,发人深省。

卖柑者这一形象的塑造也很吸引人,他既与社会上不好的东西同流,却不合污,他知道自己的位置并对社会看的十分清楚,给人印象很深。这一形象既有滑稽善讽谏的东方朔的影子,又有作者自己的影子,全文借卖柑者这一形象的口来传达作者对社会的看法。

【楚人养狙】

刘 基

楚有养狙①以为生者,楚人谓之狙公。旦日,必部分②众狙于庭,使老狙率以之山中,求草木之实,赋③什一以自奉。或不给,则加鞭棰④焉。群狙皆畏苦之,弗敢违也。

一日有小狙谓众狙曰:"山之果,公所树与?"曰:"否也,天生也。"曰:"非公不得而取与?"曰:"否也,皆得而取也。"曰:"然则吾何假于彼,而为之役乎?"言未既,众狙皆寤。其夕相与伺狙公之寝,破栅毁柙⑤,取其积,相携而入于林中不复归。狙公卒馁而死。

郁离子曰:"世有以术使民而无道揆⑥者,其如狙公乎!惟其昏而未觉也。一旦有开之,其术穷矣。"

【注释】

①狙(jū):一种猴子。 ②部分:部署分派的意思。 ③赋:征收。 ④棰:鞭打。 ⑤柙:关猛兽的笼槛。 ⑥道揆:道理准则。

【赏析】

这则寓言摘自《郁离子·瞽瞆》,用寓言的形式,揭露元末的社会现状。寓言用不到三百字,塑造了一个作威作福的狙工形象,他不劳作,无筋骨之劳,也无案牍之苦,高高在上,利用了众狙的不知情而任意驱使它们为他劳动,当众狙觉悟之后,采取一致的行动"破栅毁柙,取其积,相携而入于林中不复归。"不再为狙工这样一个作威作福的主人效力,狙工最终冻馁而死。狙工及众狙的形象是有所指代的,狙工显然是封建社会中剥削者的形象,而那些被利用却不自知的众狙则是那些被剥削的人们的形象。众狙一旦觉醒,就会立刻与统治者彻底决裂,最具代表性的就是农民起义的英雄形象。

众狙中的一小狙最先觉醒,小狙连续给众狙提出了三个问题:"山之果,公所树与?"、"非公不得而取与?"、"然则吾何假于彼,而为之役乎?",通过这三个问题,小狙一步步地引导众狙们发现狙公的本质,激发众狙的意识,让他们觉醒过来,意识到自己所处的地位并开始反抗。这三个问题,通过设问和回答的方式层层深入,展开逻辑严密的推理,有事实,也有分析,增强了论证的严密性和深刻性。这三个问题的提出,直接将锋芒指向了不合理的社会制度,深化了主题。

同时,作者在篇尾发出的议论,明确地点明了全篇的主题,并将问题推广到整个社会,推广到对现在统治者的讽刺和批判。这是对剥削阶级的严厉控诉,也是对他们必然走向灭亡的预言;同时,读者也看到了人民力量的伟大,农民起义的兴起必然推翻统治阶级的腐朽统治。

【工之侨为琴】

刘 基

工之侨得良桐焉,斫①而为琴,弦而鼓之,金声而玉应,自以为天下之美也。献之太常②,使国工视之,曰:"弗古"。还之。工之侨以归,谋诸漆工,作断纹焉;又谋诸篆工,作古款焉;匣而埋诸土,期年③出之,抱以适市。贵人过而见之,易之以百金。献诸朝,乐官传视,皆曰:"希④世之珍也。"工之侨闻之,叹曰:"悲哉世也!岂独一琴哉,莫不然矣。而不早图之,其与亡矣!"遂去,入于宕冥⑤之山,不知其所终。

【注释】

①斫:砍。 ②太常:官名,负责掌管宗庙礼乐之事。 ③期(jī)年:一周年。 ④希:通"稀",稀少。 ⑤宕冥:幽深杳远的样子。

【赏析】

此篇选自《郁离子·千里马》,是其中的一篇讽刺性寓言,一百余字就深刻揭露了当时普遍存在的以古为贵和以假乱真的不良社会风气。

该寓言讲的是一个叫做侨的乐器制作者得到了"良桐",用它做了一张琴,琴的声音"金声而玉应",非常美妙,但是被乐工斥责为"弗古"而被退了回来。于是他将这把琴做了加工,给它涂上了仿古的断纹,刻上了仿古的款识,然后放到匣子里并埋到地里。一年之后,他将琴取出来到市场上卖,被一个人用百金的价格买了去,朝廷的乐工们也称之为"希世之珍也"。这是一个小寓言,作者希望通过点滴来折射出大道理,让人们通过古琴的遭遇，看到当时社会上崇古的不良风气：什么东西都要与古代相联系才会得到肯定，任何新的举措都会用破坏传统等理由而被压制。

同时，此则寓言也讽刺了当时以假乱真的不良风气和现象，琴没有变，只是套上了"古"的外衣，就可以变成"希世之珍"了。这是对当时的"国工"、"贵人"们的尖利讽刺，这样深刻的揭露和艺术水平，已经具有了超越时空的深刻性和艺术性。

本文运用对比的艺术手法，深刻地表达了主题，同为一把琴，真的琴被人弃如敝屣，而仿古的赝品则被当做宝贝；乐工两次不同的反应也是一对比，之前对真的琴斥其"弗古"，之后对加工之后的伪琴却视为珍宝，运用对比将人们颠倒黑白、混淆真假的做法赤裸裸地呈现了出来，不需要多解释一句，即可使读者体会到其中的寓意，深刻而又震撼人心。

最后工之侨选择"入于宕冥之山"，也可以看出作者对于如何解决这样的问题还没有一个明确的答案，逃避的态度显示出了消极的一面。

【苦斋记】

刘 基

苦斋者，章溢①先生隐居之室也。室十有二楹②，覆之以茅，在匡山③之巅。匡山，在处④之龙泉县西南二百里，剑溪之水出焉。山四面峭壁拔起，岩崿⑤皆苍石，岸外而白中⑥。其下惟白云，其上多北风。风从北来者，大率不能甘而善苦。故植物中之，其味皆苦。而物性之苦者，亦乐生焉。于是鲜支、黄蘗、苦楝、侧柏⑦之木，黄连、苦杕、亭历、苦参、钩夭⑧之草，地黄、游冬、葴、芑⑨之菜，楮、栎、草斗⑩之实，椴竹⑪之笋，莫不族布而罗生焉。野蜂巢其间，采花髓作蜜，味亦苦。山中方言谓之"黄杜"，初食颇苦难，久之弥觉其甘，能已积热，除烦渴之疾。其槚茶⑫亦苦于常茶。其泄水皆啮石出，其源沸沸⑬汩汩⑭，瀄滵⑮曲折，注入大谷。其中多斑文小鱼，状如吹沙⑯，味苦而微辛，食之可以清酒。

山去人稍远，惟先生乐游，而从者多艰其昏晨之往来，故遂择其窊⑰而室焉。携童儿数人，启陨箨⑱以艺⑲粟菽⑳，茹啖㉑其草木之荑㉒实。间则蹑屐登崖，倚修木而啸，或降而临清泠。樵歌出林，则拊㉓石而和之，人莫知其乐也。

先生之言曰："乐与苦，相为倚伏者也。人知乐之为乐，而不知苦之为乐；人知乐其乐，而不知苦生于乐。则乐与苦，相去能几何哉！今夫膏粱之子㉔，燕坐㉕于华堂之上，口不尝荼蓼㉖之味，身不历农亩之劳，寝必重褥，食必珍美，出入必舆隶㉗，是人之所谓乐也。一旦运穷福艾㉘，颠沛生于不测，而不知醉醇饫肥之肠，不可以实疏粝㉙；藉柔覆温之躯，不可以御蓬藋㉚。虽欲效野夫贱隶，踔跳窜伏，偷性命于榛莽㉛而不可得，庸非㉜昔日之乐为今日之苦也耶？故孟子曰：'天之将降大任于是人也，必先苦其心志，劳其筋骨，饿其体肤。'㉝赵子曰：'良药苦口利于病，忠言逆耳利于行。'㉞彼之苦，吾之乐；而彼之乐，吾之苦也。吾闻井以甘竭㉟，李以苦存㊱，夫差以酣酒亡㊲，而勾践以尝胆兴㊳，毋亦犹是也夫！"

刘子闻而悟之，名其室曰"苦斋"，作《苦斋记》。

【注释】

①章溢：字三益，龙泉人（今属浙江省）人。元末被授官却不做，归隐于匡山之中。到明代与刘基、叶琛、宋濂一同接受朱元璋之聘，官至御史中丞。 ②楹：量词，古代计算房屋的单位，一间房间为一楹。 ③匡山：位于龙泉县的西南部。由于山势四周高而中间低，形状像筐一样，于是得名匡山。 ④处：指处州府，位于丽水县。龙泉县属于处州府的管辖。 ⑤崿（è）：山崖。 ⑥岸外而白中：是说匡山的形状是四周高而中间低。 ⑦皆为草药名，鲜支：即栀子，常绿灌木。果实可入药，味苦。黄蘗（bò），又名黄柏，落叶乔木，可作染料，又可供药用，味苦寒。苦楝，又名黄楝，落叶乔木，可入药，味苦。侧柏，常绿乔木，可供药用，味苦涩。 ⑧钩夭：又名钩芙、苦芙，菊科宿根草，味苦。 ⑨芑（qǐ）：一种苦菜。 ⑩楮（zhū）：常绿乔木，种子可食。栎（lì）：落叶乔木，俗称柞栎或麻栎。草（zào）斗：即橡子。草，同"皂"。 ⑪楛竹：即苦竹，味苦不能食用。 ⑫槚荼（jiǎ chá）：槚：茶树的一种，比较苦的一种茶；荼："茶"的古字，唐代之后减省为"茶"。 ⑬沸沸：水翻涌的样子。 ⑭汩汩：水流很急的样子。 ⑮濎溁：水流很湍急的样子。 ⑯吹沙：是一种鱼的名字，类似鲫鱼而比它要小，常用口吹沙，故得名。 ⑰窊（wā）：通"洼"，地势比较低洼的地方。 ⑱陨箨（tuò）：掉落下来的笋壳。 ⑲艺：种植。 ⑳菽：豆类的总称。 ㉑茹啖（rú dàn）：吃。 ㉒萸（yí）：草木的嫩芽。 ㉓拊（fǔ）：敲击。 ㉔膏粱之子：富家的子弟。膏，肥肉；粱，美谷。膏粱谓精美的食物。 ㉕燕坐：安坐。 ㉖荼蓼：野苦菜。荼，苦菜；蓼，水生植物，茎叶苦。 ㉗舆隶：指侍从。古代把人分为十等，舆为第六等，隶为第七等。《左传·昭公》七年："皂臣舆，舆臣隶。" ㉘艾：穷尽。 ㉙疏粝：指比较粗劣的食物。 ㉚蓬藋：谓用蓬蒿、藋草来垫盖。 ㉛榛莽：杂草丛生之处。 ㉜庸非：岂非。 ㉝"孟子曰"四句：语出《孟子·告子下》："故天将降大任于斯人也，必先苦其心志，劳其筋骨，饿其体肤。" ㉞"赵子曰"三句：语出刘向《说苑·正谏》："孔子曰：'良药苦于口，利于病；忠言逆于耳，利于行。'" ㉟井以甘竭：语出《庄子·山木》："直木先伐，

甘井先竭。" ㊱李以苦存：语出《世说新语·雅量》："王戎七岁，尝与诸小儿游，看道边李树多子折枝。诸儿竞走取之，唯戎不动。人问之，答曰：'树在道边而多子，此必苦李。'取之信然。" ㊲夫差以酣酒亡：春秋时吴国国君，阖闾之子，为报父仇，曾大败越兵。后沉湎酒色，为越王勾践所攻灭。 ㊳勾践以尝胆兴：春秋时期，越王勾践为吴王夫差所败，后卧薪尝胆，图谋复仇，终于攻灭吴国。

【赏析】

这篇文章看似为游记，其实与其他游记不同。叙述对象苦斋既不是因为雄起壮丽而取胜，也不是因为秀美而得名，作者围绕一个"苦"字展开叙述，山里的植物、水中的鱼儿、野蜂酿的蜂蜜，都是苦的，作者十分巧妙地抓住一个"苦"字贯穿全篇，将事理融入到景物之中，理与景相得益彰。作者表面写苦，但并没有忘却苦的对立面是乐，水中的鱼儿虽然味辛，但是食之可以清酒，爬山虽然很苦，但可以倚休木而啸，可见，苦中往往藏着乐，作者将这种辩证思想运用到描写景物之中，很简单的景色，在作者笔下也变得有声有色，引人神往。

游记如果单纯记事，其价值往往寥寥，不为人知；但如果借景而说理，则令人难忘，也容易被称为传世名篇，这篇《苦斋记》也不例外。前半部分是写景，描写了苦斋周围的景色以及这些事物的特点，围绕一个"苦"字展开叙述，抓住重点，作者用独特的描写方式写下了苦斋的景色，令人神往。而说理部分体现出了本文的价值所在，体现了作者深刻的思想维度，简单而深刻地阐述了"苦之为乐"和"苦生于乐"这样两个道理。有些人只知道"乐之为乐"，却不知道苦也可以作乐，其实"乐与苦，相为倚伏者也"，其实这二者是相辅相成的，"彼之苦，吾之乐；而彼之乐，吾之苦也。"每个人的苦乐观相去可以甚远，这基于每个人不同的视野和关照角度。这一朴素的辩证法思想是作者所要传达的，也是本文的主题所在。作者的苦乐观吸取了孟子、赵子等人的观点，更接近老子的相对主义观点。

【松风阁①记（一）】

刘 基

雨、风、露、雷，皆出乎天。雨露有形，物待以滋。雷无形而有声，惟风亦然。

风不能自为声，附于物而有声；非若雷之怒号，訇磕②于虚无之中也。惟其附于物而为声，故其声一随于物，大小清浊，可喜可愕，悉随其物之形而生焉。土石顽聂③，虽附之不能为声；谷虚而大，其声雄以厉；水荡而柔，其声汹以㴱④。皆不得其中和，使人骇胆而惊心。故独于草木为宜。而草木之中，叶之大者，其声窒；叶之槁者，其声悲；叶之弱者，其声懦而不扬。是故宜于风者莫如松。盖松之为物，干挺而枝樛⑤，叶细而条长，离奇而巃嵸⑥，潇洒而扶疏，鬖髿⑦而玲珑。故风之过之，不壅⑧不激，疏通畅达，有自然之音。故听之可以解烦黩，涤昏秽，旷神怡情，恬淡寂寥，逍遥太空，与造化游。宜乎适意山林之士乐之而不能违也。

  金鸡之峰，有三松焉，不知其几百年矣。微风拂之，声如暗泉飒飒走石濑⑨；稍大，则如奏雅乐；其大风至，则如扬波涛，又如振鼓，隐隐有节奏。方舟上人为阁其下，而名之曰松风之阁。予尝过而止之，洋洋乎若将留而忘归焉。盖虽在山林，而去人不远。夏不苦暑，冬不酷寒；观于松可以适吾目，听于松可以适吾耳，偃蹇⑩而优游，逍遥而相羊⑪，无外物以汩⑫其心，可以喜乐，可以永日；又何必濯颍水⑬而以为高，登首阳⑭而以为清也哉！

  予，四方之寓人⑮也，行止无所定，而于是阁不能忘情，故将与上人别而书此以为之记。时至正十五年七月九日也。

【注释】

①松风阁：位于现在浙江省绍兴市会稽山的金鸡峰下。　②訇（hōng）磕：很大的声响。　③屃赑（xì bì）：传说中一种像龟的动物，多作为大石碑的底座。　④豗（huī）：撞击的声音。　⑤樛（jiū）：向下弯曲。　⑥巃嵸（lóng zòng）：挺拔高耸的样子。　⑦鬖髿（sān suō）：蓬松散乱的样子。　⑧壅：堵塞。　⑨石濑：流过石头的急流。　⑩偃蹇（jiǎn）：躺下而不走动。这里是不做事的意思。　⑪相羊：通"徜徉"。　⑫汩：打扰。　⑬濯颍水：许由的典故。相传尧想把天下让给许由，许由不接受，隐居在颍水附近。尧又想任命他作九州长，他仍不肯接受，并且认为尧的这种话弄脏了他的耳朵，就跑到颍水边上去洗耳朵以示自己的高洁。　⑭登首阳：伯夷、叔齐的典故。伯夷、叔齐兄弟二人本为殷国的臣子，周武王灭殷，二人不愿意食周粟，遂隐于首阳山采薇而食，来表示自己的清高。　⑮寓人：四处为家的人。

【赏析】

此篇是刘基在元末归隐的时候游历会稽山时所写的第一篇作品。

文章并非开门见山，而是先从风雨露雷四物说起，简练地概括了四者的不同，最后定位于"风"，它不同于其它三者，"无形而有声"，但却不能"自为声"，需要"附于物而有声"，接着具体写风的特点，风之发声需要"随于物"，物体的形状不同，发出的声音也不同；一层层说出风"独与草木为宜"，细致地描写了叶子不同形态时不同的风的声音；最后层层递进，定位于"宜于风者莫如松"，最后水落石出，引出主题。风吹过松时

"不壅不激，疏通畅达，有自然之音。故听之可以解烦黩，涤昏秽，旷神怡情，恬淡寂寥，逍遥太空，与造化游。"，十分美妙。

　　作者接下来描写金鸡峰上的三松，这三棵松历史久远，"不知其几百年矣"，层层递进地描写了风吹过三棵松时的美妙声音，它的美妙竟然使作者可以"洋洋乎若将留而忘归焉"，接着描写松风阁的优点所在："去人不远。夏不苦暑，冬不酷寒；观于松可以适吾目，听于松可以适吾耳，偃蹇而优游，逍遥而相羊，无外物以汩其心，可以喜乐。"字里行间，可以感受到作者对松风阁的忘归之情。他称自己为"四方之寓人"，行无定所，但是唯独对松风阁念念不忘，可见松风阁给作者留下的记忆是十分美好和难以磨灭的。

【松风阁记（二）】

刘　基

　　松风阁在金鸡峰下，活水源①上。予今春始至，留再宿，皆值雨，但闻波涛声彻昼夜，未尽阅其妙也。至是，往来止阁上凡十馀日，因得备悉其变态②。

　　盖阁后之峰，独高于群峰，而松又在峰顶，仰视如幢③葆④临头上。当日正中时，有风拂其枝，如龙凤翔舞，离褷⑤蜿蜒，轇轕⑥徘徊；影落檐瓦间，金碧相组绣⑦，观之者目为之明。有声如吹埙箎⑧，如过雨，又如水激崖石，或如铁马驰骤，剑槊相磨戛⑨；忽又作草虫鸣切切，乍大乍小，若远若近，莫可名状，听之者耳为之聪。

　　予以问上人。上人曰："不知也。我佛以清净六尘⑩为明心之本。凡耳目之入，皆虚妄耳⑪。"予曰："然则上人以是而名其阁，何也？"上人笑曰："偶然耳。"留阁上又三日，乃归。至正十五年七月二十三日记。

【注释】

①活水源：位于现在浙江省绍兴市会稽山下，向东流入若耶溪中。　②变态：变化的形态。　③幢（chuáng）：指伞盖、旌旗等。　④葆：车盖。　⑤离褷（shī）：形容羽毛刚生出来湿漉漉黏在一起的样子，这里形容松针很密集。　⑥轇轕（jiāo gé）：交织在一起。　⑦组绣：编织成有图案的花纹。　⑧埙箎（xūn chí）：皆为乐器，埙用陶土烧制而成，箎是用竹管制成像笛子一样的乐器，有八孔。　⑨磨戛：撞击。　⑩六尘：佛教中以声、色、香、味、触、法为六尘，六尘与六根相接处会产生欲望，进而产生烦恼，所以佛教主张清净六尘为明心之本。　⑪耳目之入，皆虚妄耳：佛教认为一切眼睛可以看到、

耳朵可以听到的都是虚妄不实的。

【赏析】

　　此篇为刘基再次游览松风阁的时候所写下的第二篇游记，是上一篇的延续，故名之为《松风阁记》（二）。此篇侧重点与上一篇不同，侧重于描写松在风中呈现出的姿态和声音之美。

　　第一段简单交代写作的背景，由于上一次游览松风阁碰上雨天，并没有"尽阅其妙"，这次则有比较充足的时间能够"备悉其变态"。

　　接着第二段就开始详细描写松风阁的各种情状，主要描写松的姿态和声音。首先，交代了松位于峰顶，而阁位于峰下，从阁看峰，松枝舒展，像伞盖似的。观赏的时候正逢中午时分，微风拂来，正是观赏的最佳时机。简单几句，就交代出了最好的观赏地点、角度和时间。接着，作者形象生动地描写了松的舞动之姿，"如龙凤翔舞"，松影落在了檐瓦上，分外美丽；下面以"有声"为开头，开始了对松声的描写，"如吹埙箎，如过雨，又如水激崖石，或如铁马驰骤，剑槊相磨戛；忽又作草虫鸣切切，乍大乍小，若远若近，"作者连用了几个比喻，但是这些比喻竟然也无法穷尽当时所听到松声的美妙，"莫可名状"，妙语连珠，趣味良多。

　　最后一段，作者通过与方舟上人的对话来探寻松风阁名称的由来。作者与方舟上人的对话颇为有趣，作者先让他说出了佛教中的耳目之如皆为虚妄的言语，接着又使他不得不承认"以是而名其阁"的反讽。"上人笑曰：'偶然耳。'"几个字，十分传神地描述出了当时方舟上人的神态和心境，写得活泼生动。

【墨翁传】

高 启

　　墨翁者，吴槐市①里中人也。尝游荆楚②间，遇人授古造墨法，因曰："吾鬻此，足以资读书，奚汲汲③四方乎？"乃归，署门曰"造古法墨"。躬操杵臼，虽龟手黧④面，而形貌奇古，服危⑤冠大襦，人望见，咸异之。时磨墨沈⑥数斗，醉为人作径尺字，殊伟。所制墨，有定直。酬弗当，辄弗与。故他肆之屦⑦恒满，而其门落然。

　　客有诮⑧之曰："子之墨虽工，如弗售何！"翁曰："嘻！吾之墨聚材孔⑨良，用力甚勤，以其成之难，故不欲售之易也。今之逐利者，苟作以眩俗，卑贾以饵众，视之虽如玄圭⑩，试之则若土炭，吾窃耻焉。使吾欲售而效彼之为，则是以古墨号于外，而以今墨售于内，所谓衒璞而市鼠腊⑪，其可乎？吾既不能为此，则无怪其即彼之多也。且吾墨虽不售，然视篋中，则黝然者固在，何遽戚戚⑫为！"乃谢客闭户而歌曰："守吾玄以终年，视彼沽者泚然⑬。"客闻之曰："隐者也。吾侪⑭诵圣人之言，以学古为则，不能以实德弸⑮其中，徒饰外以从俗徼⑯誉者，岂不愧是翁哉？"叹息而去。

齐人高启闻其言足以自警也，遂书以为传。翁姓沈，名继孙。然世罕知之，唯呼为墨翁云。

【注释】

①槐市：汉代的时候长安读书人聚会、贸易的地方多槐，以此得名，后来借指学舍。这里是杜撰出来的地名。　②荆楚：指的是楚国，位于今天湖北省、湖南省一带。　③汲汲：心情迫切的样子。　④黧（lí）：黑里带黄的色。　⑤危：高。　⑥墨沈：即墨汁。　⑦屦（jù）：古代用葛麻制成的鞋。　⑧诮（qiào）：讥笑。　⑨孔：非常。　⑩玄圭：黑色的玉石。　⑪衒璞而市鼠腊：比喻有名无实。语出《战国策·秦策三》："郑人谓玉未理者璞，周人谓鼠未腊者朴。周人怀朴过郑贾曰：'欲买朴乎？'郑贾曰：'欲之。'出其璞，视之，乃鼠也。因谢不取。"　⑫戚戚：忧伤、惧怕的样子。　⑬泚然：出汗的样子。　⑭侪（chái）：同辈。　⑮弸（péng）：充满。　⑯徼（jiǎo）：求。

【赏析】

本文名为作传，实为作者以此为借口来说明自己对人生和社会的态度。墨翁是一位坚守自己原则和信条的人，他虽然制墨，但不像其他人那样用不好的材料，做出来的墨虽然看上去很美，用起来却如石炭一般。他坚持自己的原则，用好的材料，"聚材孔良，用力甚勤"。本来以为制墨可以资助自己读书，不必到处奔波地劳苦了，但是因为墨翁坚持一个原则，那就是"以其成之难，故不欲售之易"，他认为所给予的报酬与他的付出和墨应有的价值不相符就不卖，所以总是门庭冷落，没有什么人肯来买他的墨，而他又不肯像其他卖墨的人那样做，媚俗地去迎合人们的需要，以低廉的价格吸引人，他不愿意以次充好，自己内心有一个道德标准和原则。别人嘲笑他时，他会说"视篋中，则黝然者固在，何遽戚戚为！"作者笔下所塑造的这位墨翁形象，看似奇怪与一般的生意人有很大不同，但这个形象被寄予了作者的理想，作者借墨翁这个形象来讽刺当时的社会现状，坚持"独善其身"的道德要求和形式标准，倾注了作者所认为的士大夫所应有的形象在里面。文中所说的那些向人们出售廉价劣质商品的黑心人，在我们周围是真实存在的，这样的人是为墨翁所不齿的；但是在这个社会中，像墨翁这样坚守原则的人，只能穷困潦倒，而昧着良心的追逐利益之人却可以获利匪浅，青云直上。作者借墨翁这一人物形象表达了对追逐利益之人的批判，也表达了作者自己所秉持的原则和人生理想，揭露社会黑暗，鞭笞丑恶，鼓励正面思想的成长。

【吴　士】

方孝孺

吴士好夸言，自高其能，谓举世莫及。尤善谈兵，谈必推孙、吴①。

遇元季乱，张士诚②称王姑苏③，与国朝争雄，兵未决。士谒士诚曰："吾观今天下，形势莫便于姑苏，粟帛莫富于姑苏，甲兵莫利于姑苏，然而不霸者，将劣也。今大王之将，皆任贱丈夫，战而不知兵，此鼠斗耳！王果能将吾，中原可得，于胜小敌何有！"士诚以为然，俾为将，听自募兵，戒司粟吏勿与较赢缩④。

士尝游钱塘，与无赖懦人⑤交。遂募兵于钱塘，无赖士皆起从之。得官者数十人，月靡粟万计。日相与讲击刺坐作⑥之法，暇则斩牲具酒，燕饮⑦其所募士；实未尝能将兵也。

李曹公⑧破钱塘，士及麾下遁去，不敢少格⑨。搜得，缚至辕门诛之。垂死犹曰："吾善孙、吴法。"

【注释】

①孙、吴：指孙武和吴起。孙武：春秋时期齐国人，著名军事家，著有《孙子兵法》十三篇。吴起：战国时期卫国人，著名政治家、军事家，著有《吴起兵法》，今佚，现在流传的《吴子》为后人伪作。　②张士诚：泰州白驹场（今江苏省东部台境）人。出身盐贩。元末起兵谋反，次年据高邮称诚王。1356年（至正十六年）定都平江（今江苏省苏州市），1367年（至正二十七年），朱元璋破平江，被擒，自缢死。　③姑苏：即今江苏苏州市。　④赢缩：盈亏。赢：有余；缩：不足。　⑤懦人：懦夫，软弱的人。　⑥击刺坐作：击剑、刺枪、卧倒、起立，都是古代训练士卒的科目，这里泛指练兵时的动作。　⑦燕饮：即"宴饮"。　⑧李曹公：朱元璋姐姐之子李文忠，洪武年间因为战功显赫，官至大都督府左都督，封曹国公。　⑨格：抗拒。

【赏析】

这篇文章开门见山，直接指出吴士好自夸的特点，"好夸言，自高其能"作者只用了几句话就生动地描绘出了吴士的形象。接下来的一段，详细描写吴士的行动。首先点明了吴士所生活的时代，当时正逢张士诚起兵造反，与国朝争雄，吴士靠着他的夸夸其谈的功力，在张士诚的手下当起了将军。作者详细描写了吴士如何骗取了张士诚的信任，他用三寸不烂之舌，纸上谈兵，告诉张士诚姑苏之地十分之重要，"吾观今天下，形势莫便于姑苏，粟帛莫富于姑苏，甲兵莫利于姑苏，然而不霸者，将劣也。"吴士滔滔不绝，好像胸中确实有真才实学，他也正是利用了自己这一点骗取了张士诚的信任，使张士诚心悦诚服并拜吴士为将军。接着，作者插叙了一段吴士在钱塘游玩时候的行径，他"与无赖懦人交。"一语点破了吴士是什么样的人，"月靡粟万计"，可见他们生活的糜烂和腐化，其实并没有什么带兵打仗的经验和能力，不过是一个酒囊饭袋罢了。最后一句"实未尝能将兵也。"点破了吴士的虚伪身份。

骗子终究不能够骗人一辈子，吴士的骗局也随着李曹公的到来而结束。吴士及其将领"士及麾下遁去，不敢少格"，完全没有胆量抵抗，最后落得了一个悲惨的结局。最后临死前的吴士，仍然执迷不悟，"垂死犹曰：'吾善孙、吴法。'"可见其缺乏自知之明到了何种地步。

本文在刻画形象上十分有特色，作者并没有就吴士的身世出发，而是直接抓住了他好夸的特点并围绕此展开，通过人物的言行来塑造形象，故事跌宕起伏，人物惟妙惟肖，并且开头与结尾彼此呼应，彰显了文章的艺术性。该篇《吴士》，将讽刺之语落于无形，不落痕迹又十分有力，可以称得上是一篇优秀的讽刺性文章。

【蚊　对】

方孝孺

天台生①困暑，夜卧绨帷中，童子持翣②飏于前，适甚就睡。久之，童子亦睡，投翣倚床，其音如雷。生惊寤③，以为风雨且至也。抱膝而坐，俄而④耳旁闻有飞鸣声，如歌如诉，如怨如慕，拂肱刺肉，扑股噆面。毛发尽竖，肌肉欲颤；两手交拍，掌湿如汗。引而嗅之，赤血腥然也。大愕，不知所为。蹴童子，呼曰："吾为物所苦，亟⑤起索烛照。"烛至，绨帷尽张。蚊数千，皆集帷旁，见烛乱散，如蚁如蝇，利嘴饫腹，充赤圆红。生骂童子曰："此非噆吾血者耶？尔不谨，褰帷而放之入。且彼异类也，防之苟至，乌能为人害？"童子拔蒿束之，置火于端，其烟勃郁，左麾右旋，绕床数匝，逐蚊出门，复于生曰："可以寝矣，蚊已去矣。"

生乃拂席将寝，呼天而叹曰："天胡⑥产此微物而毒人乎？"

童子闻之，哑尔笑曰："子何待己之太厚，而尤⑦天之太固也！夫覆载⑧之间，二气氤氲⑨，赋形受质，人物是分。大之为犀象,怪之为蛟龙,暴之为虎豹,驯之为麋鹿与庸⑩狨⑪,羽毛而为禽为兽,裸身而为人为虫,莫不皆有所养。虽巨细修短之不同,然寓形于其中则一⑫也。自我而观之,则人贵而物贱,自天地而观之,果⑬孰贵而孰贱耶?今人乃自贵其贵,号为长雄。水陆之物,有生之类,莫不高罗而卑网,山贡而海供,蛙黾莫逃其命,鸿雁莫匿其踪,其食乎物者,可谓泰⑭矣,而物独不可食于人耶?兹夕,蚊一举喙,即号天而诉之;使物为人所食者,亦皆呼号告于天,则天之罚人,又当何如耶?且物之食于人,人之食于物,异类也,犹可言也。而蚊且犹畏谨恐惧,白昼不敢露其形,瞰人之不见,乘人之困怠,而后有求焉。今有同类者,啜粟而饮汤,同也;畜妻而育子,同也;衣冠仪貌,无不同者。白昼俨然,乘其同类之间而陵之,吮其膏而盬⑮其脑,使其饿踣于草野,流离于道路,呼天之声相接也,而且无恤之者。今子一为蚊所噆,而寝辄不安;闻同类之相噆,而若无闻,岂君子先人后身之道耶?"

天台生于是投枕于地,叩心太息,披衣出户,坐以终夕。

【注释】

①天台生:作者方孝孺的自号。作者是浙江临海人,临海是台州府的首县。台州府境内有天台山,故而自称。 ②翣(shà):扇子。 ③寤:醒过来。 ④俄而:不久。 ⑤亟:立刻,马上。 ⑥胡:为什么。 ⑦尤:怪罪。 ⑧覆载:指的是天地。语出《礼记·中庸》:"天之所覆,地之所载。"后用覆载代指天地。 ⑨絪缊(yīn yùn):语出《易·系辞下》:"天地絪缊,万物化醇。"意思是天地间阴阳二气交互作用,万物感之而发生变化生长。 ⑩庸:颈上有肉堆的牛。 ⑪狨:金丝猴。 ⑫一:一样的。 ⑬果:果然,难道有。 ⑭泰:过分。 ⑮盬(gǔ):吸吮。

【赏析】

《蚊对》一文以蚊喻人,作者借童子之口,传达出"民胞物与"的大道理,认为天地万物,同为"二气絪缊,赋形受质"所生,互为依存,人可以食物,同时物也可以食人。这是"齐物论"和"平等观"。但是人却不以为然,自以为贵,认为人优于物,所以"水陆之物,有生之类,莫不高罗而卑网,山贡而海供,蛙黾莫逃其命,鸿雁莫匿其踪,其食乎物者,可谓泰矣,"什么禽兽虫鱼都不能逃脱于此。这些行为并不符合平等待物之观念。不仅如此,人不仅对待异类残忍,对待同类也是十分残酷,作者揭露世之衣冠禽兽公然在白昼"乘其同类之间而陵之,吮其膏而盬其脑,使其饿踣于草野,流离于道路"的狰狞面目,并指出对这些食人者如采取听之任之的态度,不是"君子先人后身之道"。然而,能够发出这样振聋发聩之语的只能是一个童子,而作为士大夫是不敢为此番评论的,所以天台生只能"叩心太息，披衣出户，坐以终夕"。

全文以小事为寓，从无足轻重的蚊子之事引发开来，引出发人深省的大道理，文章点到为止，作者不做进一步的阐述，而留给读者去思索。

【指　　喻】

方孝孺

浦阳①郑君仲辨，其容阗然，其色渥然，其气充然，未尝有疾也。他日，左手之拇有疹焉，隆起而粟。君疑之，以示人。人大笑，以为不足患。既三日，聚而如钱，忧之滋甚，又以示人，笑者如初。又三日，拇之大盈握。近拇之指皆为之痛，若剭刺状，肢体心膂，无不病者，惧而谋诸医。医视之，惊曰："此疾之奇者，虽病在指，其实一②身病也。不速治，且能伤生。然始发之时，终日可愈。三日，越旬可愈。今疾且成，已非三月不能瘳。终日而愈，艾可治也；越旬而愈，药可治也；至于既成，甚将延乎肝膈，否亦将为一臂之忧。非有以御其内，其势不止；非有以治其外，疾未易为也。"君从其言，日服汤剂，而傅以善药，果至二月而后瘳，三月而神色始复。

余因是思之，天下之事，常发于至微，而终为大患；始以为不足③治，而终至于不可为。当其易也，惜旦夕之力，忽之而不顾；及其既成也，积岁月，疲思虑，而仅克之，如此指者多矣。盖众人之所可知者，众人之所能治也，其势虽危，而未足深畏。惟萌于不必忧之地，而寓于不可见之初，众人笑而忽④之者，此则君子之所深畏也。

昔之天下，有如君之盛壮无疾者乎？爱天下者，有如君之爱身者乎？而可以为天下患者，岂特疮痏之于指乎？君未尝敢忽之，特以不早谋于医，而几⑤至于甚病。况乎视之以至疏之势，重之以疲敝之余，吏之戕摩剥削以速其疾者亦甚矣，幸其未发，以为无虞而不知畏，此真可谓智也欤哉？

余贱不敢谋国，而君虑周行果，非久于布衣者也。《传》不云乎："三折肱而成良医。"⑥君诚有位于时，则宜以拇病为戒。洪武辛酉⑦九月二十六日述。

【注释】

①浦阳：即现在的浙江省浦江县。浦阳江发端于此，唐代曾称作浦阳县。　②一：全，整体。　③不足：不值得。　④忽：忽略，不重视。　⑤几：几乎。　⑥"三折肱而成良医"：语出《左传定公十三年》：""三折肱知为良医。"意思是久病成医。　⑦洪武辛酉：即洪武十四年（1381年）。洪武，明太祖年号。

【赏析】

《指喻》这篇政治小品文，通过形象的渲染，集叙事、抒情、议论于一炉，向读者娓娓道来，透彻地阐明了"天下之事，常发于至微，而终为大患"的政治见解。通过塑造的形象和所渲染的艺术气氛，作者使读者心悦诚服地接受了他的观点。

作者第一段描写了一个寓言式的故事，采取了欲抑先扬的手法，刚开始用"其容阘然，其色渥然，其气充然"来描写郑君十分强健的体魄，为之后的患病作了很好的铺垫。之后通过郑君患病之后从轻到重的发展过程，同时通过众人之笑，"以为不足患"来表现众人误病，进而表达了庸人误国的思想。作者一层一层地把一个十分抽象的治国之理通过生动的形象表现出来，具有更大的说服力。最后作者引出了天下之事"始以为不足治，而终至于不可为"的宏论，并通过强烈的反诘和鲜明的对比，进一步揭示出"君子之所深畏"在于"惟萌于不必忧之地，而寓于不可见之初，众人笑而忽之者。"下一段连用三个反诘，气势宏大，"昔之天下，有如君之盛壮无疾者乎？爱天下者，有如君之爱身者乎？而可以为天下患者，岂特疮痏之于指乎？"在反诘中进行论辩，在论辩中突出主题，句句有呼应，句句都有强烈的感情色彩，通过强烈的对比，使观点更加鲜明，主题更加突出。

【游东山记】

杨士奇

洪武乙亥①，余客②武昌。武昌蒋隐溪③先生，始吾庐陵④人，年已八十馀，好道家书。其子立恭，兼治儒术，能诗。皆⑤意度阔略⑥，然深自晦匿⑦，不妄⑧交游，独⑨与余相得⑩也。

是岁三月朔⑪，余三人者，携童子四五人，载酒肴出游。隐溪乘小肩舆⑫，余与立恭徒步。天未明东行，过洪山寺二里许，折北，穿小径可十里，度松林，涉涧。涧水澄澈，深处可浮小舟。傍有盘石，容坐十数人。松柏竹树之荫，森布蒙密⑬。时风日和畅，草木之葩⑭烂然，香气拂拂⑮袭衣，禽鸟之声不一类。遂扫石而坐。

坐久，闻鸡犬声。余招立恭起，东行数十步，过小冈，田畴⑯平衍⑰弥望⑱，有茅屋十数家，遂造⑲焉。一叟可⑳七十余岁，素发如雪，被两肩，容色腴泽，类饮酒者。手一卷，坐庭中，盖齐邱㉑《化书》㉒。延余两人坐。一媪捧茗碗饮客。牖㉓下有书数帙㉔，立恭探得《列子》㉕，余得《白虎通》㉖，皆欲取而难于言。叟识其意，曰："老夫无用也。"各怀之而出。

还坐石上，指顾童子摘芋叶为盘，载肉。立恭举匏壶㉗注酒，传觞㉘数行。立恭赋七言近体诗㉙一章，余和之。酒半，有骑而过者，余故人武昌左护卫李千户㉚也，骇而笑，不下马，径驰去。须臾，具盛馔，及一道士偕㉛来。道士岳州㉜人刘氏。遂共酌。道士出《太乙真人图》求诗，余赋五言古体一章，书之。立恭不作，但酌酒饮道士不已，道士不能胜，降跽㉝谢过，众皆大笑。李出琵琶弹数曲，立恭折竹，窍而吹之，作洞箫声，隐溪歌费无隐㉞《苏武慢》㉟，道士起舞蹁跹，两童子拍手跳跃随其后。已而道士复揖立恭曰："奈何不与道士诗？"立恭援笔书数绝句，语益奇。遂复酌。余与立恭饮少，皆醉。

起，缘涧观鱼，大者三四寸，小者如指。余糁㊱饼饵投之，翕然㊲聚，已而往来相忘也。立恭戏以小石掷之，辄㊳尽散不复。因共慨叹海鸥之事㊴，各赋七言绝诗一首。道士出茶一饼，众析而嚼之。馀半饼，遣童子遗㊵予两人。

已而㊶夕阳距西峰仅丈许，隐溪呼余还，曰："乐其无已乎？"遂与李及道士别，李以卒从二骑送立恭及余。时恐晚不能入城，度涧折北而西，取捷径望草埠门㊷以归。中道，隐溪指道旁冈麓顾余曰："是吾所营乐丘㊸处也。"又指道旁桃花语余曰："明年看花时索我于此。"

既归，立恭曰："是游宜有记。"属未暇也。

是冬，隐溪卒，余哭之。明年寒食，与立恭豫约诣墓下。及期余病，不果行。未几，余归庐陵，过立恭宿别，始命笔追记之。未毕，立恭取读，恸哭；余亦泣下，遂罢。然念蒋氏父子交好之厚，且在武昌山水之游屡矣，而乐无加乎此，故勉而终记之。手录一通，遗立恭。呜呼！人生聚散靡㊹常，异时或相望千里之外，一展读此文，存没离合之感，其能已于中㊺耶？

既游之明年，八月戊子㊻记。

【注释】

①洪武乙亥：明太祖朱元璋洪武二十八年。　②客：旅居。　③蒋隐溪：生平事迹不详。　④庐陵：现在江西吉安县。　⑤皆：指父子二人。　⑥意度阔略：气度旷达，不为俗世所绊，无所拘泥。　⑦深自晦匿：隐藏自己的兴趣和才情。　⑧妄：随便。　⑨独：唯独，只。　⑩相得：情投意合。　⑪朔：指旧历的初一。　⑫肩舆：轿子。　⑬森布蒙密：形容树荫浓密。　⑭葩：pā，花。　⑮拂拂：风吹动的样子。　⑯田畴：田地。　⑰平衍：平坦宽阔。　⑱弥望：满眼。　⑲造：造访。　⑳可：大约。　㉑齐邱：宋代齐邱，字昭回，改字子嵩。原籍庐陵，随父移家洪州。南唐大臣，官至中书令。　㉒《化书》：本为南唐道士谭峭著，齐邱窃为已作，故也名《齐丘子》。　㉓牖：yǒu，窗户　㉔帙：zhì，书套，线装书一套为一帙。　㉕《列子》：旧题战国列御寇著，今传本可能是魏晋时人的伪作。唐代天宝时称《冲虚真经》，宋景德中又加称《冲虚至德真经》，为道教的经典之一。　㉖《白虎通》：又名《白虎通义》，汉班固著。记录汉章帝建初四年在白虎观议五经同异的结果。　㉗匏（páo）壶：用葫芦做的酒壶。　㉘传觞（shāng）：传杯。　㉙近体诗：指律诗或绝句。　㉚李千户：姓李的千户。明代卫所兵制设千户所，其长官为千户，分驻重要府州。　㉛偕：一起。　㉜岳州：今湖南岳阳市。　㉝降跽：下跪。　㉞费无隐：生平事迹不详。　㉟《苏武慢》：词调名。　㊱糁：泛指粒状物，这里用作动词。　㊲翕（xī）然：聚合的样子。　㊳辄：于是，就。　㊴海鸥之事：事见《列子．黄帝》："海上之人有好沤（鸥）鸟者，每旦之海上，从沤鸟游，沤鸟之至者百住（数）而不止。其父曰：'吾闻沤鸟皆从汝游，汝取来，吾玩之。'明日之海上，沤鸟舞而不下也。"　㊵遗：赠送。　㊶已而：不久。　㊷草埠门：武昌城西北部的城门。　㊸乐丘：坟墓。　㊹靡：无。　㊺中：心。　㊻八月戊子：八月初三。

【赏析】

本文选自《东里文集》卷一。东山，洪山的旧名，在今湖北武昌东十里，杨士奇与蒋隐溪父子同游东山是在洪武二十八年（1395），次年八月因悼念蒋隐溪之亡而追成此记。这篇游记主要不是写东山的景胜，而是把笔墨放在记录访村舍、饮酒、赋诗、歌舞、戏鱼等文人雅士的活动上，林纾曾说："此篇在游记中似过涉烦碎，然能纬之以深情，虽琐琐屑屑，皆觉有致。"其评论颇为恰切。

说到杨士奇，马上让人联想到台阁体，当时以"三杨"为代表的大学士们大量创作雍容典雅、歌功颂德的平乏诗文。而此文全无台阁体空乏志气的特点，文章写得情真意切，清新疏朗。

第一段在正面叙述游赏东山之前，介绍了蒋氏父子以及同乡，"皆意度阔略，与余相得也"。这段交代了他们同游共乐的基础，为之后的叙述做准备。第二段起，连续五段详细描写游东山的全过程，这也是文章的主要部分。首先，作者运用细腻的笔法，多角度、多层次地展示了游东山时的快事。从美景到雅事，无一遗漏，全身心沐浴在愉悦的氛围之中。其次，作者精心提炼出典型细节，多侧面展现人物形象。描写立恭于群书中独爱《列子》，写他初不题诗，后兴致高昂提笔一赋再赋，又写他掷石戏鱼，因鱼散不复而慨叹海鸥之事，从这几件事中描述出了立恭的意度阔略的性格特征。作者笔下的蒋隐溪也是十分可爱的，毫无老年人惧死之态，豪情雅致不让青年。所描写的莫不神形毕肖，妙趣横生。最后三段，作者记叙了写作此记的曲折经过。发出了"人生聚散靡常"的慨叹，抒发"存没离合之感"，与开篇的"独与余相得"首尾呼应，将悼亡以及伤离别之情推向了高潮。

本文最大的特点就是情感贯穿始终，以情带文，文章不做作，不雕饰，真情实感从笔端倾泻而出，无一字吃力，堪称佳品。

【游龙门记】

薛瑄

出河津县①西郭门②，西北三十里，抵龙门③下。东西皆层峦危峰，横出天汉④。大河⑤自西北山峡中来，至是，山断河出⑥，两壁俨立⑦相望。神禹⑧疏凿⑨之劳⑩，于此为大⑪。由东南麓穴岩⑫构木⑬，浮虚⑭架水⑮为栈道⑯，盘曲⑰而上。濒河⑱有宽平地，可⑲二三亩，多石少土。中有禹庙，宫曰"明德"，制⑳极宏丽。进谒庭下，悚肃㉑思德者㉒久之。庭多青松奇木，根负土石，突走连结㉓，枝叶疏密交荫，皮干苍劲偃蹇㉔，形状毅然㉕，若壮夫离立㉖，相持不相下。宫门西南，一石峰危出㉗半流㉘，步石磴，登绝顶。顶有临思阁，以风高不可木㉙，甃甓㉚为之。倚阁门俯视，大河奔湍㉛，三面㉜触激㉝，石峰疑若摇振㉞。北顾㉟巨峡，丹崖翠壁，生云走雾㊱，开阖晦明㊲，倏忽㊳万变。西则连山宛宛㊴而去。东视大山，巍然与天浮㊵。南望洪涛漫流㊶，石洲沙渚㊷，高原缺岸㊸，烟村雾树，风帆㊹浪舸㊺，渺茫出没㊻，太华㊼、潼关㊽、雍、豫㊾诸山，仿佛见之。盖天下之奇观也。

下磴，道石峰东，穿石崖，横竖施木，凭空为楼㊿。楼心穴板[51]，上置井床[52]辘轳[53]，悬绠汲河[54]。凭栏槛，凉风飘潇，若列御寇[55]驭气[56]在空中立也。复自水楼北道，出宫后百馀步，至右谷，下视窈然[57]。东距山，西临河，谷南北涯[58]相去寻尺[59]，上横老槎[60]为桥，踏步以渡。谷北二百步，有小祠，扁[61]曰"后土"[62]。北山陡起，下与河际[63]，遂穷祠东。有石龛[64]窿然[65]若大屋。悬石参差，若人形，若鸟翼，若兽吻[66]，若肝肺，若疣[67]

赘，若悬鼎⑱，若编磬⑲，若璞⑳未凿，若矿未炉㉑，其状莫穷㉒。悬泉滴石上，锵然有声。龛下石纵横罗列，偃㉓者，侧者，立者；若床，若几㉔，若屏㉕；可席㉖，可凭，可倚。气阴阴㉗，虽甚暑，不知烦燠㉘；但凄神㉙寒肌㉚，不可久处。复自槎桥道由明德宫左，历㉛石梯上。东南山腹有道院，地势与临思阁相高下㉜，亦可以眺望河山之胜。遂自石梯下栈道，临流观渡，并㉝东山而归。

时宣德㉞元年丙午，夏五月二十五日。同游者，杨景端也。

【注释】

①河津县：就是现在山西省河津市。 ②西郭门：即西城门。 ③龙门：即禹门口，在现在山西韩城东北、山西河津西北，黄河两岸都有龙门山，这里所写的是河东的龙门山。 ④天汉：指银河。形容龙门山高而且险要。 ⑤大河：指黄河。 ⑥山断河出：意思是龙门山在黄河处中断，河水从断口处流出来。 ⑦俨立：森严而整齐地矗立着。 ⑧神禹：指夏禹。传说夏禹奉命治水，后认为感谢其治水有功，称其为神禹。 ⑨疏凿：疏通，开凿。 ⑩劳：功劳。 ⑪于此为大：认为这个是功劳很大的。传说中夏禹把龙门山凿开，黄河水才能够从中流过。作者认为夏禹治水的功劳当中，以开凿龙门山为最大，所以说"于此为大"。 ⑫穴岩：在岩石上凿洞。这里的"穴"作动词用。 ⑬构木：把木材架起来。 ⑭浮虚：凌空。 ⑮驾水：在水面上空架起。 ⑯栈道：古代人在陡峭的岩壁上凿孔架木而形成的一种道路被称为栈道。 ⑰盘曲：盘旋曲折。 ⑱濒河：靠近黄河。 ⑲可：大约。 ⑳制：建筑。 ㉑悚（sǒng）：畏惧而恭敬的样子。 ㉒思德者：思念有德行的人。这里指夏禹。 ㉓根负土石，突走连结：是说树根好像并不是埋在土中，而是背着泥土石块，突出在地面上跑动连接着。负，背。 ㉔偃蹇（jiǎn）：高耸而挺拔的样子。 ㉕毅然：刚强果敢的样子。 ㉖离立：一个个立着。 ㉗危出：突出。 ㉘半流：水上空。 ㉙木：这里用作动词，指的是用木材修建。 ㉚甓甃：砖石。 ㉛湍：急流。 ㉜三面：指山脚的三个方向。 ㉝激：冲击。 ㉞摇振：被摇动震撼（而要被拔起）。 ㉟顾：面对。 ㊱走雾：形容云雾流动得很快。走，流动，跑动。 ㊲开阖晦明：时开时合，忽明忽暗。阖（hé），关闭；晦，昏暗。 ㊳倏忽：很短的时间。 ㊴宛宛：蜿蜒曲折的样子。 ㊵与天浮：与天相连，好像浮在空中。 ㊶漫流：无拘无束地四处流动。 ㊷石洲沙渚：洲、渚都是水中的小块陆地。 ㊸缺岸：有缺口的河岸，实际指的是河边高低不平的小山。 ㊹风帆：乘风扬帆的帆船。 ㊺浪舸（gě）：拥浪前进的大船。 ㊻渺茫出没：远远地在水中时隐时现。 ㊼太华：也即华山，位于陕西华阴以南。 ㊽潼关：关名，在现在的陕西潼关县。 ㊾雍、豫：古代州名，地理位置上覆盖了今陕西中部、甘肃东南部以及宁夏、青海的部分地区。这里雍、豫，泛指现在的陕西、河南一带地区。 ㊿穿石崖，横竖施木，凭空为楼：凿穿石壁，用木材横竖着摆放，在空中盖出一座楼。施，放，安放；凭空，在空中，无所依傍。 ㉛楼心穴板：在楼的中心，挖空楼板，成为一个窟窿。 ㉜井床：井栏。 ㉝辘轳（lù lú）：井上绞起汲水水斗的器械。

㊺悬繘汲河：悬吊着井绳，从河里取水。繘（jú），井绳。　㊻列御寇：即为列子，相传为战国时的郑人，得道成仙，能乘风而行。《庄子·逍遥游》中记载他时说他可以"御风而行"。　㊼驭气：即御风。　㊽窈然：幽深的样子。　㊾南北涯：右谷南边至北边之间的距离。　㊿寻尺，指距离很短。寻，古代长度单位，寻为八尺。　○60槎（chá）：水中浮木。　○61扁：同"匾"。　○62"后土"：即土地神。　○63际：交接。　○64石龛（kān）：安放神像的石阁。　○65窿（lóng）然：窟窿的样子。　○66吻：动物嘴巴突出的部分。　○67疣（yóu）赘：皮肤上长的疙瘩。　○68悬鼎：挂着的鼎。鼎，古代食具，三角的锅。　○69编磬：古代用玉或石制成的乐器，悬挂架上，依音调律吕编成一组，故称。　○70璞：未加工的玉。　○71炉：作动词用，冶炼。　○72莫穷：（形容）不能穷尽。　○73偃：仰卧。　○74几（jī）：矮小的桌子。　○75屏：屏风。　○76席：作动词用，坐。　○77阴阴：幽暗阴潮的样子。　○78烦燠（yù）：烦闷燥热。　○79凄神：使内心感觉凄凉。　○80寒肌：使皮肤感到凉。　○81历：一级级石阶地经过。　○82相高下：差不多。　○83并（bàng）：通"傍"，沿着，挨着。　○84宣德：明宣宗朱瞻基的年号，共十年（1426－1435）。

【赏析】

这篇文章选自《薛文清公集》。这是一篇具体记述龙门胜迹及特点的游记。作者是河津人，龙门是他家乡的名胜古迹，所以写来亲切有情。文章突出夏禹凿龙门以通黄河的功绩和后世缅怀夏禹德泽的敬意，突出龙门的形胜奇险和世代巧夺天工的建筑，全文贯串的是一种敬畏赞叹的深情豪气。在描写龙门奇观、河山形胜之时，作者引导人们敬贤思齐、浩然奋发，胸襟开阔，目光远大。

这篇游记是按照游览顺序来记叙的，开篇首先交代龙门山的位置，为下文的写作铺垫。"东西皆层峦危峰，横出天汉。大河自西北山峡中来，至是，山断河出，两壁俨立相望。"写出了龙门地势之险峻和奇美壮丽的特色。这壮美的景色，使人不禁联想到古代夏禹疏通河道来消除大洪水的历史伟绩。这样，就将游记加入了一层深刻的历史内涵。

读者随着作者的步伐，看到了龙门风光的景色在眼前徐徐展开。以下都是对龙门地区风景的具体描绘。首先，沿着栈道"盘曲而上"，作者就来到了靠近河边的一块平地上面，这儿有一座叫"明德宫"的禹庙，十分壮丽。作者怀着对夏禹的崇敬之情进入庙中拜谒，突出了对夏禹的无比敬重之情。接着，作者又把描写得重点集中到了景物上，"庭多青松奇木，根负土石，突走连结，枝叶疏密交荫"，这几句话紧紧抓住了景色的特征。再比如作者写峰顶的临思阁，在这里往东西南北四个方向看，都会有迥然不同的风光，变幻万千。作者抓住了四面景色的特征，用多种描摹手法来表现，描写得活灵活现，生动可爱，仿佛在读者眼前一样。这样的美景，让作者十分心旷神怡，连连惊叹大自然的神奇力量，此时着一笔"盖天下之奇观也"，浓缩了作者所有的感受。

接下来仍然写作者的行踪，但有新境界。作者走下石阶，沿着石峰东边的小路一直走，穿过一个石崖，看到一个凌空架起的水楼，作者凭楼眺望，只觉"凉风飘潇，若列御寇驭气在空中立也。"接着作者交代了到右谷，渡槎桥的经过，运用了大量的比喻来描写石龛的景物，"有石龛窿然若大屋。悬石参差，若人形，若鸟翼，若兽吻，若肝肺，若疣赘，若悬鼎，若编磬，若璞未凿，若矿未炉，其状莫穷。"姿态各异，十分奇妙。最后作者交代归程，与文章首段呼应，勾勒出了游览的全过程。

【夜渡两关记】

程敏政

予谪告①南归，以成化戊戌②冬十月十六日过大枪岭③，抵大柳树驿④。时日过午矣，不欲但⑤已。问驿吏⑥，吏绐⑦言："须⑧晚尚可及⑨滁州也。"上马行三十里，稍稍⑩闻从者⑪言："前有清流关⑫，颇险恶，多虎。"心识⑬之。抵关，已昏黑，退无所止，即遣人驱⑭山下邮卒⑮，挟⑯铜钲⑰束燎⑱以行。山口两峰夹峙，高数百寻，仰视不极⑲。石栈岖崟⑳，悉㉑下马累肩㉒而上，仍㉓相约：有警㉔即前后呼噪为应。适㉕有大星，光煜煜㉖自东西㉗流。寒风暴㉘起，束燎皆灭。四山草木，萧飒有声。由是人人自危，相呼噪不已。铜钲閧发㉙，山谷响动。行六七里，及山顶，忽见月出如烂银盘，照耀无际，始㉚举手相庆。然下山犹心悸不能定者久之。予计㉛此关乃赵点检㉜破南唐㉝，擒其二将㉞处，兹游虽险而奇㉟，当为平生绝冠㊱。夜二鼓㊲，抵滁阳㊳。

十七日午，过全椒㊴，趋㊵和州㊶。自幸脱险即夷㊷，无复置虑。行四十里，渡后河㊸，见面山隐隐，问从者，云："当陟㊹此，乃至和州香淋院㊺。"已而日冉冉㊻过峰后，马入山嘴，峦岫㊼回合，桑田秩秩㊽，凡数村，俨若㊾武陵㊿、仇池(51)，方以为喜。既暮，入益深，山益多，草木塞道，杳(52)不知其所穷(53)，始(54)大骇汗(55)。过野庙，遇老叟，问："此为何山？"曰："古昭关(56)也，去(57)香淋尚三十馀里，宜急行。前山有火起者，乃烈原(58)以驱虎也。"时铜钲束燎皆不及备。傍山涉涧，怪石如林，马为之辟易(59)。众以为伏虎，却(60)顾(61)反走(62)，颠仆(63)枕藉(64)，呼声甚微，虽强(65)之大噪，不能也。良久乃起，循岭以行，谛视(66)崖堑(67)，深不可测。涧水潺潺，与风疾徐。仰见星斗满天。自分(68)恐不可免。且念伍员(69)昔尝厄(70)于此关，岂(71)恶地固应尔(72)耶？尽二鼓，抵香淋。灯下恍然自失，如更生(73)者。

噫！予以离亲之久，诸所弗计(74)，冒险夜行，渡二关，犯虎穴，虽濒危而幸免焉，其亦可谓不审⑮也已！谨志⑯之以为后戒。

【注释】

①谒（yè）告：告假。②成化戊戌：指的是明宪宗成化十四年，即1478年。③大枪岭：地名，在现在安徽省滁州市以西六十里。④大柳树驿：驿站名，在滁州西北五十里。⑤但：仅仅。⑥驿吏：驿站的官吏。⑦绐（dài）：欺骗。⑧须：等到。⑨及：到达。⑩稍稍：渐渐地。⑪从者：跟从着的人。⑫清流关：关名，在滁州以西的二十五里。⑬识（zhì）：记住。⑭驱：驱使。⑮邮卒：驿站里的差役。⑯挟：持，拿着。⑰铜钲（zhēng）：古代行军中用的一种乐器。⑱束燎：火把。⑲不极：不能看到（山顶）。⑳岖崟（yín）：山势险峻的样子。㉑悉：都。㉒累肩：上山的时候前面的人好像在后面的人的肩膀上一样。指山路十分陡峭。㉓仍：乃。㉔有警：有警告，这里指有老虎出现的警告。㉕适：正逢，正赶上。㉖煜煜（yù）：明亮的样子。㉗西：这里是名词作状语，向西。㉘暴：突然。㉙閧发：一起发出响声。㉚始：才。㉛计：心想。㉜赵点检：指的是宋太祖赵匡胤。后周世宗时，赵匡胤任殿前都点检，公元936年曾率领军队于清流山下破南唐李景兵十五万。㉝南唐：五代十国之一，于937年立国，定都金陵，975年被宋所灭。㉞二将：这里指南唐大将皇甫晖和姚凤两位大将。㉟奇：少有。㊱绝冠：第一。㊲二鼓：指二更时候。㊳滁阳：即滁州。一说指滁阳监，在滁州西南大约三里。㊴全椒：县名，现在位于安徽省。㊵趋：将要去。㊶和州：州名，在今天的安徽和县。㊷脱险即夷：脱离危险到达了安全的地方。即，靠近，到达。夷，安全。㊸后河：河名，在现在和县以北。㊹陟（zhī）：攀登。㊺香淋院：在和县城以北三十五里，旁边有香泉。㊻冉冉：将要落下的样子。㊼峦岫（xìu）：山峦。㊽秩秩：整齐的样子。㊾俨若：好像。㊿武陵：武陵郡，现在位于湖南常德一带，相传是陶渊明笔下所描写的世外桃源即在此处。(51)仇池：山名，在现在甘成县以西，上面有池，四周十分陡峭，与外界隔绝，十分难以攀登。(52)杳（yǎo）：深远的样子。(53)穷：尽。(54)始：才。(55)骇汗：因为害怕而出汗。(56)昭关：关名，在今安徽省含山县城以北十四里昭关山上，两山对峙，地势十分险要。(57)去：离。(58)烈原：用火烧山。(59)辟易：退避。(60)却：退却，后退。(61)顾：回头。(62)反走：往回跑。(63)颠仆：跌倒。(64)枕藉：互相叠着跌落在一起。(65)强：勉强。(66)谛视：仔细查看。(67)崖堑：山崖深谷。(68)自分（fèn）：自己觉得，自己估计。(69)伍员：即伍子胥。(70)厄：遭遇不幸和困苦。(71)岂：难道。(72)应尔：应该这样，应该如此。(73)更生：重新获得一次生命。(74)诸所弗计：什么都没有考虑。(75)审：谨慎。(76)志：记录。

【赏析】

《夜渡两关记》是一篇记游，但更应该称之为记事，因为它记载了作者因省亲心切，夜渡清流关和昭关所遇惊险之事，并且通过这样的经历来阐发一种生活哲理。作者用笔跌宕起伏，但这又是通过极自然的文字、巧妙的布局来完成的。

作者全文其实就是讲了一个故事，因为离开家太久，急着回家省亲，所以才有了这次"冒险夜行"、经历了"濒危而幸免"的艰险过程。由于作者之前已经有了心理准备，所以当看到清流关险恶的地形和栈道，以及碰到的恶劣的天气，"寒风暴起，束燎皆灭"，作者没有十分惊恐，面对这样的情况，他们相约"有警即前后鼓噪为应"，紧张而有序，临危而不乱地渡过了险关。甚至在最后还产生了"兹游虽险而奇，当为平生绝冠"的自得之感。但当作者过昭关时，在思想上放松了警惕，"自幸脱险即夷，无复置虑"，再加上看到的景色并没有隐藏危险的信号，于是更加松懈，直至天黑看到"山益多，草木塞道，杳不知其所穷"才开始感到紧张和恐惧，而且老叟告诉他"前山有火起者，乃烈原以驱虎也"，让作者更加认识到了环境之险恶，但是这时候已经来不及，只好硬着头皮前进了。直到香淋院，作者"恍然自失，如更生者"，将自己的心理活动描绘得活灵活现。在这一系列的叙事中，作者未加入任何评价和议论，而是通过细致的描述，传达了"事前定则不困，行前定则不疚"的深刻哲理。

作者擅长描写人物的心理状态，并且擅长于运用景物和人心理的对应关系来描写，比如用"月出入烂银盘，照耀无际"来象征人们的豁然开朗的心情，十分巧妙，使文章整体不仅具有深刻的哲理，也具有十分巧妙的形式。

此文按时间顺序写来，脉络清晰，层次分明，文字尤为简洁利落，是古代散文优秀之作。作者把描写自然景物和书写主观情感结合起来，揭示出遇险畏缩则一事无成，视险敢闯才能渡险如夷的深刻哲理。

【瘗旅文①】

王守仁

维正德四年②秋月三日，有吏目③云自京来者，不知其名氏。携一子一仆将之任，过龙场④，投宿土苗家⑤。予从篱落间望见之，阴雨昏黑，欲就问讯北来事，不果⑥。明早，遣人觇⑦之，已行矣。薄⑧午，有人自蜈蚣坡来云："一老人死坡下，傍两人哭之哀。"予曰："此必吏目死矣，伤哉！"薄暮，复有人来云："坡下死者二人，傍一人坐叹。"询其状，则其子又死矣。明日，复有人来云："见坡下积尸三焉。"则其仆又死矣。呜呼伤哉！

念其暴骨无主，将二童子持畚锸⑨往瘗之。二童子有难色然。予曰："噫！吾与尔犹彼也⑩。"二童悯然⑪涕下，请往。就其傍山麓为三坎⑫，埋之。又以只鸡、饭三盂，嗟吁涕洟⑬而告之曰：呜呼伤哉！繄⑭何人？繄何人？吾龙场驿丞余姚王守仁也。吾与尔皆中土之产⑮,吾不知尔郡邑,尔乌乎来为兹山之鬼乎?古者重去其乡⑯,游宦不逾千里。吾以窜逐⑰而来此,宜也。尔亦何辜乎?闻尔官,吏目耳,俸不能五斗⑱,尔率妻子躬耕可有也,乌为乎以五斗而易尔七尺之躯?又不足,而益以尔子与仆乎?呜呼伤哉!尔诚恋兹五斗而来,则宜欣然就道,乌为乎吾昨望见尔容蹙然⑲,盖不胜其忧者?夫冲冒霜露⑳,扳援㉑崖壁,行万峰之顶,饥渴劳顿,筋骨疲惫,而又瘴疠㉒侵其外,忧郁攻其中,其能以无死乎?吾固知尔之必死,然不谓若是其速;又不谓尔子尔仆亦遽然奄忽㉓也!皆尔自取,谓之何哉!吾念尔三骨之无依而来瘗耳,乃使吾有无穷之怆也!呜呼伤哉!纵不尔瘗,幽崖之狐成群,阴壑之虺㉔如车轮,亦必能葬尔于腹,不致久暴尔。尔既已无知,然吾何能为心乎?自吾去父母乡国而来此三年矣,历瘴毒而苟能自全,以吾未尝一日之戚戚也。今悲伤若此,是吾为尔者重,而自为者轻也。吾不宜复为尔悲矣。吾为尔歌,尔听之!

歌曰:连峰际天兮飞鸟不通,游子怀乡兮莫知西东。莫知西东兮维天则同,异域殊方兮环海之中。达观随寓兮莫必予宫㉕,魂兮魂兮无悲以恫㉖!

又歌以慰之曰:与尔皆乡土之离兮,蛮之人言语不相知兮,性命不可期。吾苟死于兹兮,率尔子仆来从予兮,吾与尔遂以嬉兮。骖㉗紫彪㉘而乘文螭㉙兮,登望故乡而嘘唏兮。吾苟获生归兮,尔子尔仆尚尔随兮,无以无侣为悲兮!道旁之塚累累兮,多中土之流离㉚兮,相与呼啸而徘徊兮。餐风饮露,无尔饥兮;朝友麋鹿,暮猿与栖㉛兮。尔安尔居兮,无为厉㉜于兹墟兮!

【注释】

①瘗(yì)旅文:瘗,埋葬;旅,这里指客死他乡的人。 ②维正德四年:即公园1509年。正德,明武宗年号;维,发语词。 ③吏目:官名,州县的小官,辅助出纳文书等工作。 ④龙场:在今天贵州省修文县内。 ⑤土苗家:土著苗族人家。 ⑥不果:没有结果。 ⑦觇(chān):窥视,查看。 ⑧薄:临近,迫近。 ⑨畚锸(běn chā):土筐和铁锹。畚,土筐,畚箕;锸,铁锹。 ⑩吾与尔犹彼也:我和你们跟他们三人是一样的。意思是同为流落异乡之人。 ⑪悯然:忧伤的样子。 ⑫坎:坑穴。 ⑬洟(yí):流鼻涕。指哭泣。 ⑭繄(yī):发语词。 ⑮中土之产:生长于中原地区。 ⑯重去其乡:安土重迁之意,轻易不离开家乡。重,看重。 ⑰窜逐:被流放贬逐。 ⑱五斗:指俸禄低微。 ⑲蹙(cù)然:忧苦的样子。 ⑳冲冒霜露:冒着霜雪和寒露。 ㉑扳援:

攀援。 ㉒瘴疠：可使人生病的毒气。 ㉓遽然奄忽：突然间死去。 ㉔虺（huǐ）：毒蛇。 ㉕达观随寓兮莫必予官：抱着豁达的态度，随遇而安，并不一定要住在自己的屋子里。 ㉖恫（tōng）：痛苦，哀愁。 ㉗骖：驾在车前两侧的马。 ㉘紫彪：彪：小虎。这里形容骖马如虎。 ㉙文螭（chī）：彩色而无角的龙，这里形容乘马如龙。 ㉚流离：流离失所之人。 ㉛暮猿与栖：与猿同宿。 ㉜厉：恶鬼。

【赏析】

　　王守仁的这篇《瘗旅文》，是他身居贬谪之地贵州龙场，亲见亲闻了一个同是北来之人客死本地，不禁悲从中来写下此文，这篇文章虽是悼念路人，表达的却是作者郁积在心底的悲苦之情。由于境遇的相似，悲伤之情真挚动人，但同时王守仁涵养很深，怨而不怒，文中体现出一种豁达的人文关怀。

　　文章叙事简练，用语精确，用极少的文字描绘出繁多的情景。开篇记叙吏目出场及其子仆相继死去，只用了寥寥百十字，疏密得当，突出事情发展的逻辑性，为以后发展留下余地。但后面作者对吏目三人的死讯情景则做了详细描写，在此文中，三人之死是大事，每报告一次作者就会猜测一次，也能收到反复撞击心灵的震撼效果。

　　作为祭悼文，通常是以情为中心，以情动人的。作者紧紧围绕"吾与尔犹彼也"的共同命运中心展开，所以虽然是写路人，但其实是自伤之辞。作者与吏目并无接触，但是作者凭借自己观察到的情景与现实相联系，再加上自身的经历，就有了想象的基础。作者与吏目，这二者一实一虚，达到了高度的人我和一，哀人自哀，能激起人们对仕途的憎恶之感，也能使人们从作者的仁爱之情中得到些许慰藉。由于作者在祭悼文中表达了自己的不平之气，所以使得这篇祷文中会出现"魂兮魂兮无悲以恫"的句子，这样其实是无法使死者安息的。他们二人皆有自己的伤心事。假若死者有知，也会与这位伤心人同诉伤苦之情。

　　本文有着一般祭悼文的特点，韵散结合，前半部分为散文，后半部分为韵文。在文体的转换中，由同情转为安慰，意味深长。